老舍与济南

增订本

李耀曦·周长风 编著

山东城市出版传媒集团·济南出版社

图书在版编目（CIP）数据

老舍与济南 / 李耀曦，周长风编著 . —增订本 . —济南：济南出版社，2018.1
ISBN 978-7-5488-2480-0

Ⅰ . ①老… Ⅱ . ①李… ②周… Ⅲ . ①老舍（1899-1966）- 生平事迹②散文集 - 中国 - 现代 Ⅳ . ① K825.6 ② I266

中国版本图书馆 CIP 数据核字（2017）第 001210 号

老舍与济南（增订本）
李耀曦　周长风 / 编著

出 版 人 / 崔　刚
责任编辑 / 戴梅海　朱　琦
封面设计 / 张　倩

出版发行　济南出版社
地　　址　济南市二环南路 1 号（250002）
经　　销　新华书店
发行热线　0531-86131701　86922073
编辑热线　0531-86131720
印　　刷　济南龙玺印刷有限公司
版　　次　2018 年 1 月第 1 版
印　　次　2018 年 6 月第 1 次印刷
规　　格　150×230 毫米　16 开
印　　张　26.5　彩插 12 页
字　　数　390 千
印　　数　1-5000 册
定　　价　89.00 元

济南版图书，如有印装错误，请与印厂联系调换

老舍1930年夏肖像

1. 20世纪30年代济南齐鲁大学校友门（建于1924年）。1930年夏天老舍应邀到济南执教齐鲁大学，任齐鲁大学文理学院新文学教授，兼齐大国学研究所文学主任。

2. 原齐鲁大学文理学院办公楼，洋名玛卡考米卡楼（1997年毁于火灾），位于南圩子外齐大校园中轴线北端，与校园最南端的康穆教堂遥遥相对。

3. 办公楼二层西头南面第一个房间。当年办公楼二层为来宾招待所与中国教职员单身宿舍。老舍初到齐大就住在这个房间，老舍在这里创作了长篇小说《大明湖》。

4. 齐鲁大学大礼拜堂——康穆教堂旧影（1959年拆除）。

5. 当年齐鲁大学毕业典礼在康穆堂内举行，此为医学院毕业生在康穆堂外门前合影留念。

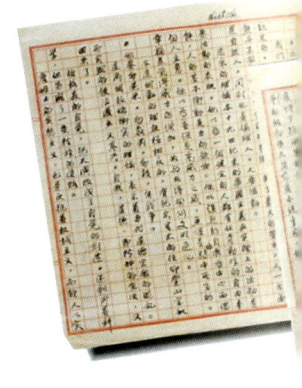

6. 老舍《文学概论讲义》，齐鲁大学印刷所印行，1984年由北京出版社再版。

7. 老舍在齐大国文系讲授《文学概论》《小说作法》和《世界名著研究》等课程，此为部分残存手稿。

8. 老舍1930年在齐大教学楼前留影。

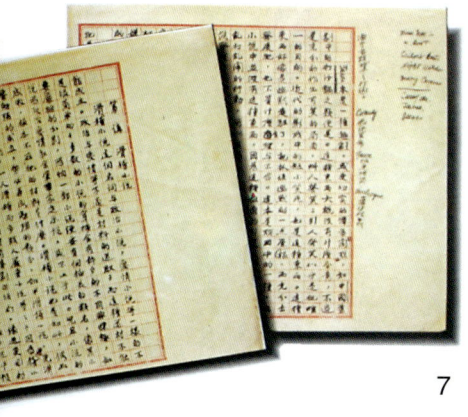

農村教育教授
賈爾信博士

哲學教授
慈丙如博士

新文學教授
舒舍予先生

但丁（Dante A. W. Chosen 譯）

但丁的神曲（Divina Commedia）是歷史的要事之一。不僅是一首好詩，不僅是一種言語與一國的文學的開端，不僅是覓得的啟示者與一偉大民族之光榮，他是那心力的空有的記錄之一，是潤心力之所能及，萬古不滅，他的進行的步驟比世紀的劃分還要偉大，而使後來者同聲讚為新紀元。輯與伊利亞德（Iliad），莎士比亞的戲劇，亞里士多德與柏拉圖的作品，Novun Organon 與 Principia，扎司天南（Justinian）的法典，巴予能（Parthenon）與埠比德教堂同立。他是第一首某種教的詩；開歐洲文藝之端，如伊利亞德之于希臘與羅馬。正如伊利亞德，他永遠不變為過景；他永帶著新鮮味道，恰

9. 1932年,《齐大年刊》所刊载文学院三教授肖像照。

10. 1931年,齐鲁大学文学研究会会员合影,第二排右二为老舍。

11. 1932年,《齐大月刊》编辑部全体同仁合影,第一排左二为老舍。

12.《但丁》发表于1931年《齐大月刊》第2卷第6期,署名R.W.Church著,舍予译。

13. 1930年,老舍在济南。

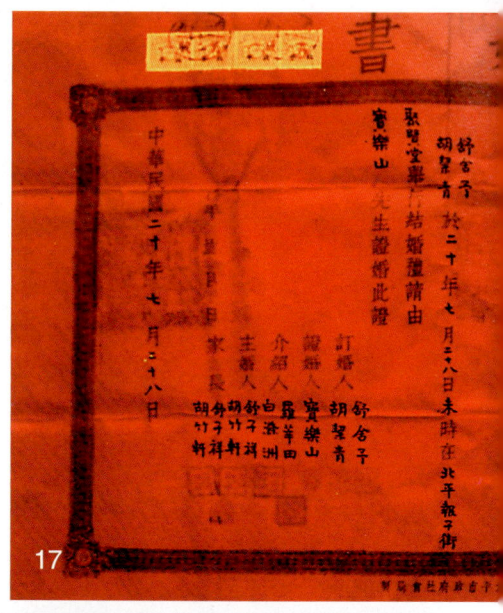

14. 1931年，胡絜青的毕业照。1931年寒假，老舍由济南回北平，经同学好友罗常培、白涤洲、董鲁安等人的介绍，与正在北师大国文系四年级读书的胡絜青相识。
15. 老舍返回济南后送给胡絜青的第一张照片。
16. 北平中山公园西南角的小亭两人曾经在此幽会。
17. 1931年4月，老舍与胡絜青订婚，此为当时的婚书。

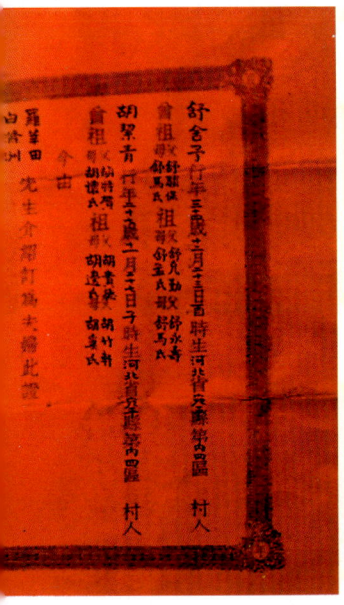

18. 1931年暑假，老舍回北平与胡絜青结婚，此为结婚照。

19. 1932年夏，老舍夫妇回北平省亲，与亲朋好友在故宫角楼前合影。左起卢松安夫妇、左三胡絜青、左四老舍、左六王向宸（手持折扇者）、左七白涤洲、左八关实之、左九杨云竹。

20

21

22

23

20. 1931年，齐大秋季开学前，老舍夫妇返回济南，在齐大校园对面圩子墙内租下南新街54号（今58号）茅舍小院。此为老舍书桌上的砚台。

21. 老舍在南新街寓所书房写作照。

22. 新婚夫妇在院内之合影。

23. 20世纪80年代的老舍南新街旧居。小院仍保持着昔日格局。院内石栏泉井犹在，只是房屋已经翻新，原土坯墙茅草顶，翻盖为砖墙瓦顶。

24. 老舍在"全家福"照上的题诗手迹。

25. 1934年夏，老舍夫妇与长女舒济之全家福照。

26. 20世纪30年代的济南街景——商埠经二路。

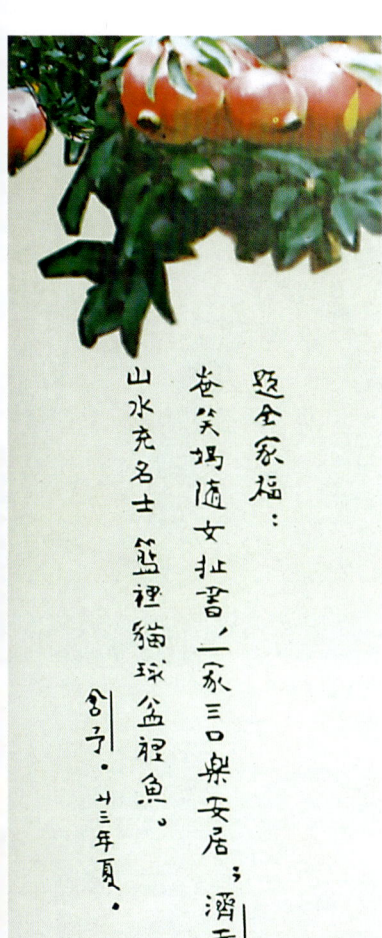

题全家福：

爸笑妈随女扯音，一家三口乐安居；
山水充名士，篮里猫球盆裡魚。

剑父・卅三年夏。

27. 1932年秋至1934年秋，老舍在济南连续创作了三部长篇小说《猫城记》《离婚》和《牛天赐传》。此为《猫城记》各种版本。

28. 1936年，上海人间书屋《牛天赐传》版本。

29. 1934年，上海《人间世》杂志上为老舍长篇小说《离婚》与短篇小说集《赶集》做的广告。

30. 齐大旧居长柏路2号楼，1937年老舍在此居住。

31. 1933年，老舍在南新街54号院书房。

32. 1934年，老舍致林语堂信手迹。

语帅：

谢二信！

今年就去年，还是鸡年狗。去年有工夫，今岁别没有。"寄"是何等可喜的事哟，但是没工夫怎办呢?！

慢。来吧。反正我有点时间就写吧：不过不能像去年那样有成绩了。学校的事今年特别的多呀。匆。祝

吉～

弟 舍予 同

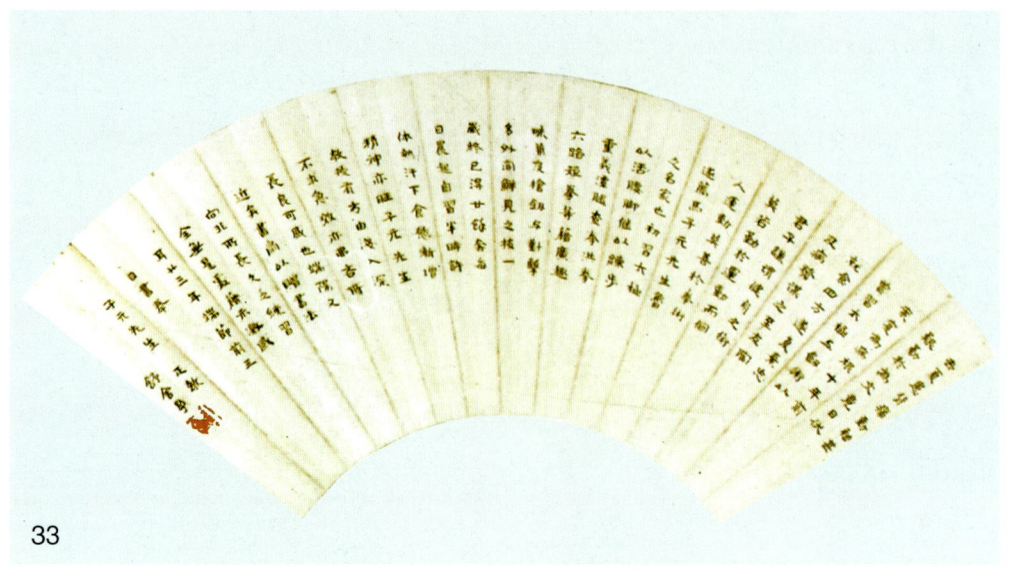

33

33. 老舍题扇文墨迹。1934年秋,老舍赴青岛,临行前与马永魁话别,赠书画折扇一把,在题扇文中详述了跟马先生学拳的过程。

34.丁聪漫画《老舍练拳图》。1933年春天,老舍患上腰腿疼病,经人介绍向济南回民拳师马永魁先生学习太极与拳术,以强身健体。

35. 老舍在济南结交了不少书画家朋友,其中与关氏兄弟关松坪、关友声交谊最为深厚。此为老舍与关友声(右)合影于千佛山下。

34

原版序

舒 乙

周长风和李耀曦编著《老舍与济南》的出发点可嘉，成果亦丰，是送给老舍百年纪念的一份好礼物。

济南对老舍先生来说，非同一般，有特殊意义。在这里，他走上了自己人生道路的最辉煌的阶段。

他在这里成为齐鲁大学国文系教授和国学研究所文学主任，讲授好几门课，包括"文学概论""文艺批评""文艺思潮""小说和作法""世界文学名著"中的"莎士比亚""但丁"等，成为最受欢迎的老师之一。他的工作为齐鲁大学文学院刮来了一股清新的风。

他在这里利用假期创作了四部长篇小说——《大明湖》《猫城记》《离婚》《牛天赐传》，一部短篇小说集《赶集》和一部幽默诗文集。其中，《猫城记》《离婚》《微神》《一些印象》成为他的代表作，为他带来了世界声誉。

他在这里成了家，有了美好的小家庭，有了第一个孩子，也为在北平的老母亲安排了不愁吃喝的生活条件。

他的思想在这里有了很大的变化，变得更加贴近时代，贴近大众，更加有批判意识，更加有独立思考，成为一名带有思想家特质的文学家，成为一名中国市民的奇特的代言人。

他的艺术风格在这里进入了成熟期，他的文体已经形成了独特的风格。他的北京话，他的幽默，使中国现代小说的"民族化"和"个性化"有了突破性进展。

他在这里有许多朋友。

他在这里有许多爱好。

他在这里有许多故事。

光是，他写的散文，就有一个长长的系列，比写北京的还多；而且，都那么漂亮，都那么精致，都那么脍炙人口，都那么不朽。我曾经碰见过一个女孩，她说她大学毕业之后跑到济南来工作，完全是因为念了老舍的《济南的冬天》。文学的魅力竟至如此，也算是一例吧。

难怪，老舍先生自己说，济南是他的第二故乡。

所以，"老舍与济南"，是个好选题，大有文章。

我相信，《老舍与济南》一出，就会有实际的推动，推动着人们去探胜，去观光，去凭吊，做出现在还无法预测的种种好事情来，在济南。

一个好的地方，养育了一个伟大的作家，多么好的一对儿啊，有说不完的话。

1998 年 9 月 12 日

原版序

孔范今

  早就听说耀曦和长风致力于老舍与济南关系的研究,近日捧读了《老舍与济南》一书的清样,方知他们的努力已经结出了第一个成果。而且,接着又听说他们的又一个成果,即由他们二位撰稿的大型文化电视专题片《老舍与济南》也已采拍告竣,已进入剪辑阶段。他们以其不避琐细的识见和坚持不懈的努力,为大家做了一件很有益的事,真是可喜可贺!

  面对这本即将面世的新书,可能有的人会不以为然。治学的人可能因其偏窄的地域性和资料性而轻估了它的价值,而搞社会管理的人,则可能因其相对于重大历史事件来说未免显得不足道,从而忽略了它的意义。其实,这些可能会出现的偏见,都是既无益于此书,也是无益于世的。谁不知道济南的出众之处?且不说它那秀甲天下的清泉碧荷,就是它那会接南北的文化、名士辈出的人文传统,虽不便擅称天下独步,但至少也是名闻天下的。历史上已有李清照、辛弃疾等一代代大家为济南增了光辉，即使到近代，也有刘鹗的《老残游记》，一举而为晚清小说的压卷之作。更遑论此书所关注的老舍，则为现代文坛一代文学大家，他与济南所结下的一段乡情、文缘，自然会有其非同一般的意义。老舍曾把济南称为"第二故乡"，而他创作的独特的艺术个性也是在济南真正确立并走向成熟的，这在学界已是公认的事实。所以，对济南，对老舍，看似不足道哉的"边缘性"话题，实则是关系到探讨济南的传统优势和深化老舍研究的关键所在。

时下的学术研究，已明显地呈现出向泛化和向深细发展的两种倾向。所谓向"泛化"发展，主要是指突破原有学科之对象与观念的习惯性规范，由边缘而进入了跨学科的复合性内涵的探讨。而所谓向"细化"的发展，则主要是指因不满于流行的那种天马行空式的虚浮的"宏观"研究，而对对象真实性存在的由局部到全体的开掘与考辨。这两种趋向，都是有感于既有研究方式和研究格局的弊端，而分别从不同的角度所做出的开拓性努力。两者固然可以在不同的研究者那里表现为不同的侧重性选择，但在他们之间却没有截然不可逾越的鸿沟。而且事实上，两方面倒是常常会由此通彼或由彼通此，不期然而遇的。《老舍与济南》一书的作者，虽未必在自觉意识中已经对学术领域的上述种种有了全面而清醒的认识，我们也不敢说他们在这方面已经做的有多么深刻的成效，但有一点是肯定的，那就是至少这书在实际上标示出来的，已有了两方面会通的倾向。

此书所选，皆为老舍与济南相关的文字，既有老舍抒写济南的优美篇什，也有其亲友的回忆和专家的研究文章。看来，作者的目的是明确的，也就是把相关的两个对象置放在一种互动的关系中进行观照，最终达致一种复合性认识的目的。有了这一点，他们的目的就算达到了。

当然，这书只是提供了一些可供玩味、思考的文章，真要悟出一些什么总结出一些什么来，那则还是作者和作为读者的我们都必要认真去做的事。

1998年10月10日

目 录

原版序　　　　　　　　　　　舒　乙 / 1
原版序　　　　　　　　　　　孔范今 / 3

老舍写济南

到了济南（一）/ 3
到了济南（二）/ 7
到了济南（三）/ 10
济南的秋天 / 13
济南的冬天 / 16
暑假中的齐鲁大学 / 19
非正式的公园 / 22
趵突泉的欣赏 / 25
大明湖之春 / 28
更大一些的想象 / 32
春　风 / 35
济南的药集 / 37
估　衣 / 40
国庆与重阳的追记 / 42
耍　猴 / 47
广智院 / 50
吃莲花的 / 53
路与车 / 57
《桑子中画集》序 / 60

介绍两位画家 /63
《关友声画集》序 /65
赠关友声 /67
赠马子元题扇文 /68
三个月来的济南 /69
吊济南 /78

生活与创作自述

夏之一周间 /85
一　天 /88
致赵景深 /93
致赵家璧 /97
一九三四年计划 /100
病　中 /103
《牛天赐传》广告 /104
题"全家福" /106
我的创作经验（讲演稿） /107
老舍的创作 /111
歇　夏（也可以叫作"放青"） /112
《猫城记》自序 /116
《老舍幽默诗文集》序 /118
《赶集》序 /121
我怎样写《大明湖》 /123
我怎样写《猫城记》 /126
我怎样写《离婚》 /130
《离婚》新序 /134
我怎样写短篇小说 /136
我怎样写《牛天赐传》 /142
乱离通信 /146

南来以前（一封信）/ 148
这一年的笔 / 152
轰　炸 / 156
四大皆空 / 158
八方风雨 / 161
关于《离婚》/ 166
致林语堂 / 170
老舍济南生活与创作自述撷录 / 171

追忆与怀念

这就是老舍（节选）　李长之 / 177
老舍永在　臧克家 / 179
痛怀老舍　方　殷 / 183
我所认识的老舍　赵景深 / 185
回忆老舍同志　田仲济 / 192
高风亮节　耿耿丹心　沈　旭 / 195
马彦祥谈老舍　克　莹 / 197
聊城铁公鸡　萧涤非 / 199
我记忆中的朋友老舍先生　桑子中 / 202
我记忆中的老舍先生　季羡林 / 207
忆老舍先生在齐鲁大学　何　今 / 212
最早的友谊——三封信　赵家璧 / 219
丹　柿　吕曰生 / 227
火　命　舒　乙 / 231

寻踪与探访

重访老舍在山东的旧居　胡絜青 / 237

老舍在齐鲁大学　张桂兴　/ 244
张西山谈老舍和《大明湖》　李耀曦　/ 259
《大明湖》遭难　舒　乙　/ 264
老舍的老师是济南两个说相声的　/ 267
老舍和他的武术老师马永魁　周长风　/ 269
老舍先生二三事　牟进　苏汉民　/ 275
胡絜青谈老舍　王行之　/ 279
重游老舍故居　曾广灿　/ 286
诞生过巨著的小院　任远　/ 289
老舍与趵突泉　周长风　/ 294
寻访老舍故居　李耀曦　/ 299
京城访谈录：老舍不能没有济南　李耀曦　/ 307
访孔范今：老舍——半个世纪的误读　李耀曦　/ 311

发现与解读

老舍在齐鲁大学说相声　李耀曦　/ 315
老舍与济南书画家的翰墨情缘　李耀曦　/ 325
老舍与济南一中的故事　李耀曦　/ 337
当年是谁把老舍送上南下火车　李耀曦　/ 348
关松坪手札册页中的老舍　何洪源　/ 356
老舍缘何到了济南齐鲁大学　李耀曦　/ 364
老舍散文中的济南　李耀曦　/ 375
老舍小说中的济南　李耀曦　/ 384

老舍济南年表　张桂兴　周长风　/ 392

再版后记　/ 408

老舍写济南

时短情长，济南就成了我的第二故乡——老舍如是说。

抗战前的20世纪30年代，老舍在山东待了整整七年，成为其人生旅途中一段最为自由幸福的时光。老舍结缘山东自1930年夏天到济南执教齐鲁大学始。老舍在这里步入大学讲堂，在这里四度"写家"春秋，在这里娶妻生子，成家立业，扬名文坛。第二故乡之说，不仅深怀感念之情，更有一种文化上的认同感。老舍去英国伦敦大学之前，主要是生活在旗人文化圈里，对中原文化了解不多。但济南这座文化古城，与老舍在古都北京的生活是可以直接接轨的，在这里他很容易找到自己生命的契合点。

很快，老舍便融入到济南的文化环境之中，与这座城市血脉相连，息息相通，相互吸纳。于是，济南的风物人情，山山水水，也就自然而然地奔涌到这位作家的笔下。"故乡无此好湖山"，老舍描写济南山水文章之多，远在其写古都北平风物之上。老舍的这些文章充满诗情画意，成为向世人推介泉城济南的绝妙佳作。

到了济南（一）

到济南来，这是头一遭。挤出车站，汗流如浆，把一点小伤风也治好了，或者说挤跑了；没秩序的社会能治伤风，可见事儿没绝对的好坏；那么，"相对论"大概就是这么琢磨出来的吧？

挑选一辆马车。"挑选"在这儿是必要的。马车确是不少辆，可是稍有聪明的人便会由观察而疑惑，到底那里有多少匹马是应当雇八个脚夫抬回家去？有多少匹可以勉强负拉人的责任？自然，刚下火车，决无意去替人家抬马，虽然这是善举之一；那么，找能拉车与人的马自是急需。然而这绝对不是容易的事儿，因为：第一，那仅有的几匹颇带"马"的精神的马，已早被手急眼快的主顾雇了去。第二，那些"略"带"马气"的马，本来可以将就，那怕是只请他拉着行李——天下还有比"行李"这个字再不顺耳，不得人心，惹人头皮疼的？——而我和赶车的在辕子两边担任扶持，指导，劝告，鼓励，（如还不走）拳打脚踢之责呢。这凭良心说，大概不能不算善于应付环境，具是东方文化的妙处吧？可是，"马"的问题刚要解决，"车"的问题早又来到：即使马能走三里五里，坚持到底不摔跟头；或者不幸跌了一交，而能爬起来再接再厉；那车，那车，那车，是否能装着行李而车底儿不哗啦啦掉下去呢？又一个问题，确乎成问题！假使走到中途，车底哗啦啦，还是我扛着行李（赶车的当然不负这个责任），在马旁同行呢？还是叫马背着行李，我再背着马呢？自然是，三人行必有我师，陪着御者与马走它一程，也是有趣的事；可是，花了钱雇车，而自扛行李，单为证明"三人行必有我师"，是否有点发疯？至于马背行李，我再负马，事属非常，颇有古代故事中巨人的风度，是！可有一层，我要是被压而死，那马是否能把行李送到学校去？我不算什么，行李是不能随便掉失的！不为行李，起初又何必雇车呢？小资产阶级的逻辑，不错；但到底是逻辑呀！第三，别看马与车各有问题，马与车合起来而成的"马车"是整个的问题，敢情还有惊人的问题呢——车价。一开首我便得罪了一位赶车的，我正在

德国人修建的济南津浦铁路车站外景

向那些马国之鬼，和那堆车之骨骼发呆之际，我的行李突然被一位御者抢去了。我并没生气，反倒感谢他的热心张罗。当他把行李往车上一放的时候，一点不冤人，我确乎听见哗啦一声响，确乎看见连车带马向左右摇动者三次，向前后进退者三次。"行啊？"我低声的问御者。"行？"他十足的瞪了我一眼。"行？从济南走到德国去都行！"我不好意思再怀疑他，只好以他的话作我的信仰；心里想："有信仰便什么也不怕！"为平他的气，赶快问："到——大学，多少钱？"他

说了一个数儿。我心平气和的说:"我并不是要买贵马与尊车。"心里还想:"假如弄这么一份财产,将来不幸死了,遗嘱上给谁承受呢?"正在这么想,也不知怎的,我的行李好像被魔鬼附体,全由车中飞出来了。再一看,那怒气冲天的御者一扬鞭,那瘦病之马一掀后蹄,便轧着我的皮箱跑过去。皮箱一点也没坏,只是上边落着一小块车轮上的胶皮;为避免麻烦,我也没敢叫回御者告诉他,万一他叫我赔偿呢!同时,心中颇不自在,怨

济南西门大街上车水马龙

自己"以貌取马",那知人家居然能掀起后蹄而跑数步之遥呢。

　　幸而济青①来了,带来一辆马车②。这辆车和车站上的那些差不多。马是白色的,虽然事实上并不见得真白,可是用"白马之白"的抽象观念想起来,到底不是黑的,黄的,更不能说一定准是灰色的。马的身上不见得肥,因此也很老实。缰,鞍,肚带,处处有麻绳帮忙

---

　　①济青:即林济青,齐鲁大学代理校长,山东莱阳人,留美文学士与工程学硕士。当时两人都很年轻,老舍31岁,林济青39岁,故而老舍文中戏称为"两个三四十的老小伙子"。
　　②马车:载客马车,老济南人称为"轿子车"或洋马车。清末引入中国,胶皮车轮,装饰精美,行驶平稳轻快。逐渐本土化后,又加装了车厢、车门和玻璃车窗。民初济南马车行业形成规模。当时租赁马车的费用为每12小时6元,每6小时3元,6小时以内车费面议,并且可以电话预约。济南上流社会人家,举办红白喜事,往往也租用这种洋马车。由此可见,林济青特意雇了辆洋马车来迎接老舍,乃是以示尊重。老舍以幽默文笔描述之,不无夸张,不可看得太实。

维系，更显出马之稳练驯良。车是黑色的，配起白马，本归黑白分明，相得益彰；可是不知济南的太阳光为何这等特别，叫黑白的相配，更显得暗淡灰丧。

行李，济青和我，全上了车。赶车的把鞭儿一扬，吆喝了一声，车没有动。我心里说："马大概是睡着了。马是人们最好的朋友，多少带点哲学性，睡一会儿是常有的事。"赶车的又喊了一声，车微动。只动了一动，就又停住；而那匹马确是走出好几步远。赶车的不喊了，反把马拉回来。他好像老太婆缝补袜子似的，在马的周身上下细腻而安稳的找那些麻绳的接头，慢慢的一个一个的接好，大概有三十多分钟吧，马与车又发生了关系。又是一声喊，这回马是毫无可疑的拉着车走了。倒叫我怀疑：马能拉着车走，是否一个奇迹呢？

一路之上，总算顺当。左轮的皮带掉了两次，随掉随安上，少费些时间，无关重要。马打了三个前失，把我的鼻子碰在车窗上一次，好在没受伤。跟济青顶了两回牛儿，因为我们俩是对面坐着的，可是顶牛儿更显着亲热，设若没有这个机会，两个三四十的老小伙子，又焉肯脑门顶脑门的玩耍呢。因此，到了大学的时候，我摹仿着西洋少女，在瘦马脸上吻了一下，表示感谢他叫我们得以顶牛的善意。

（未完）

【原名《一些印象》，载 1930 年 10 月《齐大月刊》第 1 卷第 1 期】

到了济南（二）

上次谈到济南的马车，现在该谈洋车①。

济南的洋车并没有什么特异的地方。坐在洋车上的味道可确是与众不同。要领略这个味道，顶好先检看济南的道路一番；不然，屈骂了车夫，或诬蔑济南洋车构造不良，都不足使人心服。

检看道路的时候，请注意，要先看胡同里的；西门外确有宽而平的马路一条，但不能算作国粹。假如这检查的工作是在夜里，请别忘了拿个灯笼，踏一脚黑泥事小，把脚腕拐折至少也不甚舒服。

胡同中的路，差不多是中间垫石，两旁铺

---

①洋车：20世纪30年代的济南府全城只有一条公共汽车线路，人力洋车是人们出行的主要代步交通工具。当时洋车夫有八九千人之多，因而有"洋车夫之城"之说。老舍后来写出长篇小说《骆驼祥子》，与在济南出行经常乘坐洋车不无关系。

济南二大马路上洋车多

土的。土,在一个中国城市里,自然是黑而细腻,晴日飞扬,阴雨和泥的,没什么奇怪。提起那些石块,只好说一言难尽吧。假如你是个地质学家,你不难想到:这些石是否古代地层变动之时,整批的由地下翻上来,直至今日,始终原封没动;不然,怎能那样不平呢?但是,你若是个考古家,当然张开大嘴哈哈笑,济南真会保存古物哇!看,看那一块石头没有多少年的历史!社会上一切都变了,只有你们这群老石还在这儿镇压着济南的风水!

  浪漫派的文人也一定喜爱这些石路,因为块块石头带着慷慨不平的气味,且满有幽默。假如第一块屈了你的脚尖,哼,刚一迈步,第二块便会咬住你的脚后跟。左脚不幸被石洼囚住,留神吧,右脚会紧跟着滑溜出多远,早有一块中间隆起,棱而腻滑的等着你呢。这样,左右前后,处处是埋伏,有变化;假如那位浪漫派写家走过一程,要是幸而不晕过去,一定会得到不少写传奇的启示。

  无论是谁,请不要穿新鞋。鞋坚固呢,脚必磨破。脚结实呢,鞋上必来个窟窿。二者必居其一。那些小脚姑娘太太们,怎能不一步一跌,真使人糊涂而惊异!

  在这种路上坐汽车,咱没这经验,不能说是舒服与否。只看见过汽车中的人们,接二连三的往前蹿,颇似练习三级跳远。推小车子也没有经验,只能理想到:设若我去推一回,我敢保险,不是我——多半是我——就是小车子,一定有一个碎了的。

  洋车,咱坐过。从一上车说吧。车夫拿起"把"来,也许是往前走,也许是往后退,那全凭石头叫他怎样他便得怎样。济南的车夫是没有自由意志的。石头有时一高兴，也许叫左轮活动，而把右轮抓住不放；这样，满有把坐车的翻到下面去，而叫车坐一会儿人的希望。

坐车的姿式也请留心研究一番。

济南的骆驼祥子——洋车夫

你要是充正气君子，挺着脖子正着身，好啦，为维持脖子的挺立，下车以后，你不变成歪脖儿柳就算万幸。你越往直里挺，它们越左右的筛摇；济南的石路专爱打倒挺脖子，显正气的人们！反之，你要是缩着脖子，懈松着劲儿，请要留神，车子忽高忽低之际，你也许有鬼神暗佑还在车上，也许完全摇出车外，脸与道旁黑土相吻。从经验中看，最好的办法是不挺不缩，带着弹性。像百码决赛预备好，专候枪声时的态度，最为相宜。一点不松懈，一点不忽略，随高就高，随低就低，车左亦左，车右亦右，车起须如据鞍而立，车落应如鲤鱼入水。这样，虽然麻烦一些，可是实在安全，而且练习惯了，以后可以不晕船。

坐车的时间也大有研究的必要，最适宜坐车的时候是犯肠胃闭塞病之际。不用吃泄药，只须在饭前，喝点开水，去坐半小时上下的洋车，其效如神。饭后坐车是最冒险的事，接连坐过三天，设若不生胃病，也得长盲肠炎。要是胃口像林黛玉那么弱的人，以完全不坐车为是，因没有一个时间是相宜的。

末了，人们都说济南洋车的价钱太贵，动不动就是两三毛钱。但是，假如你自己去在这种石路上拉车，给你五块大洋，你干得了干不了？

（未完）

【原名《一些印象（续）》载 1930 年 11 月《齐大月刊》第 1 卷第 2 期】

到了济南（三）

由前两段看来，好像我不大喜欢济南似的。不，不，有大不然者！有幽默的人爱"看"，看了，能不发笑吗？天下可有几件事，几件东西，叫你看完而不发笑的？不信，闭上一只眼，看你自己的鼻子，你不笑才怪；先不用说别的。有的人看什么也不笑，也对呀，喜悲剧的人不替古人落泪不痛快，因为他好"觉"；设身处地的那么一"觉"，世界上的事儿便少有不叫泪腺要动作动作的。呕，原来如此！

济南有许多好的事儿，随便说几种吧：葱好，这是公认的吧，不是我造谣生事。听说，犹太人少有得肺病的，因为吃鱼吃的多；山东人是不是因为多嚼大葱而不患肺病呢？这倒值得调查一下，好叫吃完葱的士女不必说话怪含羞的用手掩着嘴；假如调查结果真是山西河南广东因肺病而死的比山东多着七八十来个（一年多七八十，一万年要多若干？），

济南南城墙外

而其主因确是因为口中的葱味使肺病菌倒退四十里。

在小曲儿里,时常用葱尖比美妇人的手指,这自然是春葱,决不会是山东的老葱,设若美妇人的十指都和老葱一般儿粗,(您晓得山东老葱的直径是多少寸?)一旦妇女革命,打倒男人,一个嘴巴子还不把男人的半个脸打飞!这决不是济南的老葱不美,不是。葱花自然没有什么美丽,葱叶也比不上蒲叶那样挺秀,竹叶那样清劲,连蒜叶也比不上,因为蒜叶至少可以假充水仙。不要花,不看叶,单看葱白儿,你便觉得葱的伟丽了。看运动家,别看他或她的脸,要先看那两条完美的腿,看葱亦然。(运动家注意。这里一点污辱的意思没有;我自己的腿比蒜苗还细,焉敢攀高比诸葱哉!)济南的葱白起码有三尺来长吧;粗呢,总比我的手腕粗着一两圈儿——有愿看我的手腕者,请纳参观费大洋二角。这还不算什么,最美是那个晶亮,含着水,细润,纯洁的白颜色。这个纯洁的白色好像只有看见过古代希腊女神的乳房者才能明白其中的奥妙,鲜,白,带着滋养生命的乳浆!这个白色叫你舍不得吃它,而拿在手中颠着,赞叹着,好像对于宇宙的伟大有所领悟。由不得把它一层层的剥开,每一层落下来,都

济南会波门外田园风光

好似油酥饼的折叠;这个油酥饼可不"人"手烙成的。一层层上的长直纹儿,一丝不乱的,比画图用的白绢还美丽。看见这些纹儿,再看看馍馍,你非多吃半斤馍馍不可。人们常说——带着讽刺的意味——山东人吃的多,是不知葱之美者也!

反对吃葱的人们总是说:葱虽好,可是味道有不得人心之处。其实这是一面之词;假若大家都吃葱,而且时常开个"吃葱竞赛会",第一名赠以重廿斤金杯一个,你看还敢有人反对否!

记得,在新嘉坡的时候,街上有卖柘莲者,味臭无比,可是土人和华人久住南洋者都嗜之若命。并且听说,英国维克陶利亚女皇吃过一切果品,只是没有尝过柘莲,引为憾事。济南的葱,老实的讲,实在没有奇怪味道,而且确是甜津津的。假如你不信呢,吃一棵尝尝。

葱以外,济南还有许多好东西,好事儿,等下次再说。

【原名《一些印象(续)》,载 1931 年 2 月《齐大月刊》第 1 卷第 4 期;以上三篇收入上海时代图书公司 1934 年 4 月出版的《老舍幽默诗文集》时,改题为《到了济南》(一)(二)(三)】

济南的秋天

济南的秋天是诗境的。设若你的幻想中有个中古的老城,有睡着了的大城楼,有狭窄的古石路,有宽厚的石城墙,环城流着一道清溪,倒映着山影,岸上蹲着红袍绿裤的小妞儿。你的幻想中要是这么个境界,那便是济南。设若你幻想不出——许多人是不会幻想的——请到济南看看来吧。

请你在秋天来。那城,那河,那古路,那山影,是终年给你预备着的。可是,加上济南的秋色,济南由古朴的画境转入静美的诗境中了。这个诗意的秋光秋色是济南独有的。上帝把夏天的艺术赐给瑞士,把春天的赐给西湖,秋和冬的全赐给了济南。秋和冬是不好分开的,秋睡熟了一点便是冬,上帝不愿意把它忽然唤醒,所以作个整人情,连秋带冬全给了济南。

诗的境界中必须有山有水。那末,请看济南吧。那颜色不同,方向不同,高矮不同的

20世纪30年代济南新东门外护城河

山,在秋色中便越发的不同了。以颜色说吧,山腰中的松树是青黑的,加上秋阳的斜射,那片青黑便多出些比灰色深,比黑色浅的颜色,把旁边的黄草盖成一层灰中透黄的阴影。山脚是镶着各色绦子的,一层层的,有的黄,有的灰,有的绿,有的似乎是藕荷色儿。山顶上的色儿也随着太阳的转移而不同。山顶的颜色不同还不重要,山腰中的颜色不同才真叫人想作几句诗。山腰中的颜色是永远在那儿变动,特别是在秋天,那阳光能够忽然清凉一会儿,忽然又温暖一会儿,这个变动并不激烈,可是山上的颜色觉得出这个变化,而立刻随着变换。忽然黄色更真了一些,忽然又暗了一些,忽然像有层看不见的薄雾在那儿流动,忽然像有股细风替"自然"调和着彩色,轻轻的抹上一层各色俱全而全是淡美的色道儿。有这样的山,再配上那蓝的天,晴暖的阳光;蓝得像要由蓝变绿了,可又没完全绿了;晴暖得要发燥了,可是有点凉风,正像诗一样的温柔;这便是济南的秋。况且因为颜色的不同,那山的高低也更显然了。高的更高了些,低的更低了些,山的棱角曲线在晴空中更真了,更分明了,更瘦硬了。看山顶上那个塔!

再看水。以量说,以质说,以形式说,哪儿的水能比济南?有泉——到处是泉——有河,有湖,这是由形式上分。不管是泉是河是湖,全是那么清,全是那么甜,哎呀,济南是"自然"的Sweet heart吧?大明湖夏日的莲花,城河的绿柳,自然是美好的了。可是看水,是要看秋水的。济南有秋山,又有秋水,这个秋才算个秋,因为秋神是在济南住家的。先

秋到济南大明湖

不用说别的,只说水中的绿藻吧。那份儿绿色,除了上帝心中的绿色,恐怕没有别的东西能比拟的。这种鲜绿全借着水的清澄显露出来,好像美人借着镜子鉴赏自己的美。是的,这些绿藻是自己享受那水的甜美呢,不是为谁看的。它们知道它们那点绿的心事,它们终年在那儿吻着水皮,做着绿色的香梦。淘气的鸭子,用黄金的脚掌碰它们一两下。浣女的影儿,吻它们的绿叶一两下。只有这个,是它们的香甜的烦恼。羡慕死诗人呀!

在秋天,水和蓝天一样的清凉。天上微微有些白云,水上微微有些波皱。天水之间,全是清明,温暖的空气,带着一点桂花的香味。山影儿也更真了。秋山秋水虚幻的吻着。山儿不动,水儿微响。那中古的老城,带着这片秋色秋声,是济南,是诗。

要知济南的冬日如何,且听下回分解。

【原名《一些印象(续)》,载1931年3月《齐大月刊》第1卷第5期】

济南的冬天

上次说了济南的秋天,这回该说冬天。

对于一个在北平住惯的人,像我,冬天要是不刮大风,便是奇迹;济南的冬天是没有风声的。对于一个刚由伦敦回来的,像我,冬天要能看得见日光,便是怪事;济南的冬天是响晴的。自然,在热带的地方,日光是永远那么毒,响亮的天气反有点叫人害怕。可是,在北中国的冬天,而能有温晴的天气,济南真得算个宝地。

设若单单是有阳光,那也算不了出奇。请闭上眼想:一个老城,有山有水,全在蓝天下很暖和安适的睡着;只等春风来把他们唤醒,这是不是个理想的境界?

小山整把济南围了个圈儿,只有北边缺着点口儿,这一圈小山在冬天特别可爱,好像是把济南放在一个小摇篮里,它们全安静不动的低声的说:你们放心吧,这儿准保暖和。真的,济南的人们在冬天是面上含笑的。他们一看那些小山，心中便觉得有了着落，有了依靠。他们由天上看到山上，便不觉的想起：明天也许就是春天了吧？这样的温暖，今天夜里山草也许就绿起来吧？就是这点幻想不能一时实现，他们也并不着急，因为有这样慈善的冬天，干啥还希望别的呢。

山坡上窝着点白雪的千佛山

最妙的是下点小雪呀。看吧，山上的矮松越发的青黑，树尖上顶着一髻儿白花，像些小日本看护妇。山尖全白了，给蓝天镶上一道银边。山坡上有的地方雪厚点，有的地方草色还露着，这样，一道儿白，一道儿暗黄，给山们穿上一件带水纹的花衣；看着看着，这件花衣好像被风儿吹动，叫你希望看见一点更美的山的肌肤。等到快日落的时候，微黄的阳光斜射在山腰上，那点薄雪好像忽然害了羞，微微露出点粉色。就是下小雪吧，济南是受不住大雪的，那些小山太秀气。

古老的济南，城内那么狭窄，城外又那么宽敞，山坡上卧着些小村庄，小村庄的房顶上卧着点雪，对，这是张小水墨画，或者是唐代的名手画的吧。

冬日登济南东城墙远望

那水呢，不但不结冰，反倒在绿藻上冒着点热气。水藻真绿，把终年贮蓄的绿色全拿出来了。天儿越晴，

冬天里的济南护城河一角

水藻越绿,就凭这些绿的精神,水也不忍得冻上;况且那长枝的垂柳还要在水里照个影儿呢。看吧,由澄清的河水慢慢往上看吧,空中,半空中,天上,自上而下全是那么清亮,那么蓝汪汪的,整个的是块空灵的蓝水晶。这块水晶里,包着红屋顶,黄草山,像地毯上的小团花的小灰色树影;这就是冬天的济南。

树虽然没有叶儿,鸟儿可并不偷懒,看在日光下张着翅叫的百灵们。山东人是百灵鸟的崇拜者,济南是百灵的国。家家处处听得到它们的歌唱;自然,小黄鸟儿也不少,而且在百灵国内也很努力的唱。还有山喜鹊呢,成群的在树上啼,扯着浅蓝的尾巴飞。树上虽没有叶,有这些羽翎装饰着,也倒有点像西洋美女。坐在河岸上,看着它们在空中飞,听着溪水活活的流,要睡了,这是有催眠力的;不信你就试试;睡吧,决冻不着你。

要知后事如何,我自己也不知道。

【原名《一些印象》,载 1931 年 4 月《齐大月刊》第 1 卷第 6 期】

暑假中的齐鲁大学

到了齐大，暑假还未曾完。除了太阳要落的时候，校园里轻易不见一个人影。那几条白石凳，上面有枫树给张着伞，便成了我的临时书房。手里拿着本书，并不见得念；念地上的树影，比读书还有趣。我看着：细碎的绿影，夹着些小黄圈，不定都是圆的，叶儿稀的地方，光也有时候透出七棱八角的一小块。小黑驴似的蚂蚁，单喜欢在这些光圈上慌手忙脚的来往过。那边的白石凳上，也印着细碎的绿影，还落着个小蓝蝴蝶，抿着翅儿，好像要睡。一点风儿，把绿影儿吹醉，散乱起来；小蓝蝶醒了懒懒的飞，似乎是作着梦飞呢；飞了不远，落下了，抱住黄蜀菊的蕊儿。看着，老大半天，小蝶儿又飞了，来了个楞头磕脑的马蜂。

真静。往南看，千佛山懒懒的倚着一些白云，一声不出。往北看，围子墙根有时过一两个小驴，微微有点铃声。往东西看，只

齐鲁大学校友门

看见楼墙上的爬山虎,叶儿微动,像竖起的两片绿浪。往下看,四下都是绿草。往上看,看见几个红的楼尖。全不动。绿的,红的,上上下下的,像一张画,颜色固定,可是越看越好看。只有办公处的大钟的针儿,偷偷的移动,好似唯恐怕叫光阴知道似的,那么偷偷的动。从树隙里偶尔看见一个小女孩,花衣裳特别的花哨,突然把这一片静的景物全刺激了一下;花儿也更红,叶儿也更绿了似的;好像她的花衣裳要带这一群颜色跳舞起来。小女孩看不见了,又安静起来。槐树上轻轻落下个豆瓣绿的小虫,在空中悬着,其余的全不动了。

园中就是缺少一点水呀!连小麻雀也似乎很关心这个,时常用小眼睛往四下找;假如园中,就是有一道小溪吧,那要多么出色。溪里再有些各色的鱼,有些荷花!那怕是有个喷水池呢,水声,和着枫叶的轻响,在石台上睡一刻钟,要作出什么有声有色有香味的梦!花木够了,只缺一点水。

短松墙觉得有点死板,好在发着一些松香;若是上

绿树如云的齐鲁大学校园

面绕着些密罗松,开着些血红的小花,也许能减少一些死板气儿。园外的几行洋槐很体面,似乎缺少一些小白石凳。可是继而一想,没有石凳也好,校园的全景,就妙在只有花木,没有多少人工作的点缀;

1934年暑期齐大医学院毕业女生合影照

砖砌的花池咧,绿竹篱咧,全没有;这样,没有人的时候,才真像没有人,连一点人工经营的痕迹也看不出;换句话说,这才不俗气。

啊,又快到夏天了!把去年的光景又想起来;也许是盼望快放暑假吧。快放暑假吧!把这个整个的校园,还交给蜂蝶与我吧!太自私了?谁说不是!可是我能念着树影,给诸位作首不十分好,也还说得过去的诗呢。

学校南边那块瓜地,想起来叫口中出甜水;但是懒得动;在石凳上等着吧,等太阳落了,再去买几个瓜吧。自然,这还是去年的话;今年那块地还种瓜吗?管他种瓜还是种豆呢,反正白石凳还在那里,爬山虎也又绿起来;只等玫瑰开呀!玫瑰开,吃粽子,下雨,晴天,枫树底下,白石凳上,小蓝蝴蝶,绿槐树虫,哈,梦!再温习温习那个梦吧。

【原名《一些印象》,载1931年5月《齐大月刊》第1卷第7期】

非正式的公园

济南的公园似乎没有引动我描写它的力量，虽然我还想写那么一两句；现在我要写的地方，虽不是公园，可是确比公园强的多，所以——非正式的公园；关于那正式的公园，只好，虽然还想写那么一两句，待之将来。

这个地方便是齐鲁大学，专从风景上看。齐大在济南的南关外，空气自然比城里的新鲜，这已得到成个公园的最要条件。花木多，又有了成个公园的资格。确是有许多人到那里玩，意思是拿它当作——非正式的公园。

逛这个非正式的公园以夏天为最好。春天花多，秋天树叶美，但是只在夏天才有"景"，冬天没有什么特色。

当夏天，进了校门便看见一座绿楼，楼前一大片绿草地，楼的四围全是绿树，绿树的尖上浮着一两个山峰，因为绿树太密了，所以看不见树后的房子与山腰，使你猜不到绿荫后边还有什么；深密伟大，你不由的深吸一口气。绿楼？真的，"爬山虎"的深绿肥大的叶一层一层的把楼盖满，只露着几个白边的窗户；每阵小风，使那层层的绿叶掀动，横着竖着都动得有规律，一片壁立的绿浪。

齐鲁大学校园鸟瞰照（由南往北）

往里走吧，沿着草地——草地边上不少的小蓝花呢——到了那绿荫深处。这里都是枫树，树下四条洁白的石凳，围着一片花池。花池里虽没有珍花异草，可是也有可观；况且往北有一条花径，全是小红玫瑰。花径的北端有两大片洋葵，深绿叶，浅红花；这两片花的后面又有一座楼，门前的白石阶栏像享受这片鲜花的神龛。楼的高处，从绿槐的密叶的间隙里看到，有一个大时辰钟。

往东西看，西边是一进校门便看见的那座楼的侧面与后面，与这座楼平行，花池东边还有一座；这两座楼的侧面山墙，也都是绿的。花径的南端是白石的礼堂，堂前开满了百日红，壁上也被绿蔓爬匀。那两座楼后，两大片草地，平坦，深绿，像两张绿毯。这两块草地的南端，又有两座楼，四围用蔷薇作成短墙。设若你坐在石凳上，无论往哪边看，视线所及不是红花，便是绿叶；就是往上下看吧：下面是绿草，红花，与树影；上面是绿枫树叶。往平里看，

考文楼（物理楼）前的草坪（齐大校园南望）

自左至右分别为物理楼、办公楼、化学楼（从齐大校园南面康穆堂上北望）

有时从树隙花间看见女郎的一两把小白伞，有时看男人的白大衫。伞上衫上时时落上些绿的叶影。人不多，因为放暑假了。

拐过礼堂，你看见南面的群山，绿的。山前的田，绿的。一个绿海，山是那些高的绿浪。

礼堂的左右，东西两条绿径，树荫很密，几乎见不着阳光。顺着这绿径走，不论是往西往东，你看见些小的楼房，每处有个小花园。园墙都是矮松做的。

春天的花多，特别是丁香和玫瑰，但是绿得不到家。秋天的红叶美，可是草变黄了。冬天树叶落净，在园中便看见了山的大部分，又欠深远的意味。只有夏天，一切颜色消沉在绿的中间，由地上一直绿到树上浮着的绿山峰，成功以绿为主色的一景。

【原载 1932 年 7 月 2 日《华年》第 1 卷第 12 期】

趵突泉的欣赏

千佛山、大明湖和趵突泉，是济南的三大名胜。现在单讲趵突泉。

在西门外的桥上，便看见一溪活水，清浅，鲜洁，由南向北的流着。这就是由趵突泉流出来的。设若没有这泉，济南定会丢失了一半的美。但是泉的所在地并不是我们理想中的一个美景。这又是个中国人的征服自然的办法，那就是说，凡是自然的恩赐交到中国人手里就会把它弄得丑陋不堪。这块地方已经成了个市场。南门外是一片喊声，几阵臭气，从卖大碗面条与肉包子的棚子里出来。进了门有个小院，差不多是四方的。这里，"一毛钱四块！"和"两毛钱一双！"的喊声，与外面的"吃来"联成一片。一座假山，奇丑；穿过山洞，接联不断的棚子与地摊，东洋布，东洋磁，东洋玩具，东洋……加劲的表示着中国人怎样热烈的"不"抵制劣货。这里很不易走过去，乡下人一群跟着一群的来提倡日货，把路塞住。他们没有例外的全张着嘴,葱味四射。没有例外的全买一件东西还三次价,走开又回来摸索四五次。小脚妇女更了不得,你往左躲,她往左扭;你往右躲,她往右扭,反正不许你痛快的过去。

到了泉池,北岸上一座神殿,南西东三面全是唱鼓书的茶棚,唱的多半是梨花大鼓,一声"哟"要拉长几分钟,猛听颇像产科医院的病室。除了茶棚还是日货摊子——说点别的吧!

泉太好了。泉池差不多见方,三个泉口偏西,北边便是条小溪流向西门去。看那三个大泉,一年四季,昼夜不停,老么翻滚。你立定呆呆的看三分钟,你便觉出自然的伟大,使你不敢再正眼去看。永远那么纯洁,永远那么活泼,永远那么鲜明,冒,冒,冒,永不疲乏,永不退缩,只是自然有这样的力量!冬天更好,泉上起了一片热气,白而轻软,在深绿的长草藻上飘荡着,使你不由的想起一种似乎神秘的境界。

池边还有小泉呢:有的像大鱼吐水,极轻快的上来一串水泡;有的像一串明珠,走到中途又歪下去,真像一串珍珠在水里斜放着;有的半天才上来一个水泡,大,扁一点,慢慢的,有姿态的,摇动上

趵突泉池畔的四面亭(左)与观澜亭(右)

来;碎了;看,又来了一个!有的好几串小碎珠一齐挤上来,像一朵攒整齐的珠花,雪白。有的……这比那大泉还更有味。

新近为增加河水的水量,又下了六根铁管,做成六个泉眼,水流得也很旺,但是我还是爱那原来的三个。

看完了泉,再往北走,经过一些货摊,便出了北门。

前年冬天一把大火把泉池南边的棚子都烧了。有机会改造了!造成一个公园,各处安着喷水管!东边作个游泳池!有许多人这样的盼望。可是,席棚又搭好了,渐次改成了木板棚;乡下人只知道趵突泉,把摊子移到"商场"去(就离趵突泉几步)买卖就受损失了;于是"商场"四大皆空,还叫趵突泉作日货销售场;也许有道理。

【原载1932年8月6日《华年》第1卷第17期】

大明湖之春

北方的春本来就不长，还往往被狂风给七手八脚的刮了走。济南的桃李丁香与海棠什么的，差不多年年被黄风吹得一干二净，地暗天昏，落花与黄沙卷在一处，再睁眼时，春已过去了！记得有一回，正是丁香乍开的时候，也就是下午两三点钟吧，屋中就非点灯不可了；风是一阵比一阵大，天色由灰而黄，而深黄，而黑黄，而漆黑，黑得可怕。第二天去看院中的两株紫丁香，花已像煮过一回，嫩叶几乎全破了！济南的秋冬，风倒很少，大概都留在春天刮呢。

有这样的风在这儿等着，济南简直可以说没有春天；那么，大明湖之春更无从说起。

济南的三大名胜，名字都起得好：千佛山，趵突泉，大明湖，都多么响亮好听！一听到"大明湖"这三个字，便联想到春光明媚和湖光山色等等，而心中浮现出一幅美景来。事实上，可是，它既不大，又不明，也不湖。

湖中现在已不是一片清水，而是用坝划开的多少块"地"。"地"外留着几条沟，游艇沿沟而行，即是逛湖。水田不需要多么深的水，所以水黑而不清；也不要急流，所以水定而无波。东一块莲，西一块

民国初年大明湖历下亭前

蒲，土坝挡住了水，蒲苇又遮住了莲，一望无景，只见高高低低的"庄稼"。艇行沟内，如穿高粱地然，热气腾腾，碰巧了还臭气烘烘。夏天总算还好，假若水不太臭，多少总能闻到一些荷香，而且必能看到些绿叶儿。春天，则下有黑汤，旁有破烂的土坝；风又那么野，绿柳新蒲东倒西歪，恰似挣命。所以，它即不大，又不明，也不湖。

话虽如此，这个湖到底得算个名胜。湖之不大与不明，都因为湖已不湖。假若能把"地"都收回，拆开土坝，挖深了湖身，它当然可以马上既大且明起来：湖面原本不小，而济南又有的是清凉的泉水呀。这个，也许一时作不到。不过，即使作不到这一步，就现状而言，它还应当算作名胜。北方的城市，要找有这么一片水的，真是好不容易了。千佛山满可以不算数儿，配作个名胜与否简直没多大关系。因为山在北方不是什么难找的东西呀。水，可太难找了。济南城内据说有七十二泉，城外有河，可是还非有个湖不可。泉，池，河，湖，四者俱备，这才显出济南的特色与可贵。它是北方唯一的"水城"，这个湖是少不得的。设若我们游湖时，只见沟而不见湖，请到高处去看看吧，比如在千佛山上往北眺望，则见城北灰绿的一片——大明湖；城外，华鹊二山夹着湾湾的一道灰亮光儿——黄河。这才明白了济南的不凡，不但有水，而且是这样多呀。

况且，湖景若无可观，湖中的出产可是很名贵呀。懂得什么叫作美的人或者不如懂得什么好吃的人多吧，游过苏州的往往只记得此地

民国初大明湖中的游船——玻璃船

的点心,逛过西湖的提起来便念道那里的龙井茶,藕粉与莼菜什么的,吃到肚子里的也许比一过眼的美景更容易记住,那么大明湖的蒲菜,茭白,白花藕,还真许是它驰名天下的重要原因呢。不论怎么说吧,这些东西既都是水产,多少总带着些南国风味;在夏天,青菜挑子上带着一束束的大白莲花菁葵出卖,在北方大概只有济南能这么"阔气"。

我写过一本小说——《大明湖》——在"一·二八"与商务印书馆一同被火烧掉了。记得我描写过一段大明湖的秋景,词句全想不起来了,只记得是什么什么秋。桑子中先生给我画过一张油画,也画的是大明湖之秋,现在还在我的屋中挂着。我写的,他画的,都是大明湖,而且都是大明湖之秋,这里大概有点意思。对了,只是在秋天,大明湖才有些美呀。济南的四季,唯有秋天最好,晴暖无风,处处明朗。这时候,请到城墙上走走,俯视秋湖,败柳残荷,水平如镜;唯其是秋色,所以连那些残破的土坝也似乎正与一切景物配合:土坝上偶尔有一两截断藕,或一些黄叶的野蔓,配着三五枝芦花,确是有些画意。"庄稼"已都收了,湖显得大了许多,大了当然也就显着明。不仅是湖宽水净,显着明美,抬头向南看,半黄的千佛山就在面前,开元寺那边的"橛子"——大概是个塔吧——静静的立在山头上。往北看,城外的河水很清,菜畦中还生着短短的绿叶。往南往北,往东

张公祠门前的水道和篷子船

　　往西,看吧,处处空阔明朗,有山有湖,有城有河,到这时候,我们真得到个"明"字了。桑先生那张画便是在北城墙上画的,湖边只有几株秋柳,湖中只有一只游艇,水作灰蓝色,柳叶儿半黄。湖外,他画上了千佛山;湖光山色,联成一幅秋图,明朗,素净,柳梢上似乎吹着点不大能觉出来的微风。

　　对不起,题目是大明湖之春,我却说了大明湖之秋,可谁教亢德先生出错了题呢!

【原载 1937 年 3 月 16 日《宇宙风》第 37 期】

更大一些的想象

要领略济南的美,根本须有些诗人的态度。那就是说:你须客气一点,把不美之点放在一旁,而把湖山的秀丽轻妙地放在想象里浸润着;这也许是看风景而不至于失望的普遍原则。反之,你没有这诗意的体谅,而一个萝卜一个坑的去逛大明湖、趵突泉等,先不用说别的,单是人们口中的葱味,路上吱吱妞妞小车子的轮声,与裹着大红袜带的小脚娘们,要不使你想悬梁自尽,那真算万幸。单听济南人说话,谁也梦想不到它有那么美,那么甜,那么清凉的泉水;而济南泉水的甜美清凉确是事实,你不能因济南话难听而否认这上帝的恩赐。好吧,你随我来吧,假如你要对济南下公平的判断,一个公平的判断,永不会使济南损失一点点的光荣。

比如你先跟我上大明湖的北极阁吧,一路之上(不论是由何处动身),请你什么也不看不听,假如你不愿闭上眼与堵上耳,你至少应当决定：不使路上的丑恶影响到最终的判断。你还要必诚必敬的默想着，你是去看个地上的仙境。

从北极阁上俯瞰大明湖及眺望南山

到了，看！先别看你脚下的湖；请看南边的山。看那腰中深绿，而头上淡黄的千佛山；看后面那个塔，只是那么一根黑棍儿似的，可是似乎把那一群小山和那片蓝而含着金光的天空联成一体，它好像表现着群山的向上的精神。再往西看，一串小山都像带着不同的绿色往西走呢。远处，只见天边上一些蓝的曲线，随着你的眼力与日光的强弱，忽隐忽现，使你轻叹一声：山，伟大图画中的诗料。到北极阁后面来看，还有山呢，那老得连棵树也懒得长的历（"历"字误，似应为"鹊"字。本书编者按）山，那孤立不倚的华山，都是不太高不太矮，正合适作个都城的小绿围屏；济南在这一点上像意大利的芙劳伦思。你看到这几乎形成一个圆圈的小山，你开始，无疑的，爱济南了。这群小山不像南京的山那样可怕，不像北平的西山北山那样荒伟的在远处默立，这些小山"就"在济南围墙的外边，它们对济南有种亲切的感情，可以使你想到它们也许愿到城里来看看朋友们。不然，它们为什么总像向城里探着头看呢。

看完了山，请你默想一会儿：山是不错，但是只有山，不能使济南风景像江南吧；水可是不易有的，在中国的北方。这么想罢，请看大明湖吧。自然现在的湖已成了许多水沟，使你大失所望。我知道，所以我不请你坐小船去游湖，那些名胜，什么历下亭咧，铁公祠咧，都没有什么可看；那些小船既不美，又不贱，而且最恼人的是不划不摇不用篙支不用纤拉，而以一根大棍硬"挺"的驶船方法。这些咱们全不去试验，我只请你设想：设若湖上没有那些蒲田泥坝，这湖的面积该有多大？设若湖上全种着莲花，四围界以杨柳，是不是一种诗境？这不是不可能的；本来这湖是个"湖"，而是被人工作成了许多"水沟"；上帝给济南一些小山，也给它一个大湖，人工胜天，生把一个湖改成沟，这是因穷而忘了美的结果，不是自然的过错。

城在山下，湖在城中。这是不是一个美女似的城市？你再看，或者说再想，那城墙假如都拆去，而在城河的岸旁，杨柳荫中修上平坦的马路，这是不是个仙境？看那护城河的水，绿，静，明，洁，似乎是向你说：你看看我多么甜美！那水藻，一年四季老是那么绿，没有法形容，因为它们

沿湖中水道划行的篷子船

似乎是暗示出上帝心中的"绿"便是这样的绿。河岸上，柳荫下，假如有些美于济南妇女的浣纱女儿，穿着白衫或红袄，像些团大花似的，看看自己的倒影，一边洗一边唱！

这是看风景呢，还是作梦呢？一点也不是幻想；假如这座城在一个比中国人争气的民族手里，这个梦大概久已是事实了。我决不愿济南被别人管领；我希望中国人应当有比编几副对联或作几首诗（连大明湖上的游船都有很漂亮的对联，可惜没有湖！）更大一些的想象。我请你想象，因为只有想象才足以揭露出济南的本来面目。济南本来是极美的，可惜被人们给糟蹋了。

【原载 1932 年 5 月 7 日《华年》第 1 卷第 4 期】

春 风

　　济南与青岛是多么不相同的地方呢！一个设若比作穿肥袖马褂的老先生，那一个便应当是摩登的少女。可是这两处不无相似之点。拿气候说吧，济南的夏天可以热死人，而青岛是有名的避暑所在；冬天，济南也比青岛冷。但是，两地的春秋颇有点相同。济南到春天多风，青岛也是这样；济南的秋天是长而晴美，青岛亦然。

　　对于秋天，我不知应爱哪里的：济南的秋是在山上，青岛的是海边。济南是抱在小山里的；到了秋天，小山上的草色在黄绿之间，松是绿的，别的树叶差不多都是红与黄的。就是那没树木的山上，也增多了颜色——日影、草色、石层，三者能配合出种种的条纹，种种的影色。配上那光暖的蓝空，我觉到一种舒适安全，只想在山坡上似睡非睡的躺着，躺到永远。青岛的山——虽然怪秀美——不能与海相抗，秋海的波还是春样的绿，可是被清凉的蓝空给开拓出老远，平日看不见的小岛清楚的点在帆外。这远到天边的绿水使我不愿思想而不得不思想；一种无目的的思虑，要思虑而心中反倒空虚了些。济南的秋给我安全之感，青岛的秋引起我甜美的悲哀。我不知应当爱哪个。

两地的春可都被风给吹毁了。所谓春风，似乎应当温柔，轻吻着柳枝，微微吹皱了水面，偷偷的传送花香，同情的轻轻掀起禽鸟的羽毛。济南与青岛的春风都太粗猛。济南的风每每在丁香海棠开花的时候把天刮黄，什么也看不见，连花都埋在黄暗中，青岛的风少一些沙土，可是狡猾，在已很暖的时节忽然来一阵或一天的冷风，把一切都送回冬天去，棉衣不敢脱，花儿不敢开，海边翻着愁浪。

两地的风都有时候整天整夜的刮。春夜的微风送来雁叫，使人似乎多些希望，整夜的大风，门响窗户动，使人不英雄的把头埋在被子里；即使无害，也似乎不应该如此。对于我，特别觉得难堪。我生在北方。听惯了风，可也最怕风。听是听惯了，因为听惯才知道那个难受劲儿。它老使我坐卧不安，心中游游摸摸的，干什么不好，不干什么也不好。它常常打断我的希望：听见风响，我懒得出门，觉得寒冷，心中渺茫。春天仿佛应当有生气，应当有花草。这样的野风几乎是不可原谅的！我倒不是个弱不禁风的人，虽然身体不很足壮。我能受苦，只是受不住风。别种的苦处，多少是在一个地方，多少有个原因，多少可以设法减除；对风是干没办法。总不在一个地方，到处随时使我的脑子晃动，像怒海上的船。它使我说不出为什么苦痛，而且没法子避免。它自由的刮，我死受着苦。我不能和风去讲理或吵架。单单在春天刮这样的风！可是跟谁讲理去呢？苏杭的春天应当没有这不得人心的风吧？我不准知道，而希望如此。好有个地方去"避风"呀！

【原载 1935 年 3 月 24 日《益世报》】

济南的药集

今年的药集是从四月廿五日起,一共开半个月——有人说今年只开三天,中国事向来是没准儿的。地点在南券门街与三和街。这两条街是在南关里,北口在正觉寺街,南头顶着南围子墙。

喝!药真多!越因为我不认识它们越显着多!

每逢我到大药房去,我总以为各种瓶子中的黄水全是硫酸,白的全是蒸馏水,因为我的化学知识只限于此。但是药房的小瓶小罐上都有标签,并不难于检认;假若我害头疼,而药房的人给我硫酸喝,我决不会答应他。到了药集,可是真没有法儿了!一捆一捆,一袋一袋,一包一包,全是药材,全没有标签!而且买主只问价钱,不问名称,似乎他们都心有成"药";我在一旁参观,只觉得腿酸,一点知识也得不到!

但是,我自有办法。橘皮,干向日葵,

竹叶,荷梗,益母草,我都认得;那些不认识的粗草细草长草短草呢?好吧,长的都算柴胡,短的都算——什么也行吧,看那柴胡,有多少种呀;心中痛快多了!

关于动物的,我也认识几样:马蜂窝,整个的干龟,蝉蜕,僵蚕,还有椿蹦儿。这末一样的药名和拉丁名,我全不知道,只晓得这是椿树上的飞虫,鲜红的翅儿,翅上有花点,很好玩,北平人管它们叫椿蹦儿;它们能治什么病呢?还看见了羚羊,原来是一串黑亮的小球;为什么羚羊应当是小黑球呢?也许有人知道。还有两对狗爪似的东西,莫非是熊掌?犀角没有看见,狗宝,牛黄也不知是什么样子,设若牛黄应像老倭瓜,我确是看见了好几个貌似干倭瓜的东西。最失望的是没有看见人中黄,莫非药铺的人自己能供给,所以集上无须发售吧?也许是用锦匣装着,没能看到?

矿物不多,石膏,大白,是我认识的;有些大块的红石头便不晓得是什么了。

草药在地上放着,熟药多在桌上摆着。万应锭,狗皮膏之类,看看倒还漂亮。

此外还有非药性的东西,如草纸与东昌纸等;还有可作药用也可作食品的东西,如山楂片,核桃,酸枣,莲子,薏仁米等。大概那些不识药性的游人,都是为买这些东西来的。价钱确是便宜。

我很爱这个集:第一,我觉得这里全是国货;只有人参使我怀疑有洋参的可能,那些种柴胡和那些马蜂窝看着十二分道地,决不会是舶来品。第二,卖药的人们非常安静,一点不吵不闹;也非常的和蔼,虽然要价有点虚谎,可是还价多少总不出恶声。第三,我觉得

济南南关山水沟集市

到底中国药（应简称为"国药"）比西洋药好，因为"国药"吃下去不管治病与否，至少能帮助人们增长抵抗力。这怎么讲呢？看，橘皮上有多么厚的黑泥，柴胡们带着多少沙土与马粪；这些附带的黑泥与马粪，吃下去一定会起一种作用，使胃中多一些以毒攻毒的东西。假如橘皮没有什么力量，这附带的东西还能补充一些。西洋药没有这些附带品，自然也不会发生附带的效力。哪位医生敢说对下药有十二分的把握么？假如药不对症，而药品又没有附带物，岂不是大大的危险！"国药"全有附带物，谁敢说大多数的病不是被附带物治好的呢？第四，到底是中国，处处事事带着古风：咱们的祖先遍尝百草，到如今咱们依旧是这样，大概再过一万八千年咱们还是这样。我虽然不主张复古，可是热烈的想保存古风的自大有人在，我不能不替他们欣喜。第五，从今年夏天起，我一定见着马蜂窝，大蝎子，烂树叶，就收藏起来；人有旦夕祸福，谁知道什么时候生病呢！万一真病了，有的是现成的马蜂窝等，挑选一个吃下去，治病是其一，没人说你是共产党是其二。

集市上的各种地摊

逛完了集，出了巷口，看见一大车牛马皮，带着毛还没制成革，不知是否也是药材。

【原载 1932 年 6 月 11 日《华年》第 1 卷第 9 期】

估 衣

在中国，政府没主张便是四万万人没主意；指望着民意怎么怎么，上哪里去找民意？可有多少人民知道满洲在东南，还是在东北？和他们要主意，等于要求鸭子唱昆腔。

一致抵抗，经济绝交，都好；只要有人计划出，有清正的官吏们肯引着人民去作。反之，执政的只管作官，而把一切问题交给人民，便永远不能解决任何问题。

举个例说，抵制仇货似乎是我们唯一的反抗手段。谁去抵制？人民；人民才干那回事呢（"干"字前似漏一"不"字。本书编者按）！人民所知道的是什么便宜买什么，不懂得什么仇不仇、货不货。通盘的看看人民的经济力量，通盘的计划我们怎样提倡国货，怎样保护国产工艺，然后才谈得到抵制。不然，瞎说一大回！

受过教育的人懂得看看商标（人家日本人现在是听中国商人的决定而后印商标牌

号!),知道多花钱也不要仇货;可是受过教育的人有几个?学校里明白不用洋纸,试问哪个小印刷所能用国货而不赔钱?纸业政策,正如其他丝业、茶业、漆业……政策何在?希望印刷所老板们去决定政策,即使他们是通达的人,他们弄不上饭吃谁管?提倡国货提倡得起,而人民赔不起买不起,还不是瞎说?

在济南,抵制仇货是没有那一回事。这不算新奇。花样在这儿:不但不拒绝新货,而且拼命的买人家的破烂。试到估衣店去看看,卖的是什么?试立在城门左右看看乡下人挑或推出城外的是什么?日本估衣!凡是一家估衣店就有一大堆捆好的东洋旧衣裳、裤子、长衫、布片、腰带、汗衫……捆成一二尺厚的一束,论斤出售。在四马路单有二三十家专卖此项宝贝,不卖别的。乡民推车的推车,持扁担的持扁担,专来运买这种"估衣捆"。拿回家去,拆大改小,一束便能改造好几件衣服,比买新布——国产粗布虽只卖七八分洋钱一尺——要便宜上好几倍。

看乡民买办时的神气,就好像久旱逢甘雨那么喜欢;三两成群,摸摸这束,扯扯那捆,选择唯恐其不精,价钱唯恐其不入骨,选好之后,还要在铺外抽着竹管烟袋,精细的再讨论一番。休息够了,一挑跟一挑,一车跟着一车,全欣欣然有喜色,运出城去。

有位朋友曾劝过几位乡下同胞,不要买那个,他们一个字的回答:"贱!"后来他又吓他们,说那是由日本死人身上剥下来的,还是那一个字回答:"贱!"

一年由青岛等处来多少船这种估衣,我没有统计。我确知道在济南这是一大宗生意。我也知道抵制仇货若不另想高明主意,而专发些爱国链锁,只多是费几张纸而已。

【原载 1933 年 1 月 14 日《华年》第 2 卷第 2 期】

国庆与重阳的追记

从一方面想,中国似乎没有希望;再从另一方面想,中国似乎还是没希望。以国庆与重阳说吧,就能证明这两头无望。今年的国庆不庆,似乎大有作用,其实呢,只是官员与学生少放一天假;有几位国民晓得"双十"是个"节"?庆呢,官员与学生多放天假;不庆呢,少放一天假,如是而已,是谓无望。国庆之庆与不庆,关心者只有官员与学生,因为有关于放假与否,无望无望。转过头来看民众,就以济南的说吧,今年春间,上海正打得热闹,而大闹其龙灯。能在那时候闹龙灯的,自然国庆可以不庆,而重阳不能不登高。国庆不庆,是奉政府的命令,鸦雀无声的过去,倒还罢了。重阳不准举行香会,市政府也有道公文,可是千佛山的热闹过于往年。国难国难,有可不庆的国庆,而无不可庆的重阳,前思后想,怎想怎无望。自然,民众娱乐是向来没有一点点设备的,一年有这么一天,大家全到山上走一遭，就是附带着烧股高香，买几个元宝（纸的），也到底是有益无损的事。可是偏偏国家多难，而且重阳又与不庆的国庆相隔只有两天；在这种情形之下，看着这么群民众，只好叹气而已。

民国初千佛山"云径禅关"牌坊前

其实，今年的庆重阳较比去年的还到底有可原谅呢。九一八不是去年降生的么？是的，紧跟着九一八就是重阳，去年的重阳也是很热闹啊！是的，我从抽屉里找出去年的日记，上面有几句不像诗的诗，是去年重阳写的。因为不像诗，所以写完便放在抽屉里。重阳又到了，诗仍在那里，人民仍在山上，九一八的降生地仍在仇人手里，国庆节仍然没有人晓得，我非发表那首诗不可了。诗不像诗，是的；可是国民不像国民呢？有此国民有此诗，至少合乎"中国逻辑"，于是，欲知重阳怎样热闹，有诗为证：

  满城灰土是重阳。
  似一群笑脸的泥鬼，
  挤出城门，到山前，
  向千佛献媚。

  拉车的喊得口干，
  坐车的急得心碎，
  大路当中，总在大路当中，
  扭着小脚怪疼的三妹。
  她扯着脖儿喊：四姨，老姑，
  别忘了买柿子几对！

年少的迷了心，
露着黄牙板儿向她笑。
年老的更多情，
眼珠盯住她的红裤角。
有点害羞，
又不好意思发恼；
她回头喊四姨，
四姨挤在墙根，想动也动不了。
这么多的人，贼眉鼠眼的人，
可是，多么热闹。
她向前喊老姑，
老姑正低头把铜子儿找。
她没奈何，无所措的，怪娇羞的，骂了声，
王八日的踩了俺的脚！

好剥的栗子，香蕉糖，
吆喝得十分好。
咸长果来，大麻花，
敬佛的怎能不先自己吃个饱。
柿汁儿稀黄在腮上摊，
秋蝇儿跟着把嘴要。
孩子也哭，大人也吵，
卖东西的都该杀，给得这么少。
酸楂没吃足，
长果也完了，
偏偏卖烧饼的
扛着篮子往远处跑。

忽然，灰土起了两丈高，
汽车喇叭似鬼啸，

一声呼,一声嚎,惊开
千只万只普罗脚,
向四下分逃,无心中
把别人的孩子往起抱。

阔人来进香,平民难道不是来朝庙,
为什么汽车这么横行霸道?
说也无益,骂也徒劳,
上山吧,向佛爷菩萨去祷告:
保佑我发财,多多发财,
我也坐上汽车狼嚎鬼叫的满世界跑!

山坡上满了香客,
山腰里满了香烟,
声声佛磬,
引起大家的诚虔。
顾不得掸身上的土,
顾不得数袋里的钱,
一声佛爷一声天,
赐给我福气,
保佑我平安,
多儿多女,
顶好是叫我大发财源!

拜完了佛,心里闲,
男女老幼到山坡上玩。
青松也去折几把,
小树也连根子掀,
反正是没有人来管。
多少是个便宜,为何不贪?
谁管今春谁种的树,

谁管明年秃了山。
到底秋天日子短，
不大会儿太阳斜了山。
热汗湿透了新蓝袄，
上山不易下山难。
越挤越忙，越忙越热。
一年到头就热闹了这一天。
挤下了山：三辆吧？两辆吧？
娘的，张口就要五毛钱！
车儿也不雇，
慢慢走着玩，
看，路旁的柿子多么好，
尘土盖着还那么鲜。
东边问问价，
西边掀一掀，
走出了二里半，
还是一毛十个不让钱。
可是，怎能空手回家转，
不带回千佛山的"事事平安"？
到底买了串金红柿，
从此无灾无病乐安然。
谁知道九一八，
谁爱记着那臭五三；
幸而太阳还没落，
顺手再逛逛趵突泉；
买上几尺东洋布，
做条裤儿给小妞子穿。
小妞子的脚儿裹得多么正，
再穿上新裤，横是说婆家不大难。

【原载 1932 年 11 月 12 日《华年》第 1 卷 31 期】

耍　猴

去年的"华北运动会"是在济南举行的。开会之前忙坏了石匠瓦匠们。至少也花了十万圆吧，在南围墙子外建了一座运动场①。场子的本身算不上美观，可是地势却取得好极了。我不懂风水阴阳，只就审美上看是非常满意的。南边正对着千佛山的山凹，东南角对着开元寺上边的那座"玄秘"塔，东边列着一片小山。西边呢，齐鲁大学的方灯式的礼堂石楼，如果在晚半天看，好像是斜阳之光的暂停处。坐在高处往北看，济南全城只是夹着几点红色的一片深绿。

喜欢看人们运动，更喜欢看这片风景，所以借个机会，哪怕只是个初级小学开会练练徒手操呢，我总要就此走上一遭。

---

① 1931年，为承办第十五届华北运动会，济南兴建了山东省体育场，本次运动会由教育厅长何思源任运动会委员长，省主席韩复榘任运动会会长。

1931年济南第十五届华北运动会入场式

爱到这里来的并不止于我个人,学生是无须说了,就是张大娘,李二嫂,王三姑娘——三位女性,一律小脚——也总和我前后脚的扭上前来。于是,我设若听不到"内行"的评论,比如说哪项竞走是打破了某种纪录,哪个选手跳高的姿势如何道地,我可是能听到一些真正民意,因为张大娘等不仅是张着嘴看,而且时常批评或讨论几句呢。

去年"华北"开会的第二天,大家正"敬"候着万米长跑下场,张大娘的一只小公鸡先下了场,原来张大娘赴会时顺便买了只鸡在怀中抱着,不知是为要鼓掌还是要剥落花生吃,而鸡飞矣。张大娘,于是,连同李二嫂,一齐与那鸡赛了个不止百码!童子军、巡警、宪兵也全加入捉鸡竞走,至少也有五分钟吧——不知是打破哪项纪录——鸡终被擒。张大娘抱鸡又坐好,对李二嫂发了议论:咱们要是也像那些女学生,裤子只护着腔,大脚片穿着滚钉板的鞋,还用费这么大事捉一只鸡?李二嫂看了旁边的小脚王三姑娘;王三姑娘猛然用手遮上了眼,低声而急切的说:她们,她们,真不害羞,当着这么多老爷儿们脱裤子!果然,有几位女运动员预备跳栏正脱去长裤。于是李二嫂与张大娘似乎后悔了,彼此点头会意:姑娘到底不该大脚片穿钉鞋,以免当着人脱肥裤。

今年九月二十四举行全省运动会,为是选拔参加"华北"的选手。我到了,张大娘李二嫂等自然也到了。而且她们这次是带着小孩子与老人。刚一坐下,老人与小孩便一齐质问张大娘:姑娘们在哪儿呢?看不见光腿的姑娘啊!张大娘似乎有些失信用,只好连说别忙别忙。扔花枪、扔锅饼、跳木棍、猴爬竿、推铁疙疸,老人小孩与张大娘都不感觉兴趣,只好老人吸烟,小孩吃栗子,张大娘默祷快来光腿的姑娘以恢复信用。看,来了!旁边一位红眼少年,大概不是布铺便是纸店的少掌柜,十二分恳挚的向张大娘报告。忽——大家全站起来了。看那个黑劲!那个腿!身上还挂着白字!咦!咦!蹦,还蹦跶呢!

华北运动会上的山东田径代表队

大筒子又响了,瞎嚷什么!唉!唉!站好了,六个人一排,真齐啊!前面一溜小白木架呢!那是跳的,你当是,又跑又跳!真!快看、趴下了!快放枪了,那是!……忽——全坐下了。什么年头,老人发了脾气,耍猴儿的,男猴女猴!家走!可是小孩不走,张大娘也不肯走,好的还在后面呢,等会儿,还跑廿多圈呢!要看就看跑廿多圈的,跑一小骨节有啥看头;跑那么近,还叫人搀着呢,不要脸!廿多圈的始终没出来,张大娘既不知道还有秩序单其物,而廿多圈的恰好又列在次日。偶尔向场内看一眼,其余的工夫全消费在闲谈上。老人与另一老人联盟;有小孩决不送进学堂去,连跑带跳,一口血,得;况且是老大不小的千金女儿呢!张大娘一定叫小孩等着看跑廿多圈的,而小孩一定非再买栗子吃不可。李二嫂说王三姑娘没来,因为定了婆家。红眼青年邀着另一位红眼青年:走,上席棚那边看看去,姑娘都在那儿喝汽水什么的呢。巡警不许我们过去呀?等着,等着机会溜过去呀!……

【载1932年10月29日《华年》第1卷第29期】

广智院

逛过广智院的人,从一九〇四到一九二六,有八百多万;到如今当然过了千万。乡下人到城中赶集,必附带着逛逛广智院。逛字似乎下得不妥,可是在事实上确是这么回事;这留在下面来讲。广智院是英人怀恩光牧师创办的,到现在已有二十八年的历史。它不纯粹是博物院,因为办平民学校、识字班等,也是它的一部分作业。此外,它也作点宗教事业。就它的博物院一部分的性质上说,它也是不纯粹的:不是历史博物院、自然博物院、或某种博物院,而是历史地理生物建筑卫生等等混合起来的一种启迪民智的通俗博物院。生物标本、黄河铁桥模型、公家卫生的指导物,都在那里陈列着。这一来是因为经费不富裕,不能办成真正博物院,二来是它的宗旨本来是偏重社会教育。颇有些到过欧美、参观过世界驰名的大博物院的君子们对它不敬,以为这不过是小小的西洋牧师弄些泥人泥马来骗我们黄帝的子孙。可是，人家的宗旨本在给普通人民一些常识，这种轻慢的态度大可以收起去。再者，就以这样的建设来说，中国可有几个？大英博物院好则好矣，怎奈不是中国的！广智院陋则陋矣，到底是洋人办的。中国人谈社会教育，不止三十年了吧？可是广智院有了二十八年的历史，中国人自办的东西在那儿？

再请这游过欧美的大人们看看贵黄帝子孙。您诸位大人们不是以为广智院的陈列品太简陋吗？您猜猜贵黄帝子孙把这点简陋东西看懂了没有？假如您不愿猜，待小子把亲眼所见的述说一番。

等等，我得先擦擦眼泪。不然，我没法说下去。

参观广智院的民众

山水沟的"集"是每六天一次。山水沟就在广智院的东边，相隔只有几十丈远，所以有集的日子，广智院特别人多。山水沟集上卖的东西，除了破铜和烂铁，就是日本磁、日本布、日本胶皮鞋。买了东洋货，贵黄帝子孙乃相率入西洋鬼子办的社会教育机关——广智院。赶集逛院是东西两端，中间的是黄帝子孙！别再落泪，恐怕大人先生们骂我眼泪太不值钱！

大鲸鱼标本。黄帝子孙相率瞪眼，一万个看不懂，到底是啥呢？蚊虫放大标本。又一个相率瞪眼，到底是啥呢？碰巧了有个识字的，十二分的骄傲说道：这是蚊子！大家又一个瞪眼，蚊子？一向没有看过乌鸦大的蚊子！识字的先生悻悻然走开，大家左右端详乌鸦大的蚊子，终于莫名其妙。

广智院民众演讲厅

到了卫生标本室。泥作的两条小巷：一条干净，人皆健康；一条污浊，人皆生病。贵黄帝子孙一个个面带喜色，抖擞精神，批评起来："看这几块西瓜皮捏得多么像真的！"群应之曰："赛！""赛"是土话，即妙好之意。"快来，看这个小娘们，怎么捏得这么巧呢！看那些小白馍馍，馍馍上还有苍蝇呢！"群应之曰："赛！"对面摆着"缠足之害"的泥物。"啊呀！看这裹小脚的！看，看，看那小裹脚条子，还真是条小白布呢！看那小妞子哭的神气，真像啊！"群应之曰："赛！""哼，怎么这个泥人嘴里出来根铁丝，铁丝上有块白布，布上有黑字呢？"没有应声，相对瞪眼。那识字的先生恰巧又转回来，十二分的骄傲，说道："这是表示那个人说话呢！"群应之曰："哼？"干吗说话，嘴里还出铁丝和白布条呢？不懂！

……

这就是贵黄帝子孙"逛"广智院的收获。人家处处有说明，怎奈咱们不识字！这还是鬼子设备的不周到；添上几位指导员，随时给咱们解说，岂不就"赛"了么？但是，添几位指导员的经费呢？鬼子去筹啊！既开得起院，便该雇得起指导员！是的，予欲无言！

【原载 1932 年 12 月 31 日《华年》第 1 卷第 38 期】

吃莲花的

少见则多怪，真叫人愁得慌！谁能都知都懂？就拿相对论说吧，到底怎样相对？是像哼哈二将那么相对，还是像情人要互吻时那么面面相对？我始终弄不清！况且，还要"论"呢。一向不晓得哼哈二将会作论；至于情人互吻而必须作论，难道情人也得"会考"？

这且不提。拿些小事说"眼生"就要恶意的发笑，"眼熟"的事儿是对的，至少也比"眼生"的文明些。中国人用湿毛巾擦脸，英美人用干的；中国人放伞头朝上，西洋鬼子放伞头朝下；于是据洋鬼子看，他们文明，我们是头朝下活着。少见多怪，"怪"完了还自是自高一下，愁人得慌！

这且不提。听说广东人吃狗。每逢有广东朋友来，我总把黄子藏到后院去。可是据我所知道的广东朋友们，还没有一位向我要求过："来，拿黄子开开斋！"没有。可是，黄子还是在后院保险。

大明湖上割蒲采莲的船户

这且不提。虽然我不"大"懂相对论——不是一点也不懂,说不定它还就许是像哼哈二将那样的对立——可是我天性爱花草。盆花数十种,分对列于庭中,大概我不见得一定比爱因司坦低下着多少。不,或者我比他还高着些。他会相对——和他的夫人相对而坐,也许是——而且会论——和他的夫人论些家长里短什么的。我呢,会种花。我与他各有一出拿手戏,谁也不高,谁也不低。他要是不服气的话,他骂我,我也会骂他。相对论,我得承认他的优越;相对骂,不定谁行呢!这样,我与他本是"肩膀齐为弟兄",他不用吹,我用不着谦卑。可是,我的盆花是成对摆列着的,兰对兰,菊对菊,盆盆相对,只欠着一个"论";那么,我比他强点!

这且不提——就使我真比爱因司坦强,也是心里的劲,不便大吹大擂的宣传,我不是好吹的人;何必再提?今年我种了两盆白莲。盆是由北平搜寻来的,里外包着绿苔,至少有五六十岁。泥是由黄河拉来的。水用趵突泉的。只是藕差点事,吃剩下来的菜藕。好盆好泥好水敢情有妙用,菜藕也不好意思了,长吧,开花吧,不然太对不起人!居然,拔了梗,放了叶,而且开了花。一盆里七八朵,白的!只有两朵,瓣尖上有点红,我细细的用檀香粉给涂了涂,于是全白。作诗吧,除了作诗还有什么办法?专说"亭亭玉立"这四个字就被我用了七十五次,请想我作了多少首诗吧!

这且不提。好几天了,天天门口卖菜的带着几把儿白莲。最初,我心里很难过。好好的莲花和茄子冬瓜放在一块,真!继而一想,若有所悟。啊,济南名士多,不能自己"种"莲,还不"买"些用古瓶清水养起来，放在书斋？是的，一定是这样。

这且不提。友人约游大明湖，"去买点莲花来！"他说。"何必去买，我的两盆还不可观？"我有点不痛快，心里说："我

大明湖小东湖之藕田荷塘

自种的难道比不上湖里的？真！"况且，天这么热，游湖更受罪，不如在家里，煮点毛豆角，喝点莲花白，作两首诗，以自种白莲为题，岂不雅妙？友人看着那两盆花，点了点头。我心里不用提多么痛快了；友人也很雅哟！除了作新诗向来不肯用这"哟"，可是此刻非用不可了！我忙着吩咐家中煮毛豆角，看看能买到鲜核桃不。然后到书房去找我的诗稿。友人静立花前，欣赏着哟！

这且不提。及至我从书房回来一看，盆中的花全在友人手里握着呢，只剩下两朵快要开败的还在原地未动。我似乎忽然中了暑，天旋地转，说不出话来。友人可是很高兴。他说："这几朵也对付了，不必到湖中买去了。其实门口卖菜的也有，不过没有湖上的新鲜便宜。你这些不很嫩了，还能对付。"他一边说着，一边奔了厨房。"老田"，他叫着我的总管事兼厨子："把这用好香油炸炸。外边的老瓣不要，炸里边那嫩的。"老田是我由北平请来的，和我一样不懂济南的故典，他以为香油炸莲瓣是什么偏方呢。"这治什么病，烫伤？"他问。友人笑了。"治烫伤？吃！美极了！没看见菜挑子上一把一把儿的卖吗？"

这且不提。还提什么呢，诗稿全烧了，所以不能附录在这里。

太史公读老舍文至莲花被吃诗稿被焚之句，慨然有动于衷，乃效时行才子佳人补赞曰：哎，哟，啊！您亭亭玉立的莲花，——莲花——莲花啊！您的幻灭，使我心弦颤动而鼻涕长流呵！我想您——想您——您的亭亭玉立，不玉立无以为亭亭，不亭亭又何以玉立？我

想到您的玉立之亭，尤想到您亭立之玉。奇怪啊，您——您的立居然如亭，您的亭又宛然如玉。我一想到此，我的心血来潮了，我的神经紧张了，我昏昏欲倒了。您的青春，您的美丽妖艳的青春，您亭亭玉立的青春，使我憧憬而昏醉了。您不朽的青春，将借我的秃笔而不朽了，虽然厨夫——狞恶的不了解您的厨夫——将您——您油炸了，但是您是不朽的啊！您是莲花，我是君子，我们的悲哀的命运正相同啊！您出于做男人之泥及做女人之水，水泥媾精而有了您，有了亭亭玉立之您，这是宇宙之神秘啊！我要死了。我看见您曼妙的花干与多姿的莲叶，被狞恶的厨夫遗弃于地上，我禁不住流泪了。哎哟，莲啊莲！我不敢——不忍——吃您——吃您——的青春不朽的花瓣，我要将您的骨肉炼成石膏，塑成爱神之像，供在我的案上，吻着，吻着，永远的吻着您亭亭玉立……等到末日，我们一同埋葬了自己吧！莲啊莲！

【原载 1933 年 8 月 16 日《论语》第 23 期】

路与车

济南是个大地方。城虽不大，可是城外的商埠地面不小；商埠自然是后辟的。城内的小巷与商埠上的大路正好作个对照。城里有些小巷小得真有意思，巷小再加以高低不平的石头道，坐在洋车上未免胆战心惊：车稍微一歪——而且是常常的歪——车上的人头便有撞到墙上的危险；危险当然应放在"有意思"之内。这些小巷并不热闹，无论多么小的巷里也有铺子，这似乎应作济南的特点之一。而且这些小铺子往往是没有后院，一间屋的进身，便是全铺面的宽窄，作买卖、睡觉、生儿养女，全在这里；因而厨房必须在街上。那就是说炉灶在当街，行人不留神一定会把脚踹入人家面盆或饭锅里去；这也当然是有意思的。灶一律拉风箱，小巷既窄，烟火又旺，空气自然无从鲜美。城里确是人烟太稠了。大明湖是越来越小了，或者便是人口过多，不得不填水成陆的证据。

济南估衣市大街

在另一方面，城外的商埠是很宽展的。街市的分划也极规则，东西是经路，南北是纬路，非常的清楚。商埠的建筑有不少是洋式的，道路上也比较的清洁些。

大买卖虽在商埠，可是乡民到城市来买东西还多半是到城里去。城里的铺面虽小，买卖不见得不大，所以小巷里有时比商埠的大路上还更热闹一些。这大概是历史的关系：商埠究竟是后辟的，而乡下人是恋死地方的；今年在此买货，明年还到这里来；其实商埠上的东西——特别是那几个大字号铺的——并不见得一定价钱高。这又是城里的小巷所以有意思的原因，因为乡下人拿它们作探险地。

近两年来，济南的路政很有进步。商埠上的大路不时的翻修，而且多加上阴沟。阴沟上复以青石，作单轮小车的"专"路——这种小车还极重要，运煤米货物全是它；响声依然是吱吱格格，制造一依古法；设若在古时这响声是刺耳的，至今仍使人头痛。城里比较宽些的道路也修了不少处，可是还用青石铺成。至于那些小巷里，汽车既走不开，也就引不起翻修的热心，于是便苦了拉车与推车的。看着小车夫推着五六百斤的东西，在步步坑坎的路上走，使人赞羡中国人的忍耐性，同时觉得一个狗也不应当享这种待遇！这些小巷也无从展宽，假如叫小屋子们退让一些，那便根本没有了小屋子；前面说过，小屋

济南中山公园门前的洋车夫

子是没有后院的,门庭就是街道。不过真希望城里的小石路也修理得好好的——推车的到底是比坐汽车的多,多的多!路平而窄,到底比不平而又窄强些。能不能把城里的居民移一部分到商埠里边去?这是个问题,值得一研究。

更希望巡警不是专为汽车开路,而是负着指挥马车之责的。现在的办法是:每逢汽车的喇叭一响,巡警的棒子便对洋车小车指了去,无论他们怎样困难,也得给汽车让路。这每每使行人、自行车、洋车、小车全跌滚在一处。汽车永远不得耽误一秒钟,以大家跌滚在一处为代价!我们要记得,城里的通衢也不是很宽的。

自然话须两说着,汽车要是没有这点威风,谁还坐汽车呢?也对!

【原载 1933 年 4 月 8 日《华年》第 2 卷第 14 期】

《桑子中画集》序

这本画集内的作品不是温室里烘养出来的花草,是与自然为友的结果。真的,自然是子中的好友。他喜游,而且有对会看的眼。有些诗人,每到一处便作首诗。子中到处作画。不过,诗可以凑成:往往没到景物的真美而用些字凑起几句来;就是往好里说,也有时候会给景物以不适当的诗意。诗是心声,有好处也有坏处。作画,在另一方面,没有更深的观察与灵感便无从下笔,除非以描写画谱当作艺术。以画作游记才是真的游记。一色一影一木一石在自然中的意义与在画家眼中的价值与了解都在这里。画不说话,与自然一样的静美;只有画家的力量代表着自然送出无限的欣喜。诗不能也不必这样。即使以"不必"原谅了"不能",画家到底是可羡慕的。这或者就是我爱诗,而更爱画的原因吧。我不会画,也不懂画,我爱看。看画使我更明白——不是又看到了——自然。

子中这些作品我差不多都看见过。什么派，什么笔法，我都说不上来。我只看出：他会用许多颜色而显出暗淡来，暗淡可是深厚。暗淡是味儿，骨子里并不是空的。细看他的画使我明白了何谓深厚。看完他的画，再去看别家的鲜艳，觉出来他们只是火炽；他的颜色是渐渐往心里流的——猛看却显着有点单调。这个，就是印出来——可惜在济南找不到好印工——也还没完全失掉。他的设色是以淡藏浓，他的笔道是更可怕——厉害得可怕，雄悍得可怕。他简直是"写"呢。他的画是北方的冬山，棱角全露着。可是他似乎有两对眼，他也极会画迷离的景色，像雾，烟，雨，他都画得出。有时，他把这二者放在一处，看那张《深秋》（大明湖）：山是渺茫的

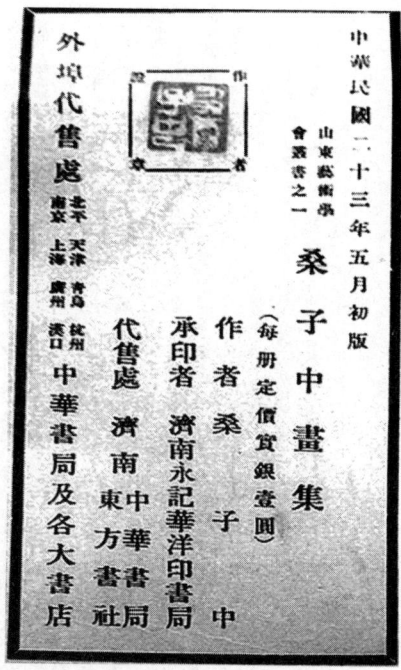

《桑子中画集》内页印行信息

一片，而湖上的柳是几条粗道子。可喜的是它们还调和。在这种调和里，他老使人看到觉到他不完全是写实，也不完全是印象；他实在是要写实，可是他的诗心使他得到真实以外的一点什么。于是他捉到真实，而不被真实将他拴在地上；依写实的所及，他能保持着自由。他的细腻是不易看出的，当然。

我没见过他画人物。除了风景以外，他爱画菊，荷，与柏。在这类小品中——"小品画"像画与否，不晓得——他常露出些浪漫气息来；曾见过他的一幅《月下残菊》。月下残菊！他自己说，他非常的爱菊爱柏爱莲叶。"爱"会使人浪漫。中国画中的梅兰竹菊，据我看，差不多都是浪漫的。一枝梅，几竿竹，画家表现了另一个宇宙。

子中的虽然是西画，所表现的精神还是这个。他决不是画菊，荷，与柏呢；他是绘出心的爱恋。

这些，是我所看到的。对不对，我当负责。由一般的，或某派的，规矩与理论看这对不对，我不懂，也不管。他的作品使我看到这

些，使我感到这些所给的欣悦。我不是研究画法的，也不希望一幅图画必须依着画法大全才能明白。我没说子中的画好，或歹；好或歹必须先有标准。我只是讲他的作品对我个人的感动与价值。这未免显着浪漫些，可也想不出更好的主意来。这也有个好处：他画了什么，我便看什么，说什么。他没画人物，对于我，并不是个缺欠；他没画难民，革命，水灾，内战，帝国主义的侵略，那也活该。

听说他在今年暑中又去远游，一定会有不少的成绩，自然是最不会负人的。二十三年五月，老舍。

【原载《桑子中画集》，1934年5月济南永记华洋印书局出版，题名为《舒序》】

《桑子中画集》老舍序文

介绍两位画家

在济南，我有两位好朋友——关松坪和关友声。他们是亲弟兄俩，都会画山水。闲暇无事的时候，我常向他们领教些图画上的事儿，他们也问我些关于文艺的理论，所以在生活上增加了不少的趣味。他们搜藏了不少古人的精品，作自习的参考，并且设立一个国画研究社，教给人们作画。我不断到这个研究社去，有时候看看他们的作品，有时候听听他们的讲授。我不敢说，因此而明白了绘事；可是我看出来：他们兄弟作画确是有真功夫，不是在纸上涂几个黑蛋便硬说是什么什么。他们不但是功夫勤，技术熟，而且真下心去研究各派的历史与特色。所以他们教授别人的时候，不是只夸显自己，而是源源本本的给大家说明解析。我对绘画本是外行，近来略懂得一二，还是从他们兄弟得来的。拿刚学来的一点马上就去批评，我不敢；不过我佩服他们的精神，所以愿来介绍一下。这可不是捧场，替他们吹；他们

关松坪关友声与家人在大明湖铁公祠前合影

用不着一个外行人给他们吹,他们自有真本事。请看友声的两幅近作吧:一幅是学清湘的,一幅是学梅花道人的。好,坏,请您自己看。他还写了两篇论文:"山水布局谈"和"国画题跋谈"。这两篇虽是为初学说法,内中可确含着很精到的见解。

松坪先生呢,因近来石涛的画风,风行一时,特意作了两篇文章,把这位大艺术家的生平经历,性情,造诣,都评述一番。并且把他和友声所藏的石涛作品四幅影印出来,公之同好。这四幅画的确是精品,请读者仔细玩味。

有人也许说,我这几句是画蛇添足。这我也不反对。那么,就请看他们的作品与文章吧。

【原载 1934 年 2 月《文华》第 45 期】

《关友声画集》序

友声是个可爱的人。他很有趣：乍一看，他是少年老成，胖胖的，和和气气的，非常的温厚。哪知道，他心中却有许多玩艺儿。他会唱，善奕，能写，精于绘画。有这几种本事的人，往往留着长头发，眼睛望着天，自居天才。友声可不这样，他一点也不露；他就那么胖胖的，温善的，不说长道短，不露名士的气派，更不以狂浪的行为自损以自高。他背地里下功夫，一声不发，你非和他很熟识了，总不会知道他有才分。和他摆盘棋就晓得他的厉害了；虽然他不以为这有什么了不得。他最见长的是画山水。

谁都知道，中国画里以山水为最难，有真功夫还不够，得有真才力与识见。严格的说，既非画山，也非画水，而是绘出心灵对大自然的趣味与设想。不但物境的壮伟或闲逸是由心境而然，就是物境的形式之美也是随心所欲——把山水画在扇面上，并非世人真有那么

20世纪30年代老舍(左)与关友声合影于千佛山下

座扇面山,而是把山树云水创设在扇面上,以表现一点什么意思与境界。画家时时创造着新天地。难处也就在这里,心中无物便什么也画不出。

友声善绘山水,他胸中自然是有真东西。他用工也很勤,看的又多,才力与经验自然是艺术成就上的一对法宝。就他的作品说,他的画正如他的人,笔墨深厚而灵动,很足以表现他自己。深厚使人神凝,灵动令人气爽。与他交往,和看他的作品,都觉到这两样。他非常的用功,可是画中没有吃力不自然的地方;他极厚道,可是有艺术的天才。这是人格的美与艺术的美之调和,也就是艺术的陶冶与人格的修养之所以相成;所以我说他可爱。

现在他把过去的作品汇印成集;设若认识作家有助于作品的欣赏,我这点介绍便多少有些意思。

【原载《关友声画集》,1934年北平京城印书局出版】

赠关友声[1]

覃思画境秀如秋，
敛尽锋芒绘浅愁。
墨未到时神远瞩，
笔留余意树微羞。
山从心里生云气，
露在毫端滴石头。
俱是空灵诗韵味，
天边语响落轻舟。

---

[1] 关友声，号"覃思斋主"。老舍1933年书赠关友声此诗条幅，墨迹20世纪90年代时由济南一位张先生收藏。诗题为编者所加。

赠马子元题扇文[1]

去夏患背痛，动转甚艰。勤于为文，竟日伏案，寔为病根。十年前曾习太极与剑术，以就食四方，遂复弃忘。及病发，谋之至友陶君子谦，谓："健身之术莫若勤于运动，而个人运动莫善于拳术。"遂荐马子元先生，鲁之名家也。初习太极，以活腰脚，继以练步，重义潭腿、查拳、洪拳、六路短拳等，藉广趣味，兼及枪剑与对击，多外间鲜见之技。一岁终，已得廿余套。每日晨起，自习半时许，体热汗下，食欲渐增，精神亦旺。子元先生教授有方，由浅入深，不求急效，亦弗吝所长，良可感也。端阳又近矣，书扇以赠。书法向非所长，久乏练习，全无是处，藉示激感耳。廿三年端节前三日书奉。

子元先生 正教

舒舍予（印）

---

[1]本篇题目、标点为编者所加。关于马子元及此文之来源，参看本书《老舍和他的武术老师马永魁》一文。

三个月来的济南

　　我是八月十三日到的济南。城里能逃走的人已走了许多——据说有二十万左右。十四日,青岛紧张,于是青岛的人开始西来,到济南的自然不少。这时候,也正是平津的人往南逃亡的时候,有的本无处可归,便停在济南,有的在此住一住脚,再往别处去。专就流亡的学生说,由此经过的大概也有五六千之多。因此,济南虽已走去三分之一的居民,可是经这样一补充,便又热闹起来。此时节,沪战我军表现了惊动全世的抵抗力,津浦线上的敌军也还未侵入山东,加以济南又来了这么多的人,所以由热闹而自信,大家便都打起精神操作。

　　就是在这种情形中,齐鲁大学于九月中旬开了课——我之所以来到济南者,原是预定好的在齐大教几点钟功课。

　　不幸,刚一开学,大同就失守了,紧跟着便是敌机差不多每天来济市侦察。人心又慌起来。到了九月底,这种恐慌渐渐转变为动摇,

1937年9月,日军攻占沧州逼近山东

能逃走的人又坐立不安了。三十日,敌军攻入山东境界,而且极快的到了德县,要逃走的人开了闸:有的折回青岛,有的相信上海永不会陷落,买船南下;有的为一劳永逸,跑奔长安或四川。十月五日前后,全市的中小学全停了课,齐大也不敢再缓,唯恐把学生们都困在济南。

　　这样,八月初与十月初的两次迁逃,使济南差不多成了空城,只剩下那实在无法走或无处去的人了——我自己便是一个。

　　敌人攻下德县,谁知道,迟不前进。于是,济南的人又喘了一口气。到了十月二十日那天,中央飞机五架由济空经过,飞得很低,人们更快活得不知怎样才好。但是,飞机过去了,消息依然沉闷憋气。过了两天,敌机开始在黄河铁桥左右投弹,随着轰炸的巨响,我们听到闸北与娘子关的失陷。等到太原失落,敌机便天天加紧的轰炸济南城北的沿河的各渡口。不用说,轰炸各渡口,是敌人截堵我军渡河北上,而敌军好往南来。果然,敌人的援军,自庆云南下,两三天的工夫攻下惠民与济阳;此时,济南的人抬头看,便看到城北的敌机,上下自如的轰炸着,而且耳中已听到炮声。不过,大家还不想动;前面说过了:能走的已于八月初与十月初走净,剩下的本是些要支持到底的。可是,十一月十五日午后五点钟,忽然城北震天裂地的响了三声,连城南住家的玻璃窗都震得哗哗的乱响,树上的秋叶也随着落如花雨。三响过去,街上铺户一律上了门,人和疯狂了似的往车站上跑。大家以为这是敌人的重炮,其实只是炸毁了黄河铁桥。铁桥一炸,济南才真成了空城。

经友人的劝告,我也卷了铺盖;我原想始终不动,安心的写文章,我的抗敌武器只有一管笔。可这也就是友人们劝我走的理由:济南战期的报纸与刊物时常有我的文字,学生与文化界的集聚我时常出席,且有时候说些话;这样,日本人虽未见得认识我,可是汉奸或者不会轻易失掉这个表功买好的机会。济南是我第二老家,我曾在那里一气住过四年。没法不走了,可是!

铺户都上着门,路上的除去扛着东西疾走的,便是呆立路旁不知如何是好的;都不出声。天上有些薄云,路灯冷清清的照着这无声的城市。我到了车站。从车窗爬进车去,一天一夜才走到徐州,路上只吃了几个花生。

从一上车,我便默默的决定好:我必须回济南,必能回济南!济南将比我所认识的更美丽更尊严,当我回来的时候。逃亡激进了努力,奔往异地坚定下打回故乡!

过去三四个月抗战的成绩,在一方面明白的显露了我们的死里求生与弱而无畏的决心与正气,在另一方面可是也充分的摆出来我们的种种弱点与缺陷,有胜有败,有正有负,这正是事实的必然,不许任何人因一时的与局部的失败而灰心丧气。积弱的中国,现在是服了一剂猛药;非此药不能救亡,亦唯其因为服此药通身才必有急剧的变化,腐坏的地方必须死掉,新的组织才会发生;所谓"不死也要脱层皮",此其时也。这剂猛药非吃下去不可,此层旧皮必须脱去!牺牲与困苦是不可免的,亦唯有大家甘心牺牲与受苦才会打破难关,变成个新人与新民族。

在这生死关头,真正爱国的人必须认清我们的长处,同时也必须承认我们的弱点。不知自家所长便失去自信,

1937年抗战之初德州支前运输队

不承认自家所短便吃死亏;我们现在是既要坚决的自信必胜,还要有过必改,这才是求生之道。因此,假若我若是对抗战期间济南的种种批评得过于严厉一些,那一定不出于恶意的唱高调,而是善意的促起明眼人的觉悟。

先从军事上说。津浦线上的军事大概可以分作两个阶段,以德县失守为界划线。在德县失落以前,山东各处都布置了军队,而以津浦线上兵力为最强,因为这是抵御的正面,而其他各处还没有敌人的踪迹。那时候,津浦线上真可以说是大军云集,至少有十来万人。人数虽多,可是并无济于事,几天的工夫,沧州德县相继失陷。德县沦陷以后,十来万的人马都被调往别处,改由山东本省的军队接防。由此,津浦线上差不多便改攻为守,能守则守,不能守便后退。到十一月十四日一直退到黄河南岸。

津浦线上失败的原因,恐怕也就是北方各线失败的原因。在战事初发,各处,正像津浦线上,都是大军云集,平行的摆开。哪里知道,这样一层层的列阵而待,正好教敌人的炮火施威。我们的兵士真是勇敢,昼夜的等着杀日本鬼子。谁知道,他们只看见了敌机,只听到了大炮,敌机轰炸过后,紧跟着就是如雨的炮弹飞来,耳震聋,眼昏花,全无办法!大炮静寂,敌人的钢甲车与坦克车到了。看见我们人少,人家便包围扫射;看见我们人多,人家就直冲上来,如入无人之地。我们等杀鬼子已等得不耐烦了,可是鬼子到了,我们却没办法。

毛病是在没有坚固的防御工事,没有新式的器械,而大家挤在一块儿,任凭敌人的炮火揳打,更是致命伤。

毛病还不止于此。军队既是平行的

1937年12月21日,日军占领济南

列阵，一翼动摇则全线混乱，前线混乱则后线慌张，往往一个局部的小挫致使全线溃散。再说呢，大军云集就非有个总指挥不可，而军队部属系统与训练本极复杂歧异，彼此间的通信与联络又极不完密，往往一部分勇敢该退而不退，另一部分迟疑

1937年11月，山东守军黄河北岸鹊山阵地

该进而不进，此进彼退，彼败此胜，结果吃了大亏。要调动如意，须先有好的训练，而我们的军队并不都有此预备。兵士，可以这么说，几乎都是勇敢的，可不都明白新的战法。有时他们勇气上来便迎着机关枪跑上去，死而无怨；有时他们也要等候命令，可是命令许不能及时的来到，以至白白的牺牲。况且，敌人的战术是专会利用突破一点的办法，而我们把队伍拉开，一点被冲破，则四面八方的队伍全被牵动。我们根本应当把有力军队放在最吃紧的地方，而使其他军队分散开去作游击战。这样才有伸缩，才能有攻也有守。可是我们没有这样想到。于是，以十万大军却失了沧州与德县。

德县失落以后，别的军队全被调走，由山东本省军队接防。接过防来，便马上利用游击战：正面安置守军，其余的绕到敌人侧翼与后方袭击，这不能不算个很大的进步。不过可惜呢，这时候的军队又太少了，而器械简直是一些老古董，所以游击战的部队得到胜利，正面的守军不敢上前线接应，及至敌人正面进攻，守军无法坚守。于是节节退败，一直退到黄河南岸。

但是，这些缺点并不能掩没了我们的军人的好处。枪械不良，不谙战术，调动不灵等等都是军人本身的罪过（"都"字前似漏一"不"字。编者按），而是历年来有种种坏因素的当然结果。至于兵士，我敢说，差不多十分之九是忠勇可用的。给他们以良好的训练，

给他们以精良的军械，给他们以能指挥的长官，给他们以近代战术的常识，他们无疑的必是世界上顶好的兵士。由和伤兵与撤退下来的军人的谈话，我看出下列四点来，这四点使我坚信我们的兵士的本质是非常优良的：

㈠我看见了不知多少伤兵，他们怨骂救护的迟缓与不周到，他们抱怨军衣的单薄与饭食粗劣，可是，我没有听到一个人怨恨不该对日本打仗的。我曾听到知识阶级的人说：以我们的军力怎能抗日呢？军人自己却不这样想，他们受了那么大的苦处，只是对他们该得而得不到的照料与供给发些怨言；至于打日本，那是不成问题的。还有一些伤兵呢，被敌人打得连条毛毡也丢了，身上只剩下多少伤痕，却依然口无怨言，一心想伤好之后再去杀日本鬼子。我们还要他们怎样呢，这不就是顶好的兵么？

㈡伤兵和撤退下来的兵，不用说，是领略过敌人的炮火怎样厉害的了。可是，一问到他们这一层，他们只点头说炮火是真猛，而没有人说日本兵厉害。这显然是他们虽吃了亏，而并不骇怕；他们似乎是说，我们要是有好枪重炮，日本兵连一个也活不了；即使没有好枪重炮，反正我们还是不怕！以二十九军说吧，最先吃着了敌人的苦头的是他们，可是在平津吃了亏，他们在津浦线上还是照样的打；津浦线上再吃了亏，又到平汉线上去，还是照样的打！这是何等的坚决伟大呢！可惜，一般人闻胜则喜，闻败则馁，只看报纸上胜败的消息，而不看我们的兵士的虽败犹荣。因为看不到这一层，所以我们只信军队无能，而忘了我们对军队所该供给与救护的责任。

㈢在前几年打内战的时候，兵们只认识他们自己的长官，不知有中央政府与国家。这次，我常常听到兵们谈讲蒋委员长。我看见几个伤兵要上火车，被宪兵阻住，他们不和宪兵说别的，只口口声声的说："就是蒋委员长的小汽车也要给我们坐的！"其实呢，这几位战士是来自边远的省分，恐怕在离省以前还不知道战场在那里呢，可是他们现在心中已有了蒋委员长。还有一些伤兵告诉我说：假若他们一向是受中央军官的指挥，他们必定不会打了败仗的。这种信任中央与拥护委员长的精神，哼，恐怕还不是一般人所能作到的。这种心理才是真正民族复兴，精诚团结的好表示，暂时的失败有什么关系呢？

㈣这样忠勇的军人，可是，太缺乏常识。他们因作战的便利，往往不顾别人，而直爽粗卤的对待平民。比如他们调来汽车应用，就只顾前跑，而不管汽车夫是否吃了饭，也不管汽车载重的限度与道路的好走与否。弄得汽车夫落泪，而兵士们连连的叫骂。有的人说军队搅扰人民，恐怕都是与此类似的事。在兵们，以为战时一切无须体谅人民；在人民，特别是农民，以为战争只教他们吃亏，别无好处，这须极速的矫正过来，使兵们体谅老百姓，使老百姓爱护军队。否则自相水火，还说什么军民合作呢？

总起来说，兵是好兵，毫无问题。我们应当设法帮助他们，救护他们，安慰他们，鼓励他们。现在的问题是兵们好，而我们松懈；不是我们尽力，而兵们泄气。看清楚这个吧！

有许多人不放心山东。是的，该担忧的地方确是不少，可是无须怀疑我们的战士。我们的军队不够用，这是真情；而敌人呢，却会在按兵不动之际散放流言，说什么政治解决与互相谅解等等的屁话。一看见我们的兵，这些流言就会立刻失去效用。不用怀疑谁吧，目前的问题是大家怎样合力的干，怎样帮助我们的战士去杀敌人。

说到济南的防空与其他防御的设备，那真有些缺憾。战前，不必说了。敌人来到了，这是瞪眼吃苦。防空呀，发发小册子，和在街头钉起几块小木牌：“避难所由此往南”。过去一看，原来南边只是块空地！此种防空的小木牌的价值正等于别种标语，处处是红纸绿纸，事事俱有格言，结果全是纸上谈兵，任何真事儿没有！从另一方面看，工厂停了，没人想利用那些机器材料改造军用品；工人散伙，没人去组织他们。商店关门，伙友四散，没人设法阻拦他们——多数

11月15日，韩复榘令守军炸毁黄河铁路大桥以阻日敌南犯

是壮丁呀！几家稍微胆大一些的依然开市，自然不免取巧居奇，提高物价，苦了一班走不脱的老百姓。我不敢说政府当局完全没有爱民之心，而且他们的心理仍是爱民如子，只希望大家逃出危城，免吃炸弹；并没想到在全面抗击的期间，到处刀兵，逃到那里也不安全。也没想到全面抗战必须军民合作，必须人人出力。既没想到这里，所以就生生的把民间的力量放弃。人民呢，既无事可作，怎不及早逃亡？逃到乡间，收入断绝，过两天就又跑回来，空费了许多路费。有的呢，恰好逃到战区，脚未立定又往城里跑，也许连铺盖也丢失了。逃来逃去，财物两空；只见火车上拥挤不堪，甚至把小孩子活活的挤死，此外别无好处。这是我们不必要的消耗，不知损失了多少民力财力！

　　在这种寂死的空气中，由北边来了不少的流亡教师与学生。他们刚自平津逃出，到了济南自然热泪交流，恨不能去吻那地上的尘土。自然的，他们也想在此作点什么，本着他们经历过的亡国之惨，想唤起民众同心御侮。本地的学生呢，看到这些生力军，亦无不欣然色喜，愿暂时放下书本，赶快作些救亡工作。可是，这寂死之城并不允许青年们有任何活动。三个月来，学生的工作只限于出些刊物，和演演戏。

　　演戏的有两组，一组是省立剧院的学生，新旧剧都演，而且每周必演几次。另一组是平津流亡学生所组织的剧团，除在济南，也还到四乡去表演。戏剧，说真的，自然有它刺激与感动的功能；学生们的热心也大可钦佩。可是从一向以戏剧为"看着玩的"东西的老百姓来看，恐怕也不过依然是看着玩吧。至少可以这么说，戏剧只是救亡工作的一项，专凭它来支持一切是不行的；受了戏剧的感动，听到炮响还是一跑了事，假若没有比戏剧更硬更可靠的东西与主意交给他们。政治的力量或者大于文艺。

　　戏剧而外，他们也编唱大鼓书词，据说这是更有效力的东西。因此，在报头上就有许多书词刊露出来，可是多数的是方块诗的变形，既不能入弦，词句又嫌太雅。大时代到了，大时代的文艺，不用说，必是以民间的言语道出民族死里求生的热情与共感，从事文艺创作的现在不但是要住脚在民间，还须学到民间的言语与民间文艺的形式与技巧。不然仍是费力不讨好，正如五四后文艺作品之与民众，全无关系。

刊物多借各报纸编发副刊，以诗为最多。独立的刊物很少，一来是因为大家没钱，二来是因为印刷工的逃亡，无处去印，留日同学所办的东声，已出了三两期；现在不知还能继出与否。还有一种定名为"怒吼"的，直到我离开济南还未见印出。刊物，不论是独立的，还是附属在报纸的，是供给都市民众的读物，力量恐难达到乡间，似乎就不如戏剧与大鼓书之能直接打到民众的耳中了。

除了演剧说书而外，教师与学生们也常常开会讨论目前的种种问题。问题讨论得不少，到会的人数也很多，可惜在实际活动上几乎处处受着限制，而一筹莫展！到如今，出个刊物还不能得到发行上应有的便利，别的就更不用说了。因此，有许多青年感到苦闷，而开始抱怨，抱怨过去的一切。据我看：救亡之责在人人肩上，当权的似乎不必再小心过虑，不容别人过问。民族团结，端在以诚相见，彼此扶助督励。在青年一方面呢，不当因目前的现象而责骂过去与现在的一切。反之，却当更加紧的工作，以工作换来同情，以真诚博得谅解。责骂过去只是悔恨，无益于目前与将来；怨恨别人只是宽恕了自己。我们今日所需是舍己从人，爱国还要受委屈。这样两下里一凑，希望便会来到；各不相让是大家一齐钻牛犄角。

流亡的学生多数转赴南京受训，我必须说，济南并没帮了他们多少忙。他们所得到的一点安慰与帮助，还是来自新闻界与教育界的人士，由这一点看来，无论是学生是教师都应早组织起来，有个妥当的打算。临时找人帮忙是没有什么希望的。现在的事是必先自救，而后能救国，指着别人拉扯一把简直是幻想。我们组织起来，有一定的工作步骤，而后放在哪里便能马上干起活来，这才有用。

东拉西扯得不少了，暂且打住，有机会再写。

【原连载于1937年12月4、5、6日汉口《大公报》】

吊济南

从民国十九年七月到二十三年秋初，我整整的在济南住过四载。在那里，我有了第一个小孩，即起名为"济"。在那里，我交下不少的朋友：无论什么时候我从那里过，总有人笑脸地招呼我；无论我到何处去，那里总有人惦念着我。在那里，我写成了《大明湖》，《猫城记》，《离婚》，《牛天赐传》，和收存在《赶集》里的那十几个短篇。在那里，我努力地创作，快活地休息……四年虽短，但是一气住下来，于是事与事的联系，人与人的交往，快乐与悲苦的代换，便显明地在这一生里自成一段落，深深地印划在心中；时短情长，济南就成了我的第二故乡。

它介乎北平与青岛之间。北平是我的故乡，可是这七年来，我不是住济南，便是住青岛。在济南住呢，时常想念北平；及至到了北平的老家，便又不放心济南的新家。好在道路不远，来来往往，两地都有亲爱的人，熟识的

济南城之一角

地方；它们都使我依依不舍，几乎分不出谁重谁轻。在青岛住呢，无论是由青去平，还是自平返青，中途总得经过济南。车到那里，不由的我便要停留一两天。趵突泉，大明湖，千佛山等名胜，闭了眼也会想出来，可是重游一番总是高兴的：每一角落，似乎都存着一些生命的痕迹；每一小小的变迁，都引起一些感触；就是一风一雨也仿佛含着无限的情意似的。

讲富丽堂皇，济南远不及北平；讲山海之胜，它也跟不上青岛。可是除了北平青岛，要在华北找个有山有水，交通方便，既不十分闭塞，而生活程度又不过高的城市，恐怕就属济南了。况且，它虽是个大都市，可是还能看到朴素的乡民，一群群的来此卖货或买东西，不像上海与汉口那样完全洋化。它似乎真是稳立在中国的文化上，城墙并不足拦阻住城与乡的交往；以善作洋奴自夸的人物与神情，在这里是不易找到的。这使人心里觉得舒服一些。一个不以跳舞开香槟为理想的生活的人，到了这里自自然然会感到一些平淡而可爱的滋味。

济南的美丽来自天然，山在城南，湖在城北。湖山而外，还有七十二泉，泉水成溪，穿城绕郭。可惜这样的天然美景，和那座城市结合到一处，不但没得到人工的帮助而相得益彰，反因市政的敷衍而淹没了丽质。大路上灰尘飞扬，小巷里污秽杂乱，虽然天色是那么清明，泉水是那么方便，可是到处老使人憋得慌。近来虽修成几条柏油路，也仍旧显不出怎么清洁来。至于那些名胜，趵突泉左右前后的建筑破烂不堪，大明湖的湖面已化作水田，而只剩下几道水沟。有人说，这种种的败陋，并非因为当局不肯努力建设，而是因为他们爱民如子，不肯把老百姓的钱都花费在美化城市上。假若这是可靠的话，我们便应当看见老百姓的钱另有出路，在国防与民生上有所建设。这个，我们却没有看见。这笔账该当怎么算呢？况且，我们所要求的并不是高楼大厦，池园庭馆，而是城市应有的卫生与便利。假若在城市卫生上有相当的设施，到处注意秩序与清洁，这座城既有现成的山水取胜，自然就会美如画图，用不着浪费人工财力。

这倒并非专为山水喊冤，而是借以说明许多别的事。济南的多少事情都与此相似，本来可以略加调整便有可观，可是事实上竟自废弛委弃，以至一切的事物上都罩着一层灰土。这层灰土下蠕蠕微动着一群可好可坏的人，隐覆着一些似有若无的事；不死不生，一切灰色。此处没有崭新的东西，也没有彻底旧的东西，本来可以令人爱护，可是又使人无法不伤心。什么事都在动作，什么可也没照着一定的计划作成。无所拒绝，也不甘心接受，不易见到有何主张的人，可也不易见到很讨厌的人，大家都那么和气一团，敷敷衍衍，不易捉摸，也没什么大了不起。有电灯而无光，有马路而拥挤不堪，什么都有，什么也都没有，恰似暮色微茫，灰灰的一片。

按理说，这层灰色是不应当存到今日的，因为五三惨案的血还鲜红的在马路上，城根下，假若有记性的人会闭目想一会儿。我初到济南那年，那被敌人击破的城楼还挂着"勿忘国耻"的破布条在那儿含羞的立着。不久，城楼拆去，国耻布条也被撤去，同被忘掉。拆去城楼本无不可，但是别无建设或者就是表示着忘去烦恼最为简便；结果呢，敌人今日就又在那里唱凯歌了。

在我写《大明湖》的时候，就写过一段：在千佛山上北望济南全城，城河带柳，远水生烟，鹊华对立，夹卫大河，是何等气象。可是市声隐隐，尘雾微茫，房贴着房，巷联着巷，全城笼罩在灰色之中。敌人已经在山头设过重炮，轰过几昼夜了，以后还可以随时地重演一次；第一次的炮火既没能打破那灰色的大梦，那么总会有一天全城化为灰烬，冲天的红焰赶走了灰色，烧完了梦中人灰色的城，灰色的人，一切是统制，也就是因循，自己不干，不会干，而反倒把要干与会干的人的手捆起来；这是死城！此书的原稿已在上海随着"一•二八"的毒火殉了难，不过这一段的大意还没有忘掉，因为每次由市里到山上去，总会把市内所见的灰色景象带在心中，而后登高一望，自然会起了忧思。湖山是多么美呢，却始终被灰色笼罩着，谁能不由爱而畏，由失望而颤抖呢？

济南东门外护城河

再说，破碎的城楼可以拆去，而敌人并未曾退出；眼不见心不烦，可是小鬼们就在眼前，怎能疏忽过去，视而不见呢？敌人的医院，公司，铺户，旅馆，分散在商埠各处。哪一个买卖也带"白面"，即使不是专售，也多少要预备一些，余利作为妇女与孩子们的零钱。大批的劣货垄断着市场，零整批发的吗啡白面毒化着市民，此外还不时的暗放传染病的毒菌，甚至于把他们国内穿残的破裤烂袄也整船的运来销卖。这够多么可怕呢？可是我们有目无睹，仍自逍遥自在；等因奉此是唯一的公事，奉命唯谨落个好官，我自为之，别无可虑。人家以经济吸尽我们的血，我们只会加捐添税再抽断老百姓的筋。对外讲亲善，故无抵制；对内讲爱民，而以大家不出声为感戴。敌人的炮火是厉害的，敌人的经济侵略是毒辣的，可是我们的捆束百姓的政策就更可怕。济南是久已死去，美丽的湖山只好默然蒙羞了！

平日对敌人的经济侵略不加防范，还可以用有心无力或事关全国为词。及至敌军已深入河北，而大家依旧安闲自在，就太可怪了。山东的富力为华北各省之冠，人民既善于经营，又强壮耐苦。有这样的财力与人力，假若稍有准备，即使不能把全省防御得如铜墙铁壁，至少也得教敌人吃很大的苦头，方能攻入。可是，济南是省会，既系灰色，别处就更无可说的了。济南为全省的脑府，而实际上只是空空的一个壳儿，并无脑子。这个空壳子响一响便是政治，四面低低的回应便算办了事情。计划、科学、文化、人才，都是些可疑的名词，因为它们不是那空壳子所能了解的。反之，随便响一响，从心所欲正好见出权威。济南是必须死的，而且必不可免的累及全省。

　　这里一点无意去攻击任何人；追悔不如更新，我们且揭过这一页去吧。灰色的济南，可爱的济南，已被敌人的炮火打碎。可是湖山难改，我们且去用血把它刷新，重建个美丽庄严的新都市。别矣济南！那是一场恶梦！再会面时，你将是清醒的合理的，以人民的力量筑成，而归人民享用的。我将看到那城河更多一些绿柳，柳荫下有白石的小凳，任人休息。我将看见破旧的城墙变为宽坦的马路，把乡郊与城市打成一家；在城里可望见南山的果林，在乡间可以知道城内的消息。我将看到大明湖还田为湖，有十顷白莲。我将看见趵突泉改为浴场，游泳着健壮的青年男女。我将看见马鞍山前后有千百烟囱，用着博山的煤，把胶东的烟叶制成金丝，鲁北的棉花织成细布，泰山的樱桃，莱阳的梨，肥城的蜜桃，制成精美的罐头；烟台的葡萄与苹果酿成美酒，供给全国的同胞享用。还有那已具雏型的造钟制钢，玻璃磁器，绵绸花边，酒精发网等等工业，都能合理的改进发展，富国裕民。我希望济南成为全省真正的脑府，用多少条公路，几条河流，和火车电话，把它的智慧热诚的清醒的串送到东海之滨与泰山之麓。挣扎吧，济南！失去一城，无关于最后的胜负。今日之泪是悔认昨日之非；有此觉悟，便能打好明日的主意。济南，今日之死是脱胎换骨，取得新的生命；那明湖上的新蒲绿柳自会有我们重来欣赏啊！

【原载 1938 年 1 月《大时代》第 3 号】

生活与创作自述

京沪之间宜安居。老舍到济南时，南京政府取代北洋政府，中国的政治文化中心南移。济南位于津浦线中点，介于北平与宁沪之间，扼南北之要冲，城市不大而交通便利。老舍隐居于此，眼观六路，耳听八方，超然于京派海派之外，熔多元文化于一炉，潜心修炼十八般武艺。他于教书之余勤奋创作，四度寒暑接连创作出四部长篇小说：《大明湖》《猫城记》《离婚》和《牛天赐传》。此外还有一部短篇小说集《赶集》与一部《老舍幽默诗文集》。其中《猫城记》《离婚》等作品成为其代表作，给他带来世界声誉。有专家评述说，济南四载是老舍毕生文学创作生涯的一个黄金时代。

　　老舍写作没有留底稿的习惯，一旦丢失也没有重写的兴趣。小说《大明湖》即因手稿毁于"一·二八"战火而成绝唱。但他毕竟写下了一些生活和创作自述。从这些自述之中，我们还是可以约略窥见一些当时济南的文化氛围、老舍的思想脉络创作情景及生活状态。

夏之一周间

我与学界的人们一同分润寒假暑假的"寒"与"暑","假"字与我老不发生关系似的。寒与暑并不因此而特别的留点情;可是,一想及拉车的,当巡警的,卖苦力气的,我还抱怨什么?而且假期到底是假期,晚起个三两分钟到底不会耽误了上堂;暂时不作铜铃的奴隶也总得算偌大的自由!况且没有粉笔面子的"双"薰——对不起,一对鼻孔总是一齐吸气,还没练成"单吸"的工夫,虽然作了不少年的教员。

整理已讲过的讲义,预备下学期的新教材,这把"念读写作,四者缺一不可"的工夫已作足。此外,还要写小说呢。教员兼写家,或写家兼教员,无论怎样排列吧,这是最时行的事。单干哪一行也不够养家的,况且我还养着一只小猫!幸而教员兼车夫,或写家兼屠户,还没大行开,这在像中国这么文明的国家里,还不该念佛?

盛夏时节的齐鲁大学校园

闹钟的铃自一放学就停止了工作,可是没在六点后起来过,小说的人物总是在天亮左右便在脑中开了战事;设若不乘着打得正欢的时候把他们捉住,这一天,也许是两三天,不用打算顺当的调动他们,不管你吸多少枝香烟,他们总是在面前耍鬼脸,及至你一伸手,他们全跑得连个影儿也看不见。早起的鸟捉住虫儿,写小说的也如此。

这绝不是说早起可以少出一点汗。在济南的初伏以前而打算不出汗,除非离开济南。早晨,晌午,晚间,夜里,毛孔永远川流不息:只要你一眨巴眼,或叫声"球"——那只小猫——得,遍体生津。早起决不为少出汗,而是为拿起笔来把汗吓回去。出汗的工作是人人怕的,连汗的本身也怕。一边写,一边流汗;越流汗越写得起劲;汗知道你是与它拼个你死我活,它便不流了。这个道理或者可以从《易经》里找出来,但是我还没有工夫去检查。

自六点至九点,也许写成五百字,也许写成三千字,假如没有客人来的话。五百字也好,三千字也好,早晨的工作算是结束了。值得一说的是:写五百字比写三千字的时候要多吸至少七八枝香烟,吸烟能助文思不永远灵验,是不是还应当多给文曲星烧股高香?

九点以后,写信——写信!老得写信!希望邮差再大罢工一年!——浇浇院中的草花,和小猫在地上滚一回,然后读欧·亨利。这一闹哄就快十二点了。吃午饭；也许只是闻一闻；夏天闻闻菜饭便可以饱了的。饭后，睡大觉，这一觉非遇见非常的事件是不能醒的。打大雷，邻居小夫妇吵架，把水缸从墙头掷过来，……只是不希望地震，虽然它准是最有效的。醒了，该弄讲义了，多少不拘，天天总弄出一点来。六点，又吃饭。饭后，到齐大的花园去走半点钟，这是一天中挺直脊骨的特许期间，廿四点钟内挺两刻钟的脊骨好像有什么卫生神术在其中似的，不过，挺着胸膛走到底是壮观的；究竟挺直了没有自然是另一问题，未便深究。

挺背运动完毕，回家。屋子里比烤面包的炉子的热度高着多少？无从知道，因为没有寒暑表。屋内的蚊子还没都被烤死呢，我放心了。洗个澡，在院中坐一会儿，听着街上卖汽水，冰激凌的吆喝。心静自然凉。我永远不喝汽水，不吃冰激凌；香片茶是我一年到头的唯一饮料；多喈香片茶是由外洋贩来我便不喝了。九点钟前后就去睡，不管多热，我永远的躺下——有时还没有十分躺好——便能入梦。身体弱多睡觉，是我的格言。一气睡到天明，又该起来拿笔吓走汗了。

过去的一周就是这么过去的；没读过一张报纸，不作亡国的事的，与作亡国的事的，或者都不大爱读新闻纸；我是哪一等人呢？良心上分吧。

【原载 1932 年 9 月 1 日《现代》第 1 卷第 5 期】

一 天

闹钟应当,而且果然,在六点半响了。睁开半只眼,日光还没射到窗上;把对闹钟的信仰改为崇拜太阳,半只眼闭上了。

八点才起床。赶快梳洗,吃早饭,饭后好写点文章。

早饭吃过,吸着第一枝香烟,整理笔墨。来了封快信,好友王君路过济南,约在车站相见。放下笔墨,一手扣钮,一手戴帽,跑出去,门口没有一辆车;不要紧,紧跑几步,巷口总有车的。心里想着:和好友握手是何等的快乐;最好强迫他下车,在这儿住哪怕是一天呢,痛快的谈一谈。到了巷口,没一个车影,好像车夫都怕拉我似的。

又跑了半里多路才遇上了一辆,急忙坐上去,津浦站!车走得很快,决定误不了,又想象着好友的笑容与语声,和他怎样在月台上东张西望的盼我来。

怪不得巷口没车,原来都在这儿挤着呢,

一眼望不到边，街上挤满了车，谁也不动。西边一家绸缎店失了火。心中马上就决定好，改走小路，不要在此死等，谁在这儿等着谁是傻瓜；马上告诉车夫绕道儿走，显出果断而聪明。

车进了小巷。这才想起在街上的好处：小巷里的车不但是挤住，而且无论如何再也退不出。马上就又想好主意，给了车夫一毛钱，似猿猴一样的轻巧跳下去。挤过这一段，再抓上一辆车，还可以不误事，就是晚也晚不过十来分钟。

棉袄的底襟挂在小车子上，用力扯，袍子可以不要，见好友的机会不可错过！袍子扯下一大块，用力过猛，肘部正好碰着在娘怀中的小儿。娘不加思索，冲口而成，凡是我不爱听的都清清楚楚的送到耳中，好像我带着无线广播的耳机似的。孩子哭得奇，嘴张得像个火山口；没有一滴眼泪，说好话是无用的；凡是在外国可以用"对不起"了之的事，在中国是要长期抵抗的。四围的人——五个巡警，一群老头儿，两个女学生，一个卖糖的，二十多小伙子，一只黄狗——把我围得水泄不通；没有说话的，专门能看哭骂，笑嘻嘻的看着我挨雷。幸亏卖糖的是圣人，向我递了个眼神，我也心急手快，抓了一大把糖塞在小孩的怀中；火山口立刻封闭，四围的人皆大失望。给了糖钱，我见缝就钻，杀出重围。

到了车站，遇见中国旅行社的招待员。老那么和气而且眼睛那么尖，其实我并不常到车站，可是他能记得我，"先生取行李吗？"

"接人！"这是多余说，已经十点了，老王还没有叫火车晚开一个钟头的势力。

越想头皮越疼，几乎想要自杀。

出了车站，好像把自杀的念头遗落在月台上了。也好吧，赶快归去写文章。

到了家，小猫上了房；初次上房，怎么也下不来了。老田是六十多了，上台阶都发晕，自然婉谢不敏，不敢上墙。就看我的本事了，当仁不让，上墙！敢情事情都并不简单，你看，上到半腰，腿不晓得怎的会打起转来。不是颤而是公然的哆嗦。老田的微笑好像是恶意的，但是我还不能不仗着他扶我一把儿。

往常我一叫"球"，小猫就过来用小鼻子闻我，一边闻一边咕噜。

上了房的"球"和地上的大不相同了，我越叫"球"，"球"越往后退。我知道，我要是一直的向前赶，"球"会退到房脊那面去，而我将要变成"球"。我的好话说多了，语气还是学着妇女的："来，啊，小球，快来，好宝贝，快吃肝来……"无效！我急了，开始恫吓，没用。

磨烦了一点来钟，二姐来了，只叫了一声"球"，"球"并没理我，可是拿我的头作桥，一跳跳到了墙头，然后拿我的脊背当梯子，一直跳到二姐的怀中。

兄弟姐妹之间，二姐是我最好的朋友。她第一个好处便是不阻碍我的工作。每逢看见我写字，她连一声都不出；我只要一客气，陪她谈几句，她立刻就搭讪着走出去。

"二姐，和球玩会儿，我去写点字。"我极亲热的说。

"你先给我写几个字吧，你不忙啊？"二姐极亲热的说。

当然我是不忙，二姐向来不讨人嫌，偶尔求我写几个字，还能驳回？

二姐是求我写封信。这更容易了。刚由墙上爬下来，正好先试试笔，稳稳腕子。

二姐的信是给她婆母的外甥女的干姥姥的姑舅兄弟的侄女婿的。二姐与我先决定了半点多钟怎样称呼他。在讨论的进程中，二姐把她婆母的、婆母的外甥女的、干姥姥的、姑舅兄弟的性格与相互的关系略微说明了一下，刚说到干姥姥怎么在光绪二十八年掉了一个牙，老田说午饭得了。

吃过午饭，二姐说先去睡个小盹，醒后再告诉我怎样写那封信。

我是心中搁不下事的，打算把干姥姥放在一旁而去写文章，一定会把莎士比亚写成外甥女婿。好在二姐只是去打一个小盹。

二姐的小盹打到三点半才醒，她很亲热的抱歉，昨夜多打了四圈小牌。不管怎着吧，先写信。二姐想起来了，她要是到东关李家去，一定会见着那位侄女婿的哥哥，就不要写信了。

二姐走了。我开始从新整理笔墨，并且告诉老田泡一壶好茶，以便把干姥姥们从心中给刺激走。

老田把茶拿来，说，外边调查户口，问我几月的生日。"正月初一！"我告诉老田。

凡是老田认为不可信的事，他必要和别人讨论一番。他告诉巡警：他对我的生日颇有点怀疑，他记得是三月；不论如何也不能是正月初一。巡警起了疑，登时觉得有破获共产党机关的可能，非当面盘问我不可。我自然没被他们盘问短，我

老舍在南新街寓所书房

说正月与三月不过是阴阳历的差别，并且告诉他们我是属狗的。巡警一听到戌狗亥猪，当然把共产党忘了；又耽误了我一刻多钟。

整四点。忘了，图画展览会今天是末一天！但是，为写文章，牺牲了图画吧。又拿起笔来。只要许我拿起笔来，就万事亨通，我不怕在多么忙乱之后，也能安心写作。

门铃响了，信，好几封。放着信不看，信会闹鬼。第一封：创办老人院的捐启。第二封：三舅问我买洋水仙不买？第三封：地址对，姓名不对，是否应当打开？想了半天，看了信皮半天，笔迹，邮印，全细看过，加以福尔摩斯的判断法；没结果，放在一旁。第四封：新书目录，从头至尾看了一遍，没有我要看的书。第五封：友人求找事，急待答复。赶紧写回信。信和病一样，越耽误越难办。信写好，邮票不够了，只欠一分。叫老田，老田刚刚出去。自己跑一遭吧，反正邮局不远。

发了信，天黑了。饭前不应当写字，看看报吧。

晚饭后，吃了两个梨，为是有助于消化，好早些动手写文章。刚吃完梨，老牛同着新近结婚的夫人来了。

老牛的好处是天生来的没心没肺。他能不管你多么忙，也不管你的脸长到什么尺寸，他要是谈起来，便把时间观念完全忘掉。不过，

今天是和新妇同来，我想他决不会坐那么大的工夫。

牛夫人的好处，恰巧和老牛一样，是天生来的没心没肺。我在八点半的时候就看明白了：大概这二位是在我这里度蜜月。我的方法都使尽了：看我的稿纸，打个假造的哈欠，造谣言说要去看朋友，叫老田上钟弦，问他们什么时候安寝，顺手看看手表……老牛和牛夫人决定赛开了谁是更没心没肺。十点了，两位连半点要走的意思都没有。

"咱们到街上走走，好不好？我有点头疼。"我这么提议，心里计划着：陪他们走几步，回来还可以写个两千多字，夜静人稀更写得快；我是向来不悲观的。

随着他们走了一程，回来进门就打喷嚏，老田一定说我是着了凉，马上就去倒开水，叫我上床，好吃阿司匹灵。老田的命令是不能违抗的，我要是一定不去睡，他登时就会去请医生。也好吧，躺在床上想好了主意明天天一亮就起来写。"老田，把闹钟上到五点！"

老田又笑了，不好和老人闹气，不然的话，真想打他两个嘴巴。

身上果然有点发僵，算了吧，什么也不要想了，快睡！两眼闭死，可是不困，数一二三四，越数越有精神。大概有十一点了，老田已经停止了咳嗽。他睡了，我该起来了，反正是睡不着，何苦瞎耗光阴。被窝怪暖和的，忍一会儿再说，只忍五分钟，起来就写。肚里有点发热，阿司匹灵的功效，还倒舒服。似乎老牛又回来了，二姐，小球……

"起吧，八点了！"老田在窗外叫。

"没上闹钟吗？没告诉你上在五点上吗？"我在被窝里发怒。

"谁说没上呢，把我闹醒了；您大概是受了点寒，病烧，耳朵不大灵，嚯！"

生命似乎是不属于自己的，我叹了口气。稿子应该就发出了，还一个字没有呢！

"老田，报馆没来人催稿子吗？"

"来了，说请您不必忙了，报馆昨晚被巡警封了门。"

【原载 1933 年 1 月 1 日《论语》第 8 期】

致赵景深

一
1933年4月

景深兄①：

　　元帅发来紧急令：内无粮草外无兵！小将提枪上了马，《青年界》上走一程。呀！马来！

　　参见元帅。带来多少人马？两千来个字②！还都是老弱残兵！后帐休息！得令！正是：旌旗明日月，杀气满山头！祝
吉~

　　　　　　　　　　弟舍予躬

　　附臭文一

---

　　① 赵景深（1902—1985），现代学者、作家，当时任上海《青年界》编辑。

　　② 指1933年寄给赵景深的短篇小说《马裤先生》，刊载于1933年5月5日《青年界》第3卷第3号。

二
1933年12月

景深兄：

幸不辱命，赶成一篇①。此篇文字尚欠斟酌，但不失为得意之作——有点像莫泊桑。请多赏两个酒钱，以示鼓励。祈留版权。前载过之《马裤先生》忘书"留"字，但仍欲归入短篇集中，应扣之酬金请由此次扣留。谢谢！

像片已送给《矛盾》月刊一张，如不愿重出，即希存在尊处吧。

祝
吉~

附文一
像片一②

弟舍予躬

三
1933年12月19日

景深兄：

谢谢信！收据一纸奉上，祈纳。

以前所写的长篇，都是利用年假与暑假的工夫，因此，已有两三年没休息过。今年年假与明年暑假决定休息，所以不敢答应"长"买卖；虽然对您与小峰先生的赏脸是十二分感激的。我写长篇还是非一气写全不可，叫我随写随在杂志上发表，我便不定写到什么地方去，本来我就是信口开河，结构向来不精好，这么一来便更漫无限制了。

---

① 指短篇小说《眼镜》，刊载于1934年1月《青年界》第5卷第1号。
② 指与《眼镜》刊登在同一期《青年界》上的近照。

早有人提议叫我写点发表点，而后成书，可是我不敢。有这点限制，又加上暑假决定休息，恐怕明年一年不会写长篇了。看吧，假如明年秋间能离开学校，那便好办了。我很希望不再教书。自然从经济上看，我现在还不敢说我能专靠写文章吃饭，除非得了五十万的头彩。

关于条件，就暂不必提吧；等多嗻我有工夫写再说。只要能写，条件是好说的，因为我的天性随和，不会瞪眼要大价。

我想了好久，确是非休息一个暑假不可了。我一想：不休息则会累死；累死则不能吃饭；不能吃饭则损失甚大。决定休息，甚合逻辑。

东华，文艺月刊，早就要长篇，也都谢绝，因为要休息哟。平日一面教书，一面写，只能写短文。那么，决定歇夏，则长篇吹矣。匆复，祝

吉~

弟舍予躬

附收据一

十九

四
1934年4月28日

景深兄：

诚如君言，无事不登三宝殿；但希有求必应！《小坡的生日》本应在4月出版，但上海之战，将它的底版也烧坏。听说"商馆"因此不再印它。这篇东西颇得冰心之赞赏，为小孩子读也确还过得去。您有意思要没有？您是个提倡儿童文学的，所以我一向忘了它，而今心血忽然来潮，掐指一算，便算到您。您如愿要的话，我有现成的稿子，卖也好，抽版税也好[①]。

[①]《小坡的生日》一书原版藏商务印书馆，被"一·二八"战火烧毁，老舍有意将其改交北新书局出版。

不过，如您愿要，请分神和徐调孚提一声，问他商务是否决不再印它。我给他去信问过此事，他始终没答复我——或者因为忙的缘故。他——现在管文学会的事——如说 yes，咱们的交易便可成功。自然您要说 no，我也不恼①。我倒不必一定要印它，不过弃之可惜罢了。暇时祈赐示！先谢谢！祝

吉~

弟舍予躬
廿八日

【引自赵景深《我所认识的老舍》，原载 1980 年《艺术世界》第 1 期】

---

① 《小坡的生日》后经徐调孚交上海生活书店，于 1934 年 7 月出版。

致赵家璧

一

1933年2月6日

家璧兄①：

  事实使你以为我变化无常，有如孙行者。但事实究竟是事实。前两天听郑振铎说：《小坡的生日》底版已毁，可以提交别家承印。我马上就去信问，是否还通知"商馆"一声，以免事后有麻烦。他还未回信。假如"小坡"能自由，那真不错；一、"小坡"很得文人——如冰心等——的夸美。二、六万多字长，恰好出小书。三、是我得意之笔。四、能马上就印，不必等着。五、北平与济南的国语运动机关久想印它，为宣传纯正国语的教本；

---

①赵家璧（1908—1997），现代作家、编辑出版家，当时在上海主持良友出版公司。

"良友"能印岂不甚好。

等等郑的回信吧。他说"行"，马上我将《小说月报》登过的全份奉寄。《离婚》呢，就再讲了。

《离婚》不能快成，我于上课时间实在没工夫写。况且，我要拿它恢复被"猫城"所丢的名誉，非详加改正后不出手。再说时局如此，而我又非幽默不可，真是心与手违；含着泪还要笑，笑得出吗？不笑，我又不足得胜！

不过，您如不要"小坡"，而一定要《离婚》，也可以；只是得等些日子。非到暑假，我不能安心写。

广告请迟一下再登吧。如愿要"小坡"，请等我的信。如不愿要它，而要《离婚》，请先给我个信。

祝吉

舍予 二月六日（二十二年）

二
1933年7月12日

家璧兄：

《离婚》于本月十五号可得，约十一字万左右。比"猫城"强得多，紧练处非《二马》等所及。未悉兄是否在沪，谨先函询，恐寄到有失闪也。如兄在沪，当于十七八号全部邮奉。弟向不愿作序，仍愿付之缺如。

祝吉

舍予 七月十二日（二十二年）

三
1933年8月28日

家璧兄：

谢谢信，并谢谢为《离婚》这样分神，而且这样的客气！短文虽写了不少，但均系一时的游戏，景过势迁，或即失其趣味。且匆匆写成，文字多未妥当。所以始终无意把它们集中起来。再说中国今日文艺界，以浮浅为一大病；幽默虽未必与浮浅同一意义，但那些短文确是信手写成的，故而不愿郑重其事的印起来。

  我倒有个意见，不知您以为如何？我向来不大写短篇小说，可是今春各杂志征稿，无法均以长篇为报，也试写了几篇短的。最近《文艺月刊》登的《大悲寺外》居然得了些好评，在"自由谈"上也还有为这篇而起的辩论。本月又寄了两篇，将分登于《文艺》与《文学》，也还不算坏。好不好再等些日子，凑足了十几篇——现在即能凑上八九篇，但字数当不过五万，或者太少了——归尊处出短篇集，已有的几篇，有的严重，有的幽默，还不至太单调。你如以为可办，请先看看，《大悲寺外》（《文艺月刊》四卷一期），《歪毛儿》（《文艺月刊》四期，下月的），与《微神》（《文学》四期，下月的）。这三篇如有可取，我便将以前的选取几篇，再等写一两篇较长的，共凑十来篇，约六七万字。全听你的，我没有主意。

  幽默文章大概都凑上也没有多少字，恐怕还成不了"集"。还有在"自由谈"上与"语林"上的我都没留稿子，登出后我也没看见，这还是怕麻烦。

  说了一车不得要领，还是听您的吧。

祝吉

舍予 八月二十八日（二十二年）

【原载《现代中国作家书信》，孔另境编，1936年5月生活书店出版】

一九三四年计划

没有职业的时候,当然谈不到什么计划——找到事再说。找到了事作,生活较比的稳定了,野心与奢望又自减缩——混着吧,走到哪儿是哪儿;于是又忘了计划。过去的几年总是这样,自己也闹不清是怎么过来的。至于写小说,那更提不到计划。有朋友来信说"作",我就作;信来得太多了呢,便把后到的辞退,说上几声"请原谅"。有时候自己想写一篇,可是一搁便许搁到永远。一边作事,一边写作,简直不是回事儿!

一九三四年了,恐怕又是马虎的过去。不过,我有个心愿:希望能在暑假后不再教书,而专心写文章,这个不是容易实现的。自己的负担太重,而写文章的收入又太薄;我是不能不管老母的,虽然知道创作的要紧。假如这能实现,我愿意暑后到南方去住些日子;杭州就不错,那里也有朋友。

不论怎样吧,这是后半年的话。前半年

呢，大概还是一边教书，一边写点东西。现在已经欠下了好几个刊物的债，都该在新年后还上，每月至少须写一短篇。至于长篇，那要看暑假后还教书与否；如能辞退教职，自然可以从容的乱写了。不能呢，长篇即没希望。我从前写的那几本小说都成于暑假与年假中，因除此再找不出较长的时间来。这么一来，可就终年苦干，一天不歇。明年暑假决不再这么干，我的身体实在不能说是很强壮。春假想去跑泰山，暑假要到非避暑的地方去避暑——真正避暑的地方不是为我预备的。我只求有个地点休息一下，暑一点也没大关系。能一个月不拿笔，就是死上一回也甘心！

丁聪绘《老舍练拳图》

提到身体，我在四月里忽患背痛，痛得翻不了身，许多日子也不能"鲤鱼打挺"。缺乏运动啊。篮球足球，我干不了，除非有意结束这一辈子。于是想起了练拳。原先我就会不少刀枪剑戟——自然只是摆样子，并不能去厮杀一阵。从五月十四开始又练拳，虽不免近似义和团，可是真能运动运动。因为打拳，所以起得很早；起得早，就要睡得早；这半年来，精神确是不坏，现在已能一气练下四五趟拳来。这个，我要继续下去，一定！

自从我练习拳术，舍猫小球也胖了许多，因我一跳，她就扑我的腿，以为我是和她玩耍呢。她已一岁多了，尚未生小猫。扑我的腿，和有时候高声咪喵，或系性欲的压迫，我在来年必须为她定婚，这也在计划之中。

至于钱财，我向无计划。钱到手不知怎么就全另找了去处。来年呢，打算要小心一些。书，当然是要买的。饭，也不能不吃。要是俭省，得由零花上设法。袋中至多只带一块钱是个好办法；不然，手一痒则钞票全飞。就这样吧，袋中只带一元，想进铺子而不敢，则得之矣。

这像个计划与否，我自己不知道。不过，无论怎样，我是有志向善，想把生活"计划化"了。"计划化"惯了，生命就能变成个计划。将来不幸一命身亡，会有人给立一小块石碑，题曰"舒计划葬于此"。新年不宜说丧气话，那么，取消这条。

【原载 1934 年 1 月《东方杂志》第 31 卷第 1 号，题为《个人计划》；1934 年 4 月出版的《老舍幽默诗文集》收入，改为现题】

病　中

（韵：国韵廿五稀）

五月害背痛，六月患拉稀，
腹背兼受攻，抵抗誓长期！
国膏号虎骨，高贴与肩齐。
更服虎骨酒，眼赤汗淋漓。
俨然矮脚虎，虽瘦如柴鸡。
汗流膏欲走，油渍满袖衣；
幸能减芒刺，布衫何所惜。
病魔亦幽默，德谟克拉西；
既已炙我背，复欲裂肚皮。
一去二三里，江河日下兮，
携纸苦奔走，腮枯眉渐低，
三思而后行，腿弱眼花迷！
松下问童子，言师床下啼，
院北花深处，昨夜已成溪！

【原载 1933 年 7 月 16 日《论语》第 21 期】

《牛天赐传》广告

《论语》编辑部早就约我写篇较长的文章，有种种原因使我不敢答应。眼看到暑假了，编辑先生的信又来到，附着请帖，约定在上海吃饭。赔上几十块路费，也得去呀，交情要紧。继而一想，不赔上路费而也能圆上脸，有没有办法呢？这一想，便中了计：写文章吧，没有旁的可说。答应了。

答应了，紧跟着是绑上账来；你到底写什么呢？先具个简单说明，以便预告给读者。我是有罪不敢抬头——写什么？我自己也愿意知道呀！

这可真难倒了英雄好汉。大体上说，长篇总是小说喽；我没有写史诗的本领，对戏剧是超等外行。对科学哲学又都二五八；只能写小说——好坏是另一个问题。

什么样的小说呢？是呀，什么样的小说呢？又被问住了。内容大概是怎回事？赶快想吧，想了好久，决定写《牛天赐传》。为什么？不能说，说破就不灵了。内容？还是不能说，没想出来呢。再逼我，要上吊去了。一定会有这么个"传"，里边有个"牛天赐"。他也许是英雄，碰巧也许是英雄的弟弟。也许写他的一生，也许写他的半生。没有三角恋爱，也许有。

　　幽默？一定！虽然这很伤心。怎么说呢？是这样：我原想从今以后不再写幽默的文章。有好几位朋友劝告我：老弟，你也该写点郑重的东西，老大不小的了，总是嘻嘻哈哈？这确是良言。于是我决定暂行搁笔，板起面孔者两月有余。敢情不行。一个人的时间有限，才力有限，鸭子上树还不如乌鸦顺眼呢。假若我不忙，也许破出十年功夫写本有点思想的东西。可是我老忙，忙得没工夫去想。在忙中而能写出的那一点，只有幽默。这是我的"地才"——说"天才"怕有人骂街。

　　幽默是了不得的呀，我没这么说。幽默是该死的呀，我没这样讲。一个人也只好尽其所能的做吧。百鸟朝凤的时节，麻雀也有个地位。各尽所能，铺好一条路，等那真正天才降临；这是句好话吧？整好步骤，齐喊一二三——四，这恐怕只能练习摔脚吧？真希望我能伟大，谁不应这么希望呢？可是生把我的脖子吊起来，以便成个细高挑儿，身长七尺有余，趁早不用费这个事，骆驼和长颈鹿的脖子都比我的更合格。在这忙碌的生活里，一定叫我写作，我实在想不出高明主意来。这不是发牢骚，也不是道歉，这是广告。广告不可骗人过甚，所以我不能说："读完此篇，独得五十万元！"我只说：我要写一本《牛天赐传》，文字是幽默的。将在《论语》上逐期发表几千字；到现在，还一个字没写。

【原载 1934 年 7 月 16 日《论语》第 45 期】

题"全家福"[1]

爸笑妈随女扯书，
一家三口乐安居。
济南山水充名士，
篮里猫球盆里鱼。[2]

一九三四年秋

【原载 1934 年 9 月 16 日《论语》第 49 期】

---

[1] 此系老舍为他与夫人胡絜青、长女舒济合影的题诗。
[2] 小猫名"球"。

我的创作经验（讲演稿）

好吧，假若我要有别的可说，我一定不说这个题目。

我敬爱学问，可是学问老不自动的搬到我的脑子里来住；科学实验室，哼，没进去过。我只好说经验。不管好坏，经验是我自己的，我要不说，别人就不知道；这或者也许有点趣味。

创作的经验，这也得解释一下。创作出什么，与创作得怎样，自然是两回事。格外的自谦是用不着的，可是板着脸吹腾自己也怪难以为情。我希望只说"什么"，不说"怎样"。不过万一我说走了嘴，而谈到我的创作怎样怎样好，请你别忘了这个——"不信也罢！"

在我幼年时候，我自己并没发现，别人也没看出，我有点作文的本事。真的，为作不好文章而挨竹板子倒是不常遇到的事。可是我不能不说我比一般的小学生多念背几篇古文，因为在学堂——那时候确是叫作学堂——下课后，我还到私塾去读《古文观止》。《诗经》我也读过，一点也不瞎吹——那时候我就很穷（不知道为什么），可是私塾的先生并不要我的钱。

我的中学是师范学校。师范学校的功课虽与中学差不多，可是多少偏重教育与国文。我对几何代数和英文好像天生的有仇。别人演题或记单字的时节，我总是读古文。我也读诗，而且学着作诗，甚至于作赋。我记了不少的典故。可惜我那些诗都丢了，要是还存着的话，我一定把它们印出来！看谁不顺眼，或是谁看我不顺眼，就送谁一本，好把他气死。诗这种东西是可以使人飞起来，也可以把人气死的。除了诗文，我喜欢植物学。这并非是对这种科学有兴趣，而是因为对花草的爱好；到如今我还爱花。

我的脾气是与家境有关系的。因为穷，我很孤高，特别是在十七八岁的时候。一个孤高的人或者爱独自沉思，而每每引起悲观。自十七八到二十五岁，我是个悲观者。我不喜欢跟着大家走，大家所走的路似乎不永远高明，可是不许人说这个路不高明，我只好冷笑。赶到岁数大了一些，我觉得这冷笑也未必对，于是连自己也看不起了。这个，可以说是我的幽默态度的形成——我要笑，可并不把自己除外。

"五四"运动，我并没有在里面。那时候我已作事。那时候所出的书，我可都买来看。直到二十五岁我到南开中学去教书，才写过一篇小说，登在校刊上。这篇东西我没留着，不能告诉诸位它的内容与文笔怎样。它只有点历史的价值，我的第一篇东西——用白话写的。

二十七岁，我到英国去。设若我始终在国内，我不会成了个小说家——虽然是第一百二十等的小说家。到了英国，我就拼命的念小说，拿它作学习英文的课本。念了一些，我的手痒痒了。离开家乡自然时常想家，也自然想起过去几年的生活经验，为什么不写写呢？怎样写，一点也不知道，反正晚上有功夫，就写吧，想起什么就写什么，这便是《老张的哲学》。文字呢，还没脱开旧文艺的拘束。这样，在故事上没有完整的设计，在文字上没有新的建树，乱七八糟便是《老张的哲学》。抓住一件有趣的事便拼命的挤它，直到讨厌了为止，是处女作的通病，《老张的哲学》便是这样的一个病鬼。现在一想到它就要脸红。可是它也有个好处，而且这个好处不容易再找到。它是个初出山的老虎，什么也不懂，什么也不怕。现在稍有些经验了，反倒怕起来。它没有使人读了再读的力量，可是能给暂时的警异与刺激。我希望再写这样的东西，或者想写也写不出了。长了几岁，精力到底差了一事。

《赵子曰》是第二部，结构上稍比《老张》强了些，可是文字的讨厌与叙述的夸张还是那样。这两部书的主旨是揭发事实，实在与《黑幕大观》相去不远。其中的理论也不过是些常识，时时发出臭味！

《二马》是在英国的末一年写的。因为已读过许多小说了，所以这本书的结构与描写都长进了一些。文字上也有了进步：不再借助于文言，而想完全用白话写。它的缺点是，第一，没有写完便收束了，因为在离开英国以前必须交卷；本来是要写到二十万字的。第二，立意太浅：写它的动机是在比较中英两国国民性的不同；这至好不过是种报告，能够有趣，可很难伟大。再说呢，书中的人差不多都是中等阶级的，也嫌狭窄一点。

《小坡的生日》，在文字上，是值得得意的：我已把白话拿定了，能以最简单的言语写一切东西了；这本小说在文字上给我回国以后的作品打定了基础，我不再怕白话了；我明白了点白话的力量。这本书是在新加坡写成四分之三，在上海写完的。里面那些写实的地方，我以为，总应该删去，可是到如今也没功夫去删改。

《大明湖》是在济南写的，幸而在"一·二八"被烧掉，因为内容非常的没有意思。文字有几段很好，可是光仗着文字之美是不行的。我没有留底稿，现在也不想再写它了。《猫城记》是《大明湖》的妹妹，也没多大劲。

《离婚》比较的好点，虽然幽默，可与《老张》大不相同了；我明白了怎样控制自己。

至于短篇，不过是最近两年来的试验。我知道我写不过别人，可是没法不写；大家都向我索稿，怎能一一报之以长篇呢，我又不是个打字机。这些东西———大部分收在《赶集》里——连一篇好的也没有，勉强着写，写完又没工夫修改，怎能好得了！希望发笔财，可以专去写东西，不教书，不必发愁衣食住，专心去写，写，写！"穷而后工"，有此一说，我不大相信。

《牛天赐传》是今年夏天赶出来的，既然是"赶办"，当然没好货；现在还正继续的刊露，我不便骂它太厉害了；何必跟自己死过不去呢。

八九年的工夫，我只有这么点成绩。在质上，在量上，都没有什么可以自满的。从各方的批评中看，有的人说我好，有的人说我不好。我的好处——据我自己看——比坏处少，所以我很愿意看人家批评我；人家说我不好，我就多少得点益处。有时候我明知自己犯了毛病，可是没有工夫去修正——还是得独得五十万哪！

我写的不多，也不好，可是力气卖得不少。这几本书都是在课外写的。这就是说：教书，办事之外，我还得写作。于是，年假暑假向来不休息，已经有七年了！我不能把功课或事情放在一边而光顾自己的写作，这么办对不起人。可我也不能干脆不写。那么，只好有点工夫就写；这差不多是"玩命"。我自幼身体就不强壮，快四十了还没有胖过一回；我不能胖，一年到头不休息，怎能长肉呢？可是，"瘦"似乎是个警告，一照镜子便想起：谨慎点！所以老是早睡早起，不敢随便。每天至多写两千多字，不多写；多写便得多吃烟，我不愿使肺黑得和煤一样！几时我能有三个月不写一个字，那一定比当皇上还美！

写两千字，不多写：还可只是大概的说，有时候三天连一个字也写不出！我不知道天下还有比这更难受的事没有。我看着纸，纸看着我，彼此不发生关系！有时候呢，很顺当，字来得很快。可是一天不能把想起来的都写下来，于是心里老想着这点事，虽然一天只准自己写两千多字，但是心并没闲着，吃饭时也想，喝茶时也想——累人！就是写完一篇的时候，心中痛快一下，可是这点痛快抵不过那些苦处。说到这里，我不想劝别人也写小说了！是的，我是卖了力气。这就应了卖艺人的话了："玩艺是假的，力气是真的！"就此打住。

【原载1934年12月15日《刁斗》第1卷第4期】

老舍的创作

《老张的哲学》	是本小说,不是哲学。	商务	一元二角
《赵子曰》	也是本小说。	商务	一元
《二马》	又是本小说,而且没有马。	商务	一元四角
《小坡的生日》	是本童话,又不像童话。	生活	五角七角
《离婚》	是本小说,不提倡离婚。	良友	九角
《猫城记》	是本小说,没有真事。	现代	八角
《赶集》	是本短篇小说集,并不去赶集。	良友	九角
《老舍幽默诗文集》	不是小说,什么也不是。	时代	七角
《牛天赐传》	是本小说,还在《论语》登露。	论语	五百元
《易经》	不是本小说,也不是我作的。	宋版	非卖品

【原载 1935 年 1 月 16 日《论语》第 57 期】

歇　夏（也可以叫作"放青"）

马国亮先生在这个月里（六月）给我两封信。"文人相重"，我必须说他的信实在写的好：文好，字好，信纸也好，可是，这是附带的话；正文是这么回事：第一封信，他问我的小说写得怎样了？说起来话长，我在去年春天就向赵家璧先生透了个口话，说我要写一部长篇小说，内中的主角儿是两位镖客，行侠作义，替天行道，十八般武艺件件精通，可是到末了都死在手枪之下。我的意思是说：时代变了，单刀赴会，杀人放火，手持板斧把梁山上，都已不时兴；大刀必须让给手枪，而飞机轰炸城池，炮舰封锁海口，才够得上摩登味儿。这篇小说，假如能写成了的话，一方面是说武侠与大刀早该一齐埋在坟里，另一方面是说代替武侠与大刀的诸般玩艺不过是加大的杀人放火，所谓鸟枪换炮者是也，只显出人类的愚蠢。

春天过去，接着就是夏天，我到上海走了

一遭,见着了赵先生。他很愿意把这本东西放在《良友丛书》里。由上海回来,我就开始写,在去年寒假中,写成了五六千字。这五六千字中没有几个体面的,开学以后没工夫续着写,就把它放在一边。大概是今年春天吧,我在一本刊物上看到一个短篇小说,所写的事儿与我想到的很相近。大家往往思想到同样的事,这本不出奇,可是我不愿再写了。一来是那写成的几千字根本不好,二来是别人写过的,虽然还可以再写,可是究竟差着点劲儿,三来是我想在夏天休息休息。

马先生所问的小说,便是指此而言。我写去回信,说今夏休

《良友》画报封面

息,打退堂鼓。过了几天,他的第二封信来到,还是文好,字好,信纸也好;还是"文人相重"。这封信里,他允许,并且夸奖我应当休息,可是在休息之前必须给良友写一个短篇。

短篇?也不能写!说起来话就又长了。在春间我还答应下给别的朋友写些故事呢——这都得在暑假里写,因为平日找不到"整"工夫。既然决定休息,那么不写就都不写,不能有偏向。况且我不愿,也不应当,向自己失信,怎么说呢,这才到了我的正题。请往下看:

我最爱写作,一半是为挣钱,一半因为有瘾。我乃性急之人,办事与洗澡具同一风格,西里哗拉一大回,永不慢腾腾的,对于作文,也讲快当;但作文到底不是洗澡,虽然回回满头大汗,可是不见得能回回写得痛快淋漓。只有在这种时候,就是写完一篇或一段而觉得不满意的时候,我才有耐心,修改,或甚至从头另写。此耐心是出于有瘾。

大概有八年了吧，暑假没休息过，一年之中，只有暑假是写东西的好时候，可以一气写下十几万字。暑天自然是很热了，我不怕；天热，我的心更热，老天爷也得被我战败，因为我有瘾呀。

　　自幼儿我的身体就很弱，这个瘾自然不会使身体强壮起来。胃病，肺病，头疼，肚疼，什么病都闹过。单就肺病来说，我曾患到第七八期。过犹不及，没吃药，没休息它自己好了。胃病也很厉害，据一位不要我的诊金的医生说，我的胃已掉下一大块去。我慌了！要是老这么往下坠，说不定有朝一日胃会由腹中掉出去的，非吃药不可了。而药也真灵，喝了一瓶，胃居然又回到原来的位置，像气球往上升似的，我觉得。

　　虽然闹过这些病，我可是没死过一回。这个，又不能不说是"写瘾"的好处了。写作使我胃弱，心跳，头疼；同时也使我小心。该睡就去睡，该运动就去运动；吃喝起卧差不多都有规律。于是虽病而不至于死；就是不幸而死，也是卫生的。真的，为满足这个瘾，我一点也不敢大意，决不敢去瞎胡闹，虽然不是不想去瞎胡闹。因此，身体虽弱，可是心中有个老底儿——我的八字儿好，不至于短命。我维持住了生活的平衡：弱而不至作不了事，病而不至出大危险，如薄云掩月，不明亦不极暗。就是在这种境界中，八年来在作事之外还写了不少的东西！好也罢，歹也罢，总算过了瘾。

　　近来我吃饭很香，走路很有劲，睡得也很实在；可是有一样，我写不上劲儿来。莫非八期肺病又回来了？不能吧：吃得香，睡得好，说话有力，怎能是肺病呢!？大概是疲乏了；就是头驴吧，八年不歇着，不是也得出毛病吗？好吧，今年愣歇它一回，何必一定跟自己叫劲儿呢。长篇短篇一概不写，如骆驼到口外"放青"，等秋后膘肥肉满再干活儿。况且呢，今年是住在青岛，不休息一番也对不起那青山绿水。就此马上休息去者！

　　马先生和我要短篇，不能写，这回不能再向自己失信。说休息就去休息。

　　把这点经过随便的写在这里，马先生要是肯闭闭眼，把这个硬算作一篇小说，那便真感激不尽了，就手儿也对读者们说一声，假若几个月里见不到我的文字，那并非就是我已经死去，我是在养神呀。

代柬：

老舍先生：你的稿子不能当小说，虽然我闭了几次眼。可确是一篇很切题的消夏随笔，所以正好在这里发表。你说的长篇是赵先生向你要的，我要的却不是那个。那天晚上我陪你在新亚等朋友，我曾向你给"良友"定货——短篇小说。那时天气实在很热，大概你后来就把我那定单化汗飞了，所以现在忘得干干净净。现在你既然歇夏，只好暂时饶你过个舒服的夏天，好在你并非已经死去，到了秋凉，你可不能再抵赖，得把这张空头支票快快兑现。

编　者

【原载1935年7月15日《良友》画报第107期】

《猫城记》自序

我向来不给自己的作品写序。怕麻烦;很立得住的一个理由。还有呢,要说的话已都在书中说了,何必再絮絮叨叨?再说,夸奖自己吧,不好;咒骂自己吧,更合不着。莫若不言不语,随它去。

此次现代书局嘱令给《猫城记》作序,天大的难题!引证莎士比亚需要翻书;记性向来不强。自道身世说起来管保又臭又长,因为一肚子倒有半肚子牢骚,哭哭啼啼也不像个样子——本来长得就不十分体面。怎办?

好吧,这么说:《猫城记》是个恶梦。为什么写它?最大的原因——吃多了。可是写得很不错,因为二姐和外甥都向我伸大拇指,虽然我自己还有一点点不满意。不很幽默。但是吃多了大笑,震破肚皮还怎再吃?不满意,可也无法。人不为面包而生。是的,火腿面包其庶几乎?

老舍长篇小说《猫城记》各种版本

二姐嫌它太悲观,我告诉她,猫人是猫人,与我们不相干,管它悲观不悲观。二姐点头不已。

外甥问我是哪一派的写家?属于哪一阶级?代表哪种人讲话?是否脊椎动物?得了多少稿费?我给他买了十斤苹果,堵上他的嘴。他不再问,我乐得去睡大觉。梦中倘有所见,也许还能写本"狗城记"。是为序。

年月日,刚睡醒,不大记得。

【原载《猫城记》,现代书局1933年8月版】

《老舍幽默诗文集》序

不断的有人问我：什么是幽默？我不是美国的幽默学博士，所以回答不出。

可是从实际上看，也能看出一点意思来，虽然不见得正确，但"有此一说"也就不坏。有人这么说："幽默就是讽刺，讽刺是大不该当；所以幽默的文字该禁止，而写这样文字的人该杀头。"这很有理。杀头是好玩的事。被杀者自然也许觉到点痛苦，可是死后或者也就没什么了。所以说，这很有理。

也有人这么说："幽默是将来世界大战的总因；往小处说，至少是文艺的致命伤。"这也很有理。凡是一句话，就有些道理，故此语也有理。

可是有位朋友，大概因为是朋友，这么告诉我："幽默就是开心，如电影中的胖哈台与瘦劳莱，如国剧中的《打沙锅》与《瞎子逛灯》，都是使人开心的玩艺。笑为化食糖，所以幽默也不无价值。"这很有理，因为我自己也爱看胖哈台与瘦劳莱。

另一位朋友——他去年借了五十块钱去，至今没还给我——说："幽默就是讨厌，贫嘴恶舌，和说'相声'的一样下贱！"这很有理。不过我打算告诉他："五十块钱不要了。"这也许能使他换换口气。可是这未必实现；那么，我得说他有理；不然，他更不愿还债了。万一我明天急需五十元钱呢？无论怎样吧，不得罪人为妙。

这些都很有理。只有王二哥说的使我怀疑。他是喝过不少墨水的人，一肚子莎士比亚与李太白。他说："幽默是伟大文艺的一特征。"我不敢深信这句话，虽然也觉得怪有理的。

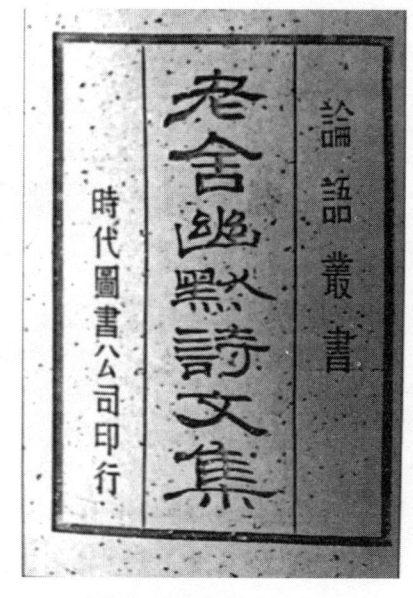

《老舍幽默诗文集》封面

更有位学生，不知由哪里听来这么一句："幽默是种人生的态度，是种宽宏大度的表现。"他问我这对不对。我自然说，这很有理了。学生到底是学生，他往下死钉，"为什么很有理呢？"我想了半天才答出来："为什么没有理呢？"

以上各家之说，都是近一二年来我实际听到的，按公说公有理，婆说婆有理的公式，大家都对——说谁不对，谁也瞪眼，不是吗？

此外我还见到一些理论的介绍，什么西班牙的某人对幽默的解释，什么东班牙的某太太对幽默的研究，……也都很有理；西班牙人说的还能没理么？

我管保你能明白了何为幽默，假如你把上面提到那些说法仔细琢磨一下。设若你还不明白，那么，不客气的说，你真和我一样的胡涂了。

说起"胡涂"来，我近几日非常的高兴，因为在某画报上看见一段文字——题目是《老舍》，里边有这么两句："听说他的性情非常胡涂，抽经抽得很厉害。从他的作品看来，说他性情胡涂，也许是很对的。""抽经"的"经"字或者是个错字，我不记得曾抽过《书经》

《老舍幽默诗文集》各种版本

或《易经》。至于"性情非常胡涂",在这个年月,是很不易得的夸赞。在如今文明的世界,朋友见面有几个不是"嘴里说好话,脚底下使绊儿"的?彼此不都是暗伸大指,嫉羡对方的精明,而自己拉好架式,以便随时还个"窝里发炮"么?而我居然落了个"非常胡涂",我大概是要走好运了!

有了这段胡涂论,就省了许多的麻烦。是这么回事:人们不但问我,什么是幽默;而且进一步的问:你怎么写的那些诗文?你为什么写它们?谁教给你的?你只是文字幽默呢,还是连行为也幽默呢?我没法回答这些问题,可是也没法子只说"你问的很有理",而无下回分解。现在我有了办法:"这些所谓的幽默诗文,根本是些胡涂东西——'从他的作品看来,说他性情胡涂,也许是很对的。'"设若你开恩,把这里的"也许"除去,你也就无须乎和个胡涂人捣乱了。你看这干脆不?

这本小书的印成,多蒙陶亢德与林语堂两先生的帮忙,在此声谢;礼多人不怪。

舍猫小球昨与情郎同逃,胡涂人有胡涂猫,合并声明。

老舍 狗年春初,济南。

【原载《老舍幽默诗文集》,时代图书公司1934年4月初版】

《赶集》序

这里的"赶集"不是逢一四七或二五八到集上去卖两支鸡或买二斗米的意思,不是;这是说这本集子里的十几篇东西都是赶出来的。几句话就足以说明这个:我本来不大写短篇小说,因为不会。可是自从沪战后,刊物增多,各处找我写文章;既蒙赏脸,怎好不捧场?同时写几个长篇,自然是作不到的,于是由靠背戏改唱短打。这么一来,快信便接得更多:"既肯写短篇了,还有什么说的?写吧,伙计!三天的工夫还赶不出五千字来?少点也行啊!无论怎着吧,赶一篇,要快!"话说得很"自己",我也就不好意思,于是天昏地暗,胡扯一番;明知写得不成东西,还没法不硬着头皮干。到如今居然凑成这么一小堆堆了!

设若我要是不教书,或者这些篇还不至于这么糟,至少是在文字上。可是我得教书,白

《良友》画报为老舍《赶集》做的广告

天的工夫都花费在学校里,只能在晚间来胡扯;扯到哪儿算哪儿,没办法!

现在要出集了,本当给这堆小鬼一一修饰打扮一番;哼,哪有那个工夫!随它们去吧;它们没出息,日后自会受淘汰;我不拿它们当宝贝儿,也不便把它们都勒死。就是这个主意!

排列的次序是依着写成的先后。设若后边的比前边的好一点,那总算狗急跳墙,居然跳过去了。说真的,这种"歪打正着"的办法,能得一两个虎头虎脑的家伙就得念佛!

蒙载过这些篇的杂志们允许我把它们收入这本里,十分的感激!

老舍 一九三四年,二月一日,济南。

【原载《赶集》,上海良友图书印刷公司 1934 年 9 月初版】

我怎样写《大明湖》

在上海把《小坡的生日》交出,就跑回北平;住了三四个月,什么也没写。

被约到济南去教书。到校后,忙着预备功课,也没工夫写什么。可是我每走在街上,看见西门与南门的炮眼,我便自然的想起"五三"惨案;我开始打听关于这件事的详情;不是那些报纸登载过的大事,而是实际上的屠杀与恐怖的情形。有好多人能供给我材料,有的人还保存着许多像片,也借给我看。半年以后,济南既被走熟,而"五三"的情形也知道了个大概,我就想写《大明湖》了。

《大明湖》里没有一句幽默的话,因为想着"五三"。可是"五三"并不是正题,而是个副笔。设若全书都是描写那次的屠杀,我便不易把别的事项插进去了,而我深怕笔力与材料都不够写那么硬的东西。我需要个别的故事,而把战争与流血到相当的时机加进去,既不干枯,又显着越写越火炽。我很费了些时间

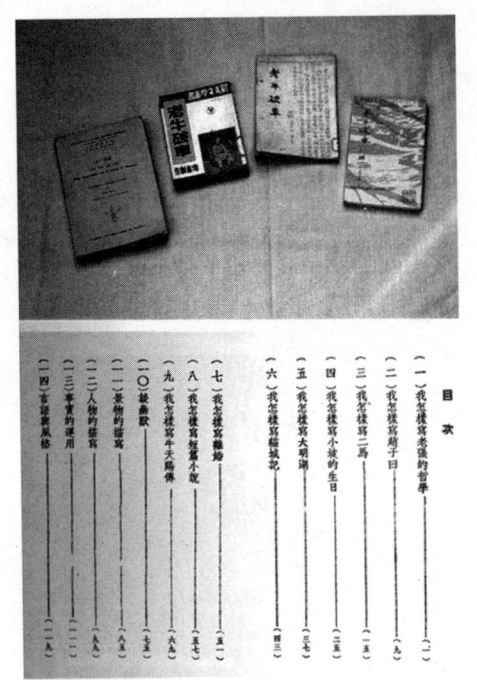

老舍创作自述《老牛破车》的版本与目录

去安置那些人物与事实：前半的本身已像个故事，而这故事里已暗示出济南的危险。后半还继续写故事，可是遇上了"五三"，故事与这惨案一同紧张起来。在形式上，这本书有些可取的地方。

故事的进展还是以爱情为联系，这里所谓爱情可并不是三角恋爱那一套。痛快着一点来说，我写的是性欲问题。在女子方面，重要的人物是很穷的母女两个。母亲受着性欲与穷困的两重压迫，而扔下了女儿不再管。她交结过好几个男人，全没有所谓浪漫故事中的追求与迷恋，而是直截了当的讲肉与钱的获得。读书的青年男女好说自己如何苦闷，如何因失恋而想自杀，好像别人都没有这种问题，而只有他们自己的委屈很值钱似的。所以我故意的提出几个穷男女，说说他们的苦处与需求。在她所交结的几个男人中，有一个是非常精明而有思想的人。他虽不是故事中的主要人物，可是由他口中说出许多现在应当用××画出来的话语。这个女的最后跳了大明湖。她的女儿呢，没有人保护着，而且没有一个钱，也就走上她母亲所走的路——在《樱海集》所载的《月牙儿》便是这件事的变形。可是在《大明湖》里，这个孤苦的女儿到了也要跳湖的时候，被人救出而结了婚。救她的人是兄弟三个，老大老二是对双生的弟兄，也就是故事中的男主角。

在这一对男主角身上，爱情的穿插没有多少重要，主要的是在描写他俩的心理上的变动。他们是双生子，长得一样，而且极相爱，可是他们的性格极不相同。他们想尽方法去彼此明白与谅解，可是不能随心如意；他们到底有个自己，这个自己不会因爱心与努力而溶解在另一个自己里。他俩在外表上是一模一样，而在内心上是背道而驰。

老大表现着理智的能力，老二表现着感情的热烈。一冷一热，而又不肯公然冲突。这象征着"学问呢，还是革命呢？"的不易决定。老大是理智的，可是被疾病征服的时候，在梦里似的与那个孤女发生了关系，结果非要她不可——大团圆。

可是这个大团圆是个悲剧的——假如这句话可以说得通——"五三"事件发生了，老三被杀。剩下老大老二，一个用脑，一个用心，领略着国破家亡的滋味。

由这点简要的述说可以看出来《大明湖》里实在包含着许多问题，在思想上似乎是有些进步。可是我并不满意这本作品，因为文字太老实。前面说过了：此书中没有一句幽默的话，而文字极其平淡无奇，念着很容易使人打盹儿。我是个爽快的人，当说起笑话来，我的想象便能充分的活动，随笔所至自自然然的就有趣味。教我哭丧着脸讲严重的问题与事件，我的心沉下去，我的话也不来了！

在暑假后把它写成，交给张西山兄看了一遍，还是寄给《小说月报》。因为刚登完了《小坡的生日》，所以西谛兄说留到过了年再登吧。过了年，稿子交到印工手里去，"一·二八"的火把它烧成了灰。没留副稿。我向来不留副稿。想好就写，写完一大段，看看，如要不得，便扯了另写；如能要，便只略修改几个字，不作更大的更动。所以我的稿子多数是写得很清楚。我雇不起书记给另抄一遍，也不愿旁人代写。稿子既须自己写，所以无论故事多么长，总是全篇写完才敢寄出去，没胆子写一点发表一点。全篇寄出去，所以要烧也就都烧完；好在还痛快！

有好几位朋友劝我再写《大明湖》，我打不起精神来。创作的那点快乐不能在默写中找到。再说呢，我实在不甚满意它，何必再写。况且现在写出，必须用许多××与……，更犯不着了。

到济南后，自己印了稿纸，张大格大，一张可写九百多字。用新稿纸写的第一部小说就遭了火劫，总算走"红"运！

【原载1935年11月16日《宇宙风》第5期】

我怎样写《猫城记》

　　自《老张的哲学》到《大明湖》，都是交《小说月报》发表，而后由商务印书馆印单行本。《大明湖》的稿子烧掉，《小坡的生日》的底版也殉了难；后者，经过许多日子，转让给生活书店承印。《小说月报》停刊。施蛰存兄主编的《现代》杂志为沪战后唯一的有起色的文艺月刊，他约我写个"长篇"，我答应下来；这是我给别的刊物——不是《小说月报》了——写稿子的开始。这次写的是《猫城记》。登完以后，由现代书局出书，这是我在别家书店——不是"商务"了——印书的开始。

　　《猫城记》，据我自己看，是本失败的作品。它毫不留情地揭显出我有块多么平凡的脑子。写到了一半，我就想收兵，可是事实不允许我这样作，硬把它凑完了！有人说，这本书不幽默，所以值得叫好，正如梅兰芳反串小生，长篇小说《猫城记》封面那样值得叫好。

其实这只是因为讨厌了我的幽默，而不是这本书有何好处。吃厌了馒头，偶尔来碗粗米饭也觉得很香，并非是真香。说真的，《猫城记》根本应当幽默，因为它是篇讽刺文章；讽刺与幽默在分析时有显然的不同，但在应用上永远不能严格的分隔开。越是毒辣的讽刺，越当写得活动有趣，把假托的人与事全要精细的描写出，有声有色，有骨有肉，看起来头头是道，活像有此等人与此等事；把讽刺埋伏在这个底下，而后才文情并茂，骂人才骂到家。它不怕是写三寸丁的小人国，还是写酸臭的君子之邦，它得先把

老舍《猫城记》初版本（1933年现代书局）

所凭借的寓言写活，而后才能仿佛把人与事玩之股掌之上，细细的创造出，而后捏着骨缝儿狠狠的骂，使人哭不得笑不得。它得活跃，灵动，玲珑和幽默。必须幽默。不要幽默也成，那得有更厉害的文笔，与极聪明的脑子，一个巴掌一个红印，一个闪一个雷。我没有这样厉害的手与脑，而又舍去我较有把握的幽默，《猫城记》就没法不爬在地上，像只折了翅的鸟儿。

在思想上，我没有积极的主张与建议。这大概是多数讽刺文字的弱点，不过好的讽刺文字是能一刀见血，指出人间的毛病的：虽然缺乏对思想的领导，究竟能找出病根，而使热心治病的人知道该下什么药。我呢，既不能有积极的领导，又不能精到的搜出病根，所以只有讽刺的弱点，而没得到它的正当效用。我所思虑的就是普通一般人所思虑的，本用不着我说，因为大家都知道。眼前的坏现象是我最关切的；为什么有这种恶劣现象呢？我回答不出。跟一般人相同，我拿"人心不古"——虽然没用这四个字——来敷衍。这只是对人与事的一种惋惜，一种规劝；惋惜与规劝，是"阴骘文"的正当效用——其效用等于说废话。这连讽刺也够不上了。似是而非的主张，即使无

补于事，也还能显出点讽刺家的聪明。我老老实实的谈常识，而美其名为讽刺，未免太荒唐了。把讽刺改为说教，越说便越腻得慌：敢去说教的人不是绝顶聪明的，便是傻瓜。我知道我不是顶聪明，也不肯承认是地道傻瓜；不过我既写了《猫城记》，也就没法不叫自己傻瓜了。

自然，我为什么要写这样一本不高明的东西也有些外来的原因。头一个就是对国事的失望，军事与外交种种的失败，使一个有些感情而没有多大见解的人，像我，容易由愤恨而失望。失望之后，这样的人想规劝，而规劝总是妇人之仁的。一个完全没有思想的人，能在粪堆上找到粮食；一个真有思想的人根本不将就这堆粪。只有半瓶子醋的人想维持这堆粪而去劝告苍蝇："这儿不卫生！"我吃了亏，因为任着外来的刺激去支配我的"心"，而一时忘了我还有块"脑子"。我居然去劝告苍蝇了！

不错，一个没有什么思想的人，满能写出很不错的文章来；文学史上有许多这样的例子。可是，这样的专家，得有极大的写实本领，或是极大的情绪感诉能力。前者能将浮面的观感详实的写下来，虽然不像显微镜那么厉害，到底不失为好好的一面玻璃镜，映出个真的世界。后者能将普遍的感触，强有力的道出，使人感动。可是我呢，我是写了篇讽刺。讽刺必须高超，而我不高超。讽刺要冷静，于是我不能大吹大擂，而扭扭捏捏。既未能悬起一面镜子，又不能向人心掷去炸弹，这就很可怜了。

失了讽刺而得到幽默，其实也还不错。讽刺与幽默虽然是不同的心态，可是都得有点聪明。运用这点聪明，即使不能高明，究竟能见出些性灵，至少是在文字上。我故意的禁止幽默，于是《猫城记》就一无可取了。《大明湖》失败在前，《猫城记》紧跟着又来了个第二次。朋友们常常劝我不要幽默了，我感谢，我也知道自己常因幽默而流于讨厌。可是经过这两次的失败，我才明白一条狗很难变成一只猫。我有时候很想努力改过，偶尔也能因努力而写出篇郑重，有点模样的东西。但是这种东西总缺乏自然的情趣，像描眉擦粉的小脚娘。让我信口开河，我的讨厌是无可否认的，可是我的天真可爱处也在里边，Aristophanes①的撒野正自不可及；我不想高攀，但也不必因谦虚而抹杀事实。

自然，这两篇东西——《大明湖》与《猫城记》——也并非对我全无好处：它们给我以练习的机会，练习怎样老老实实的写述，怎样瞪着眼说谎而说得怪起劲。虽然它们的本身是失败了，可是经过一番失败总多少增长些经验。

《猫城记》的体裁，不用说，是讽刺文章最容易用而曾经被文人们用熟了的。用个猫或人去冒险或游历，看见什么写什么就好了。冒险者到月球上去，或到地狱里去，都没什么关系。他是个批评家，也许是个伤感的新闻记者。《猫城记》的探险者分明是后一流的，他不善于批评，而有不少浮浅的感慨；他的报告于是显着像赴宴而没吃饱的老太婆那样回到家中瞎唠叨。

我早就知道这个体裁。说也可笑，我所以必用猫城，而不用狗城者，倒完全出于一件家庭间的小事实——我刚刚抱来个黄白花的小猫。威尔思的 The first man in the moon②，把月亮上的社会生活与蚂蚁的分工合作相较，显然是有意的指出人类文明的另一途径。我的猫人之所以为猫人却出于偶然。设若那天我是抱来一只兔，大概猫人就变成兔人了；虽然猫人与兔人必是同样糟糕的。

猫人的糟糕是无可否认的。我之揭露他们的坏处原是出于爱他们也是无可否认的。可惜我没给他们想出办法来。我也糟糕！可是，我必须说出来：即使我给猫人出了最高明的主意，他们一定会把这个主意弄成个五光十色的大笑话；猫人的糊涂与聪明是相等的。我爱他们，惭愧！我到底只能讽刺他们了！况且呢；我和猫人相处了那么些日子，我深知道我若是直言无隐的攻击他们，而后再给他们出好主意，他们很会把我偷偷的弄死。我的怯懦正足以暗示出猫人的勇敢，何等的勇敢！算了吧，不必再说什么了！

【原载 1935 年 12 月 1 日《宇宙风》第 6 期】

---

① 阿里斯多芬。
②《月亮上的第一个人》。

我怎样写《离婚》

也许这是个常有的经验吧：一个写家把他久想写的文章撂在心里，撂着，甚至于撂一辈子，而他所写出的那些倒是偶然想到的。有好几个故事在我心里已存放了六七年，而始终没能写出来；我一点也不晓得它们有没有能够出世的那一天。反之，我临时想到的倒多半在白纸上落了黑字。在写《离婚》以前，心中并没有过任何可以发展到这样一个故事的"心核"，它几乎是忽然来到而马上成了个"样儿"的。在事前，我本来没打算写个长篇，当然用不着去想什么。邀我写个长篇与我临阵磨刀去想主意正是同样的仓促。是这么回事：《猫城记》在《现代》杂志登完，说好了是由良友公司放入"良友文学丛书"里。我自己知道这本书没有什么好处，觉得它还没资格入这个"丛书"。可是朋友们既愿意这么办，便随它去吧，我就答应了照办。及至事到临期，现代书局又愿意印它了，而良友扑了个空。于是良友的"十万火急"来到,立索一本代替《猫城记》的。我冒了汗!可是我硬着头皮答应下来;知道拼命与灵感是一样有劲的。

这我才开始打主意。在没想起任何事情之前,我先决定了:这次要"返归幽默"。《大明湖》与《猫城记》的双双失败使我不得不这么办。附带的也决定了,这回还得求救于北平。北平是我的老家,一想起这两个字就立刻有几百尺"故都景象"在心中开映。啊!我看见了北平,马上有了个"人"。我不认识他,可是在我廿岁至廿五岁之间我几乎天天看见他。他永远使我羡慕他的气度与服装,而且时时发现他的小小变化:这一天他提着条很讲究的手杖,那

1933年良友图书公司《离婚》初版本

一天他骑上自行车——稳稳的溜着马路边儿,永远碰不了行人,也好似永远走不到目的地,太稳,稳得几乎像凡事在他身上都是一种生活趣味的展示。我不放手他了。这个便是"张大哥"。

叫他作什么呢?想来想去总在"人"的上面,我想出许多的人来。我得使"张大哥"统领着这一群人,这样才能走不了板,才不至于杂乱无章。他一定是个好媒人,我想;假如那些人又恰恰的害着通行的"苦闷病"呢?那就有了一切,而且是以各色人等揭显一件事的各种花样,我知道我捉住了个不错的东西。这与《猫城记》恰相反:《猫城记》是但丁的游"地狱",看见什么说什么,不过是既没有但丁那样的诗人,又没有但丁那样的诗。《离婚》在决定人物时已打好主意:闹离婚的人才有资格入选。一向我写东西总是冒险式的,随写随着发现新事实;即使有时候有个中心思想,也往往因人物或事实的趣味而唱荒了腔。这回我下了决心要把人物都拴在一个木桩上。

这样想好,写便容易了。从暑假前大考的时候写起,到七月十五,我写得了十二万字。原定在八月十五交卷,居然能早了一个月,

老舍长篇小说《离婚》各种版本

这是生平最痛快的一件事。天气非常的热——济南的热法是至少可以和南京比一比的——我每天早晨七点动手，写到九点；九点以后便连喘气也很费事了。平均每日写两千字。所余的大后半天是一部分用在睡觉上，一部分用在思索第二天该写的二千来字上。这样，到如今想起来，那个热天实在是最可喜的。能写入了迷是一种幸福，即使所写的一点也不高明。

　　在下笔之前，我已有了整个计划；写起来又能一气到底，没有间断，我的眼睛始终没离开我的手，当然写出来的能够整齐一致，不至于大嘟噜小块的。匀净是《离婚》的好处，假如没有别的可说的。我立意要它幽默，可是我这回把幽默看住了，不准它把我带了走。饶这么样，到底还有"滑"下去的地方，幽默这个东西——假如它是个东西——实在不易拿得稳，它似乎知道你不能老瞪着眼盯住它，它有机会就跑出去。可是从另一方面说呢，多数的幽默写家是免不了顺流而下以至野调无腔的。那么，要紧的似乎是这个：文艺，特别是幽默的，自要"底气"坚实，粗野一些倒不算什么。Dostoevsky[①]的作品——还有许多这样伟大写家的作品——是很欠完整的，可是他的伟大处永不被这些缺欠遮蔽住。以今日中国文艺的情形来说，我倒希望有些顶硬顶粗莽顶不易消化的作品出来，粗野是一种力量，而精巧往往是种毛病。小脚是纤巧的美，也是种文化病，有了病的文化才承认

---

① 陀思妥耶夫斯基。

这种不自然的现象，而且称之为美。文艺或者也如此。这么一想，我对《离婚》似乎又不能满意了，它太小巧，笑得带着点酸味！受过教育的与在生活上处处有些小讲究的人，因为生活安适平静，而且以为自己是风流蕴藉，往往提到幽默便立刻说：幽默是含着泪的微笑。其实据我看呢，微笑而且得含着泪正是"装蒜"之一种。哭就大哭，笑就狂笑，不但显出一点真挚的天性，就是在文学里也是很健康的。唯其不敢真哭真笑，所以才含泪微笑；也许这是件很难作到与很难表现的事，但不必就是非此不可。我真希望我能写出些震天响的笑声，使人们真痛快一番，虽然我一点也不反对哭声震天的东西。说真的，哭与笑原是一事的两头儿；而含泪微笑却两头儿都不站。《离婚》的笑声太弱了。写过了六七本十万字左右的东西，我才明白了一点何谓技巧与控制，可是技巧与控制不见得就会使文艺伟大。《离婚》有了技巧，有了控制；伟大，还差得远呢！文艺真不是容易作的东西。我说这个，一半是恨自己的藐小，一半也是自励。

【原载 1935 年 12 月 16 日《宇宙风》第 7 期】

《离婚》新序

　　这本小说是硬"挤"出来的。

　　"一·二八"的前一年,我写完了《大明湖》(我的唯一的以济南为背景的长篇小说),交给小说月报去发表。"一·二八"的毒火烧了东方图书馆,《大明湖》的稿子也变为灰烬。停战以后,我不愿重写《大明湖》——我的稿子向来没有副本,故重写不易。《现代》索稿,我开始写《猫城记》。

　　言明:《猫城记》在《现代》杂志连载后,由良友公司刊行单行本。可是,现代书局再三的说,它有印行《猫城记》的优先权,不愿让给良友。

　　于是,为免教良友落空,乃赶写《离婚》;所以,它是硬挤出来的。现在良友停业,由我将版权收回,交晨光重排出版。

　　在济南热死许多人的那一夏天,我,头缠湿巾,腕垫吸墨纸,以阻热汗流入眼中,湿透稿纸,跟酷暑与小说拼了命。结果,虽没战胜文艺，可打败了暑热。在七十多天的工夫，我交了卷。

这本小说的文字与结构都比以前所写过的略有进步，恐怕是"一气呵成"的一点功效。在别的方面，我不敢说它有什么好处，也就不便乱吹。

到美国之后，出版英译《骆驼祥子》的书店主人，问我还有什么著作，值得翻译。我笑而不答。年近五十，我还没有学会为自己大吹大擂。后来，他得到一部《老张的哲学》的译稿，征取我的意见。我摇了头；译稿退回。后来，有人向书店推荐《离婚》，而且《骆驼祥子》的译者愿意"老将出马"。我点了头。现在，他正在华盛顿作这个工作。几时能译完，出书；和出书后有无销路，我都不知道。

老舍　一九四七年五月纽约

【原载《离婚》改订本，1947年9月上海晨光出版公司出版】

我怎样写短篇小说

我最早的一篇短篇小说还是在南开中学教书时写的；纯为敷衍学校刊物的编辑者，没有别的用意。这是十二三年前的事了。这篇东西当然没有什么可取的地方，在我的写作经验里也没有一点重要，因为它并没引起我的写作兴趣。我的那一点点创作历史应由《老张的哲学》算起。

这可就有了文章：合起来，我在写长篇之前并没有写短篇的经验。我吃了亏。短篇想要见好，非拼命去作不可。长篇有偷手。写长篇，全篇中有几段好的，每段中有几句精彩的，便可以立得住。这自然不是理应如此，但事实上往往是这样；连读者仿佛对长篇——因为是长篇——也每每格外的原谅。世上允许很不完整的长篇存在，对短篇便不很客气。这样，我没有一点写短篇的经验，而硬写成五六本长的作品；从技巧上说，我的进步的迟慢是必然的。短篇小说是后起的

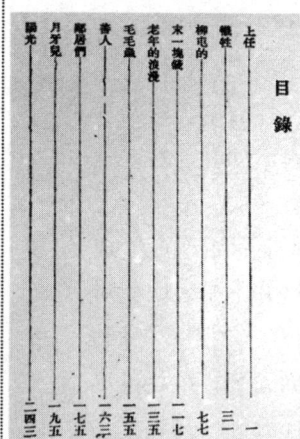

老舍短篇小说集《樱海集》封面及目录

文艺，最需要技巧，它差不多是仗着技巧而成为独立的一个体裁。可是我一上手便用长篇练习，很有点像练武的不习"弹腿"而开始便举"双石头"，不被石头压坏便算好事；而且就是能够力举千斤也是没有什么用处的笨劲。这点领悟是我在写了些短篇后才得到的。

上段末一句里的"些"字是有作用的。《赶集》与《樱海集》里所收的二十五篇，和最近所写的几篇——如《断魂枪》与《新时代的旧悲剧》等——可以分为三组。第一组是《赶集》里的前四篇和后边的《马裤先生》与《抱孙》。第二组是自《大悲寺外》以后，《月牙儿》以前的那些篇。第三组是《月牙儿》，《断魂枪》，与《新时代的旧悲剧》等。第一组里那五六篇是我写着玩的：《五九》最早，是为给《齐大月刊》凑字数的。《热包子》是写给《益世报》的《语林》，因为不准写长，所以故意写了那么短。写这两篇的时候，心中还一点没有想到我是要练习短篇；"凑字儿"是它们唯一的功用。赶到"一•二八"以后，我才觉得非写短篇不可了，因为新起的刊物多了，大家都要稿子，短篇自然方便一些。是的，"方便"一些，只是"方便"一些；这时候我还有点看不起短篇，以为短篇不值得一写，所以就写了《抱孙》等笑话。随便写些笑话就是短篇，我心里这么想。随便写笑话，有了工夫还是写长篇；这是我当时的计划。可是，工夫不容易找到，而索要短篇的越来越多；我这才收起"写着玩"，不能老写笑话啊！《大悲寺外》与《微神》开始了第二组。

第二组里的《微神》与《黑白李》等篇都经过三次的修正；既

不想再闹着玩，当然就得好好的干了。可是还有好些篇是一挥而就，乱七八糟的，因为真没工夫去修改。报酬少，少写不如多写；怕得罪朋友，有时候就得硬挤；这两桩决定了我的——也许还有别人——少而好不如多而坏的大批发卖。这不是政策，而是不得不如此。自己觉得很对不起文艺，可是钱与朋友也是不可得罪的。有一次，王平陵兄跟我要一篇东西，我随写随放弃，一共写了三万多字而始终没能成篇。为怕他不信，我把那些零块儿都给他寄去了。这并不是表明我对写作是怎样郑重，而是说有过这么一回，而且只能有这么"一"回。假如每回这样，不累死也早饿死了。累死还倒干脆而光荣，饿死可难受而不体面。每写五千字，设若，必扔掉三万字；而五千字只得二十元钱或更少一些，不饿死等什么呢？不过，这个说得太多了。

第二组里十几篇东西的材料来源大概有四个：第一，我自己的经验或亲眼看见的人与事。第二，听人家说的故事。第三，摹仿别人的作品。第四，先有了个观念而后去撰构人与事。列个表吧：

第一类：《大悲寺外》《微神》《柳家大院》《眼镜》《牺牲》《毛毛虫》《邻居们》。

第二类：《也是三角》《上任》《柳屯的》《老年的浪漫》。

第三类：《歪毛儿》。

第四类：《黑白李》《铁牛和病鸭》《末一块钱》《善人》。

第三类——摹仿别人的作品——的最少，所以先说它。《歪毛儿》是摹仿 J.D.Beresford[①] 的 *The Hermit*[②]。因为给学生讲小说，我把这篇奇幻的故事翻译出来，讲给他们听。经过好久，我老忘不了它，也老想写这样的一篇。可是我始终想不出旁的路儿来，结果是照样摹了一篇；虽然材料是我自己的，但在意思上全是抄袭的。

第一类里的七篇，多数是亲眼看见的事实，只有一两篇是自己作过的事。这本没有什么可说的，假若不是《牺牲》那篇得到那么坏的批评。《牺牲》里的人与事是千真万确的，可凡是批评过我的短篇小说的全拿它开刀，甚至有的说这篇是非现实的。乍一看这种批

---

① 约翰·戴维斯·贝雷斯福特（1873—1947），英国小说家。
② 《隐者》。

评，我与一般人一样的拿这句话反抗："这是真事呀！"及至我再去细看它，我明白了：它确是不好。它摇动，后边所描写的不完全帮助前面所立下的主意。它破碎，随写随补充，像用旧棉花作褥子似的，东补一块西补一块。真事原来靠不住，因为事实本身不就是小说，得看你怎么写。太信任材料就容易忽略了艺术。反之，在第二类中的几篇倒都平稳，虽然其中的事实都是我听朋友们讲的。正因为是听来的，所以我才分外的留神，小心是没有什么坏处的。同样，第四类中的几篇也有很像样子的，其实其中的人与事全是想象的，全是一个观念的子女。《黑白李》与《铁牛和病鸭》都是极清楚的由两个不同的人代表两个不同的意思。先想到意思，而后造人，所以人物的一切都有了范围与轨道；他们闹不出圈儿去。这比乱七八糟一大团好，我以为。经验丰富想象，想象确定经验。

这些篇的文字都比我长篇中的老实，有的是因为屡屡修改，有的是因为要赶快交卷；前者把火气扇（用"删"字也许行吧）去，后者根本就没动。可是大致的说，我还始终保持着我的"俗"与"白"。对于修辞，我总是第一要清楚，而后再说别的。假若清楚是思想的结果，那么清楚也就是力量。我不知道自己的文字是否清楚而有力量，不过我想这么作就是了。

该说第三组的了。这一组里的几篇——如《月牙儿》，《阳光》，《断魂枪》，与《新时代的旧悲剧》——并没有什么特别的好处。一个事实，一点觉悟，使我把它们另作一组来说说。前面说过了，第一组的是写着玩的，坏是当然的，好也是碰巧劲。第二组的虽然是当回事儿似的写，可还有点轻视短篇，以为自己的才力是在写长篇。到了第三组，我的态度变了。事实逼得我不能不把长篇的材料写作短篇了，这是事实，因为索稿子的日多，而材料不那么方便了，于是把心中留着的长篇材料拿出来救急。不用说，这么由批发而改为零卖是有点难过。可是及至把十万字的材料写成五千字的一个短篇——像《断魂枪》——难过反倒变成了觉悟。经验真是可宝贵的东西！觉悟是这个：用长材料写短篇并不吃亏，因为要从够写十几万字的事实中提出一段来，当然是提出那最好的一段。这就是愣吃仙桃一口，不吃烂杏一筐了。再说呢，长篇虽也有个中心思想，但因事实的复杂与人物的繁多，究竟在描写与穿插上是多方面的。假如由这许多方面之中挑选出一方面来写，当然显着紧凑精到。长篇的各方面中的任何一方面都能成个很好的短篇，而这各方面散布在长篇中就不易显出任何一方面的精彩。长篇要匀调，短篇要集中。拿《月牙儿》说吧，它本是《大明湖》中的一片段。《大明湖》被焚之后，我把其他的情节都毫不可惜的忘弃，可是忘不了这一段。这一段是，不用说，《大明湖》中最有意思的一段。但是，它在《大明湖》里并不像《月牙儿》这样整齐，因为它是夹在别的一堆事情里，不许它独当一面。由现在看来，我愣愿要《月牙儿》而不要《大明湖》了。不是因它是何等了不得的短篇，而是因它比在《大明湖》里"窝"着强。

　　《断魂枪》也是如此。它本是我所要写的"二拳师"中的一小块。"二拳师"是个——假如能写出来——武侠小说。我久想写它，可是谁知道写出来是什么样呢？写出来才算数，创作是不敢"预约"的。在《断魂枪》里，我表现了三个人，一桩事。这三个人与这一桩事是我由一大堆材料中选出来的，他们的一切都在我心中想过了许多回，所以他们都能立得住。那件事是我所要在长篇中表现的许多事实中之一，所以它很利落。拿这么一件小小的事，联系上三个人，所以全篇是从从容容的，不多不少正合适。这样，材料受了损失，而艺术占了便宜；五千字也许比十万字更好。文艺并非肥猪，块儿越大越好。不过呢，十万字可以得到三五百元，而这五千字只得了十九块钱，这恐怕也就是不敢老和艺术亲热的原因吧。为艺术而牺牲是很好听的，可是饿死谁也是不应当的，为什么一定先叫作家饿死呢？我就不明白！

　　设若没有《月牙儿》，《阳光》也许显着怪不错。有人说，《阳光》的失败在于题材。在我自己看，《阳光》所以被《月牙儿》比下去的原因是这个：《月牙儿》是由《大明湖》中抽出来而加以修改，所以一气到底，没有什么生硬勉强的地方；《阳光》呢，本也是写长篇的材料，可是没在心中储蓄过多久，所以虽然是在写短篇，而事实上是把临时想起的事全加进去，结果便显着生硬而不自然了。有长时间的培养，把一件复杂的事翻过来掉过去的调动，人也熟了，事也熟了，而后抽出一节来写个短篇，就必定成功，因为一下笔就是地方，准确产出调匀之美。写完《月牙儿》与《阳光》我得到这么点觉悟。附带着要说的，就是创作得有时间。这也就是说，写家得有敢尽量花费时间的准备，才能写出好东西。这个准备就是最伟大的一个字——"饭"。我常听见人家喊：没有伟大的作品啊！每次听见这个呼声，我就想到在这样呼喊的人的心中，写家大概是只喝点露水的什么小生物吧？我知道自己没有多么高的才力，这一世恐怕没有写出伟大作品的希望了。但是我相信，给我时间与饭，我确能够写出较好的东西，不信咱们就试试！

《新时代的旧悲剧》有许多的缺点。最大的缺点是有许多人物都见首不见尾，没有"下回分解"。毛病是在"中篇"。我本来是想拿它写长篇的，一经改成中篇，我没法不把精神集注在一个人身上，同时又不能不把次要的人物搬运出来，因为我得凑上三万多字。设若我把它改成短篇，也许倒没有这点毛病了。我的原来长篇计划是把陈家父子三个与宋龙云都看成重要人物；陈老先生代表过去，廉伯代表七成旧三成新，廉仲代表半旧半新，龙云代表新时代。既改成中篇，我就减去了四分之三，而专去描写陈老先生一个人，别人就都成了影物，只帮着支起故事的架子，没有别的作用。这种办法是危险的，当然没有什么好结果。不过呢，陈老先生确是有个劲头；假如我真是写了长篇，我真不敢保他能这么硬梆。因此，我还是不后悔把长篇材料这样零卖出去，而反觉得武戏文唱是需要更大的本事的，其成就也绝非乱打乱闹可比。

这点小小的觉悟是以三十来个短篇的劳力换来的。不过觉悟是一件事，能否实际改进是另一件事，将来的作品如何使我想到便有点害怕。也许呢"老牛破车"是越走越起劲的，谁晓得。

【原载 1936 年 1 月 1 日《宇宙风》第 8 期】

我怎样写《牛天赐传》

《牛天赐传》，就是和我自己的其他作品比较起来，也没有什么可吹的地方。一篇东西的好坏，有许多使它好或使它坏的原因。在这许多原因里，作家当时的生活情形是很要紧的。《牛天赐传》吃亏在这个上不少。我记得，这本东西是在一九三四年三月廿三日动笔的，可是直到七月四日才写成两万多字。三个多月的工夫只写了这么点点，原因是在学校到六月尾才能放暑假，没有充足的工夫天天接着写。在我的经验里，我觉得今天写十来个字，明天再写十来个字，碰巧了隔一个星期再写十来个字，是最要命的事。这是向诗神伸手乞要小钱，不是创作。

七月四日以后，写得快了；七月十九日已有了五万多字。忽然快起来，因为已放了暑假。八月十号，我的日记上记着："《牛天赐传》写完，匆匆赶出，无一是处！"

单是快，也还好。还有别的不得劲的事

呢：自从一入七月门，济南就热起，那年简直热得出奇；那就是我"避暑床下"那一回。早晨一睁眼，屋里——是屋里——就九十多度！小孩拒绝吃奶，专门哭号；大人不肯吃饭，立志喝水！可是我得赶文章，昏昏忽忽，半睡半醒，左手挥扇与打苍蝇，右手握笔疾写，汗顺着指背流到纸上。写累了，想走一走，可不敢出去，院里的墙能把人身炙得像叉烧肉——那廿多天里，每天街上都热死行人！屋里到底强得多，忍着吧。自然，要是有个电扇，再有个冰箱，一定也能稍好一些。可是我的财力还离设置电扇与冰箱太远。一连十五天，我没敢出街门。要说在这个样的暑天里，能写出怪像回事儿的文章，我就有点不信。

《人间书屋》刊登老舍《牛天赐传》广告

　　天气是那么热，心里还有不痛快的事呢。我在老早就想放弃教书匠的生活，到这一年我得到了辞职的机会。六月廿九日我下了决心，就不再管学校里的事。不久，朋友们知道了我这点决定，信来了不少。在上海的朋友劝我到上海去，爽性以写作为业。在别处教书的朋友呢，劝我还是多少教点书，并且热心的给介绍事。我心中有点乱，乱就不痛快。辞事容易找事难，机会似乎不可都错过了。另一方面呢，且硬试试职业写家的味儿，倒也合脾味。生活，创作，二者在心中大战三百几十回合。寸心已成战场，可还要假装没事似的写《牛天赐传》，动中有静，好不容易。结果，我拒绝了好几位朋友的善意，决定到上海去看看。八月十九日动了身。在动身以前必须写完《牛天赐传》，不然心中就老存着块病。这又是非快写不可的促动力。

　　热，乱，慌，是我写《牛天赐传》时生活情形的最合适的三个形容字。这三个字似乎都与创作时所需要的条件不大相合。"牛天赐"产生的时候不对，八字根本不够格局！

此外,还另有些使它不高明的原因。第一个是文字上的限制。它是《论语》半月刊的特约长篇,所以必须幽默一些。幽默与伟大不是不能相容的,我不必为幽默而感到不安;《吉诃德先生传》等名著译成中文也并没招出什么"打倒"来。我的困难是每一期只要四五千字,既要顾到故事的连续,又须处处轻松招笑。为达到此目的,我只好抱住幽默死啃;不用说,死啃幽默总会有失去幽默的时候;到了幽默论斤卖的地步,讨厌是必不可免的。我的困难至此乃成为毛病。艺术作品最忌用不正当的手段取得效果,故意招笑与无病呻吟的罪过原是一样的。

每期只要四五千字,所以书中每个人,每件事,都不许信其自然的发展。设若一段之中我只详细的描写一个景或一个人,无疑的便会失去故事的趣味。我得使每期不落空,处处有些玩艺。因此,一期一期的读,它倒也怪热闹;及至把全书一气读完,它可就显出紧促慌乱,缺乏深厚的味道了。

书中的主人公——按老话儿说,应当叫作"书胆"——是个小孩儿。一点点的小孩儿没有什么思想,意志,与行为。这样的英雄全仗着别人来捧场,所以在最前的几章里我几乎有点和个小孩子开玩笑的嫌疑了。其实呢,我对小孩子是非常感觉趣味,而且最有同情心的。我的脾气是这样:不轻易交朋友,但是只要我看谁够个朋友,便完全以朋友相待。至于对小孩子,我就一律的看待,小孩子都可爱。世界上有千千万万的受压迫的人,其中的每一个都值得我们替他呼冤,代他想方法。可是小孩子就更可怜,不但是无衣无食的,就是那打扮得马褂帽头像小老头的也可怜。牛天赐是属于后者的,因为我要写得幽默,就不能拿个顶穷苦的孩子作书

1936年《牛天赐传》初版本

胆——那样便成了悲剧。自然,我也明知道照我那么写一定会有危险的——幽默一放手便会成为瞎胡闹与开玩笑。于此,我至今还觉得怪对不起牛天赐的!

《牛天赐传》各种版本

就在这儿附带声明一下吧。前些日子,我与赵少侯兄商议好,合写"天书代存"——用书信体写《牛天赐续传》。可是,这个暑假里,我俩的事情大概要有些变动,说不定也许不能再在一块儿了。合写一个长篇而不能常常见面商议就未免太困难了,所以我俩打了退堂鼓,虽然每人已经写了几千字。事实所迫,我们俩只好向牛天赐与喜爱他的人们道歉了!以后也许由我,也许由少侯兄,单独的去写;不过这是后话,顶好不提了。

【原载 1936 年 8 月 1 日《宇宙风》第 22 期】

乱离通信

1937年8月

亢德兄[①]：

示，谢！

弟以十三日到济，携物不多，预料内人能届满月，再回去接眷运物也。乃十四日即有事变，急电友促妻来；她产后亦恰十四日，无力操作收拾，除衣被外尽放弃，损失特重。到济，她入医院静养，我住学校，小济等住友家；旋小济亦病，入院，一家数地，杯碗兼无；大雨时行，不得出屋，真急杀人也！北平复无信，老亲至友，生死不明，寝寐不安！稍

[①] 陶亢德（1908—1983），现代作家、编辑家，当时任上海《宇宙风》编辑。

晴，乃入市置买零物，略略成家；青岛虽仍僵持，亦不敢冒险回去取物，不知何时即开火也。

济南尚平静，一时亦不至有兵灾，唯郊外水漫及城，青菜稻田皆没，而一旦东线有事，难逃空袭也。

日来，冒雨奔走，视妻小，购物件，觅房所，碌碌终日，疲惫不堪，无从为文。《宇宙风》暂停，出不得已，慎勿愤愤也！

……

日侨在济者已全退出，在青者渐亦退清，可以战矣。青市……据人言——已成空市，铺户皆闭，即使沉着气住下，亦无法生活也。

匆复，祝

吉！

弟舍

有何迁动，千祈示知！

亢德案：老舍先生本拟在"八一三"离青来沪，"八一二"闻沪局有破裂讯，急电告"沪紧缓来"。嗣得信，赶往济。顷得详信，读之叹气。谁为为之，孰令致之？不共戴天，中国与日本之谓也。

【原载1937年9月《宇宙风·逸经·西风联合旬刊》第2期】

南来以前（一封信）

××兄：

大示收到，慨极！邮递迟滞，虽相隔仅千里，如居异国；计自发函至收读，已一月另三日矣！一向不暇作长函，这遭却须破些工夫；信既蜗行，再不多写一点，则我似不诚，兄必失望。

卢沟桥事变初起，我仍在青岛，正赶写《病夫》——《宇宙风》特约长篇，议定于九月中刊露。街巷中喊卖号外，自午及夜半，而所载电讯，仅三言两语，至为恼人！一闻呼唤，小儿女争来扯手："爸！号外！"平均每日写两千字，每因买号外打断思路。至七月十五日，号外不可再见，往往步行七八里，遍索卖报童子而无所得；日侨尚在青，疑市府已禁号外，免生是非。日人报纸则号外频发，且于铺户外揭贴，加以硃圈；消息均不利于我方。我弱彼强，处处惭忍，有如是者！

老母尚在北平，久无信示；内人又病，心

绪极劣。时在青朋友纷纷送眷属至远方,每来辞行,必嘱早作离青之计;盖一旦有事,则敌舰定封锁海口,我方必拆毁胶济路,青岛成死地矣。家在故乡,已无可归,内人身重,又难行旅,乃力自镇定,以写作摈扰,文字之劣,在意料中。自十五至廿五,天热,消息沉闷,每深夜至友家听广播,全无收获。归来,海寂天空,但闻远处犬吠,辄不成寐。

廿六日又有号外,廊坊有战事,友朋来辞行者倍于前。写文过苦,乃强读杂书。廿八号外,收复廊坊与丰台,不敢深信,但当随众欢笑。廿九日消息恶转,号外又停。卅一日送内人入医院。在家看管儿女;客来数起,均谓大难将临。是日仍勉强写二千字给民众日报。

八月一日得小女,大小俱平安。久旱,饮水每断,忽得大雨,即以"雨"名女——原拟名"乱",妻嫌过于现实。电平报告老人;复访友人,告以妻小无恙;夜间又写千字。次日,携儿女往视妈妈与小妹,路过旅行社,购车票者列阵,约数百人。四日,李白入京,良乡有战事;此地大风,海水激卷,马路成河。乘帆船逃难者,多沉溺。每午,待儿女睡去,即往医院探视;街上卖布小贩已绝,车马群趋码头与车站;偶遇迁逃友人,匆匆数语即别,至为难堪。九日,《民众日报》停刊,末一号仍载有我的小文一篇。王剑三以七号携眷去沪,臧克家、杨枫、孟超诸友,亦均有南下之意。我无法走。十一日,妻出院,实之自沪来电,促南下。商之内人,她决定不动。以常识判断,青岛日人产业值数万万,必不敢立时暴动,我方军队虽少,破坏计划则早已筹妥。是家小尚可暂留,俟雨满月后再定去向,至于我自己,市中报纸既已停刊,我无用武之地,救亡工作复无详妥计划,亦无从参加,不如南下,或能有些用处。遂收拾书籍,藏于他处,即电亢德,准备南行。十二日,已去托友买船票,得亢德复电:"沪紧缓来"。南去之计既不能行,乃决去济南。前月已与齐大约定,秋初开学,任国文系课两门,故决先去,以便在校内找房,再接家小。别时,小女啼泣甚悲,妻亦落泪。十三早到济,沪战发。心极不安:沪战突然爆发,青岛或亦难免风波,家中无男人,若遭遇事变……

果然,十四日敌陆战队上岸。急电至友,送眷来济,妻小以十五日晨来，车上至为拥挤。下车后，大雨；妻疲极，急送入医院。复冒雨送儿女至敬寰处暂住。小儿频呼"回家"，甚惨。大雨连日，小女受凉亦病，送入小儿科。自此，每日赴医院分看妻女，而后到友宅看小儿，焦急万状。《病夫》已有七万字，无法续写，复以题旨距目前情形过远，即决放弃。

十日间，雨愈下愈大。行李未到，家具全无，日行泥水中，买置应用物品。自青来济者日多，友朋相见，只有惨笑。留济者找房甚难，迁逃者匆匆上路，忙乱中无一是处，真如恶梦。

廿八日，妻女出院，觅小房，暂成家。复电在青至友，托送器物。七月事变，济南居民迁走甚多，至此又渐热闹，物价亦涨。家小既团圆，我始得匀出工夫，看访故人；多数友人已将妻女送往乡间，家家有男无女，颇有谈笑，但欠自然。沪战激烈，我的稿费停止，搬家买物看病雇车等又费去三百元，遂决定不再迁动。深盼学校能开课，有些事作，免生闲愁，果能如此，还足以傲友辈也。

学校于九月十五日开课，学生到及半数。十六日大同失陷；十九日中秋节，街上生意不多，几不见提筐肩盒送礼者。《小实报》在济复刊，约写稿。平津流亡员生渐多来此，或办刊物，或筹救亡工作，我又忙起来。廿一日，敌机过市空，投一弹，伤数人，群感不安。此后时有警报。廿五六日，伤兵过济者极多，无衣无食无药物，省政府似不甚热心照料；到站慰劳与看护者均是学界中人。卅日，敌军入鲁境，学生有请假回家者。时中央派大员来指挥，军事应有好转，但本省军事长官嫌客军在鲁，设法避战，战事遂告失利。德州危，学校停课。师生相继迁逃，市民亦多东去，来自胶东者又复搬回，车上拥挤，全无秩序。我决不走：远行无力，近迁无益，不如死守济南，几每日有空袭警报，仍不断写作：笔为我唯一武器，不忍藏起。

入十月，我方不反攻，敌军不再进，至为沉闷。校内寂无人，猫狗被弃，群来啼饥。秋高气爽，树渐有红叶，正是读书时候，而校园中全无青年笑语声矣。每日写约千字，分送当地小刊物及报纸，每遇警报，写作愈紧，儿女辈遂亦不畏飞机。小女助母折纱布揉棉球，备救护伤兵之用；小儿高呼到街上买木枪，好打飞机；我低首构思，全室有紧张之象。流亡者日增，时来贷金求衣，量力购助，不忍拒绝。写文之外，多读传记及小说，并录佳句于册。十四日，市保安队枪械被收缴，市面不安，但无暴动。青年学子，爱国心切，时约赴会讨论工作计划。但政府多虑，不准活动，相对悲叹。下半月，各线失利，而济市沉寂如常，虽仍未停写作，亦难自信果有何用处矣。

十一月中，敌南侵，我方退守黄河。友人力劝出走，以免白白牺牲，故南来。到汉口已两月余，还是日日拿笔。对政治军事，毫无所知，勉强写些文字，自觉空洞无物。可是，舍此别无可为，闲着当更难堪。无力无钱，只好有笔的出笔，聊以自慰。

家小尚在济，城陷后无音信。所以不能同来者：

一、车极难上，沿途且有轰炸之险。

二、儿女辈俱幼弱，天气复渐寒，遇险或受病，同是危难。

三、存款无多，仅足略购柴米，用之行旅，则成难民。版税稿费俱绝，找事非易，有出无入，何以支持？独逃可仅顾三餐，同来则无法尽避饥寒。

有此数因，故妻决留守，在济多友，亦愿为照料。不过，说着容易，实行则难，于心有所不忍，遂迟迟不敢行。及至事急，妻劝速行，盖我在家非但无益，且或累及家小。匆匆收拾衣物，儿女辈频牵衣问父何去何归，妻极勇敢，代答以父明日即来。时已入夜，天有薄云，灯下作别，难道一语！前得短诗，略记此景：

弱女痴儿不解哀，牵衣问父去何来。话因伤别潜成泪，血若停流定是灰！已见乡关沦水火，更堪江海逐风雷？徘徊未忍道珍重，暮雁声低切切催！

信已太长，犹未尽意，一俟家信到此，当再叙陈。祝吉！

【原载 1938 年 2 月 15 日《创导》第 2 卷第 7 期】

这一年的笔

去年"七七",我还在青岛,正赶写两部长篇小说。这两部东西都定好在九月中登载出,作为"长篇连载",足一年之用。七月底,平津失陷,两篇共得十万字,一篇三万,一篇七万。再有十几万字,两篇就都完成了,我停了笔。一个刊物,随平律失陷而停刊,自然用不着供给稿子;另一个却还在上海继续刊行,而且还直催预定货件。可是,我不愿写下去。初一下笔的时候,还没有战争的影子,作品内容也就没往这方面想。及至战争已在眼前,心中的悲愤万难允许再编制"太平歌词"了。青岛的民气不算坏,四乡壮丁早有训练,码头工人绝对可靠,不会被浪人利用,而且据说已有不少正规军队开到。公务人员送走妇孺,是遵奉命令;男人们照常作事,并不很慌。市民走去几里外去找"号外",等至半夜去听广播的,并不止我一个人。虽然谁也看出,胶济路一断,敌人海军封锁海口,则青岛成为罐子,可是大家真愿听"打日本鬼子"！抗战的情绪平衡了身家危险的惊惧，大家不走。在这种空气中，我开始给本地报纸写抗战短文。信用——未能交出预约的稿子——报酬，艺术，都不算一回事了；抗战第一。一个医生因报酬薄而拒绝去医治伤兵，设若被视为可耻，我想我该放下长篇，而写些有关抗战的短文。

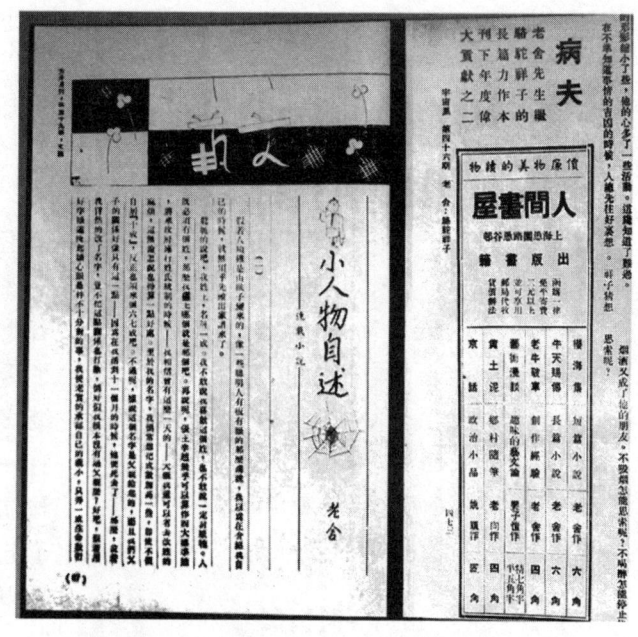

老舍"七七事变"前连载的两部长篇小说《小人物自述》与《病夫》

八月中旬因应齐大之约，搬往济南。济南还不如青岛。民气沉寂，而敌军已陷沧州。我不悲观，也不乐观，我写我的，还是供给各报纸。

直到十一月中旬，黄河铁桥炸毁，我始终活动着我的笔，不管有多大用处。铁桥炸毁，敌军眼看攻到，而当地长官还没有抗战的决心，我只好走出来。不能教我与我的笔一齐锈在家中。

到汉口，我的笔更忙起来。人家要什么，我写什么。我只求尽力，而不考虑自己应当写什么，假若写大鼓书词有用，好，就写大鼓书词。艺术么？自己的文名么？都在其次。抗战第一。我的力量都在一枝笔上，这枝笔须服从抗战的命令。有一天，见到一位伤兵，他念过我的鼓词。他已割下一条腿。他是谁？没人知道。他死，入无名英雄墓。他活，一个无名的跛子。他读过我的书词，而且还读给别的兄弟们听，这就够了。只求多有些无名英雄们能读到我的作品，能给他们一些安慰，好；一些激励，也好。我设若因此而被拦在艺术之神的

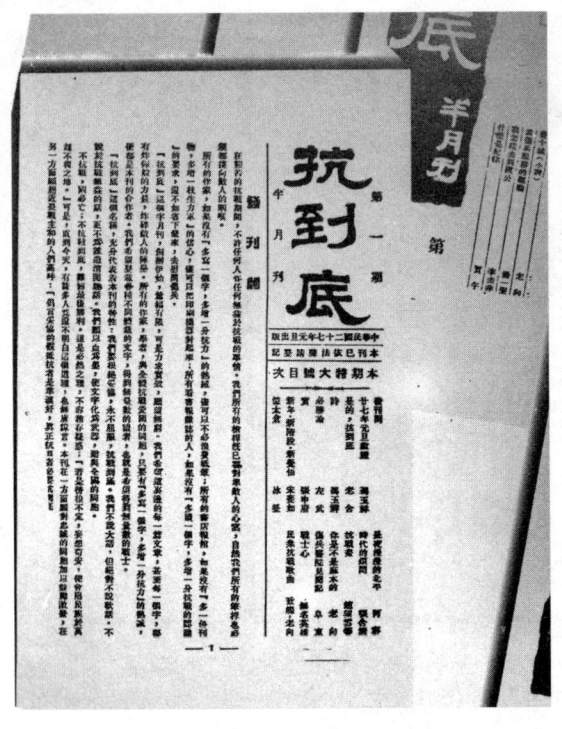

1938年元旦《抗到底》杂志创刊号

寺外，而老去伺候无名英雄们，我就满意，因为我的笔并未落空。

这一年来的流亡，别离，苦痛，都可以忍受，因为笔还在我手中。想想看，那该是怎样惨酷的事呢，设若我的手终日闲着，笔尖长了锈！再退一步讲，我依然继续写我的长篇小说，而没有一个无名英雄来取读，我与抗战恐怕就没有多大关系了吧？在今日，我以为一篇足以使文人淑女满意的巨制，还不及使一位伤兵能减少一些苦痛寂寞的小曲；正如争得百米第一的奖牌，在今日，远不及一位士兵挂彩那么光荣。在这时代，才力的伟大与否，艺术的成就如何，倒似乎都在其次，最要紧的还是以个人的才力——不管多么小——与艺术——不管成就怎样——配备着抗战的一切，作成今天管今天的，敌人来到便放枪的事实。

我是在这里称赞自己么？一定不是！我是来说这一年我的笔没有闲着，和为什么事没有闲着。我尽了我的力，该当的；只觉得不够，羞愧；还敢自诩？因为我自己如是，我便可以切实的说明，文艺界的朋友们多数的是加紧工作，不肯闲起笔来。大家所写的不同，可是文艺始终未曾被敌人的炮火压得闭口无言。自然，因印刷的，交通的，分配的，种种不便与疏忽，文艺还未曾深入民间与军队中。可是，这不足证明文艺者的懒惰，而是许多许多实际的困难未能克服，不能归咎于作家。第三期抗战已到，精神食粮必须与军器兵力一齐马上充实起来，不可稍缓。文艺者，我相信，是愿意把笔作为枪的。那么，政

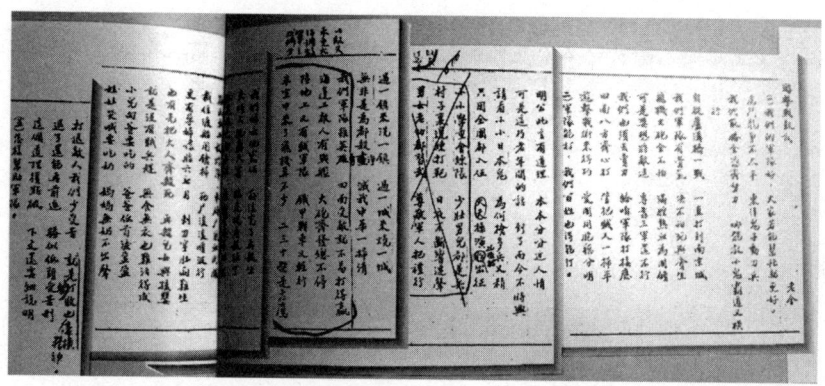

老舍抗战大鼓词《游击战鼓词》手稿

府社会在实际上能予以便利及协助,实在是必要的。文艺者只有笔,他并没"一应俱全"的带着印刷与交通工具。等到文艺者的笔因客观的条件而不得不锈起来,那个损失将非仅后悔所能弥补的。

这一年的笔是沾着这一年民族的血来写画的,希望她能尽情的挥动,写出最后胜利的欢呼与狂舞。有笔的人确是有这个信仰。希望政府与社会帮助。横扫倭寇,还我山河!

【原载 1938 年 7 月 7 日汉口《大公报》】

轰 炸

不打退日本暴寇,我们的头上便老顶着炸弹。这是大中华空前的劫难,连天空也被敌人污辱了。我们相信的公道的青天只静静的不语,我们怎样呢?空前的劫难,空前的奋斗,这二者针锋相对;打吧,有什么别的可说呢?!只有我们的拳头会替我们说话,青天是不管事的哑巴。

去年在青岛,我就看见了敌机,那时还并未开仗。我们抗议,敌人不理。揍他,对疯狗据理抗议不是白费话么?

到济南,不但看见了敌机,而且看见它们投弹,看见我们受伤的人。到我快离开济南的那天,自早七时至下午四点,完全在警报中。三架来了,投弹,飞去;另三架又来了……如是往还,安然自在,飞得低,投弹时更须下降,如蜻蜓点水;一低一斜地,就震颤了。它们来,它们轰炸,它们走,大家听着,看着,闭口无言。及至要说话了,总会听到:"有主席在这儿,城里总不至于……"对,炸得是黄河的各渡口呀。渡口是在城外。更可怕的是这样的话,要是和轰炸比起来。轰炸是敌人的狂暴,这种话是我们表示不会愤怒。是的,我们不会愤怒,济南的陷落是命定的了,看着几里外的敌机施威,而爬在地上为城里祷告,济南就在祷告中换了国旗。

离开济南,准知道是顶着炸弹走;自济南到徐州沿途轰炸,已有一两月的惨史了。我走的那天,半夜里阴起天来。次晨开始落雨。幸而落了雨,假若天气晴好,敌机来轰炸,我真不晓得车上的人怎能跑下去。门、窗已完全被器物堵住,绝对没有留一个缝子,谁的东西呢?什么东西呢?军人的东西;用不着说,当然是枪与其他的军用品了。这就很奇怪,难道军人就没有一些常识?没想到过轰炸这件事么?我不明白。也许他们是看好了天文,准知落雨。也许是更明白地理,急欲退到大炮所不及的地方,中途冒点险也就无所不可。他们的领袖是干青天("干"字以应为"韩",或因"干"的繁体"乾"与"韩"形近而误,乃指韩复榘。编者按。)啊!

到武昌,在去年岁暮,只看见了人多,街上乱,又像太平,又像大患来临。首都失陷前后,武汉是无疑的杂乱无章,谁也不知怎样才好。那时候,我几乎以为武汉也要变成济南,也要在惊疑祈祷中失去一切。不过,我可看见了处处掘建防空壕,这一点使我的心平静了些,因为武汉的防空壕是分建在各处,而济南的却只在官所里,武汉保民,济南保官,而官员们到了时候是连防空壕也不信任的,他们更相信逃走。

【原载 1938 年 8 月《文艺月刊》第 2 卷第 1 期,本书仅选录与济南有关的第 1—5 自然段】

四大皆空

从收入上说,我的黄金时代是当我在青岛教书的时候。那时节,有月薪好拿,还有稿费与版税作为"外找",所以我每月能余出一点钱来放在银行里,给小孩们预备下教育费。我自己还保了寿险,以便一口气接不上来,子女们不致马上挨饿。此外,每月我还能买几十元的书籍与杂志。这点点未能免俗的办法,使我在妻小面前显出得意,因为人家往往爱说文人们都吊儿郎当,有了钱不干正经事;我这样为子女储金,自己还保寿险,大概可以堵住他们的嘴吧?

七七事变以后,我由青岛迁往济南齐鲁大学。书籍,我舍不得扔掉,故只把四大筐杂志卖掉,以减轻累赘。四大筐啊,卖了四十个铜板!书橱、火炉、小孩子的卧车和我的全份的刀枪剑戟,全部扔掉。幸而铁路局中有我的朋友,算是把重要的家具与书籍全由青岛运了出来。

当我由济南逃出来的时候,我的家小依然留在齐大。在我起身之前,我把书籍、字画,全打了箱,存在齐大图书馆里。后来,妻子离开济南,又将全部家具寄存在齐大,只带走一些随时穿用的衣服。

据内人来信说,儿女们的教育储金

老舍齐鲁大学旧居:齐大长柏路2号楼

已全数等于零,因为她不屑于把它换成伪币。我的寿险,因为公司是美国人开的,在美日宣战后停业,只退还九百元法币。

这次我到成都,见到齐大的老友们。他们说:齐大在济南的校舍已完全被敌人占据,大家的一切东西都被劫一空,连校园的青草也被敌马啃光了。

好,除了我、妻、儿女,五条命以外,什么也没有了!而这五条命能否有足够维持的衣食,不至于饿死,还不敢肯定的说。她们命短呢,她们死;我该归阴呢,我死。反正不能因为穷困死亡而失了气节!因爱国,因爱气节,而稍微狠点心,恐怕是有可原谅的吧?

器物现金算得了什么呢?将来再买再挣就是了!噢,恐怕经了这次教训,就永不购置像样儿的东西,以免患得患失,也不会再攒钱,即使是子女的教育费。我想,在抗战胜利以后,有了钱便去旅行,多认识认识国内名山大川,或者比买了东西更有意义。至于书籍,虽然是最喜爱的东西,也不应再自己收藏,而是理应放在公众图书馆里的。

这次的损失中,说来颇觉可笑,使我连日感到不快者,倒是历年所积藏的一些字画。我喜爱字画,但是没有花到一个钱去买过。在我的"收藏"里,没有苏东坡或王石谷。我是重感情的人,我所保存的字画都是师友们的手迹。其中,有的是字不高明,画不成样,但是写字作画的人是我的朋友,所以我就珍藏着它们。在字画本身而外,它们都有些人的关系与历史在里边,使我看见字画也就想起人来,而另有一番滋味。有的呢,是字好画好,而且又出于师友之手,就分外觉得可贵。这些,唉,也都丢失了!其中最使我念念不忘的是方唯一先生给我们写的一副对。方先生的字与文的造诣都极深,我十六七岁练习古文旧诗受益于他老先生者最大。这一副对子是他临死以前给我写的,用笔运墨之妙,可以算他老人家的杰作。在战前,无论我在哪里住家,我总把它悬在最显眼的地方。我还记得它的文字:"四世传经是谓通德,一门训善惟以永年"。方先生死去已经十年左右了,我再到哪里去求他的字呢!?其次,是松小梦的一张山水。松小梦是清末北方的一位小名家,在山东作过知县。这张画也是用稿纸画的,画得非常的雄浑。济南有位关松坪先生,是我的好友,也是松小梦的再传弟子。关先生在抗战的第二年去了世,这张画是由他配好了镜框赠给我的!松小梦的字画,在山东很容易得到;我伤心的倒是关先生的死去,我未能去吊祭,而他给我的纪念品又是这么马里马虎的丢掉,实在太对不起朋友了。此外,如颜伯龙——我最好的同学——的《牧豕图》,桑子中的油画《大明湖》,都是精美的作品,而且是结婚时他们送给的礼物,大概现在也都在济南的破货摊上堆着去了!

且莫伤心图书的遗失吧,要保存文化呀,必须打倒日本军阀!

【原载 1943 年 4 月《文坛》第 2 卷第 1 期】

八方风雨

一、前奏

虽然用了个颇像小说或剧本的名字的标题——八方风雨——这却不是小说,也不是剧本,而是在八年抗战中,我的生活的简单纪实。它不是日记,因为我的日记已有一部分被敌人的炸弹烧毁在重庆,无法照抄下来,而且,即使它还全部在我手中,它是那么简单无趣,也不值得印出来。所以,凭着记忆与还保存着的几页日记,我想大概的,简单扼要的,把八年的生活有话即长,无话即短的写下来。我希望它既能给我自己留下一点生命旅程中的印迹,同时也教别离八载的亲友得到我一些消息,省得逐一的在口头或书面上报告。此外,别无什么伟大的企图。在抗战前,我是平凡的人,抗战后,仍然是个平凡的人。那也就可见,我并没有乘着能够混水摸鱼的时候,发点财,或作了官;不,我不单没有摸到鱼,连小

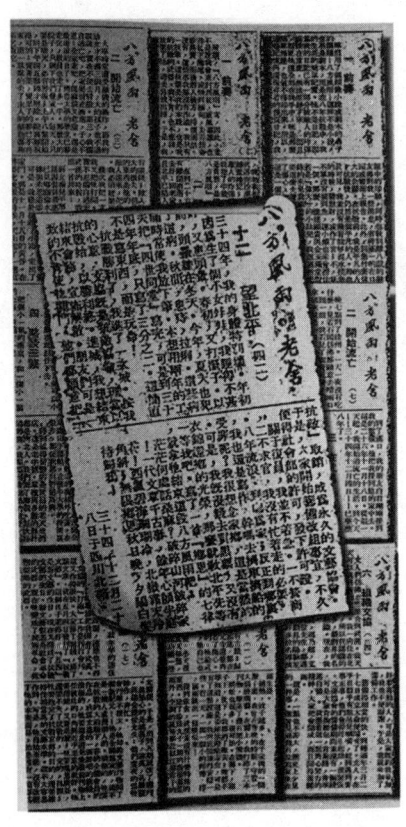

老舍发表在北平《新民报》上的《八方风雨》

虾也未曾捞住一个。那么，腾达显贵与金玉满堂假若是"伟大"的小注儿，我这里所记录的未免就显着十分寒伧了。我必定要这么先声明一下，否则教亲友们看了伤心，倒怪不大好意思的。简言之，这是一个平凡人的平凡生活报告。假若有人喜欢读惊奇，浪漫，不平凡的故事，那我就应该另写一部传奇，而其中的主角也就一定不是我自己了。

所谓，"八方风雨"者，因此，并不是说我曾东讨西征，威风凛凛，也非私下港沪，或飞到缅甸，去弄些奇珍异宝，而后潜入后方，待价而沽。没有，这些事我都没有作过。我只有一枝笔。这枝笔是我的本钱，也是我的抗敌的武器。我不肯，也不应该，放弃了它，而去另找出路。于是，我由青岛跑到济南，由济南跑到武汉，而后跑到重庆。由重庆，我曾到洛阳，西安，兰州，青海，绥远去游荡，到川东川西和昆明大理去观光。到处，我老拿着我的笔。风把我的破帽子吹落在沙漠上，雨打湿了我的瘦小的铺盖卷儿；比风雨更厉害的是多少次敌人的炸弹落在我的附近，用沙土把我埋了半截。这，是流亡，是酸苦，是贫寒，是兴奋，是抗敌，也就是"八方风雨"。

二、开始流亡

直到二十六年十一月中旬，我还没有离开济南。第一，我不知道上哪里去好：回老家北平吧，道路不通；而且北平已陷入敌手，我曾函劝诸友逃出来，我自己怎能去自投罗网呢？到上海去吧，沪上的友人又告诉我不要去，我只好"按兵不动"。第二，从泰安到徐州，火车时常遭受敌机的轰炸，而我的幼女才不满三个月，大的孩子也不过四岁，实在不便去冒险。第三，我独自逃亡吧，把家属留在济南，于心不忍；全家走吧，既麻烦又危险。这是最凄凉的日子。齐鲁大学的学生已都走完，教员也走了多一半。那么大的院子，只剩下我们几家人。每天，只要是晴天，必有警报：上午八点开始，到下午四五点钟才解除。院里静寂得可怕：卖青菜，卖果子的都已不再来，而一群群的失了主人的猫狗都跑来乞饭吃。

我着急，而毫无办法。战事的消息越来越坏，我怕城市会忽然的被敌人包围住，而我作了俘虏。死亡事小，假若我被他捉去而被逼着作汉奸，怎么办呢？这点恐惧，日夜在我心中盘旋。是的，我在济南，没有财产，没有银钱；敌人进来，我也许受不了多大的损失。但是，一个读书人最珍贵的东西是他的一点气节。我不能等待敌人进来，把我的那点珍宝劫夺了去。我必须赶紧出走。

几次我把一只小皮箱打点好，几次我又把它打开。看一看痴儿弱女，我实不忍独自逃走。这情形，在我到了武汉的时候，我还不能忘记，而且写出一首诗来：

> 弱女痴儿不解哀，牵衣问父去何来？
> 话因伤别潸应泪，血若停流定是灰。
> 已见乡关沦水火，更堪江海逐风雷；
> 徘徊未忍道珍重，暮雁声低切切催。

可是，我终于提起了小箱，走出了家门。那是十一月十五日的黄昏，在将要吃晚饭的时候，天上起了一道红闪，紧接着是一声震动天地的爆炸。三个红闪，爆炸了三声。这是——当时并没有人知道——我们的军队破坏黄河铁桥。铁桥距我的住处有十多里路，可是我的院中的树木都被震得叶如雨下。

立刻，全市的铺户都上了门，街上几乎断绝了行人。大家以为敌人已到了城外。我抚摸了两下孩子们的头，提起小箱极快的走出去，我不能再迟疑，不能不下狠心：稍一踟蹰，我就会放下箱子，不能迈步了。

同时，我也知道不一定能走，所以我的临别的末一句话是："到车站看看有车没有，没有车就马上回来！"在我的心里，我切盼有车，宁愿在中途被炸死，也不甘心坐待敌人捉去我。同时我也愿车已不通，好折回来跟家人共患难。这两个不同的盼望在我心中交战，使我反倒忘了苦痛。我已主张不了什么，走与不走全凭火车替我决定。

在路上，我找到一位朋友，请他陪我到车站去，假若我能走，好托他照应着家中。

车站上居然还卖票。路上很静，车站上却人山人海。挤到票房，我买了一张到徐州的车票。八点，车入了站，连车顶上已坐满了人。我有票，而上不去车。

生平不善争夺抢挤。不管是名，利，减价的货物，还是车位，船位，还有电影票，我都不会把别人推开而伸出自己的手去。看看车子看看手中的票，我对友人说："算了吧，明天再说吧！"

友人主张再等一等，等来等去，已经快十一点了，车子还不开，我也上不去。我又要回家。友人代我打定了主意："假若能走，你还是走了好！"他去敲了敲末一间车的窗。窗子打开，一个茶役问了声："干什么？"友人递过去两块钱，只说了一句话："一个人，一个小箱。"茶役点了头，先接过去箱子，然后拉我的肩。友人托了我一把，我钻入了车中，我的脚还没落稳，车里的人——都是士兵——便连喊：出去！出去！没有地方。好容易立稳了脚，我说了声：我已买了票。大家看着我，也不怎么没再说什么。我告诉窗外的友人："请回吧！明天早晨请告诉家里一声，我已上了车！"友人向我招了招手。

没有地方坐，我把小箱竖立在一辆自行车的旁边，然后用脚，用身子，用客气，用全身的感觉，扩充我的地盘。最后，我蹲在小箱旁边。又待了一会儿，我由蹲而坐，坐在了地上，下颏恰好放在自行车的坐垫上——那个三角形的，皮的东西。我只能这么坐着，不能改换姿式，因为四面八方都挤满了东西与人，恰好把我镶嵌在那里。

车中有不少军火，我心里说："一有警报，才热闹！只要一个枪弹打进来，车里就会爆炸；我，箱子，自行车，全会飞到天上去。"

同时，我猜想着，三个小孩大概都已睡去，妻独自还没睡，等着我也许回去！这个猜想可是不很正确。后来得到家信，才知道两个大孩子都不肯睡，他们知道爸走了，一会儿一问妈：爸上哪儿去了呢？

夜里一点才开车，天亮到了泰安。我仍维持着原来的姿式坐着，看不见外边。我问了声："同志，外边是阴天，还是晴天？"回答是："阴天。"感谢上帝！北方的初冬轻易不阴天下雨，我赶的真巧！由泰安再开车，下起细雨来。

　　晚七点到了徐州。一天一夜没有吃什么，见着石头仿佛都愿意去啃两口。头一眼，我看见了个卖干饼子的，拿过来就是一口。我差点儿噎死。一边打着嗝儿，我一边去买郑州的票。我上了绿钢车。站中来的去的全是军车，只有这绿钢车，安闲的，漂亮的，停在那里，好像"战地之花"似的。

　　到郑州，我给家中与汉口朋友打了电报，而后歇了一夜。

　　到了汉口，我的朋友白君刚刚接到我的电报。他把我接到他的家中去。这是二十六年十一月十八日。从这一天起，我开始过流亡的生活。到今天——三十四年十二月四日——已整整八年了。

【原载 1946 年 4 月 4 日至 5 月 16 日北平《新民报》，本书仅选录与济南有关的一、二章节】

关于《离婚》①

  这部写于一九三三年夏的小说,是我出版的第七部长篇小说。
  一九三三年初春,日本陆海军入侵上海。他们的侵略破坏行径之一就是把当时中国最重要的出版社——商务印书馆的东方图书馆焚烧了,而我的长篇小说《大明湖》的手稿正存于此,本来它要以连载的形式在《小说月报》上发表。图书馆连同我的小说都变为灰烬。
  停战以后,我放弃了重写不走运的《大明湖》的计划,而转入讽刺小说《猫城记》的创作。这部小说也是以连载的形式发表的,但是刊载在另一个刊物上。我事先已答应良友公司出版它的单行本,但杂志的主办人再三说他有出单行本的优先权。为了避免教良友落

---

① 本篇用英文写于美国纽约,时间约为1948年下半年。手稿现存美国哥伦比亚大学图书馆。舒悦翻译,胡允桓校阅。

空，便赶写《离婚》，只用了三个月即完成。那年夏天极热，可我的拼命精神终将暑热打败。

自这部小说起，我建立了自己的文字风格。中国当代文学是用白话表达的，这当然是一种新的尝试，没有人准确地知道如何将这种迄今为止还没有人研究过的大众语言的美用文字表达出来。在写《离婚》时，我决定抛弃陈腐的文言文，而尽量用接近生活的语言来表达。我极力思索：当一个苦力看到一个极美的落日，他将用什么样的语言来表达自己的情感。所有古代诗人表达落日余辉的诗句都是死的东西，我希望用一般平民百姓的语言去创造一种新的美感。我不清楚我这种观点和我的小说是不是无足轻重，但我希望人们能时时记起：我在《离婚》中所用的语言是第一个，也可能是最好的，文字简洁清新的典范。

"离婚"这个词及它的含义对中国人来讲还很陌生，从古代到民国初年，中国的法律只承认如果妻子不忠，对公婆不听话，或者没有生男孩，丈夫就有权同她离婚，要不然，这种婚姻关系是不可解体的，不管他们的婚姻生活是多么不幸与不协调。尽管法律允许有上述情况的夫妇离婚，但在实际生活中很少有人那样做，因为害怕家庭由此而分裂。即使一个不幸的家庭也比一个解体的家庭要好。

当西方人离婚的作法传到中国时，它对许多中国家庭来说，无疑等于一次地震。没有结婚的，开始反对几千年父母包办婚姻的作法。他们结婚时，希望像好莱坞电影中的人物那样充满罗曼蒂克。那些已经结了婚的，则对自己的婚姻生活很恼火，马上得出这样的结论：除非他们非常勇敢地同现在的太太离婚，娶一个现代的姑娘，否则他们的余生不会有任何幸福。很多家庭瓦解了，许多老式的太太们像旧报纸一样被扔掉了。眼泪、欢笑、烦恼、彷徨，一切悲喜剧的所有要素，全一起向男人们和女人们涌来，折磨着人们的心。

然而许多家庭在大震之后还是免于破碎。波动的感情被几千年的文化与传统或多或少地抑制住了。看来，打碎文化枷锁要比打碎一个家庭难得多。另外，妻子的眼泪，父母的感情，朋友的劝告以及孩子们乞求的眼睛，有时足以使一副铁石心肠软下来。

在某种意义上讲，有一个像中国如此古老的文化传统，也真可称得上是一种福气。它能控制住人的感情,使它不至于跑得太野,而且还能使生活的烦恼趋于平静,使生活恢复到原来的平和轨道上去。但从另一个角度上讲,它是阻碍进步和革命的:一天走了三步,可第二天却倒退了六步。一天儒教或佛教的寺庙被统统推掉,可一星期以后它们又被重新修好。离婚只是这许多让人糊涂的,将中国置于欢笑和悲哀之中的矛盾里的一例。因为在古老的华夏文明中保存什么,从可怕的新世界中汲取什么,其取舍标准不可能在一天之内得到确定,所以进步进程必定缓慢。这就是我说《离婚》是讽刺剧的理由,它是含着泪的笑。

故事梗概

张大哥,一个保守的、爽快的、能干的、有时有点傻的中年北京人,把为男女做媒当作自己最大的快乐和享受。自然,他极力反对离婚。对他来讲,一桩成功的包办婚姻是建立人间天堂的基础;另一方面,离婚在法律上应被禁止,每一个正派的男女都应唾弃它。

可在他的朋友中,老李夫妇、老吴夫妇、老邱夫妇,却正在准备撕毁神圣的婚姻誓约。

老李,一个腼腆、诚实、爱幻想的年轻人,有一位乡下妻子和两个小孩子。张大哥劝说老李,并帮助他把太太从乡下接到北京,以免他们离婚。李太太,一位乡下妇人,有一双"改良"小脚,她对漂亮的衣着、时髦的发型,以及一切

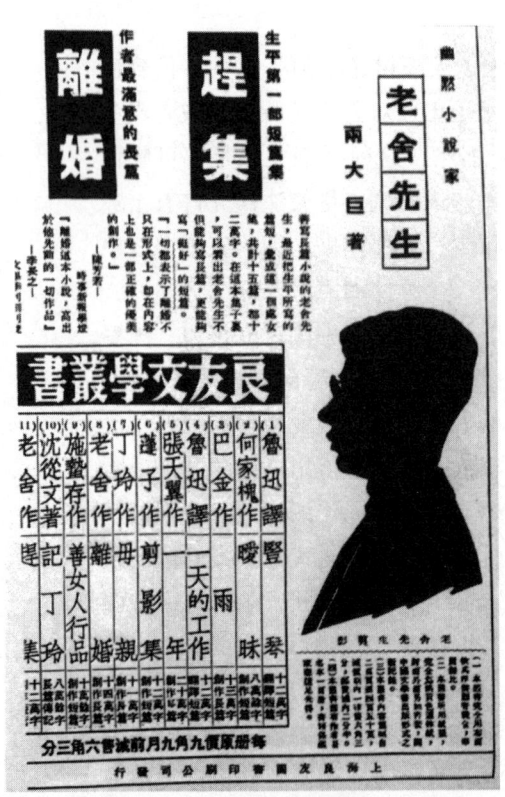

1934年良友图书公司为老舍《离婚》与《赶集》做的广告

能让她被北京人所接受的事儿全都一窍不通。她同丈夫一样感到狼狈，家庭生活变成了地狱般的煎熬。

他们在马家租了几间房子，而马少爷本人在婚姻上也遇到了一些麻烦。他同一个年轻女人私奔，把年轻漂亮的妻子扔给了母亲。对老李来讲，马少奶奶是一首诗，他在她身上编织着爱的罗曼司。突然，马少爷回来了，小马夫妇平静地团圆了，竟然连大吵一通都没有，这使老李感到吃惊。老李的梦到此结束，他带着老婆孩子和行李永远地回到乡下。

吴先生是一个小官吏兼业余太极拳师，有一位脑袋像在石灰水中泡过多日的太太。自然，他要离婚。

邱先生也想离婚。他太太的胸脯平得像块木板，一点不像个结了婚的妇人。

老邱夫妇、老吴夫妇的麻烦事都有一大堆，天天吵架，女人的眼泪天天流。可是，他们谁也没离成婚。

与此同时，张大哥的儿子，一个被惯坏了的年轻人，没有像他父亲为他盘算的那样，娶个小媳妇安顿下来，反倒粗心而愚傻地被抓进了牢狱。张大哥的女儿，一位年轻好看的姑娘，也有麻烦事，她错把恶棍当成情人，张大哥伤心透了。

左右为难，是《离婚》中人物的大问题。

【原载 1989 年《中国现代文学研究丛刊》第二期】

致林语堂①

语帅：

谢谢信！

今年非去年，正是鸡与狗②。去年有工夫，今岁则没有。

"写"是何等可喜的事哟，但是没工夫怎办呢?！

慢慢来吧，反正我有点时间就写吧；不过不能像去年那样有成绩了。学校的事今年特别的多呀。匆匆，祝

吉~

弟舍予躬③　三月五日

【原载1939年8月20日《人世间》第2期】

---

①林语堂（1985—1976），现代作家，学者。1930年代创办、编辑《论语》《宇宙风》《人间世》等刊物。

②指1933与1934年。

③此信手迹图片无日期（见《老舍》，舒济、舒乙、金宏编著，北京燕山出版社，1997年1月第1版）。《人间世》刊载的此信，文末有"三月五日"字样。据编者考证，林语堂1934年4月在上海创办并主编《人间世》小品文及半月刊，编辑为徐訏、陶亢德。《人世间》半月刊于1938年8月在上海创刊，主编为徐訏、陶亢德。此信应是老舍给林语堂约稿信的回复。"三月五日"当有所依据，可予采信。

老舍济南生活与创作自述撷录

一、关于《大明湖》

回国后到济南齐鲁大学去教书,就地取材,写成了《大明湖》;还是在《小说月报》发表。稿子刚交出去,"一·二八"的大火便把它烧成了灰。对自己的作品,我向不大重视,所以不留副稿;这回虽吃了大亏,也还没能改正过来我的毛病,到如今我还是不肯另抄存一份。

《大明湖》火葬以后,沪上文艺刊物索稿者渐多,既不能逐一报以长篇,乃试写短篇。短篇比长篇难写得多,非短时间所能学好。学的第一部短篇集《赶集》,所收集的多是笑话与速写,称之曰小说,实太勉强。

——老舍《习作二十年》
【原载 1944 年 4 月 17 日重庆《大公报》】

二、关于《月牙儿》

《月牙儿》那篇,也是长篇改造的。它原名《大明湖》,有十几万字。"一·二八",日寇放火,烧了东方图书馆,《大明湖》原稿也烧在里面。我之所以敢大胆的试用近似散文诗的笔法写《月牙儿》者，正因为我对故事人物因已写过一遍而非常的熟悉，可以从容不迫地在文字上多下功夫。

……

在《月牙儿》的前身《大明湖》里，我居然描写了一位共产党员，他是《月牙儿》中的女主角的继父。《大明湖》原稿只有徐调孚先生看过，不知他还替我记得此节否？

——《〈老舍选集〉自序》

【原载《老舍选集》，1951年8月开明书店出版】

三、职业写家之梦

回国以后，教书糊口，虽屡想放下粉笔，专心写作。而母老家贫，不敢任性。一心不能二用，教书便不能创作，只好利用暑寒假过过瘾。《大明湖》，《小坡的生日》，《猫城记》，《离婚》，《牛天赐传》，《赶集》，《樱海集》，《蛤藻集》，便都是"寒来暑往"的产儿。

——老舍《成绩欠佳，收入更欠佳》

【原载1942年5月1日《文风》创刊号】

从何月何日起，我开始写《骆驼祥子》？已经想不起来了。我的抗战前的日记已随同我的书籍全在济南失落，此事恐永无对证矣。

这本书和我的写作生活有很重要的关系。在写它以前，我总是以教书为正职，写作为副业，从《老张的哲学》起到《牛天赐传》止，一直是如此。这就是说，在学校开课的时候，我便专心教书，等到学校放寒暑假，我才从事写作。我不甚满意这个办法。因为它使我既不能专心一志的写作，而又终年无一日休息，有损于健康。在我从国外回到北平的时候，我已经有了去作职业写家的心意；经好友们的谆谆劝告，我才就了齐鲁大学的教职。在齐大辞职后，我跑到上海去，主要的目的是在看看有没有作职业写家的可能。那时候，正是"一•二八"以后，书业不景气，文艺刊物很少，沪上的朋友告诉我不要冒险。于是，我就接了山东大学的聘书。我不喜欢教书，一来是我没有渊博的学识，时时感到不安；二来是即使我能胜任，教书也不能给我像写作那样的愉快。为了一家子的生活，我不敢独断独行的丢掉了月间可靠的收入，可是我的心里一时一刻也没忘掉尝一尝职业写家的滋味。

——老舍《我怎样写〈骆驼祥子〉》

【原载 1945 年 7 月《青年知识》第 1 卷第 2 期】

四、两部未完成的长篇小说

在"七七"抗战那一年的前半年，我同时写两篇长篇小说。这两篇是两家刊物的"长篇连载"的特约稿，约定：每月各登万字，稿酬十元千字。这样，我每月就能有二百元的固定收入，可以作职业写家矣。两篇各得三万余字，暴敌即诡袭卢沟桥，遂不续写。两稿与书籍俱存在济南的齐鲁大学内，今已全失。十一月，我从济南逃出，直到去年①夏天，始终没有写过长篇。

——老舍《我怎样写〈火葬〉》

【原载 1944 年 1 月 1 日《扫荡报》】

当"七七"事变的时候，我正写着两个长篇，都已有了三四万字。宛平城上的炮响了，我把这几万字全扔进了废纸筐中。

——老舍《三年写作自述》

【原载 1941 年 1 月 1 日《抗战文艺》第 7 卷第 1 期】

"七七"抗战的那一年，我辞去教职，专心写作，同时写两部长篇。"七七"后流亡出来，两稿（各得数万字）尽弃于济南。

——《习作二十年》

---

① 指 1942 年。

那一年①的前半，我写成了《骆驼祥子》，和几个短篇；后半年，我同时写两个长篇，一个以青岛为背景，一个以北平为背景②；一个得了两万多字，一个写成三四万字。七七的炮声一响，这五六万字都被我扔在字纸筐中。

——老舍《成绩欠佳，收入更欠佳》

五、抗战大鼓词

"七七"抗战以后，济南失陷以前，我就已经注意到如何利用鼓词等宣传抗战这个问题。记得，我曾和好几位热心宣传工作的青年去见大鼓名手白云鹏与张小轩先生，向他们讨教鼓词的写法③。

——老舍《我怎样写通俗文艺》
【据手稿，约写于1944年前后】

当我还在济南的时候，因时局的紧张，与宣传的重要，我已经想利用民间的文艺形式。我曾随着热心宣传抗战的青年们去看白云鹏与张小轩两先生，讨论鼓书的作法。

——老舍《八方风雨·五、写鼓词》

---

① 指1937年。

② 以青岛为背景的题名《病夫》，至今未发现原稿及发表刊物；以北平为背景的题名《小人物自述》，后被发现发表在1937年8月1日天津《方舟》杂志第39期，共发了4个章节，约计15000多字，为老舍生前所不知。从发表的章节看，《小人物自述》属自传体小说，与后来老舍写的《正红旗下》堪称姊妹篇。

③ 白云鹏、张小轩均是京韵大鼓名家，当时正在济南献艺。老舍到武汉后又认识富少舫、董莲枝等大鼓名手，遂与赵景深、吴组缃、穆木天等人编写大鼓词，利用民间文艺形式宣传抗战。后来，老舍在美国写了长篇小说《鼓书艺人》，亦取材于这段生活经历。

追忆与怀念

老舍在济南是个家喻户晓的公众人物。最熟悉这位齐大教授兼幽默作家的莫过于洋车夫。他经常被洋车夫拉着进出齐大校门，应济南社会各团体之邀请去发表演讲。老舍的演讲精彩不俗，每每爆笑全场，因而也就成为各家报章杂志争相报道的对象。不过老舍并不以社会名流自居，既无鼻孔朝天的教授架子，也没有创作家的莫测高深，而是平易随和，可亲可近，和谁都能扯闲篇，乃至结交为朋友。

老舍的济南朋友，并不仅限于学者、教授、名人，而是广及三教九流，七行八作，茶房、厨子、车夫、江湖艺人，都可能成为老舍的好朋友。当年南新街舒宅小院，常有记者造访，朋友拜会，学生登门求教。此时老舍便舍文陪君子，宾主海阔天空，谈笑风生，热聊得一塌糊涂。这里收入的几篇追忆与怀念文章中，就有对当时舒宅小院景象与老舍神采风度的生动描述。遥想当年，令人不胜神往。

这就是老舍(节选)

李长之[1]

(一)

"穷人的狡猾,也是正义。"这是老舍在前半期创作中的一句话,为穷人伸张正义,这可以代表他写了些穷哥们儿的生活的用意。

他生活在民间,他来自民间。

(三)

我没有全部读过老舍的创作。

---

[1] 李长之(1910—1978),中国著名现代作家,文学评论家,文学史家,学者与诗人。原名李长治、李长植,山东利津县人。三岁时随父母移居济南,与季羡林为省立一师附小、省立一中初中和山大附中高中同学。1931年考入清华大学生物系,两年后转入哲学系。1934年至1936年,曾先后主编《文学评论》双月刊和天津《益世报》文学副刊。其结识老舍正是在这段时间。当时李长之家住南门外司里街,每年暑假都要回济南探亲度假。

北师大教授李长之晚年照

我看过老舍的原稿,当然更是一小部分。我看过《牛天赐传》,在济南。我看过《四世同堂》原稿,在重庆。

他的原稿,都是楷书,每一个字如果印出来,大概同他题匾的字差不多,不苟,就像他的创作和为人不苟一样。

(五)

老舍比我大十一岁。一九三三年开始认识,那时他三十四岁了,我二十三。

他对于朋友,有鼓励,有规劝。我那时写文章痛击王云五,他给我信说:"与王老板大战,真如赵子龙,浑身是胆。"这是鼓励。我不久告诉他说,我要搞文学史了,他来信说:"还是搞批评的好,因为这救急。"我批评他的《离婚》后,他来信说,"你批评一个人演关公,就只问他演关公怎么样,不必责备他没演张飞。只是一些琐碎之处,可以去掉。"这都是规劝。

一个要求进步的人,也关心朋友的进步。老舍就是这样。我觉得在他那里得到不少教益。我觉得他确是我的良师益友。

【原载《新文学史料》1978年第1辑,全文共6节,此处仅节选了与济南有关的(一)(三)(五)3节】

老舍永在

臧克家

我第一次见到老舍，是 1935 年，在青岛。那年，他应国立山东大学之邀去任教，恰好头一年，我成为该校第一届毕业生，离开青岛到山东临清中学教书去了。虽然我没有赶上受他的教导，但我和老舍的关系，是在师友之间。随着岁月的流逝，我们的友谊越来越深厚，到后来，成为亲密的朋友，尊师之感全没有了。

记得老舍住在离大学不远的"金口二路"，走完"大学路"，过了"东方市场"就到了。小门东向，一进门，小院极幽静，草坪碧绿。一进楼门，右壁上挂满了刀矛棍棒，老舍那时为了锻炼身体天天练武。

我每次去登门拜望老舍，心里带着既崇敬又亲切的心情。老舍在当时的文坛上是大名鼎鼎的一位重要作家。他的作品引人喜爱。当然，他也搞一点"幽默"，逗人笑乐，但我想，

在青岛山东大学读书时的臧克家

搞它的时候,他的心是苦的。或者可以说是强颜为笑,狂歌当哭的吧?

我和老舍相识,相交,至死不渝,还有一个重要的原因。1933年7月,我的第一本诗集自费出版了。一个无名小卒想出本书,比登天还难。这本《烙印》由闻一多先生写序,王统照先生作发行人,他们两位既出了力,每人还出了20元钱作为印刷纸张费用。出书不久,在当时影响很大的《文学》杂志上,一期刊登了两篇评介文章,一篇是茅盾先生写的,另一篇是老舍先生写的。老舍评诗,不但别人,我自己也为之既惊且喜!他的评文,也很别致,至今还记得几句,他说《烙印》里的诗"像茅厕坑里的石头,臭不臭我不知道,硬是真够硬的"。由于这两篇评介,书店才接受了《烙印》这本小小诗集,我也算登了龙门——上了文坛。

有一次,我去拜访老舍,他把我引到他楼上的写字间里,小楼不高,望不见大海,但夜静更阑时,却可以听到大海的呼吸。我们二人并坐,随心所欲的漫谈。他说,正在想写一个洋车夫的故事。并没有谈故事的内容,当时我暗中惊异,您怎么了解一个洋车夫呢?不用说,这就是后来的《骆驼祥子》了。当时,我对老舍既是著名作家又是大学教授的身分和声誉,是欣羡而又倾倒的,他大概察觉到这一点,意味深长地说:"一家几口,是要抓一个饭碗的啊。我这个'教授',肚子里没有什么货色,两个礼拜,顶多两个礼拜就倒光了。现蒸了现卖。有的作家当教授——"他伸出右手的两个指头,"哼"了一声幽默地说:"两个钟头就光了!"

听了他的这话,我有点感到惊异。老舍先生是何等坦率、谦逊、平易,把真心实话向我倾吐呵。他一面说着话,一面从抽屉里取出一个漂亮的扇面来,把它展开在我面前,用手巾在上面擦了又擦,亲手磨好了墨，然后从笔筒里一大把笔中捡来捡去捡出一支来，把笔尖泡了泡，在左手大拇指上按了几下，对我说："就是它吧。你写。"我奉命执笔，也没推辞。我不会写字，但我知道，老舍要的不仅仅是字呀。我郑重其事的在写，老舍在一旁用得意的眼光瞧着，那眼神里，有一种人生中最难得的亲切、真挚、鼓舞、奖掖深情交流在一起，使我终生难忘，一想到它，心里就有一股暖流涌起。43年已成过去，在老舍逝世10年之后，我提笔写回忆他的这篇小文时，写到这里，我的眼泪滴到了稿纸上！人生难得是知己呵！何况，当年他是一个文坛巨子，而我呢，却是初出茅庐的一个小兵呢。

1937年"七七"，我在北平听到卢沟桥打响了抗战的第一炮，接着临清危急，我们的学校宣布"解散"，我怀着悲壮而又怆凉的一颗心，渡过了黄河，回到了故乡。10月间，为了探听一点消息，为了看朋友，也想再去临清看看我那些可爱的学生，于是，我到了济南。正碰上警报，敌机一批又一批轮番而来，轰炸洛口黄河大铁桥。在仓皇中，在警报的空隙里，我去看望老舍。这时他在"齐鲁大学"任教，离乱中更觉到友情的可贵。一进大门，树木把一片秋色送到了眼里，一座一座高楼隔得远远的，把一片空地留给了花草。我向着门房工人指给的一座小洋楼走去，老远看见一位绛衣人立在草地上，身后一位妇人带着两个孩子在树下玩，正欲上前问询，抢过几步之后，才发现这就是我要访的友人的全家。打过招呼之后，便随着到了他们的新居。谈一回战局，谈一回文艺，最后谈到今后个人

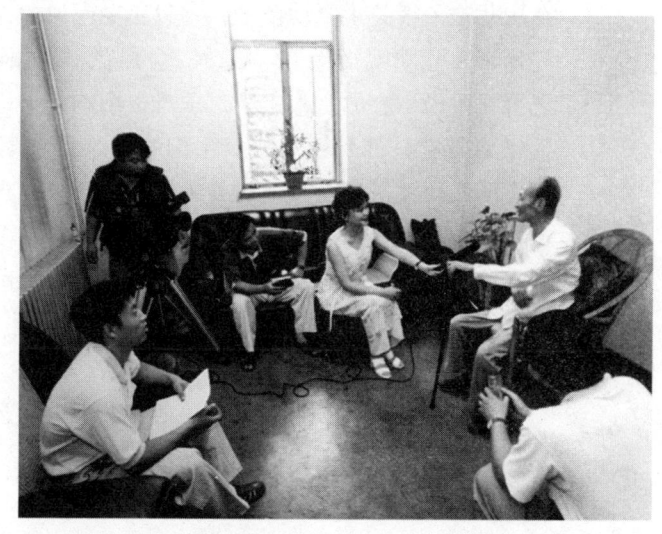

1997年济南电视台《老舍与济南》摄影组赴京采访老诗人臧克家

的去路。这时期卖文章已成死路,所以他来"齐大"教书,上课不久,济南的空气又把学校紧张散了。校长是外国人,早走了。学生也走了。他叹息着自己走不动,守着这个"世外桃源"。他的话里有无限酸辛。他说有个长篇材料,却无心下笔,脑子老发胀。只给小报写点短文,桌子上摆着几份小杂志。谈得正酣,警报来了,两遍紧接着。我们同小济、小乙和胡絜青同志到了外边的树下。小孩子已经有好几个在那里了。他们指手划掌地指点飞机叫人看。有时还开玩笑地说:"来了,来了。"顺着他们的指头看去,原来是一只老鹰。看着敌人的飞机在中国的上空盘旋,看着它们向中国的土地上投弹,眼里冒火,心里也冒火。恨我们的高射炮太没准头,纳闷我们的飞机为什么不出动?大家都说,如果我们出动10架飞机包围它们,那该多么叫人开心呵!远了,近了,两架敌机又合在一起了,好似向中国人施展威风。老舍说,它只管轰叫,不会在济南下蛋。他的话说得"幽默",但确有道理在内。日本正在和韩复榘眉来眼去,它不会用炸弹硬逼他抵抗。我们怀着愤激回到前院里去,大家坐在枯草上,围成一个半圆圈。草,软得像绒垫子,眼前秋色撩人,而轰轰的飞机声却把一切平安,寂静,给打个粉碎,留给我们一个血淋淋的现实。我被留在这儿吃午饭。正要动筷子,一只小老虎似的大猫撞门而入,主人给它米饭,它嗅嗅拒绝了。猫,一身黑花,斑斓可爱,颇有点英雄气。老舍对我说:它的主人走了,国难也影响到了这个小动物。素日它主人很珍爱它,都是给牛奶、牛肉吃,难怪它咽不下这白米饭。吃罢饭,话没得谈了,默默地对着吸烟、吃茶。等到大赦似的解除警报的汽笛一响,我立即起身告别,这已是午后4点多了。

"不论到哪儿,来个消息呵。"老舍送我走了转身时这么亲切地叮嘱着。

"一定,一定,"我老远回头答应着。

和老舍分手不久,我就和一些文艺战友到台儿庄前方做抗战文艺工作去了。

【原载1978年9月号《人民文学》,有删节】

痛怀老舍

方　殷[1]

　　1937年"七七"事变后不久，北平即沦陷了。我那时正在北平。后来，无法待下去了，乃化装"浪人"逃出北平，辗转于8月间到了济南。在济南，当时成立了一个由地下党组织领导的"平津流亡同学会"，专门办理由平津一带流亡出来的教授、学生的接待、输送工作。我被留下参加了该会工作，分配我做交际联络事务，并兼编一个小报的文艺副刊。"平津流亡同学会"拟发起组织一个统战组织"山东省文化界抗敌协会"，要我代表

---

[1] 方殷（1913—1982），河北雄县人，原名常钟元，笔名芳茵。1935年毕业于北平中国大学。1932年在北平参加反帝大同盟、共青团、左联。左联革命诗人。离休前为人民文学出版社编辑。

左联老诗人方殷

"同学会"去联络一些当时在济南的文化界知名之士来做发起者，我那时想到的第一个人就是老舍。

老舍当时是齐鲁大学的教授。我久已慕名，但未见过本人。一天，我到了齐鲁大学，在他所住的并不宽敞的住所里，他热情地接待了我。我说明了来意，老舍便满口答应了做发起人的事。这是我和他的第一次见面。也是给我留下最良好的印象的一次：热情、坦率，没有一般那些大教授、大作家的架子……我临告辞时，他还把我送出老远老远。

"山东省文化界抗敌协会筹备会"第一次开会时，老舍是第一个到场的。他谦虚地坐在会场的一个不显眼的角落里，在签到簿上签的名字是蝇头大的小字，字工整极了，不像一些"大人物"那样张牙舞爪地大笔一挥，恨不得把自己的大名占满一张纸。正像老舍在他所写的《八方风雨》（载人民文学出版社出版的《新文学史料》第一辑）中所说的，他是在听到了"……天上起了一道红闪，紧接着是一声震天动地的爆炸。三个红闪，爆炸了三声。这是——当时并没有人知道——我们的军队破坏黄河铁桥"以后，就离开了济南，我也是在这个期间乘撤离济南的最后一列火车离开的，因而"筹备会"什么的也就无从着手筹备什么了。

【原载《社会科学战线》1979年第1期，此次收入仅选了与济南有关的文字】

我所认识的老舍

赵景深

我早就在《小说月报》上看过老舍的长篇小说《老张的哲学》和《二马》了。但我初次见到老舍,却是在郑振铎的家里。老舍刚从英国回国,振铎请他吃饭,当时在振铎的书房里幽绿的灯光下,看到一位精神饱满、面容活泼,略带黝黑的穿西装的人。在席间他说了一个笑话。他说:"有一个人想剃头,在酒馆的门口经过,看见酒馆的门上,这一面写 BAR,那一面也写着 BAR,合拢来念,以为是 Barber,便跑进去剃头。"这使我想起写《二马》和《老张的哲学》以及《赵子曰》的英国伦敦大学舒庆春的风度来。他把"舒"字拆开,字舍予,又把舒字去掉一半,笔名就叫老舍。当时是 1930 年。

老舍听我说起,要在 1930 年 4 月 19 日与李希同结婚,他就毛遂自荐,要替我做司仪,

时任《小说月报》编辑的赵景深

他说他自己的喉咙很好，不用未免可惜。的确，他那晚清唱《黄鹤楼》，一赶三，使人能从他的声音中辨别出谁是周瑜、孔明和张飞，怪不得他这样会以"对话"来显示出"人物"的个性。他那激昂慷慨的声音真可以说是响遏行云呢。

他曾写给我一封信，并且送我一本英文《歌德传》，是德国 Ludwig 的名著。信封上是这样写的：先写我的姓名，再写我的住址。本来就可以完事了，他还添上上海、中国、亚洲、地球上等字样。幽默的老舍真有点像他自己所创造的王德！

他给我的这第一封信内容如下：

景深兄：

　　家中叫我早早回平，日内不得不搭船北上。你的婚礼因而不能看见，深觉罪过！送你一本小书，聊表贺意，请你原谅我，接收我那点诚意！敬祝

平安！

　　书托友人贾君奉上，他与我同船北伐。他是在法国读文学的。

弟舍予鞠
4月4日

贾君是谁，我已经忘记了。但老舍送我《歌德传》，我想他是要我向歌德学习。我当然远远赶不上歌德，但我在日本军阀炸毁商务印书馆前不久，却看过柳无忌的《少年歌德》，并且节译了丹麦布兰兑斯《十九世纪文艺思想主潮》中的歌德部分，想在《小说月报·歌德专号》刊登，当然这1万多字的译稿连同老舍的长篇小说《大明湖》一同成为灰烬了。

1930年7月份，我开始编辑《现代文学》，编了6期，就因刊登谢六逸译的片冈铁兵新兴小说理论，被国民党禁止停刊，与《北

新半月刊》合起来创刊《青年界》。我喜欢文学，不喜欢编以大中学生为对象的刊物，但小峰要这样做，我也只好从命。不过，我仍旧刊登文艺多，刊登社会科学少，自然科学头两年简直就不登。这样，作家们自然也不愿投稿，但我不管，仍旧想多拉点小说，便想到新认识的朋友老舍，写了一个大大的赵字，用圈圈起来，说是赵某被围，要老舍快发救兵。当时老舍在山东济南齐鲁大学任文学院长（此处不确——编者），他就回了我一封非常有趣的信，这信是这样写的：

景深兄：

　　元帅发来紧急令：内无粮草外无兵！小将提枪上了马，青年界上走一程。呀！马来！

　　参见元帅。带来多少人马？两千来个字！还都是老弱残兵！后帐休息！得令！正是：旌旗明日月，杀气满山头！祝吉〜

弟舍予鞠

　　附臭文一

最后的"鞠躬"二字，第一次写作躬。信写完了，他总是画一条〜。这封信在对日本军阀战争胜利以后，上海和重庆的上海文艺家会员聚合在辣斐大戏院（即今长城电影院）开文艺欣赏会时，我曾当着爱读老舍著作的读者宣读，成为文坛佳话，为老读者们所熟悉。

我虽说1930年就认识了老舍，其实我并不能算认识老舍，我只把《老张的哲学》《二马》当作有趣的作品，并不认识老舍写作的苦心。最近阅读《老舍选集》1950年的"自序"，我才知道老舍。1924年到伦敦东方学院教华文的老舍，"一方面，在文字

赵景深编辑的《小说月报》
（1931年新年号）

上,我(他)拼命的利用白话所给的便利,横冲直撞,哪管什么控制与选择。另一方面,我(他)多少写出点反帝反封建的意思来。……我(他)只借着自己一点点社会经验,和心中自幼儿积累下的委屈,反抗那压迫人的个人和国家。"

上面我提到的《大明湖》,本来是个长篇小说,还没有刊登在《小说月报》,就被日本帝国主义侵略者飞机上的炸弹毁灭了,这故事情节只有徐调孚知道;但老舍将这小说改编为诗一般的短篇小说《月牙儿》,我最近看了,真是感动,他是为旧中国的妇女鸣不平,她们得不到参政权,在半封建、半殖民地的中国只能依靠丈夫或有钱人过活。命运不好,即使心好,也只能靠卖淫过活,万恶的旧社会逼得一家母女都走了这条暗娼的路,最后连出税的"野鸡"都不如,只好被捉到监狱里去。有了共产党,老舍的小说就更进了一大步,他的作品写得更好了。

我的话扯远了,还是拉回来吧。老舍给我的一个短篇是《马裤先生》。我编《青年界》,以能刊登老舍的小说为荣。我接着又写信去向他讨照片,他也寄了一张给我,我把这照片也刊登出来。他给我的第三封信如下:

景深兄:

　　幸不辱命,赶成一篇。此篇文字尚欠斟酌。但不失为得意之作——有点像莫泊桑。请多赏两个酒钱,以示鼓励。祈留版权。前载过之《马裤先生》忘书"留"字,但仍欲归入短篇集中,应扣之酬金请由此次扣留。谢谢!像片已送给《矛盾》月刊一张,如不愿重出,即希存在尊处吧。祝

吉～

　　附文一
　　像片一
　　　　　　　　　　　　　　　　　　弟舍予鞠

　　大约是 1930 年 5 月吧,我想到得再向他讨一篇短篇小说,但他一面要教书,一面要写作,实在忙不过来,只好辞谢我了。他的第四封信如下:

景深兄：

　　谢谢信！

　　稿子手下没有，短篇新近才交开明出集子，长篇又都有了主儿，如何是好？

　　青年界的稿子，得到明年再说了。你看，老景，我的预定工作已经定到明年夏天，天天干，恐怕还交不上活，怎敢乱应新买卖？看吧，明年暑中有暇必给您一篇。请您原谅吧！干咱们这行的，闲着不好，忙也不好，怎办？匆复，祝

　　吉~

弟舍予躬

　　他给我第二、三次的信，"鞠躬"又简写为"躬"和"躬"了。下面第五封信也是如此。我又想，倘若向老舍讨一个长篇小说，让他边写边登，爱读老舍小说的人多，对于《青年界》的销路，必然会更扩大得多，我便向他提出这个建议。当时我看到苏联英文本《国际文学》每期的目次很别致，我就照这样子做了。起初出的是25开本，销路并不怎么好。可能这是小峰的建议，除每期刊登给稿费外，还请求这长篇小说由我们出版，大约他这时已经为《青年界》写了第二个短篇小说，他信中才有："谢谢，收据一纸奉上，祈纳"，最后又有"附收据一"的话。我将这第五封信录在下面：

景深兄：

　　谢谢信！收据一纸奉上，祈纳。以前所写的长篇，都是利用年假与暑假的工夫，因此，已有两三年没休息过。今年年假与明年暑假决定休息，所以不敢答应"长"买卖；虽然对您与小峰先生的赏脸是十二分感激的。我写长篇还是非一气写全不可，叫我随写随在杂志上发表，我便不定写到什么地方去，本来我就是信口开河，结构向来不精好，这么一来便更漫无限制了。早有人提议叫我写点发表点，而后成书，可是我不敢。有这点限制，又加上暑假决定休息，恐怕明年一年不会写长篇了。看吧，假如明年秋间能离开学校，那便好办了。我很

希望不再教书。自然从经济上看,我现在还不敢说我能专靠写文章吃饭,除非得了五十万的头彩。

关于条件,就暂不必提吧;等多喒我有工夫写再说。

只要能写,条件是好说的,因为我的天性随和,不会瞪眼要大价。

我想了好久,确是非休息一个暑假不可了。我一想:不休息则会累死;累死则不能吃饭;不能吃饭则损失甚大。决定休息,甚合逻辑。

东华,文艺月刊,早就要长篇,也都谢绝,因为要休息哟。平日一面教书,一面写,只能写短文。那么,决定歇夏,则长篇吹矣。匆复,祝

吉

弟舍予躬
十九

附收据一。

可能这封信是 1933 年左右的事。

晚年赵景深（1902—1985）

北新书局编辑部从七浦路移到河南路杏花楼附近,《青年界》改变我侧重文学的偏见,针对大中学生,编成综合性的刊物,改成 16 开。内容每期请陈清辰写国际时事述评,主张对日抗战;自然科学方面,购买美国通俗科学杂志,请贺玉波翻译欧美科学方面的新发明,并翻印原来机器的插图,作为补白;特辟"青年园地",发表青年的创作,选刊他们的日记和游记;又请人写学校生活的小说;每半年的第一期请我所认识的文艺界人士写千字以内短文章。也是1934 年吧? 老舍要将他的《小坡的生日》给我们出版,给我来了第六封信,也是最后的一封信,信上说:

景深兄：

　　诚如君言，无事不登三宝殿；但希有求必应！《小坡的生日》本应在4月出版，但上海之战，将它的底版也烧坏。听说商馆因此不再印它。这篇东西颇得冰心之赞赏，为小孩子读也确还过得去。您有意思要没有？您是个提倡儿童文学的，所以我一向忘了它，而今心血忽然来潮，掐指一算，便算到您。您如愿要的话，我有现成的稿子，卖也好，抽版税也好。

　　不过，如您愿要，请分神和徐调孚提一声，问他商务是否决不再印它。我给他去信问过此事，他始终没答复我——或者因为忙的缘故。他——现在管文学会的事——如说yes，咱们的交易便可成功。自然您要说no，我也不恼。我倒不必一定要印它，不过弃之可惜罢了。暇时祈赐示！先谢谢！祝

吉～

弟舍予躬
廿八日

　　从这封信上，可以看出老舍、徐调孚以及我都是文学研究会的会员。老舍加入文学研究会较迟，已经是167号了。商务编辑所既已焚毁，迁到内地，还可以出文学研究会新辑，另外还在生活书店出文学研究会的文艺新刊，这本《小坡的生日》终于由徐调孚给了生活书店。

1979年10月3日

【原载《艺术界》1980年第1期，略有删节】

回忆老舍同志

田仲济

（一）

从一个旧信封中我忽然发现了两小幅字，而且都是老舍写的，其中一幅写的是：

辛酸步步向西来，不到河清眉不开。
身后声名留气节，眼前风物愧诗才。
论人莫逊春秋笔，入世方知圣哲哀。
四海飘零余一死，青天尚在敢心灰。

末后并写"病中自励一首"，"三十年初冬老舍于陪都"。那么是1941年写的了。回忆当时的情况，在那么艰苦的环境中，老舍负责文协的工作，处境真不易啊！这首诗的确反映了他当时的心情。我又翻那一阶段的刊物，在1944年一篇文章中记着他即兴给友人写的一幅字：

看小儿女写字，最为有趣，倒画逆推，信意创作，兴之所至，加减笔画，前无古人，自成一家，至指黑眉重，墨点满身，亦具淋漓之致。

为诗用文言，或者用白话，语妙即成诗，何必乱吵絮。

这又是他生活和心情的另一面，这时他的爱人携带小儿女已从遥远的沦陷的北平到了他在重庆的身边。所写很可能就是他生活的实感。我很喜爱这几句话，是如何地质朴、天真而又妙趣横生啊！俨然写出了他站在那里欣赏他的小儿女写字。然而，在那样复杂而又充满了艰难和矛盾斗争的局面中，老舍这样舒畅和快活的心情是不常有的，记得就是这次或许是另一次，和几个朋友喝酒，他大醉了，醉后他号啕大哭，谁都劝阻不住。仅就他支撑文协，肆应那所谓大后方的局面，真不易啊！

1943年在重庆的田仲济
（1907—2002）

（二）

是韩复榘和刘珍年胶东战争的那年（1932年，编者注），我从胶东到了济南，我们三个人参观齐鲁大学，那时校长是林济青，承他接待并陪我们参观了学校，特别是仔细参观了图书馆。齐鲁大学是较早的一所教会大学。据说全国几处教会大学图书馆是有所分工的，齐大图书馆收藏的重点是志书，全国的地方志可说几乎齐全了。可惜于抗日战争期间，日军将它改为伤兵医院，全部书籍均散失了。就是在那次参观中，在一个教室的外面看到老舍正在讲课。下课后在走廊中遇见了，介绍人介绍时说，"这就是《二马》《赵子曰》的作者，幽默作家老舍先生。"那算是第一次晤面，但只打了一个招呼就走开了。

《二马》《赵子曰》《老张的哲学》等我是读过的，但当时社会上流行的是另一种倾向，因而没引起我怎样注意，也就是我并未真正读进去，因而也就还不理解。以后又读了《小坡的生日》、《离婚》，得到了较深的印象，但我想得多的是他总是在追求幽默，而对他的"幽默"我理解得也很不深。渐渐地，我把他和另一派追求幽默、闲适、空灵的人混在一起了，那就更无由理解他了。

　　抗日战争开始后，我辗转到了重庆，那大概是 1938 年的初冬，重庆已成为陪都，而文协也从武汉迁到那里了。敌军轰炸重庆后，所有机关学校都疏散到郊区了，当时有几个文化工作者住在冯玉祥郊区的院落里，有一个时期老舍也住在那里。西北军有几个他们自己的纪念日，每逢节日，他们一定聚在一起，举行纪念仪式或者会餐，有时还加一点余兴。使我至今难以忘记的是老舍和富少舫演的一出双簧，更使我意想不到的是老舍扮演前面的人，并作了简单的化装，嘴和眼都加了白粉圈，原来的偏分头变成了红绒绳扎的朝天枪。长衫的领子折到了里边，成了无领大褂。富少舫在后边讲，他就按讲的内容指手画脚地表演。这双簧成了那次余兴中最精彩、博得最多掌声的一个节目。坐在我旁边的一个人告诉我，"老舍先生不仅双簧演得好，他京韵大鼓还非常地道呢！是刘派，刘宝全派。"

　　我吃惊的是，一位名作家、名教授在这种场面中不仅下场作游艺表演，而竟表演得那么认真，那么一丝不苟。这使我又认识了老舍的另一面。

【原载《新文学史料》1981 年第 1 期，全文共五节，此次收入只选取了与济南有关的前两节】

高风亮节　耿耿丹心

沈　旭

　　我同老舍先生相识，是在20世纪30年代前期的青岛。①1931年"九一八"事变之后，我从东北来到青岛邮电局工作。这时候，我同党的地下组织和文艺界的一些爱国进步人士有联系，如洪深、蒲风、王亚平、孟超等。洪深当时是山东大学外文系教授。1933~1935年（应为1934~1935年——编者），我在山东大学旁听文学课，老舍先生在该校中文系任教，因而认识了他。老舍先生当时已是知名作家和教授，但是他为人十分谦逊，生活朴实，性格

---

　　①沈旭，原名沈育成，20世纪30年代为青岛邮电局职工，爱好文学，在山东大学当旁听生，后任《青岛邮工》编辑，参加左联"中国诗歌会"，发表过众多诗作，出版诗集《饥饿线》。

幽默，使人乐于同他接近。记得洪深先生带领学生演戏，我也参加演出。我也写了一个题名《赖捐》的剧本，是讽刺国民党苛捐杂税的，曾请老舍先生当面指教过。

1937年"七七"事变后，老舍先生又回到济南齐鲁大学任教。我正好也到济南工作。我们在中共济南地下市委的领导下，筹备成立"山东文化界抗敌后援会"。第一次会议是在大明湖附近的山东教育馆①举行的。我们当时还搞了签名活动。在签名簿上签名的，除了有共产党人齐燕铭、武衡、孙席珍外，还有洪深和老舍。我们曾针对当时的政治形势举行过一次辩论会。老舍先生在这次会上发言，表明了他坚定的反帝爱国立场。他强调要团结，并且要真正的团结。只有团结一致，才能共同抗敌。他还强调要加强国际团结。不久，老舍就只身离开济南到武汉，投身于民族解放斗争的洪流。

【原载1983年《老舍研究论文集》，此次收入仅选与济南有关的文字】

---

① 山东教育馆，即山东民众教育馆，馆址位于贡院墙根街，街北邻大明湖。

马彦祥谈老舍

克 莹

　　马彦祥同志1933年在《天津益世报》主编《语林》副刊,当时老舍在济南齐鲁大学中文系任教。马彦祥回忆说:那时我虽然早已读过他的小说,却和他并不相识。一次偶然机会,我写了一封信请他为《语林》写稿,想不到不久他竟寄来了一些短小的杂文给《语林》。从此,我们建立了文字之交。
　　1934年暑假,那时我刚离开天津《益世报》不久,回到了北平。一天,齐鲁大学的中文系主任郝昞衡来看我,说下学期老舍先生将离开齐大,不接受聘书了,想邀我去接替他的教职。我问他老舍先生教的是哪些课程,他告诉我是欧洲文艺思潮、小说原理和文学概论。我说这些课非我所长呀!他说,其中只有欧洲文艺思潮是必修课,你也可以另开课程。这样我便答应了。不久,我到了济南。那时老

1942年秋洪深（坐左）、马彦祥（坐右）与南京国立戏剧专科学校学生在四川江安之合影

舍先生已接了山东大学的聘书，但还没有离开济南，我专程去拜望了他。我们因已有了几次通信，互相有初步了解，所以一见如故。从他的坦率谈话里，我才知道他之所以离开齐鲁的原因。是因为这个教会大学，除了文、理学院之外，还有神学院，校风十分保守。教员们大都是洁身自好，不问外事，除了教书之外，别无其他活动。整个学校，死气沉沉，连一点学术空气也没有，真闷死人！最后老舍先生又补充了一点说，这里的生活条件还不错，如果你想读点书或想写点什么，这里的环境是不错的。不久，老舍先生便去青岛（山大）了。我在齐鲁呆了一年，证明老舍先生的话完全是根据他的亲身体验，丝毫也不过分。所以，我也只教了一年，到南京剧校教书去了。

……

【原载《剧坛》1984年第4期】

聊城铁公鸡

萧涤非

那是1935年,我在青岛山东大学,一位在聊城师范任教的朋友给我寄来了一个蒲包,拆开一看,是报纸包着的4只鸡,黑乎乎干巴巴的怪不起眼;可是有一条,当时天气已热,在路上又捂了好几天,却没有变味,原来鸡肚里塞满了药料。为了引起我的注意,朋友特地附了一张条子,说这是聊城著名的特产,不中看,可中吃,把药物去掉,再蒸一蒸,是佐酒的珍品。我照着做了,果真不错。

事有凑巧,一天晌午,老舍——他这时已由济南齐鲁大学来到山东大学——同外文系的一位法语教授赵少侯来看我,他一进门就说:"涤非(我年纪最小,同事们一般都这样叫我),走,咱们喝二两去。"我说:"你们两位大教授……"话还没说下去,老舍就接上茬:"得了,什么大不大的,走!"我说:"也好,今

1933年萧涤非（1906—1991）在清华大学研究院

天倒有个异味请你们品尝品尝。"便用报纸包了一只鸡捎带着。

当时青岛的名菜馆有两家：一是北京的厚德福，一是广东的英记。赵问老舍上哪一家，老舍说："哪一家也不去，还是吃个小馆称心，今天咱们又带了外菜，上大馆，他们能乐意？"于是我们便进了一家当地的馆子，找了个雅座，把鸡交给堂倌，另点了几样菜。当堂倌问我们喝什么酒时，老舍沉吟了一下，风趣地说："咱们过去尽是喝的绍兴（黄酒），今天咱们来个'曹操煮酒论英雄'，你们看怎么样？"一句话，连堂倌也逗乐了。因为他明白客人这话的意思是要喝即墨老酒。原来酒一般都是冷饮，有的比如黄酒可以热饮，但只是烫，不能煮。唯独这即墨酒得煮开了喝，不怕煮，劲儿也不太冲，适于开怀畅饮。我说："这样也好，咱们今天索性来个清一色山东味。"

"同是一出戏，看谁唱。"这话不错。当堂倌把鸡端上来时，那鸡竟大为改观了，不那么黑，也不那么瘦骨嶙峋，色泽光亮，香气扑鼻，刀工也好，斩得匀称，很是诱人。我们一面品味，一面赞美，说确是别有风味，平生未曾尝试。老舍忽然问我："这叫什么鸡？"我说："这个我却说不上，朋友也没有告诉我，也许是一种药制烧鸡。"这时赵对老舍说："是不是就请你这位幽默大师给它起个名儿？"老舍平日为人很静穆，斯斯文文的，对朋友总是微笑着，话是不多的。可这只是他的一面。每当三杯之后，他就会像白乐天说的。"酒饮三杯气尚粗"，变得慷慨激昂，谈笑风生。有时也大声猜拳，酒酣耳热，余兴未尽，还往往唱上一段二黄倒板。此刻他已有几分酒意，略一思索，便说："朋友，你们看，这鸡的皮色黑里泛紫，还有点铁骨铮铮的样子，不是很像京戏里那个铁面无私的黑老包吗？干脆，就叫铁公鸡!"这时,老舍忽然问我们到过济南没有,我们说没有去过,于是他便接着说:"济南城里有个大明湖,湖的北岸有座铁公祠,是纪念明朝初年一个名叫铁铉的铁汉子的。当时燕王朱棣(也就是后来的明成祖)带着几十万大兵南下要抢夺他侄儿建文皇帝的天下,铁铉拼命抵抗,后来兵败被俘,被反绑着手带到朝廷去见已经登上皇帝宝座的燕王。嘿,这铁铉也真够铁的。他一不跪,二不站,用背对着燕王,一屁股坐在地上,直骂!燕王对他说,只要你转过头来回顾一下,我就赦你一死,可他就是不买账,结果被分尸。真不愧是个姓铁的。山东既然有这一名胜古迹,管它叫铁公鸡,不也就表明它是山东的特产了吗?"记得当时老舍说得有声有色,谈到铁铉的事,那语气更是斩钉截铁,给我的印象特别深刻。经老舍这么一说,"铁公鸡"这一颇为别致的绰号就显得更加有意味,在我们之间叫开了。这就是它得名的经过。

"铁骨铮铮"这四个字,也可以说是老舍的夫子自道。1936年,山大换校长,赵太侔下台,由齐鲁大学校长林某接充,中文系解聘的解聘,几乎全走光了。林某为了要老舍给他撑门面,利用是齐大老同事的关系曾三顾茅庐,都遭到老舍的拒绝。明摆着每月300元的教授薪金不要,宁可单靠写稿过活,也要和朋友们共进退,真是好样的!我因为正面临失业问题,无力举行婚礼,便想了个穷办法,只向亲朋们印发一个结婚声明,并注明结婚的当天即离开青岛,故意挨到中午时分才投邮。但料想不到,离开车只有十来分钟,老舍竟然匆匆地赶来了。他拄着手杖,把一本他新近出版的小说《牛天赐传》送给我说:"涤非,你们做个纪念吧!"此外,彼此之间就几乎没有说什么话,只是抽烟,直到火车开动,才挥手告别。对于他这份纯真的友谊,我一直未能忘怀,一直是回味着,所以今天利用这个机会把它写出来。

【原载《中国烹饪》1985年第3期,有删节】

我记忆中的朋友老舍先生

桑子中

1929年秋,山东省立实验剧院院长赵太侔(后任山东大学校长)兼任省立一中校长,约我任图画教员。1931年秋,赵同芳(济南人,小矮个红圆脸尖下颏,爱穿高跟鞋,说话较快。抗日战争以后,杳无音信,不知所终)来一中任英文教员,她与北平师大同学胡絜青过从甚密,因此我也认识了胡絜青。

记忆中的胡絜青是北京人,瘦高挑椭圆脸,穿一领素色旗袍,梳着当时知识妇女中流行的齐耳短发,操一口地道的北京土语,待人彬彬有礼,热情中见几分腼腆,颇有大家闺秀遗风。当时她似乎在齐鲁中学任国文教员。

1931年夏,老舍和胡絜青在北平结婚后一起来到济南。为了祝贺他们的新婚,我作了一幅画送给他们,题名为《大明湖》。那时老舍是齐鲁大学中文系教授,住在南新街。

某一天的下午我访问了他。一见面就给我以淳朴热情，诚恳直爽，平易近人的印象。他言谈时，表情生动，词汇丰富，一口非常流利的北京话，语言悦耳，乐与交谈。

他住的小独院里，有几株小树，亭亭如盖，花台上下摆满了不计其数的花盆，疏密相间地满栽着各种不同的花草。有的正开得鲜艳夺目；有的含苞待放，都是老舍经心培植，耐心灌溉的成果。身临其境，有幽静、舒适、安定的感觉，令人流连忘返，久久不肯离去。

老舍是知名人士，济南的闻人。记得有一次在青年会讲演，会场里早已座无虚席，旁听席上也无立身之地。讲演要结束时，他说了一个笑话：从前有个老太婆很怕"死"，因此就忌讳说"死"字，遇到"死"字便改说"喜"字，某某人"死"啦，她就说某某人"喜"啦，最后老舍大声欢呼，祝贺这个会永远不"喜"。语音刚落，掌声四起，笑声满场，听众们个个喜笑颜开，心情舒畅，边谈边笑中步出了会场。

时为济南省立一中教员的桑子中

老舍很喜爱儿童，看到他（她）们天真烂漫，生动活泼的姿态，感到无限欣慰。尤其是看到幼儿们，更是喜爱的不得了，无怪乎他说："爷爷特别喜爱孙子"。当时我还不甚理解，而今我这个80岁的老爷爷天天和一生日多的小孙子打交道，才深深体会到这话一点不假。

幼稚天真是儿童的天性，玩耍是儿童和吃食物一样的必不可少的日常生活。但是有少数人，硬要儿童极早地学成年人，当个小老头，那能行吗！他讥刺而幽默地说："儿童的长大成人，哪能不费时间，不给教养，突然一早晨就长大了，总不能挂在墙上长吧！"

1931年新婚夫妇老舍与胡絜青在南新街54号院内留影

乍一听要笑，冷静地想一想，要为这些少数人抚养下的儿童担忧，也是给这些人们的严厉的警告啊！

1932年到1937年之间，课余之暇，我在大明湖畔铁公祠内，创办了海岱美术馆，同时主编《海岱画刊》，特请老舍写的发刊词。该刊为山东民国日报副刊，每周出版一张，随报附送，不另取资，当时该报为济南第一份大报，该刊也是第一份画刊。新闻照片、绘画艺术，由画刊印出；政策法令、社会报道，由报纸登载，两相配合，相得益彰，又经老舍撰写了发刊词，该报声誉日渐提高，销售份数逐月增加，为该报创刊以来最兴盛时期。

从1928年到1933年之间，我每逢假期都外出旅行写生，北起长城，南至杭州以及南京、济南、青岛等地，共得大小水彩画百余幅，选出其中22幅印制成册，名为《桑子中画集》。当时济南尚无彩色印刷，不得已，只好用画面上最主要的彩色印刷，比用黑白色印刷略胜一筹。出版手续已就绪，序言尚无着落，谋诸老舍，他慨然应允，并仔细看了每幅画页，频频点头，似胸中已有成竹。不到两周的时间，即撰就一千数百字的序言（收入舒济编的《老舍序跋集》中）。

序言开头便说："这本画集不是温室里烘养出来的花草，而是与自然为友的结果。"还说："我只看出，他会用许多颜色而显出暗淡来，暗淡可是深厚。""他的画是北方的冬山，棱角全露着。可是他似乎有两对眼，他也极会画迷离的景色，像雾，烟，雨，他都画得出。有时，他把这二者放在一处，看那张秋色《大明湖》，山是渺茫的一片，而湖上的柳是几条粗道子。可喜的是它们还调和。"

序言篇末对我提出希望："听说他在今年暑中，又去远游，一定会有不少的成绩，自然是最不会负人的。"这个序言是用毛笔恭正地写在方格纸上的。这个序言以及《海岱画刊》的发刊词，两篇手稿，都随着济南沦陷而遗失，已无法找回了，不胜惋惜。

不料在这和平环境中，得不到安居乐业的幸福。敌人发动了"卢沟桥"事变。当局在"先安内，后攘外"的思想指导下，为了保存实力，发动内战，采取不抵抗主义，致使敌人沿津浦路南下，如入无人之境。不数月而济南告急，许许多多的人，老舍和我也不例外，不得不先后离开了"一城山色半城湖"风景秀丽的济南，走上了流亡的道路。

自从随学校离开了济南，经豫转陕，爬秦岭，过巴山，于1939年春来到四川绵阳，学校更名为国立第六中学。

1943年寒假，我以事来重庆，一日在北碚访问张默生教授于复旦大学之后，坐木船渡嘉陵江，在暮色苍茫之中，仿佛听到人丛里像老舍在说话，急忙看去，果然是他，但面容消瘦多了，几乎不敢相认了。流亡年代的游子，遇到了老朋友，非常高兴，高兴得几乎流下泪来，俗话说"喜极而泣"确是经验之谈。临别时他约我第二天晚上到他家吃饺子，我毫不犹豫地答应下来了。

他住在离北碚市区不远的蔡锷路中华全国文艺界抗敌协会宿舍一所楼上。室内布置得简单朴素，整齐清洁，案头上放着日用必需的文具，秩序井然，肯定是，随时都可以辛勤的劳动，不知疲倦的写作。这时主人正在包饺子，我那能袖手旁观呢！

当时饺子是北方名贵食品之一，过年不吃一顿饺子，好像白过了年一样。北方吃饺子好比四川吃汤圆，逢年过节少不了的。但是这顿饺子与往年不同，是在抗战到了紧急关头，物价飞涨，人心恐慌的时刻。能吃上稗子和谷子多的不得了的平价米，尚不易得，居然能吃上一顿饺子，哪能不感谢主人家的深情厚谊呢！主人一再劝我多来几个，我只顾领会盛意，却差点忘记了适可而止呢。

我们摆起龙门阵来，无话不说，从边包边谈，继之以边吃边谈，老舍说，他最喜欢吃鸡蛋，不管是煎、炒、蒸、煮、腌、做汤还有荷包蛋，他都喜欢吃。我更有所甚，腌过了时的臭鸡蛋我也喜欢吃。老舍说他的生活很有规律：早起，在院坝里呼吸呼吸新鲜空气，锻炼锻炼虚弱的身体，观赏亲手培植的花木后就开始写作，直到中午。午睡过后，访问朋友们或朋友们来访以及进行其他社会活动，主要是"文协"的活动。晚上做读书、写信、看报等等琐碎的事，睡得早。今天的事绝不推到明天，因为明天还有明天的事。因为我也喜欢吃各种不同做法的鸡蛋，也习惯于早睡早起，爱好和习惯上有共同之处，所以这些言谈记得特别清楚。

深夜告辞，主人借给我一个灯笼，我用这红纸糊的灯笼，照亮坎坷不平的道路，平安回到茶旅馆（即白天卖茶，晚上卖铺的茶馆）。

那时，当局被"赤化"吓破了胆，看见红色就害怕，甚至见到红色书皮，也以为有问题。一般人不敢沾红字的边，老舍却偏偏用红光照耀着黑暗的夜晚，我想他是颇有用意的。

事隔半个多世纪，又来追溯同老朋友老舍的关系，百感交集，难以言表。

1985 年 4 月于重庆四川美院

【选自舒济编《老舍和他的朋友们》，略有删节】

我记忆中的老舍先生

季羡林

老舍先生含冤逝世已经20多年了。在这一段相当长的时间内,我经常想到他,想到的次数远远超过我认识他以后直至他逝世的30多年。每次想到他,我都悲从中来。我悲的是中国失去一个热爱祖国、热爱人民的正直的大作家,我自己失去一位从年龄上来看算是师辈的和蔼可亲的老友。目前,我自己已经到了晚年,我的内心再也承受不住这一份悲痛,我也不愿意把它带着离开人间。我知道,原始人是颇为相信文字的神秘力量的,我从来没有这样相信过。但是,我现在宁愿做一个原始人,把我的悲痛和怀念转变成文字,也许这悲痛就能突然消逝掉,还我心灵的宁静,岂不是天大的好事吗?

我从高中时代起,就读老舍先生的著作,什么《老张的哲学》《赵子曰》《二马》,

清华学子季羡林

我都读过。到了大学以后,以及离开大学以后,只要他有新作出版,我一定先睹为快,什么《离婚》《骆驼祥子》等等,我都认真读过。最初,由于水平的限制,他的著作我不敢说全都理解。可是我总觉得,他同别的作家不一样。他的语言生动幽默,是地道的北京话,间或也夹上一点山东俗语。他没有许多作家那种忸怩作态让人读了感到浑身难受的非常别扭的文体,一种新鲜活泼的力量跳动在字里行间。他的幽默也同林语堂之流的那种着意为之的幽默不同。总之,老舍先生成了我毕生最喜爱的作家之一,我对他怀有崇高的敬意。

但是,我认识老舍先生却完全出于一个偶然的机会。20世纪30年代初,我离开了高中,到清华大学来念书。当时老舍先生正在济南齐鲁大学教书。济南是我的老家,每年暑假我都回去。李长之是济南人,他是我的唯一的一个小学、中学、大学"三连贯"的同学。有一年暑假,他告诉我,他要在家里请老舍先生吃饭,要我作陪。在旧社会,大学教授架子一般都非常大,他们与大学生之间宛然是两个阶级。要我陪大学教授吃饭,我真有点受宠若惊。及至见到老舍先生,他却全然不是我心目中的那种大学教授。他谈吐自然,蔼然可亲,一点架子也没有,特别是他那一口地道的京腔,铿锵有致,听他说话,简直就像是听音乐,是一种享受。从那以后,我们就算是认识了。

以后是激烈动荡的几十年。我在大学毕业以后,在济南高中教了一年国文,就到欧洲去了,一住就是11年。中国胜利了,我才回来,在南京住了一个暑假。夜里睡在国立编译馆长之的办公桌上;白天没有地方呆,就到处云游,什么台城、玄武湖、莫愁湖等等,我游了一个遍。老舍先生好像同国立编译馆有什么联系。我常从长之口中听到他的名字。但是没有见过面。到了秋天,我也就离开了南京,乘海船绕道秦皇岛,来到北平。

以后又是更为激烈震荡的3年。用美式装备武装到牙齿的国民党反动军队,被彻底消灭。蒋介石一小撮逃到台湾去了。中国人民苦斗了100多年,终于迎来了解放的春天。我们这一群知识分子都亲身感

1935年季羡林(坐右者)重回母校任国文教员时在济南省立高中校园内之合影

受到,我们确实已经站起来了。就在这样的情况下,我在当时所谓故都又会见了老舍先生,上距第一次见面已经有20多年了。

我现在已经记不清楚我们重逢时的情景。但是我却清晰地记得起50年代初期召开的一次汉语规范化会议时的情景。当时语言学界的知名人士,以及曲艺界的名人,都被邀请参加,其中有侯宝林、马增芬姊妹等等。老舍先生、叶圣陶先生、罗常培先生、吕叔湘先生、黎锦熙先生等等都参加了。这是解放后语言学界的第一次盛会。当时还没有达到会议成灾的程度,因此大家的兴致都很高,会上的气氛也十分亲切融洽。

有一天中午,老舍先生忽然建议,要请大家吃一顿地道的北京饭。大家都知道,老舍先生是地道的北京人,他讲的地道的北京饭一定会是非常地道的,都欣然答应。老舍先生对北京人民生活之熟悉,是众所周知的。有人戏称他为"北京土地爷"。他结交的朋友,三教九流都有。他能一个人坐在大酒缸旁,同洋车夫、旧警察等旧社会的"下等人",开怀畅饮,亲密无间,宛如亲朋旧友,谁也感觉不到他是大作家、名教授、留洋的学士。能做到这一步的,并世作家中没有第二人。这样一位老北京想请大家吃北京饭,大家的兴致哪能不高涨起来呢?商议的结果是到西四砂锅居去吃白煮肉,当然是老舍先生做

东。他同饭馆的经理一直到小伙计都是好朋友，因此饭菜极佳，服务周到。大家尽兴地饱餐了一顿。虽然是一顿简单的饭，然而却令人毕生难忘。当时参加宴会今天还健在的叶老、吕先生大概还都记得这一顿饭吧。

还有一件小事，也必须在这里提一提。忘记了是哪一年了，反正我还住在城里翠花胡同没有搬出城外。有一天，我到东安市场北门对门的一家著名的理发馆里去理发，猛然瞥见老舍先生也在那里，正躺在椅子上，下巴上白糊糊的一团肥皂泡沫，正让理发师刮脸。这不是谈话的好时机，只寒暄了几句，就什么也不说了。等我坐在椅子上时，从镜子里看到他跟我打招呼，告别，看到他的身影走出门去。我理完发要付钱时，理发师说：老舍先生已经替我付过了。这样芝麻绿豆的小事殊不足以见老舍先生的精神，但是，难道也不足以见他这种细心体贴人的心情吗？

老舍先生的道德文章，光如日月，巍如山斗，用不着我来细加评论，我也没有那个能力。我现在写的都是一些小事。然而小中见大，于琐细中见精神，于平凡中见伟大，豹窥一斑，鼎尝一脔，不也能反映出老舍先生整个人格的一个缩影吗？

中国有一句俗话："好死不如赖活着"。这一句话道出了一个真理。一个人除非万不得已决不会自己抛掉自己的生命。印度梵文中"死"这个动词，变化形式同被动态一样。我一直觉得非常有趣，非常有意思。印度古代语法学家深通人情，才创造出这样一个形式。死几乎都是被动的。有几个人主动地去死呢？老舍先生走上自沉这一条道路，必有其不得已之处。有人说，人在临死前总会想到许多许多东西的，他会想到自己的一生的。可惜我还没有这个经验，只能在这里胡思乱想。当老舍先生徘徊在湖水岸边决心自沉时，眼望湖水茫茫，心里悲愤填膺，唤天天不应，唤地地不答，悠悠天地，仿佛只剩下自己孤身一人，他会想到自己的一生吧！这一生是忠诚于祖国、忠诚于人民的一生，然而到头来却落到这等地步。为什么呢？究竟是为什么呢？如果自己留在美国不回来，著书立说，优游自在，洋房、汽车、声名禄利，无一缺少，舒舒服服地过一辈子，说不定能寿登耄耋，富埒王侯。他不是为了热爱自己的祖国母亲，才毅然历尽艰辛回来的吗？是今天祖国母亲无法庇护自己那远方归来的游子了呢？还是不愿意庇护了呢？我猜想，老舍先生决不会埋怨自己的祖国母亲，祖国母亲永远是可爱的，在任何情况下都是可爱的。他也决不会后悔回来的。但是，他确实有一些问题难以理解，他只有横下一条心，一死了之。这样的问题，我们今天又有谁能够理解呢？我想，老舍先生还会想到自己院子里种的柿子树和菊花。他当然也会想到自己的亲人，想到自己的朋友。所有这一些都是十分美好可爱的。对于这一些难道他就一点也不留恋吗？决不会的，决不会的。但是，有一种东西梗在他的心中，像大毒蛇缠住了他，他只能纵身一跳，投入波心，让弥漫的湖水给自己带来解脱了。

2000多年以前，屈原自沉于汨罗江。他行吟泽畔，心里想的恐怕同老舍先生有类似之处吧。他想到："蝉翼为重，千钧为轻；黄钟毁弃，瓦釜雷鸣"。他又想到："世人皆浊我独清，众人皆醉我独醒"。难道老舍先生也这样想过呢？这样的问题，有谁能够答复我呢？恐怕到了地球末日也没有人能答复了。我在泪眼模糊中，看到老舍先生戴着眼镜，在和蔼地对我笑着；我耳朵里仿佛听到了他那铿锵有节奏的北京话。我浑身颤抖，连灵魂也在剧烈地震动。

呜呼！我欲无言。

1987年10月1日晨

【原载《季羡林小品》，1992年中国人民大学出版社出版】

忆老舍先生在齐鲁大学

何 兮①

一

55年前——民国二十二年（1933）夏天，我考上齐鲁大学国文系。

当时的文学院院长兼校长是林济青，国文系主任是郝立权（字昞衡）先生。而大学一年级《文学概论》与《文艺批评》两门课的业课教授，就是声名卓著的新文学家舒舍予——老舍先生。

第一次见先生是暑假期间，在文理学院办公楼（洋名叫"马喀考米卡楼"）二层的院长室里。慕名前来拜访的我吃惊地呆立着，半

---

①何兮：张昆河口述，李耀曦执笔。张昆河，济南文史专家，铁路中学退休教师。河北献县人，1915年生，1933年考入齐鲁大学国文系，1937年毕业时抗战爆发，遂投笔从戎参军抗战。

天没有说出话来。因为站在我面前的这位舒先生，竟只有30多岁年纪：身材不高，清瘦，梳分头，戴圆片金丝眼镜，两眼异常有神。他身着一件西式白色纺绸衬衫，举止洒脱，气度不凡。但绝没有一般留洋归来者那种洋味十足的绅士派头，也不见有何名士风流的

1997年夏，张昆河先生引领老舍子女舒济、舒乙重访齐鲁大学旧址

逸气，与我想象中那位被称作"《论语》八仙"之一的幽默大师毫无共同之处。

这次谈话，时间不长。先生没有显出多少幽默，似乎也无意谈文学，只是一本正经地向我这个33级新生介绍了一番齐鲁大学的院系建制和课程安排。后来，看到先生在一篇文章里说，他虽然很喜欢幽默，但对初次见面的人并不太爱讲话，尤其女人。

即便如此，我还是有点大喜过望和受宠若惊，以至于来前路上准备好的一肚子话，一点儿也没倒出来；老舍先生究竟说了些什么，也呆呆地大半没听进去。如今还能清楚记得的，只有最后那句话——就是先生介绍到开课的教材都是他自己编的时，说："我这是现蒸现卖，讲不好，您哪——凑合着听。"一句地地道道的老北京谦语，幽默而毫无教授架子。

二

老舍先生讲课，是坐着的。

后来知道，他有腿病。但讲着讲着，兴致上来，便也站起来，讲得逸兴遄飞时，常有妙语脱出，冷丁袭来，引得哄堂大笑。但先生自己可不笑，始终板着脸，一本正经。

老舍《文学概论讲义》（1984年北京出版社再版）

老舍在齐大所开课程，除了一年级的《文学概论》和《文艺批评》外，还有：《小说和作法》《但丁研究》与《莎士比亚研究》（一些回忆文章把后两门合称为《世界名著研究》，但当时，这是两门课）。《小说和作法》，是给国文系二年级开的；《但丁研究》与《莎士比亚研究》，是三年级的选修课。

先生讲这两门课，并不看讲义，也很少手势，而能挥洒自如，纵横跌宕。虽是浓重的北京口音，但经过了淘洗和净化，没有那种京片子的贫、虚、俗，没有哗众取宠的江湖气。例子多是外国的，课却轻松动听，并不涩奥，颇有熔古今中外于一炉的味道。

舒先生对当时的军阀统治是不满的。课堂上亦有言涉时政之辞。但多是反语、冷箭，含沙射影，藏而不露。而同在齐大"国学研究所"后来成为老舍朋友的墨学家栾调甫先生，则常常是不忌生冷，不管是韩复榘，还是蒋介石，皆可拍案大骂。

先生的文学概论与文艺批评课，大受青年学子的欢迎。除了我们国文系一年级，其他许多系的也跑来听，柏尔根楼（今物理楼）的教室里坐满了学生。这在齐大，实属罕见。因为，当时学生人数很少。一般一门课，必修与选修加在一起，也不过一二十人。譬如，加拿大籍教授、传教士出身的明义士（J.M.Mengies）的甲骨文课，自始至终只有三个学生选听。

当然，这既是先生个人的魅力，也是新文学本身的魅力。一个灾难深重的民族，凡是有些血气的青年，谁不愿意接受新思潮，喜欢新文学呢？这是当时时代的主潮，大潮浩荡任谁人也无可阻挡的。然而，齐鲁大学是美、英、加拿大三国基督教会为便于传播宗教而集资兴办的一所私立大学。它的文学院国文系的宗旨，是为各教会中学培养国文教员。在老舍、郝立权等先生到来之前，其历届国文系的系主任和多数教员，都是擅长八股文的举人、拔贡之类的老夫子。所授课目，皆是《尚书》、《诗经》、文选、音韵、训诂一类所谓"旧学"。因此，在齐鲁大学的历史上，文科开讲"新学"，老舍乃是第一人。这在齐大是堪称创举的。

这个创举之功，应归于文理学院院长林济青和国学研究所主任栾调甫。栾调甫是一位自学出身的墨学大师。梁启超在《清代三百年学术史》上，讲到《墨子》部分，曾对这位栾公大书特书，认为他的造诣堪称"石破天惊"，即便不是绝后也属空前。在栾调甫的建议下，1930年林济青去北京先后请来了舒舍予（老舍）、郝立权、余天庥、陈祖炳、谢惠等知名学人，充实到国学研究所和各系任教。来后，舒先生任国学研究所新文学教授，兼编《齐大月刊》；郝立权任国文系主任；余天庥任社会经济系主任；陈祖炳任物理系主任；谢惠任化学系主任。这样就使文理学院的系主任阵营无论在学历、资格、才能和教学质量上，都前进了一大步。在很大程度上改变了原来由老夫子们滥竽充数、洋传教士独揽朝政的局面。同时，也为日后林济青被洋人挤出齐大，埋下了伏笔。这自是后话。

三

老舍先生开讲新文学，在齐大荡起一股清新之风。影响所及，连那个酷好中国古文化的明义士家里，也摆有老舍题了字的新版长篇小说《离婚》。

当时，无论是《齐大月刊》、《现代》杂志，还是林语堂主办的《论语》半月刊，只要一有先生的

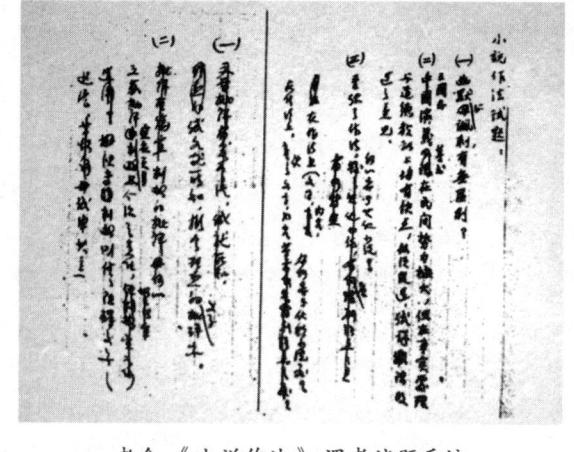

老舍《小说作法》课考试题手迹

文章登出，都会在一些爱好文学的学生中引起一阵骚动，大家争相传阅，先睹为快。再不然，就自己跑到院前东方书社买它一本，带回宿舍，细细阅读，慢慢消受。

读着，读着，我们中间一些人也难耐跃跃欲试之情，便也要组织文学社。记得班上马琳等八九个男女同学，成立了一个"未央社"，常凑到一起，颇为自负地谈诗论文。我也不甘寂寞，参加到一个叫"时代青年"的文学社里去充数。它是校外的，主要成员是当时济南一中的几名年轻语文教师，由刚从北大毕业回来的严薇青主办。那时，卞之琳、李广田等人，也在一中教书。

当时，老舍先生并不给我们开《小说和作法》，但这毫不妨碍我们这些人把自己写的称作小说、散文、诗歌的一类东西，朝他手里塞。每逢下课，先生腋下必云集起厚厚的一叠"杰作"，带回家。下次上课时，又是一摞。

先生宽容大度，和蔼可亲，常于繁忙之中，不惜时间，耐心地看这些习作，坦率地指出不足并给以指导，但，一向要求严格，从不奉送廉价的夸奖。记得有一次，先生在别的班上表扬了马琳写的一篇散文和我的一篇小说，说写得还可以。我闻讯大喜，又送上一些新诗。得到的回答却是："你这新诗写得可不好，没劲儿（先生主张：新诗要像一团火，语言要有热力）！受旧诗影响太深。"一下子，打消了我想当新诗人的念头。

愈是如此，同学们愈是敬重先生，想方设法与之亲近。

四

齐鲁大学校北，围子门里南新街54号（今58号），是老舍先生结婚后的寓所。那时，我们这些文学迷，曾多次涉足这所幽静的小院——找先生聊文学。

我们与老舍先生交谈，年轻的舒师母胡絜青女士有时也微笑着立在一旁，但并不插话。胡女士大约二十五六岁，梳着当时知识女性中流行的齐耳短发，穿短袖旗袍，身材修长，颇有大家闺秀的风姿。听说她也是一个旗人，一位擅长丹青的女才子。那时她已从北京师范大学毕业，随先生来济后，在齐鲁中学（今济南五中）教国文。曾有一个时期，胡女士在我们班听齐树平先生的《中国美术史》课。才开始大家并不知道是舒师母，只见她每次总是腋下挟个硬皮笔记本独往独来，来后便静静地坐到最后一排，并不按齐大"尊重女性"的惯例：女生坐前，男生在后。

张昆河先生在原齐大男生宿舍四百号院外为舒济、舒乙细述当年往事

老舍先生的寓所不大，却种了不少花草，记得院子里有一眼井，好像还有一株紫丁香和一大缸荷花，在北屋西侧的会客室里，先生向我们谈了对于自己小说的看法。先生说《老张的哲学》虽然你们都愿意看，但太粗糙，不过是抱着幽默死啃。如果现在再写，可三倍于原作。《猫城记》不太成功，对《小坡的生日》《离婚》还比较满意。

当然，这里有谦虚之词，不可完全看死。谁都知道，老舍在济南的三四年间，写了为数可观的长、短篇小说、幽默诗文，还有一组专门描写济南风土人情的散文。这是先生抗战前的黄金时代，也是其一生创作的重要转折时期。他逐渐淘洗了前期作品里那类未必需要的插科打诨，他那独具特色的幽默风格更加成熟，更趋深沉了。

关于幽默，先生专门谈了自己的看法。记得大意是：有人说我很幽默，我不以为荣，也不以为辱。只是觉得自己可笑，别人也可笑，我不比别人高，别人也不比我高，谁都有缺欠，谁都有可笑的地方。有人一定说他是圣人，叫我三跪九叩报门而进，我没这个瘾。我不教训别人，可也不听别人教训。现在想来，这段话很要紧。它于无意中说出了先生幽默感的来由——抱着高度现实主义的态度阅人阅世，认为人生皆有缺陷，世界上没有尽善尽美的东西。既自信又冷静，但并不居高临下，自比圣贤。

它也于无意中透露出先生性格中的一个侧面——没有奴颜和媚骨。中国文人一向分为两类："狂"和"狷"。《论语》里说："狂者进取，狷者有所不为也"。先生为人谦逊随和，却又"有所不为"，对于军阀、洋人、权势者一向是不买账的。节骨眼儿上，大义凛然。可杀而不可辱。

五

遗憾的是，我们终于没能听到先生的《小说和作法》课。

因为，1934年夏天，老舍就辞教他适了。有人说，是与校长林济青吵翻后愤而辞教的。先生与林为何争吵？不甚清楚。

先生离开齐大后，接到青岛大学校长赵太侔的聘书，去了青岛。没想到，1936年赵辞职，林济青又赴青继任青岛大学校长。老舍不愿与之合作，未接聘书，决然辞教。这段公案，先生生前不愿提及，至今已鲜为人知了。

1937年夏天，老舍先生重返齐大。不久，日本人兵临城下，韩复榘的国军炸毁黄河大桥，弃土南走。11月15日晚上，在韩投弹炸桥的爆炸声中，先生毅然决然，弃家独行，奔赴国难。仅携一只小手提箱，怀揣50块钱。冯玉祥先生曾写下一首"丘八"诗，盛赞此举：

> 老舍先生到武汉，
> 提只提箱赴国难；
> 妻子儿女全不顾，
> 蹈汤赴火为抗战！
> ……

从此，我便再也没有见过先生。

【原载1989年《山东史志丛刊》第1期，此文系张昆河先生口述，李耀曦撰文】

最早的友谊——三封信

赵家璧

正如我过去所写回忆作家朋友的文章，由于作家亲笔来信丢失，便利用孔另境于1933年编《现代作家书简》中所选入的作家写给我的信一样，虽已成为铅印文字，对我来说，同样是第一手的珍贵史料。老舍给我的最早三封信，我当时都借给孔另境先生了（我现在常常后悔，借给他编入的作家原信为数太少了），其中所谈都是有关出版的事。而更早的文献是老舍写于1935年7月一篇题为《歇夏》的杂文，发表于该年7月份的《良友画报》上，文中说：

说起来话长，我在去年春天就向赵家璧先生透了个口话，说我要写一部长篇小说，内中的主角儿是两位镖客，行侠作义，替天行道，十八般武艺件件精通，可是到末了都死在手枪

1930年赵家璧在《良友》画报办公室

之下。我的意思是说：时代变了，单刀赴会，杀人放火，手持板斧把梁山上，都已不时兴；大刀必须让给手枪，而飞机轰炸城池，炮舰封锁海口，才够得上摩登味儿。这篇小说，假如能够写成了的话，一方面是说武侠与大刀早该一齐埋在坟里，另一方面是说代替武侠与大刀的诸般玩艺不过是加大的杀人放火，所谓鸟枪换炮者是也，只显出人类的愚蠢。

春天过去，接着就是夏天，我到上海走了一遭，见着了赵先生，他很愿意把这本东西放在《良友丛书》里，由上海我回来就开始写。在去年寒假中，写成了五六千字。这五六千字中，没有几个体面的，开学以后没功夫继续着写，就把它放在一边。大概是今年春天吧，我在一本刊物上看到一个短篇小说，所写的事儿，与我想到的很相近。大家往往思想到同样的事，这本不足奇。可是我不愿再写了。

……

我最爱写作，一半是为了挣钱，一半因为有瘾。

大概有八年了吧，暑假没休息过。一年之中，只有暑假是写东西的好时候，可以一气写下十几万字。暑天自然是很热了，我不怕；天热，我的心更热，老天爷也得被我战败，因为我有瘾呀！

这篇文章是马国亮兄为《良友画报》第一〇七期辟了一个专栏叫《溽暑随笔》，约了林语堂（当时在"良友"主编《人世间》小品文半月刊）、老舍和郑伯奇三位老作家执笔的。当时《良友画报》发表老舍文章已是第二次了。第一次是1934年8月号（第92期），当时老舍第一次从山东到上海，我在这以前虽已和老舍通信约稿，但互相见面还是第一次。记得当时良友编辑部在面向北四川路851号的二楼。二楼一大间是《良友画报》的编辑部，该报编辑马国亮、万籁鸣、丁聪都在那间屋里办公。屋外靠马路，有一个大洋台（典型的英国式建筑），郑伯奇的写字台在南端，他正在编《电影画报》，我的小办公室就靠大洋台的北端，用薄板作间隔，而大洋台中间放着一张黄布铺面的长沙发作会客之用。老舍来到我们这个屋小人多的编辑室，就让他坐在长沙发上休息，伯奇、国亮和我虽然和著名作家老舍初次见面，都不约而同地围坐在老舍的周围说说笑笑。幸而摄影记者立刻为老舍抢下了一个手执《良友画报》的镜头，刊在画报的封底上，今天看来正好作为老舍和我初次建交的纪念物。当时马国亮乘机要老舍为画报写一篇短文。那篇题为《第一天》的回忆他去英国讲学刚到伦敦第一天的经历，正好为将来写老舍留英生活提供了真实的史料。谈话结束时，我记得我们三人曾约请老舍先生同去北四川路的一家广东餐厅吃了一顿便饭。这次见面以后，老舍和我两人的书面之交，显然加深了一层。在作家与编辑之间建立了最早的友谊。

根据现有的资料，老舍给我的第一封信写于1933年2月6日，那时我主编的《良友文学丛书》已出了5种，每部字数平均约15万到20万，售价一律9角，计鲁迅的《竖琴》《一天的工作》，何家槐的《暧昧》、巴金的《雨》和张天翼的《一年》等。我写信要老舍为这套丛书写一部长篇小说，条件先不在刊物上发表。这对作者来说，是比较苛求的，直接印书，就牺牲了一笔发表费了。但对丛书编者来说，一部未发表的长篇的初次问世，等于是一部处女作，身价十倍，可为丛书争得荣誉与读者。但这又谈何容易！从老舍和我最初的3封信里，读者可以看到我在争取出版第一部文稿时，是经历了一段怎样曲折的过程，因为当时同业的竞争，都在想拿到第一流的未发表的长篇。现在把老舍在这一时期的3封信，摘录如下，可以看出我是怎样一出马就拿到了老舍当时自认为最满意的一部长篇《离婚》的。

老舍对《离婚》的评价一直是很高的。直到1941年老舍和罗常培先生同去位于云南龙泉镇的北平研究院的历史研究所，同一批研究生共同讨论和生活时，当时还在当研究生的吴晓铃同志在1985年7

月 4 日，写过《老舍先生在云南龙泉镇》的一篇回忆文章，其中有一段提到老舍对自己认为最佳作品的记载，摘录如下：

记得有一次他要翰林学士们（即研究生们）选举他的最佳作品，大家一致投《骆驼祥子》的票。老舍说："非也，我喜欢《离婚》。"我实在不懂，请他指迷。他说："你还年轻，没到岁数呢！"①

此外还拿到了他的第一个短篇集《赶集》。

我当时知道老舍有一个中篇《小坡的生日》，是一·二八"商务"遭遇火毁后的未发表原稿，但篇幅不足以编入《良友文学丛书》；《离婚》书名，我已听他自己对我说起过，我就盯着老舍要《离婚》，他于 1932 年 2 月 6 日的复信是这样说的：

事实使你以为我变化无常，有如孙行者。但事实究竟是事实。前两天听郑振铎说，《小坡的生日》底版已毁。可以提交别家承印。我马上就去信问，是否还通知商务一声，以免事后有麻烦。他还未回信，假如《小坡》能自由，那真不错：一、《小坡》很得文人——如冰心等——的夸美。二、六万多字长，恰好出小书。三、是我得意之笔。四、能马上就印，不必等着。五、北平与济南的国语运动机关久想印它，为宣传纯正国语的教本，良友能印岂不甚好。

等等郑的回信吧。他说"行"，马上我将《小说月报》登过的全份奉寄。《离婚》呢，就再讲了。

《离婚》不能快成，我于上课时间实在没工夫写。况且，我要拿它恢复被《猫城》所丢的名誉，非详加改正后不出手。再说时局如此，而我又非幽默不可，真是心与手违；含着泪还要笑，笑得出吗？不笑，我又不足得胜！

不过，你如不要《小坡》，而一定要《离婚》，也可以；只是得等些日子。非到暑假，我不能安心写。

广告请迟一下再登吧。如愿要《小坡》，请等我的信。如不愿要

---

① 吴晓铃：《老舍先生在龙泉镇》，刊于《昆明晚报》，1985 年 1 月 26 日，后作者改题名为《老舍先生在云南》。

它，而要《离婚》，请先给我个信。

祝告

舍予 二月六日（1933年）

我收到上信后，考虑到《良友文学丛书》的出版规格已定，老舍信中对于把《离婚》交我们既未拒绝。我便去信山东恳求老舍将《离婚》交良友，《小坡的生日》恕不考虑了。但此后又发生了意外的周折。《小坡》因字数太少我表示不能接受后，老舍又想到当时他另有一部长篇在施蛰存主编的《现代》杂志上连载，杂志上连载的长篇按惯例应由现代书局出单行本，但现代书局方面从销路考虑，认为作者既对《猫城记》几次公开表示不满，所以又不拟出单行本了，而该书的字数远比《小坡的生日》为多；当老舍来信说改把《猫城记》给"良友"时，我也同意了。不料现代书局听说在自己刊物上连载的长篇让给第三者出书又反悔，于是老舍在《我怎样写〈离婚〉》一文时，插入了下列一段话：

《猫城记》在《现代》杂志登完，说好了是由良友公司收入《良友文学丛书》里。我自己知道这本书没有什么好处，觉得它还没有资格入这个"丛书"。可是朋友们既愿意这么办，便随它去吧，我就答应了照办。及至事到临期，现代书局又愿意印它了，而"良友"扑了个空。于是"良友"的"十万火急"来到，立索一本代替《猫城记》的。我冒了汗！可是我硬着头皮答应下来，知道拼命与灵感是一样有劲的。①

这里看出老舍对《良友文学丛书》的重视，因为答应过我，最后还是硬着头皮，冒着酷暑，拼命地去完成它。我们看看他是如何来实践对我的一句诺言的。他说：

---

① 《我怎样写〈离婚〉》，《老舍论创作》，第30~32页，上海文艺。

这样想好，写便容易了。从暑假前大考的时候写起，到七月十五，我写得了十二万字，原定八月十五交卷，居然能早了一个月，这是生平最痛快的一件事。天气非常的热——济南的热法至少可以和南京比一比的——我每天早晨七点动手，写到九点，九点以后便连喘气也很费事了。平均每日写两千字，所余的大半天是一部分用在睡觉上，一部分用在思索第二天该写的两千字上。这样，到如今想起来，那个热天实在是最可喜的。能写入了迷是一种幸福，即使所写一点也不高明。

我今天读到老舍这段对我这个刚刚建交的青年编辑所给予的信任，心中感到说不出的感谢！他答应的事决不反悔，变卦，这就是20年后他开始和我合作开办"晨光"时从美国来信中经常嘱咐我的一句话——"相见以诚"的最早表现。作家与编辑是同在文化战线的一条战壕里共同作战的战友，如果不是互相真诚相待，怎么能够成为朋友呢？他在济南这么个大火炕里，早上7点就起来写，并且准备8月15日写毕交卷，他在这样的写作中，自己入了迷，得到了幸福。但此外，显然还在为千里之外的一位年轻编辑朋友完成一件答应了的事，这样一位老作家的一颗金子般的赤诚之心，是多么叫人感动啊！

7月12日，完稿有望，立即写信给我，信中说：

《离婚》于本月十五号可得，约十一万字左右。比《猫城》强得多，紧练处非《二马》所能及。未悉兄是否在沪，谨先函询，恐寄到有失闪也。如兄在沪，当于十七、八号全部邮奉。弟向不愿作序，仍愿付之缺如。

祝告

舍予
七月十二日（1933年）

从这封信里，作者能提前交出一部长篇小说自己也表示了非常喜悦的心情，还与自己的旧作，做了评比。他就怕我不在上海而耽误了出版期。当时《良友文学丛书》已出七种，我们自设印刷厂，出版周期不过一两个月。我收到作者用毛笔写在红方格中国稿纸上的全部原稿后，从头到尾拜读了一遍，不需要编辑做什么加工，在编排处理上对排字房用铅笔加上一些必要注解后，7月20日就付排了（至今初版本上就是这样写的）。我马上去信向老舍表示稿到谢谢。8月28日收到老舍复信的前几句话，就是这样说的。

　　谢谢信，并谢谢为《离婚》这样分神，而且这样的客气！

　　最后一句是指"良友"汇去的一笔预支稿费。在这方面我们的会计科只要看到编辑部的条子，无不立即照办（当然要经理签字同意）。当时作家生活上有此需要，编辑经常为作家关心此事；把它和今天作者所遭到的拖拉待遇相比，实在深有感慨（因为我现在也换了地位，有时成为与编辑打交道的作者了，编辑就是不管这些事，而且也实在管不着）。深绿漆布封面软精装本的《离婚》，8月30日出版了。初版3000册。印刷周期40天。

　　我得到老舍的一部长篇以后，接着我就想到是否还可争取老舍的一个短篇集或杂文集呢？8月28日老舍复信后部就是答复我这一要求的。老舍来信，今日存世者仅此3封，下面把它继续录下：

　　短文虽写了不少，但均系一时的游戏，景过势迁，或即失其趣味。且匆匆写成，文字都未妥当。所以始终无意把它们集起来。再说中国今日文艺界，以浮浅为一大病，幽默虽未必与浮浅同一意义，但那些短文确是信手写成的，故而不愿郑重其事的印起来。

　　我倒有个意见，不知你以为如何？我向来不大写短篇小说，可是今春各杂志征稿，无法均以长篇为报，也试写了几篇短的。最近《文艺月刊》登的《大悲寺外》，居然得了些好评。……本月又寄了两篇，将分登于《文艺》与《文学》，也还不算坏。好不好再等些日子，凑足了十几篇——现在即能凑上八九篇，但字数尚不过五万，或者太少了，——归尊处出短篇集，已有的几篇，有的严肃，有的幽默，还不至太单调。你如以为可办，请先看看《大悲寺外》，《歪毛儿》与《微神》，这三篇如有可取，我便将以前的选取几篇，再写一两篇较长的,共凑十来篇,约六七万字。全听你的,我没有主意。
幽默文章大概都凑上也没有多少字,恐怕还成不了"集"。……
说了一车不得要领,还是听你的吧。

祝告

舍予
八月二十八日(1933年)

这样,《良友文学丛书》里,第八种是老舍的新创作长篇,被当时的评论家李长之称誉为"高出于他先前的一切作品"的《离婚》。1934年9月,列为该丛书第十一种的短篇小说集《赶集》接着出版了。这是老舍生平第一个短篇集,包括15个短篇。根据作者所写《我怎样写短篇小说》一文中的自我分析,最早为《齐大月刊》写的第一篇小说《五九》列在第一篇;经过作者三次修正,自认为满意的《微神》(此后曾以这一篇名作一短篇集的书名)和《黑白李》以及写真人真事的《大悲寺外》《柳家大院》《牺牲》等都收在这里。书名取《赶集》是因为大多数是由文艺刊物的编辑向作者逼出来的,作者在序中说:"我本来不大写短篇小说,因为不会。可是自从沪战(指1932年一·二八事变)后,刊物增多,各处找我写文章,既蒙赏脸,怎好不捧场?……这么一来,快信便接得更多。"所以他说:"这本集子里的十几篇东西都是赶出来的。"《赶集》1934年初版3000册,以后每年再版2000册,1936年4月印满7000册,不久,抗战爆发,良友宣告破产。我也失业了。

【节选自《老舍和我》,文出赵家璧《文坛故旧录》一书,三联书店1991年6月出版,此次收录略有删节】

丹 柿

吕曰生

　　我见过老舍先生倒有几次，但大都是他坐在台上，我坐在台下。真正坐在一起谈话却只有一次，是在他家中。

　　在六十年代初的全国挨饿的日子里，我代表山东文学编辑部进京组稿。像往常一样，我先去看望臧克家先生。见臧老正房通往内室的门边贴着四个字：健康是福。用的是丹柿色的洒金的春联纸。这种颜色春联纸，我在山东已有十几年没见过了，只能见到大红色的那种，所以觉得格外醒目。我说："这字像是老舍先生的手笔。"臧老告诉我，老舍先生听说他病后，派人送来了这字，还送来了粽子。我一面和臧老谈着话，一面端详这字，心想：这字的内容，这颜色的纸，这粽子，这友情和表达这种友情的方式满溢着中国味，满溢着老舍味。老舍就是老舍！

老舍北京旧居——丰盛胡同丹柿小院

臧老说:"你不妨去看看老舍先生。你不必担心去后见不上。他对山东的感情非同一般。别忘了,他的许多重要著作都是在济南和青岛写的……再不,我先打个电话给他。"我忙说:"这次我一定去,但电话千万别打,那样显得不恭。"

第二天我便到了和八面槽相通的丰盛胡同的舒府。开门的是位穿着旧式对襟褂子的瘦老头。他让我在门房稍候,便进去通禀。很快,他走回来说:"先生有请。"等我跟在瘦老头身后拐进内宅,一看老舍先生已降阶而迎。他在花丛中伸出手,笑着说:"我腿脚不好,有失远迎,原谅!原谅!"

北房正中一间,是老舍先生的会客室。我自然抓紧时间先谈请他给刊物写稿的事。他倒是答应下来,但说时间得放宽。又说:"你放心,我今天上午没事,我们可以多谈谈。山东的同志来,我心里很高兴。何况我们还是街坊呢!"

我有些愕然。只听他说:"山东文学编辑部不是在趵突泉前街吗?我在济南时,住过南新街。南新街北头是饮虎池。再往东拐,路北是张怀芝的公馆、剪子巷,再往东就是趵突泉了……"我听着,心中暗暗吃惊:他对济南竟是如此之熟悉。那时,山东文学编辑部已搬到大观园附近去了,他大概还没注意到。他继续说:"再说,齐鲁大学离趵突泉也不算远呀,我们不是老街坊吗?"

既然套上了街坊,话就说得更近乎了。我回答了他提的一些问题,如趵突泉前的晓市早没了;趵突泉外边的戏楼还有,但快倒塌了;吕祖庙的道士也没了,吕洞宾的塑像早拉了;金线泉的尚志书院也没了……后来，又扯到了外地的情况。他问曹州怎样？东昌怎样？武定怎样？他说的全是老地名，幸亏我还知道这些地方是哪里。

怎样回答呢？说菏泽、聊城、惠民都很好吗？那是在他面前撒谎。说那里还饿死人吗？这不是对"三面红旗"的攻击吗？我只好说："那里灾情挺重。"

"灾情挺重！"他叹了口气，"曹州府一直是多灾多难。我在山东时，那里黄河决过口，老百姓四处逃难。还闹过大地震，地裂了大口子，冒黑水。真是多灾多难呀！还有毓贤那样的官，残害百姓，《老残游记》上写过。你一定看过。疹人呀！刘铁云写得很真实！……"

屋中沉默了一阵，他的烟吸尽了，又接上一支。

"不过，在早，武定、东昌，还有曹州府的菏泽、曹县，是出粮食的地方，是粮囤！"

此时，见窗外树影婆婆，我扭头细看，原来是柿树，便说："菏泽的柿树也多。五八年春，我去菏泽，见那里柿树成林。据群众说，还有洪武年间栽的柿树，距今五六百年了。"

看来，他对柿树很喜欢，挺有研究。他说："柿有'七绝'。这'七绝'的头一条便是长寿。其次是多荫、无鸟巢、少虫蠹、霜叶可玩、实可餐、落叶可以写字。不过，最要紧的是，'实可食'，它是木本粮食。"说到这里，他谈了他在齐鲁大学教书时，校门外的圩子墙根，每到秋天就有一些农民来卖柿子，他和那些农民拉过呱。"农民靠柿子卖个零花钱。做柿饼时，镟下来的柿子皮也得掺上谷子摊成带糠的煎饼。他们进城卖柿子，带的就是那种干粮……"

我继续自己的话题："可惜那些柿子林，大炼钢铁时砍了不少，有些洪武年间的柿树也被砍了！"

他那戴着金丝边眼镜的双眼直看着我，嘴角动了几下，想说什么但未再说出来。

欣赏过他室中多宝格内琳琅满目的古玩，看了几件名人字画后，我们踱到院中。他指点着几盆花卉，向我介绍名字，看来他喜欢养花，颇谙养花之道。但我最感兴趣的还是那两棵柿树，枝繁叶茂，枝头上有累累小柿子。他也仰头看起来，并说："柿树并不只有'七绝'，好处多着呢。如果熟了不摘，到了冬天，万木萧条之时，柿子的满树朱果光彩耀目，好看极了。"他还告诉我，北京中山公园内的柿树，就留着柿子过冬，让人们欣赏那傲雪斗寒的画卷，你如冬天来京时，不妨去看看。

尽管是老街坊，但毕竟又是初识。那次见面就谈了这些。以后，我很想再去看他，但又怕去后打搅他的文思，就未再去。但中山公园内的柿子我真去看了。那是大雪之后，园内游人稀少。满树的磨盘合柿全熟透了，黄中透红，上面落满了厚厚的雪，是幅绝妙的丹柿傲雪图。这画图我头一次见，但印象深极了，很难忘掉。

"文革"中，我全家放逐于鲁南。在邹县时，北京的一个朋友顺路下车看我，把老舍赴水而死的消息告诉我。这是一个迟到的消息，事实上他离开人世已几年了。我听后很难过。那天晚上，我在院中徘徊甚久。院墙外有三株柿树，但果实早摘光了，只剩下光秃秃的枝子，直刺寒月高悬的夜空。不过，我眼前浮现出的，还是舒府内那枝繁叶茂的柿树，还是中山公园里傲雪斗寒的丹柿。

我踏着月光，回想了我和老舍先生见面的情景，以及他说的那些话。话很简单，很平常，但话的后面，似乎还有什么。是什么呢？是对山东老百姓割不断的深情吧。

附带说一句：前年，济南修建环城公园时，我以普通老百姓的身份，写信给主持该项工程的头头，建议栽点柿树，修造个丹柿悬崖的景点。可能是人微言轻，可能所见不足取，我的希望并未实现。我仍不死心。如果这篇短文，能够有幸到了济南市衮衮诸公的面前，而且他们也读了，是否再考虑一下我的建议。市区内出现一小片柿林，配上简短的文字或诗词，说明老舍在济南住过，说明他最喜欢丹柿，这不就使泉城的文化味更足了吗？……

一九八八年九月

【原载吕曰生散文集《雀喧集》，山东文艺出版社，2001年3月第一版】

火 命

舒 乙

1997年11月19日晚接到《济南时报》记者打来的长途电话,说凌晨3点多,一场大火把原齐鲁大学中的老舍故居烧毁了。起火原因正在调查。他问我有何感触?

我沉吟半天,惊讶得几乎说不出话来。想了好一会儿,我告诉他:无独有偶,66年前老舍先生在这所房子里写完了他由英国伦敦归国后的第一部长篇小说《大明湖》,稿子寄到上海后,正好赶上"一·二八"事件。日军进攻上海,闸北大火,将商务印书馆印刷厂烧毁,那一期开始连载《大明湖》的《小说月报》和全部《大明湖》原稿毁于一旦,葬身火海。

想不到,66年后,写《大明湖》的地方,那房子本身,也葬身火海了。

两场火,不同的情况,却是相同的命运,

1997年夏天济南电视台编导谷来威在北京电影学院拍摄现场采访老舍之子舒乙先生

把《大明湖》烧得无影无踪，世上再也看不到和它直接相关的任何痕迹了。

"一·二八"过去4年后，老舍先生利用《大明湖》中最精彩的部分，创作了他的中篇代表作《月牙儿》。他不无骄傲地说：用长材料写短篇并不吃亏。愣吃鲜桃一口，不吃烂杏一筐！

《月牙儿》是利用了《大明湖》里最有意思、最叫作者难忘的一个片段，总算是留下了一点因缘和后继脉络。看了《月牙儿》或许能知道还有一个没成活的《大明湖》在前面。

老舍先生从来不留底稿，因为懒得抄，他的手稿清晰漂亮，可以直接交给排印工。这使他在《大明湖》上吃了大亏。他又不肯重写，实在打不起精神来再写一遍，《大明湖》就此消失。

20世纪30年代初，他一到济南，就印了自己的专用稿纸，大张大格，一页可以写900多字。他很幽默，说："用新稿纸写的第一部小说就遭了火劫，总算走'红'运！"

齐鲁大学在50年代的院校调整后，保留了它的强项——医学院，加上其他院校的医学系，在原址建了一座新的医科大学，称山东医学院，现叫山东医科大学。齐鲁大学的院办公楼便成了山医大的院办公楼，而且巧得很，当年老舍先生占的二楼上西南角的那间房子，正好变成了院长办公室。

我半年前借"老舍生平展"在济南植物园开幕的机会，去专门看过这间房。是相当漂亮的一间。洋式结构，有木地板，有上下拉的大玻璃窗，都相当好，没有残破的迹象。老舍先生当年住在这儿时还是单身,这是他的卧室兼书房。《大明湖》就诞生于此。写累了,到楼外校园中去散步,那里景色极佳。他在散文中曾经详细地描写过这座楼和这座校园的美丽,还为校园取了一个好听的名字,叫"非正式的公园"。他欣赏这里,喜爱这里,赞不绝口。就在这次参观之后,在楼里,我和校方有关人员还开过一次小座谈会。校方有意申请将此房定为文物保护单位,争取挂一块牌子,标明为老舍纪念地。哪知道,刚过半年时光,话音还在耳边,恐怕什么手续都没来得及办,楼却已先化作灰烬。水火无情啊,真是难以预料。

老舍先生自己有两部作品是以火命名的,都是小说。短的叫《"火"车》,长的叫《火葬》。前者写于抗战前夕,后者写于抗战中晚期1943年。《"火"车》后来还成了他的一部短篇小说集的书名,叫《火车集》。《"火"车》说的是由于几个旧军官的愚昧无知和飞扬跋扈,把大捆鞭炮带上了火车。还毫无顾忌地抽烟,奔驰的一列火车真的成了一列"火"车。《火葬》是一个长篇,结尾写一名抗战勇士石队长,完成了阻击任务之后,弹尽粮绝,面对追兵,毫无惧色,向追兵扔出最后一颗手榴弹后,在一座草棚中点燃麦秸,对自己实行了"火葬",壮烈牺牲。

由此看来,"火",在老舍先生眼中,是很有脾气的,而且大有用处。火,是有用的东西,像工具,像道具,放在小说里,也是随时可以调动的扬善去恶的杀手锏。他的这个观点,很古典,颇类似中国古代哲学中的"金火水木土"的五行说。

可以把他归类于拜火者,他欣赏火的刚烈、正气和光明磊落。火的脾气,就是他自己的脾气。平时,热情,奔放,助人为乐,默默

山医大校园内的老齐大办公楼(焚毁于1997年冬)

2015年6月13日,济南老舍爱好者与老舍之子舒乙先生合影于大明湖老舍纪念馆门前。左起:卢新、周长风、舒乙、李耀曦、徐国卫

无闻地做各种细小的好事,关键时刻,爆发起来,变成一团熊熊烈火,锐不可当,气壮山河。

相比之下,在"水、火"两者中,他对水倒是敬而远之。他一辈子没下过水,不会游泳,有多次机会住在海边,也从不下海,而且,在小说里,水是神圣的归宿。有如冰心先生所说:老舍小说里的好人总是自杀,总是投水。

他视水为深不可测的圣地,法力无边,可以吞没一切人间是非,是一切好人的归宿。北京的太平湖,一池自他青年时代便为他所熟悉的天然湖水,不太大,也没有什么名气,便真的成了他的辞世处。

他的遗体被送进火葬场,送行者只有他的妻子,只有他的儿子,再无别的任何送葬者。一把火将他送上了天,没在人间留下任何痕迹,包括骨灰。他成了火中凤凰,飞了去,带着他的倔强、悲愤和正气。

【原载《光明日报》,1998年1月21日第7版】

寻踪与探访

1937年11月中旬，日军兵临城下，老舍只身南下奔赴武汉参加抗战。当时他曾默默立下誓言：我一定要再回济南，欲火重生的济南，将会更美丽更尊严。老舍到郑州与汉口后，即立刻给济南好友写信，报告行踪，询问情况。抗战中齐鲁大学内迁成都华西坝，在重庆的老舍还曾应邀参加齐大教职员联欢会，并在会上发表演讲。可见投身八方风雨的老舍仍念念不忘泉城济南，始终牵挂着济南朋友和齐大同仁。然而风云变幻，世事难料，老舍终于没能再回济南。

　　在小说《大明湖》中，老舍设计了沦为暗娼的母女二人因生活无着跳大明湖自尽的场景。不料老舍在"文革"之初也投了太平湖。小说中的女儿被人搭救没有死成。作家老舍却是自杀身亡了。

　　湖山无心伤往事，后人有情觅旧踪。1981年，老舍曾执教过的山东大学，举办了首届中国老舍研讨会。老舍夫人及子女应邀重访山东。中外老舍爱好者也接踵而至，纷纷来济南故地寻踪。人们沿着老舍当年走过的足迹去寻踪，去探访，去叩问，仿佛在穿越时间的隧道，去会一位多年未曾谋面的老朋友。

重访老舍在山东的旧居

胡絜青

老舍和我都是土生土长的北京人；可是，对于山东，我们全家都感到一种特殊的亲切和温暖。这么说，不单是因为老舍在山东住的时间比较久，从1930年夏天到1937年初冬，一气儿住了七年多；不单是因为我们家的四个子女当中，老大舒济、老二舒乙和老三舒雨都生在山东；还因为，在山东的这七八年，是老舍生活比较安定的时期，他认认真真地教书，忙里偷闲地写作，作品的产量也比较多。老舍一生共写出十几部长篇小说和六七十部中篇和短篇，其中，半数左右是在济南和青岛写成的。《骆驼祥子》就诞生在青岛的黄县路寓所。

老舍生前时常怀念山东，一直想去山东看望老朋友们，因为忙，可又一直未能如愿。我也记挂着这件事。如今他不在了，我感到更应该回山东看看，实现他的这一遗愿。

今年3月15日，是山东大学建校55周年。老舍曾在山大中文系当过教授，是老校友之一，我理当代替他返校祝贺。感谢山东大学吴富恒校长的亲自邀请，我和长女舒济，还有中国社会科学院文学研究所的王行之，于3月14日踏上南去济南的列车。

山大校庆期间，各地校友云集济南，我见到了不少山大的和外地的老朋友，萧涤非先生和张维华（西山）先生，我们都阔别多年了，劫后重逢，有说不完的话。我还有幸见到了当年在齐鲁大学与老舍同事的许多位老先生，回首往事，感慨系之。他们讲起老舍在济南教书与写作的一些逸事，至今还引得大家捧腹大笑。遗憾的是，直到我离开山大的那天早晨，才听说老舍的老朋友黄嘉德先生也在济南，交臂失之，十分可惜。将来我一定再找机会去拜见黄先生。

在济南的最后几天，舒济、行之老念叨着要我带他们去城里看看老舍当年居住过的地方。他们说，实地看看那些房子，对于了解老舍生平和理解他的作品非常必要。还说，事隔四五十年了，街道、房屋肯定都已发生变化，如果我不亲去指点，他们恐怕很难找得到。我想也是，舒济离开山东的时候才三四岁嘛，就答应了他们。消息一传开，正在济南的几位对老舍有研究兴趣的大学教师，有山东大学的孟广来同志，南开大学的曾广灿同志，山东师范大学的张桂兴同志，也都一起参加。我们一行六人，蒙山东大学、山东海洋学院、山东医学院和山东师范学院的热情帮助，先在济南，后到青岛，故地寻踪，查访老舍的旧居。

照实说，我对此事所抱的希望并不很大。试想呵，全国解放前的几经战乱，新中国成立后的大规模社会主义建设，近半个世纪的沧桑之变，这几处小房子恐怕早就不复存在了。万万没有想到，老舍在济青两地住得较久的几处老房子，居然被我们一一找到了。它们保存得都比较完好，基本上没有改变原样，老舍当年的生活、写作情形一下子又仿佛呈现在我眼前。我们大家都非常高兴。同行的这几位热心人一个劲儿地鼓动我就此写篇文章，说是对研究作家有用处。

好吧，按照居住时间的先后，就记忆所及，我把老舍在山东的几处主要旧居做一简要的介绍。

齐鲁大学办公楼二楼

　　1930年春天，老舍从新加坡归国，住在上海郑振铎先生家里写完《小坡的生日》之后，回到了他的故乡北京。在北京，他只住了三四个月，就应齐鲁大学文学院的聘请，在暑假结束前到了济南。那时他单身一人，住在齐鲁大学办公楼二楼的一个房间内。

　　楼在"校友门"（即现在山东医科大学的牌楼式校门）内的东边，坐北面南，是一座青灰色砖石结构的建筑物。包括地下室共为三层，老舍住在地面上二楼西头南边的第一间，实为全楼的西南角。从这间屋子里推窗南望，可以远眺庙宇点点的千佛山；楼下，槐榆夹道，碧草如茵，不远处还有一个圆形喷水池。齐大的校园内很是幽雅，可是，校门外，却另是一番景象。每当老舍走出校门，看见济南老城西门和南门上的炮眼，他就想到两年前发生在济南的"五三惨案"。他开始收集有关这件事的材料。1931年的暑假以前，老舍在这间屋子里写出了以济南惨案为背景的长篇小说《大明湖》。可惜，小说原稿寄给上海《小说月报》之后，在1932年的"一·二八"沪战中，葬身火海了。这是他丢失了的第一部小说原稿。

　　读过《大明湖》原稿的，据我所知，只有两人，一位是徐调孚先生，听说已作古了；另一位就是老舍当年的好友兼邻居张西山先生。张先生如今年已八旬，是山东大学历史系教授。他对我谈起不少当年他和老舍对门而居的过从情况。他们两人都是穷苦出身，很谈得来，常在一起散步聊天儿。有时候还就着花生米干几杯。张先生记得很清楚，老舍在这间屋子里住了整一年，备课、写作，还兼着

原齐鲁大学办公楼（1981年摄）

《齐大月刊》的编辑。

济南南新街 54 号

  1931 年暑假，老舍回北京和我结婚。婚后，我们一起回到济南，在南新街租了一所小屋子，当时的门牌是 54 号。在这里我们住了 3 年，生下了舒济。

  南新街就在齐鲁大学的北边，是一条有个折弯的南北胡同。我们住的小院子，大门坐东向西；二门内的西、北、东三面有房：紧靠大门洞的门房由老田夫妇住着，西屋两间是大家吃饭的地方，东屋是厨房，厕所在东南的角落里，我和老舍住北房。北房说是三间，实为三间半，西山墙后边还连着一个小暗间，堆放杂物。北房的东边一间半加了隔断，作为卧室；西边一间半，是老舍会客和写作的地方。他的长篇小说《猫城记》《离婚》《牛天赐传》，《赶集》中的绝大部分短篇小说，如《大悲寺外》《马裤先生》《微神》《开市大吉》《歪毛儿》《柳家大院》《抱孙》《黑白李》《眼镜》《铁牛和病鸭》《也是三角》等，还有发表在《论语》等刊物上的幽默诗文，大都写成于这间屋子。当时，他的书桌就在西间的南窗下。

  院子不很大，当时种满了花草，盆养的畦栽的都有，还有一棵不算小的紫丁香和一大缸荷花。院子里有一眼水井，一早一晚，老舍自己打水浇花，施肥，捉虫，所以花儿开得很旺盛。每年开春以后，小院里花香不断，五彩缤纷，吸引着不少朋友来我们家赏花。老舍一生爱交朋友，只要有人来访，他都热情款待，客人走后他才拼了命似的做他自己的事情。记得，1932 年的夏天，济南出了奇的酷热，一过上午九十点钟，热得人喘气都感到困难。据说，那年济南热死了不少卖力气的苦人。就在那样的盛暑中，就在这个闷热难当的小院里，老舍一天也没敢歇着。他抢在太阳出来之前起床动手写作，头上缠着湿毛巾，肘腕子下面垫着吸墨纸，以防汗水湿透稿子。就这样，每天至少赶出两千字来。一个暑假，他"拼"出了一部 10 多万字的长篇小说《离婚》。如今，我一走进这个院子，看见了北房，立刻想起了他写作时的万般辛苦！

1981年，老舍夫人胡絜青重访山东，一行人在济南南新街老舍旧居合影——左起张桂兴、曾广灿、舒济、胡絜青、王行之、孟广来

这所房子，现在是南新街58号，院内的格局没有什么大变化，只是二门拆除了，北房也在原房基上翻盖过，茅草顶换成了红瓦房。丁香树也许死于战乱了，那口水井还在。让我们大家都感到有趣的是，现在的北房主人徐同志也很喜欢养花，门前垒起一座花台，大盆小盆里长着各色的月季，茉莉的叶子油绿油绿的，春色可人，颇似当年老舍在这里经营花木小院的韵味。

离开这个小院，我们在周围漫游了一阵子。往北，走不多远就是名闻全国的趵突泉；往南，不到10分钟的路程，就到了齐大。当初老舍所以选定这个地方，就是因为它离学校近，他去上课和学生们有事来找他，都方便得多。

齐鲁大学内长柏路2号

我们刚回济南的时候，暂时住在齐大校园内的"老东村"平房内。不到一个月，又搬进了齐大校园内的长柏路2号。这座灰色砖楼的结构颇为别致；由当中并列的两个楼门和平行上升的两个楼梯，把小楼一分为二，东西各半。我们住的是东半楼。楼下的两大开间作为客厅和书房，楼上三间作为卧室。厨房在楼下。这一带有好几座式样不同的小楼，住的多是外籍教授，环境很美。楼前楼后有不少苍翠的

1981年老舍夫人及女儿舒济重访齐大老舍旧居,在长柏路2号楼会见栾调甫女儿栾汝珠与女婿曹献廷一家,舒济与曹先生握手

松柏。站在我们的卧室里,又可以在晴空下远眺千佛山和马鞍山的秀色了。只是,这时已国难当头,兵荒马乱,谁还有心思去观山景!

老舍在长柏路2号只住了两个来月。那时候,虽说学校已经开学,实际上已无法上课。每天都有教师和学生来和老舍辞行,有的往南边走,有的回家乡。老舍在这座小楼里忧心如焚,编写讲义和创作作品这两件事尽管没有完全停下,但他最关心的事情已是看报纸和听广播了。我知道他已下定奔赴国难的决心了,只是还记挂着我们娘儿四个,不知该怎么安排才好。我催着他快走,告诉他,以后由我来奉养他的老母和抚育这三个孩子,让他一心抗战,勿作后顾之忧。他老是说"再看看再看看",总盼着"国军"能在华北多打胜仗。到了11月15日的傍晚,离济南不远的黄河铁桥炸毁了,日本军队已逼近济南,形势十分急迫。沉思中的老舍猛地站起,和我说了几句话,挨个看看极幼小的孩子们,提起早就收拾好的那个行李箱子,一步一步地下楼奔火车站去了。

从走出这座灰楼开始,老舍踏上了八年如一日的"八方风雨"征程,在整个八年期间,他在大后方主持中华全国文艺界抗敌协会的工作,为祖国的抗战献出了一个文化人的全部力量。从走出这座灰楼开始,老舍再也不能重回济南……

老舍走后,我们在济南熬到了1938年秋天。津浦路通车了,我和孩子们回到了北京。那时候,日本军队在火车上盘查得十分严苛,我们只能携带最简单的随身物品。老舍的全部书籍、讲义文稿,装在一个大木箱内,留在长柏路2号的楼上,我一再拜托学校帮忙照看。

后来我托人去济南查问，据说已不知下落。那是老舍十几年的心血，但愿它们不至于全部毁于战火！

在寻找老舍旧居的过程中，我目睹了济南、青岛这两大城市的巨大变化，感到无比喜悦。特别是济南，多少新的工厂，新的学校，新的高大

1997年，舒济舒乙在校园中心花园听张昆河讲述齐大往事

建筑物，拔地而起，整个市容更雄伟、更壮观、更繁荣了。我想，我们居然一一找到了四五十年前的这几处老房子，对舒济他们来说，是件幸事；对我来说，如果它们已被拆除，在原址建成了新的工厂、学校或者居民楼，我会感到更为欣慰。我还想到，山东的人民非常可敬。他们朴实、勤劳而又热情好客。这一次，我再次亲身感受到他们的深情厚谊。山大、海洋学院的同志们对我们的大力帮助，已使我感激不尽了；那些素不相识的街道居民们的乐于助人，也让我极受感动。无论是七八十岁的老人，还是十一二岁的青年，一旦知道了我是老舍的亲属，无不盛情相待，积极为我们提供线索。他们说，人民永远不会忘记老舍。我的眼泪几乎夺眶而出。我觉得，我们这次山东之行，最大的收获是带回了鼓舞和力量！

【原载《文史哲》1981年第4期，有删节】

老舍在齐鲁大学

张桂兴

20世纪30年代,老舍曾经先后两次应聘在济南私立齐鲁大学任教。第一次,是在1930年7月至1934年6月,整整4年的时间;第二次,是在1937年8月13日至11月15日,仅3个多月。

笔者作为居住在济南的一位老舍研究者,一直致力于老舍在济南这个阶段的资料整理工作。本文就老舍在齐鲁大学期间进行教学、编辑刊物和从事文学活动等诸方面,谈一谈自己的一些最新发现。

(一)老舍在齐鲁大学的任职

既然老舍曾经在齐鲁大学任教达4年之久,那么,老舍当时在齐鲁大学究竟担任的是什么职务呢?过去,在一些回忆性文章和个别著作中一直存有歧义。开始,曾有"副教授"

之说；后来，又有"教授"之说。

最近，笔者在1930年10月10日出版的《齐大月刊》第1卷第1期刊载的《新职员之介绍》中查到了以下文字：

舒舍予，北平人，北平师范毕业，曾任英国伦敦大学东方学院华文教师，现任本校国学研究所文学主任兼任文学院文学教授。

笔者认为，这段记载值得重视：

1.这段文字是对当时齐鲁大学新聘教职员简历的正式书面介绍，对于每个教职员的情况，理所当然地应该做真实、准确的报道。它远比若干年后亲友们的回忆文章要可靠得多。尤值得注意的是，该文就发表在老舍本人所主持和编辑的《齐大月刊》创刊号上，是通过老舍本人编审后予以发表的，这就更增加了准确的程度。

2.在同期的《齐大月刊》上，还刊载有《校务纪闻》，其中有一条《国学研究所业已成立》的消息报道，其中说：

本校之国学研究所，业已成立。闻其内容，系分中国哲学、史地、文学暨社会经济四科，每科各有主任一人，助理研究员一二人，现正分头研究，拟于年终刊行学报，藉资表现研究之成绩云。

由此可见，此时正值国学研究所刚刚成立，安排老舍在国学研究所任职是顺理成章的事情。同时，再让老舍兼任文学院教授，以便于给学生授课，使其一身而二任焉，这也是很自然的、正常的。

3.在当时齐鲁大学所出版的《齐大旬刊》《齐大月刊》和《齐大年刊》等杂志上，还有许多关于老舍从事文学活动的记载，其中涉及到任职时有"国学研究所文学系主任""中国文学系教授"和"国学系教授"等种种不同的提法，这与《齐大月刊》创刊号上的介绍只不过是大同小异而已，这就更进一步证实了《齐大月刊》创刊号上记载的可靠性。

4.笔者曾经就此事多次访问过老舍当年在齐鲁大学的同事张惠泉、傅为方、许炳离和张维华等老人，他们也一致认为《齐大月刊》

创刊号上的记载是对的。张维华在 1930 年夏至 1931 年夏这段时间里曾经与老舍对门而居，他提供的材料自然更应该值得我们重视。

根据以上分析，笔者认为老舍在齐鲁大学期间的正式任职是："国学研究所文学主任兼文学院文学教授"。

（二）老舍在齐鲁大学的授课

老舍在齐鲁大学任教的 4 年中，究竟担任过哪些课程，长期以来也是一直未能完全调查清楚的问题之一。

最近，笔者在一次外出查阅材料中，有幸看到了《教育部立案私立齐鲁大学文理学院一览》，终于使这个长期以来一直悬而未决的问题找到了圆满的答案。在这份材料中，有关于老舍在济南私立齐鲁大学任课安排情况的详细记载。

从这份材料对各学系的教师所做的介绍中，我们了解到，当时济南私立齐鲁大学国学系的教师有：郝立权（主任）、周干庭、栾调甫、舒舍予、慈连炤、胡立初、许炳离。而这些教师中，只有老舍是讲授新文学和外国文学课程的，其他教师则分别讲授中国古代文学、古代汉语等课程。

在这份材料中，还刊载有《文学院各学系课程》的细目，其中包括各学系的"学程"介绍和"课程纲要"等内容。如果以这份材料的文字记载为主，再适当参考一下当时《齐大旬刊》《齐大月刊》和《齐大年刊》等杂志中有关课程的介绍报道，那么老舍在齐鲁大学的任课情况就一目了然了。现将老舍所任课程的名称及其教学的基本要求分别叙述如下：

1.《文学概论》。代号：102。第一学年第一学期授课。其教学基本要求是："本系一年级必修，他系选修"，"此课在于以文学观念，立文学研究之基础。先论文学之特质、风格、形式；次分论诗、戏剧、小说等之原理。讲材参取中西学说，俾资参校。"前几年才被发现的老舍在齐鲁大学任教期间所编写的《文学概论讲义》，曾作为讲授该课的通用教材。

2.《文学批评》。代号：202。第二学年第一学期授课。其教学基本要求是："本系二年级必修，他系选修"，"取中国历代文说，参以西洋文学批评理论；一以介绍世界最好之学说，一以引起批评之兴趣，及应具之态度。"

3. 《文艺思潮》。代号：305。第三学年第二学期授课。其教学基本要求是："本系三年级必修，他系选修"，"以文艺倾向之转移，说明文艺之背景，及文学变迁之所以然。教材以西洋文艺倾向派别之演变为主，并随时参以中国教材，藉资比较。"

4. 《小说及作法》。代号：306。第三学年第二学期授课。其教学基本要求是："本系三年级必修，他系选修，""此课分为两部：（1）选读中国古今小说以示例，随时说明小说之发展与体类；以理论佐事实，俾得深切之了解。（2）各体小说示例毕，即讲小说作法，详略结构、人物、写景，并练习写作。"现存有老舍担任这门课时所撰写的《滑稽小说》等部分手稿。

5. 《世界文艺名著》。代号：405。第四学年第二学期授课。其教学基本要求是："本系四年级必修，他系选修"，"选授世界文艺名著，如莎士比亚、但丁、歌德等之作品，作详细讲述；作详细之讲述，为治世界文学之一助。"

（三）主持和编辑《齐大月刊》

1930年7月，老舍应聘来到齐鲁大学之后，除去编写讲义、准备授课和坚持业余写作之外，另一项重要工作便是筹备出版《齐大月刊》。

当时，齐鲁大学文学院、理学院和医学院决定合办一个综合性刊物，除刊登学术论文外，也刊登一些文艺创作、校内动态、校际往来等内容——这就是后来所出版的《齐大月刊》。

暑假开学之后，出版《齐大月刊》的筹备工作正式开始。首先成立了由文、理、医三学院组成的编辑部。老舍被选派为编辑部主任，具体主持该刊物的编辑和出版工作。刊登在创刊号上的《编辑部的一两句》，形象地倾诉了筹备者的苦衷，其中说：

开学后三四礼拜，便要出本月刊，稿子既不能从天而降，自然大有困难。学生正在选课、交费、检验身体；教师正在预备功课，忙个不了，谁来起个三更给月刊写稿子呢！所（以）是编辑员苦矣！加以编辑部的成立才不过半月，不用说为征集稿子着慌，就是笔、墨、砚台、稿纸也是临时购置呀。

经过辛勤的努力和短时间的紧张操办，《齐大月刊》创刊号终于在当年10月10日正式出版了。老舍为创刊号撰写了《发刊词》，阐明了该刊的主要内容和办刊宗旨。他说：

既名月刊，内容自然也和别家出的月刊差不了多少，出不去：学术研究、文艺创作、校事报告等等。有这样的内容，刊行的目的也便简单的很：（一）校事经过及计划的有系统的报告；（二）研究兴趣的表现。这已足说明这个小刊物的性质，似乎不必再说什么。……我们的态度，不是以这小小刊物来满足自己，也不是炫示学校的成绩。……我们只能说：我们像一群小学童，事事要问个明白，想到的便愿发表。……忠实的读者，大胆的发表，如果能引起一些研究与批评的兴趣，也就足以抵得住"不善藏拙"之诮了。

在实际编辑中，《齐大月刊》始终遵循着这些办刊原则。它从1930年10月10日创刊，至1932年6月休刊，共出版两卷，每卷8期。假如将老舍所主持和编辑的《齐大月刊》与齐鲁大学过去所出版的《齐大半月刊》以及后来所出版的《齐大季刊》等刊物相比较，可以明显地看出它的突出特点是增加了外国文艺理论与文艺作品的翻译和介绍，也加大了新文艺作品所占的分量。尽管《私立齐鲁大学印行月刊简章》中明确规定："文艺作品不得过月刊页数四分之一"，但老舍在不违背简章原则的前提下，尽量扩大新文艺作品所占的比重，这无疑是给当时死气沉沉的济南私立齐鲁大学带来了一股清新的空气。

据笔者统计，《齐大月刊》是老舍1930年10月10日至1932年4月间发表作品的主要阵地。老舍在《齐大月刊》上发表的作品，主要是小说、诗歌、散文、论文以及译文等。其中，小说两篇。一篇是《五九》（署名鸿来），它是老舍最早创作的短篇小说之一。据作者自述:"《五九》最早,是为给《齐大月刊》凑字数的。"它通过讲述一个给外国人做仆人的中国男子,狗仗人势欺负中国人而谄媚洋人的举动,反映出作家对中国国民性的批判,对祖国前途和命运的关心。另一篇短篇小说《讨论》,则进一步勾画出国民党官僚那种表面上似乎道貌岸然,侈谈爱国,但骨子里却时刻准备卖国投降的本质。

老舍在《齐大月刊》上发表的诗歌共四首:《日本撤兵了》《音乐的生活》《国葬》和《微笑》。其中,新诗《日本撤兵了》,描写了日本军队仅仅撤退了几里地,竟然使某些中国人欢喜若狂的情景:女的换上了新裤新袄,男的脱了蹩脚的军装;墙上

1930年齐鲁大学教职员介绍中之老舍(舒舍予)肖像照,时年32岁

抹去了抗日的标语,操场上停止了习练刀枪;连日本货物也全摆上了市场——把一切和平幻想寄托在"国联"和美国身上。这对当时某些中国人所抱有的和平幻想是多么绝妙的讽刺!在新诗《国葬》中,老舍歌颂了一个无名无姓,"生在中华,为中华而亡"的中国"爱国的男儿"形象,并要为他举行"国葬"。

老舍在《齐大月刊》上所发表的长篇散文是《一些印象》,分七次在该刊连载。作者以清新活泼的文笔,漫谈随笔的形式,幽默而细腻地描写了来到济南后所获得的一系列印象:马车的破旧,道路的难行,大葱的喜人,秋天和冬天的可爱,以及齐鲁大学校园的美丽等等。

老舍还在《齐大月刊》上发表了三篇论文:《论创作》《论文学的形式》和《小说里的景物》。在《论创作》中,老舍在文章一开头就说:"要创作当先解除一切旧势力的束缚。文章义法及一切旧说,在创作之光里全没有存在的可能。"他又说:"有思想自是作

文最重要的事,但是不要忘了文学是艺术中的一个星球,美也是最(重)要的成分。假如我们只有好思想,而不千锤百炼的写出来,那便是报告,而不是文艺。"

在《论文学的形式》中,老舍对文学内容与形式诸因素的论述,即使在几十年后的今天,也无法抹杀它的价值。他说:"我们到底怎样看文学的形式呢?我们顶好这样办:把个人所具有的那点风格,和普遍的形式,分开来说。前者可以叫作文调,后者可以叫作形式。""文调是人格的表现,无论在什么文形之下,这点人格是与文章分不开的。所以简单的答复什么是文调,也可以应用一句成语:'人是文调'。"老舍在这里所说的"文调",大致相当于我们今天所说的"风格",这说明老舍早在20世纪30年代初期就已经开始阐述"风格即人"的文艺观点了。

这些论文,集中体现了老舍30年代初期的文艺观,对于研究老舍当时的思想发展和创作倾向具有重要的参考价值。

(四)一生中译作的爆发期

老舍的英文水平是很高的,这是大家都公认的事实。

但是,长期以来,对于老舍的译作却很少为人所知。即使老舍本人,也曾经矢口否认自己曾经做过翻译工作。他在1954年8月举行的全国文学翻译工作会议上讲话时说:"我没有做过翻译工作,因为我知道这种工作是非常困难的,不敢冒昧尝试。"这时,老舍连自己早年曾经做过的翻译工作也忘记了。

实际上,老舍一生中的译作还是不少的,笔者目前已经发现的有16篇(部),约计十几万字。除去早期的译文《基督教的大同主义》和解放后所翻译的《苹果车》之外,尚有14篇(部)。其中,除去一篇是译于青岛国立山东大学外,其他13篇都是在齐鲁大学任教期间翻译的,因而可以说,老舍在齐鲁大学期间是他一生中译作的爆发期。

为了使读者全面地了解老舍译作的情况,现将他在齐鲁大学期间所翻译的13篇译文篇目转抄如下:

1. 译文《出毛病的大么》,署名 C.Hedeley Barker 著、舍予译,载 1930 年 11 月 10 日《齐大月刊》第 1 卷第 2 期。

2. 译文《隐者》，署名 J.D.Beresford 著、舍予译，载 1931 年 2 月 10 日《齐大月刊》第 1 卷第 4 期。

3. 译文《客》，署名 AIgernon BIack Wood 著、舍予译，载 1931 年 5 月《鲁铎》第 3 卷第 2 期。

4. 译文《学者》，署名 Schopenhauer 著、絜青译，载 1931 年 10 月 10 日《齐大月刊》第 2 卷第 1 期。

5. 译文《但丁》，署名 B.M.Church 著、舍予译，载 1931 年 12 月 10~1932 年 3 月 10 日《齐大月刊》第 2 卷第 3 至 6 期。

6. 译诗《我发明的死》，署名 Humbert WoIfe 著、絜青译，载 1932 年 1 月 10 日《齐大月刊》第 2 卷第 4 期。

7. 译诗《爱》，署名、刊载日期与发表处同上。

8. 译文《维廉·韦子唯慈》，署名 R.W.Chuvch 著、舍予译，载 1932 年 4 月 10 日、6 月 10 日《齐大月刊》第 2 卷第 7、8 期。

9. 译文《几封信》（选自《阵亡英人的战函》），署名絜青译，刊载日期与发表处同上。

10. 译著《批评与批评者》（《文学批评》第 1 章），署名 Elizabeth Nitchie 著、舍予译。刊载日期与发表处同上。

11. 译著《文学与作家》（《文学批评》第 2 章），署名同上，载 1932 年 12 月《齐大季刊》第 1 期。

12. 译著《文艺中理智的价值》（《文学批评》第 3 章），署名同上，载 1933 年 6 月《齐大季刊》第 2 期。

13. 译著《文学中道德的价值》（《文学批评》第 4 章），署名同上，载 1934 年 6 月《齐大季刊》第 4 期。

在以上的译作中，有两篇首先应值得我们特别加以重视。一篇是长篇译文《但丁》。因为老舍特别喜欢但丁，他在齐鲁大学开设《世界文艺名著》课时曾经详细地选讲过但丁的作品。后来，他曾这样回忆说："使我受益最大的是但丁的《神曲》。我把我所能找到的几种英译本，韵文的与散文的，都读了一过儿，并且搜集了许多但丁的论著。有一个不短的时期，我成了但丁迷，读了《神曲》，我明白了何谓伟大的文艺。"

另一篇是在《齐大月刊》和《齐大季刊》上连载了前四章的译著《文艺批评》。作者在发表第一章时，曾在《译者附记》中特别指出："上文系译自 Elizabeth Nitchie（译为伊丽莎白·尼奇）的《文学批评》。这是第一章，希望全书继续译出。此书没有别的好处，只是清楚浅近，适用作教本。"老舍在齐鲁大学执教期间曾经开设过《文艺批评》课，是否就以此作为教材，目前尚无确凿的证据。但老舍十分偏爱这部著作却是无法否认的事实，不然他就不会花费这么大的精力去翻译介绍它了。

（五）老舍在齐鲁大学的作品

老舍在齐鲁大学任教期间，还写下了一系列的作品和文章。据笔者初步统计，有150多篇（部）著译作品和文章。这些作品和文章分别发表在当时国内有较大影响的《齐大月刊》《华年》《现代》《论语》《宇宙风》《文艺月刊》《东方杂志》《文学》天津《益世报》、上海《申报》等报刊上。

老舍来到齐鲁大学后所创作的第一部作品是长篇小说《大明湖》。1930年7月，老舍来到齐鲁大学后，正值济南"五三"惨案发生不久。他每次走到大街上，看见南门与西门上的炮眼，便自然而然地想起了"五三"惨案来，于是便开始调查这次惨案中所发生的"屠杀与恐怖的情形"。半年之后，老舍既熟悉了济南的情况，也了解了"五三"惨案的大概，就开始创作长篇小说《大明湖》。

《大明湖》以"五三"惨案为背景，写的是发生在两家人之间的爱情故事：一家是男方，有弟兄三人。老大和老二是双胞胎，长得很相似，而且极相爱；但性格上却迥然不同，观点上更是背道而驰。另一家是女方，有母女两人。母亲由于生活所迫，跳了大明湖；女儿走投无路，也想跳湖自杀，结果被男方一家所搭救。后来，男方一家中的老大和老二同时爱上了这个姑娘，于是发生了一场爱情纠葛。最后，老大娶了她……不久，"五三"惨案发生了，老三被杀，剩下老大和老二，一个用脑，一个用心，领略着国破家亡的滋味。

1932年暑假，老舍应上海《现代》杂志之约开始创作长篇小说《猫城记》。这是一部寓言体的讽刺小说，写地球上的两个中国人到火星上去探险，不幸飞机坠毁，死去一个。剩下的一个得到了猫国人的信任，遍览了猫国各地，了解了猫国的政治、军事、外交、文化和教育诸方面，目睹了猫人的愚昧、落后、麻木、苟且偷安、互相残杀以及最后被"矮人"灭绝的情形。

1931年"九一八"事变之后，老舍对国民党当局在军事与外交上的失败"愤恨而失望"，于是借猫城来影射古老而又落后的中国。但也有人批评老舍在讽刺时有些地方未能掌握好分寸，所以自出版以来一直存有争议。

1933年暑假，老舍在齐鲁大学又开始创作另一部长篇小说《离婚》。小说通过一群在政府机关任职的小职员们悲欢离合的婚姻生活，批判了统治中国几千年的封建文化传统，指出了打碎这种文化枷锁的长期性和复杂性。

《离婚》出版后赢得了读者的同声赞扬和评论界的一致好评。老舍本人也曾经不止一次地表示说，这是他最满意的作品之一。1946年老舍到美国讲学时，还曾经亲自协助美籍华人郭镜秋女士将它翻译成英文在美国出版，以此来与伊文·金所翻译的篡改本相抗衡。

1934年3月23日，老舍应上海《论语》杂志之约开始写又一部长篇小说《牛天赐传》。小说的主人公原为弃婴，被老绝户牛老夫妇所收养，取"天官赐福"之意，故起名为牛天赐。开始，牛天赐过着阔少爷的生活；后来，却沦为一个卖水果的小贩。老舍所塑造的这个悲剧人物是有着深刻的社会意义的，他既是旧社会的产儿，也是旧社会的牺牲品。

老舍在齐鲁大学期间所创作的短篇小说，共计20多篇，其中部分短篇收入了《赶集》中。老舍在《序》中特别解释说："这里的'赶集'，不是一四七或二五八到集上去卖两只鸡或买二斗米的意思，不是；这是说这本集子里的十几篇东西都是赶出来的。"

老舍在齐鲁大学所写的幽默诗文，共计40多篇，其中部分诗文收入了《老舍幽默诗文集》中。像《新年醉话》《自传难写》《大发议论》等篇章，当时曾经受到广大读者的欢迎。

老舍在齐鲁大学任教期间，还编写过一本《文学概论讲义》，作为讲授该课的通用教材。可是，长期以来人们对这本教材始终一无所知,直到1982年9月才被发现。它的发现,对我们研究老舍30年代的文艺思想来说,无疑是提供了最翔实的资料。

此外,老舍在齐鲁大学期间所写下的大量新诗、旧体诗、散文、论文以及译文等,过去从未结集,有些篇章近几年才被分别收入到各种集子中去。

特别需要提及的是,老舍在齐鲁大学期间所创作的大量作品中,有一部分是以济南为背景的。

一提到老舍以济南为背景的作品,首先使我们想到的便是长篇小说《大明湖》,可惜这部作品焚毁于日本侵略上海的"一·二八"战火,我们永远也无法看到了。但值得庆幸的是,老舍将其中最有价值的情节,改写成了中篇小说《月牙儿》。我们可以通过欣赏《月牙儿》来弥补无法阅读《大明湖》的遗憾。据老舍自述:"拿《月牙儿》说吧,它本是《大明湖》中的一片段。《大明湖》被焚之后,我把其他的情节都毫不可惜的忘弃,可是忘不了这一段。这一段,不用说,是《大明湖》中最有意思的一段。但是,它在《大明湖》里并不像《月牙儿》这样整齐,因为它是加在别的一堆事情里,不许它独当一面。由现在看来,我楞愿要《月牙儿》而不要《大明湖》了。"

在老舍所创作的短篇小说中,明显地反映济南生活的作品有:《爱的小鬼》,故事发生在济南万紫巷附近。小说通过丈夫怀疑自己的妻子有外遇,结果闹出了一场小误会的描写,表达了如下题旨:"爱的笑语里时常有个小鬼,名字叫'疑'"。《歪毛儿》,以济南山水沟为背景。小说展示了一出人生的悲剧:主人公"歪毛儿"本来是一个天真活泼、耿直倔强的好孩子,在"可恶""虚伪"的世人面前,他不肯"敷衍"度日,终于变成一个"瞎走乱撞"的怪人。《上任》,写千佛山的土匪。小说写李司令采取"用黑面上的人拿黑面上的人"的办法,任用"当过排长,作过税卡委员",与土匪"不断地打联络"的尤老二做稽查长,来捉拿"反动分子"。其结果是不仅"拿不了匪,倒叫匪给拿了"……

老舍还写过一系列描写济南的散文,尤以两组散文最为集中和突出:一组是前面所介绍的长篇散文《一些印象》;另一组散文是《济南通信》,分别独立成篇,一共9篇,连载于《华年》杂志。此外,还有一些篇章散见于全国各地的一些报刊。

老舍的散文在表现手法上也是多种多样的。有的以幽默讽刺风格为主,像《一些印象》中的《济南的马车》《济南的洋车》等章节,让人们在笑声中领悟到旧济南的一些落后现象,无怪乎老舍将其编入了《老舍幽默诗文集》中。也有的章节则侧重于写景抒情,像《济南的冬天》《济南的秋天》等片断,让人们在欣赏大自然的美景中增强了民族自豪感。其中,有些篇章的艺术水平很高,完全可以归入到中国现代散文名篇之列。

(六)老舍在齐鲁大学的社会活动

老舍在齐鲁大学执教的四年中,还参加了一系列的社会活动。这些社会活动,有的是在校内,也有的是在校外。大到去外地讲演,小到为社会经济系服务部捐款2元,无所不有。

老舍刚到齐鲁大学任教不久,即兼任文学院1934级顾问。据《文学院1934级级史》云:"1930年9月1日,即本级成立之元日也。开班伊始,即聘舒舍予先生为顾问;舒君毕业师大(应为师范——笔者注),游学欧美,才识宏远,品学清高,谠言名论,启人心智,任职一年,喜惠良多,同学少年,莫不感之敬之。"

有时候,文理学院院长林济青外出,老舍也曾经暂时代理过院务。

老舍在齐鲁大学任教期间,曾经在校内外进行过多次讲演,俱极受听众欢迎。见之于报刊的主要有以下几次:

1. 1930年10月24日,应邀在济南青年会讲演,题为《文学的创造》。

2. 1930年10月28日,应邀在第一中学讲演,题为《幽默》。

3. 1930年11月4日,应邀在齐鲁大学医学院讲演,题为《中国小说》。

4. 1930年12月12日下午,应邀在济南北园乡村师范讲演,题为《师范生与国民性之改造》。据《齐大旬刊》第1卷第10期载《舒先生与余博士先后去乡村师范讲演》云:"月之12日下午,舒舍予先生应北园乡村师范学校之约前去讲演《师范生与国民性之改造》;

次日，余天庥博士亦应约去讲《乡村教育》。二君对于各本题极有研究，故讲起来津津有味，滔滔无穷，极受听众之欢迎云。"

5. 1932年3月，应邀赴山东省德县（今德州市）博文中学讲演三次。据《齐大旬刊》第2卷第20期载《舒先生德县讲演》云："月前，本校中国文学系教授舒舍予先生应德县博文中学之请前去讲演，二日之内讲演三次，在舒先生可谓不胜忙碌，然而在一般听众犹以舒先生之不克多留数日俾得常聆伟论引为憾事也。"

6. 1932年5月23日，应邀在省立第一中学讲演。据《齐大旬刊》第2卷第25期载《舒舍予教授去第一中学讲演》云："5月23日本校中国文学系教授舒舍予先生应省立第一中学之约前去讲演，题为《中国国民性之几种缺点》，历时40分钟，洋洋数千言，说理透辟，引证确凿，所举各种缺点极能发人猛醒，故一般听讲者自始至终均能全神贯注，侧耳细听云。"

7. 1934年2月24日，应齐鲁大学国文学会及文艺社之邀，在齐鲁大学化学楼333号讲演，题为《我的创作经验》。

至于老舍在齐鲁大学任教期间，在校内所参加的一些集体活动，也多次见之于报端。例如：

1. 1933年9月15日，出席齐鲁大学文学院国学系师生联欢会。据《齐大旬刊》第4卷第3期载《国学系师生联欢》云："国学系于本月15日假物理楼435号开师生联欢会。……该系教授舒舍予先生素善清唱之名，临时被同学推荐亦唱西皮两段，丝竹之音，与唱声相间，抑扬合节，清越悦耳，在座者莫不拍手称赞。"

2. 1933年9月16日，出席齐鲁大学文理两学院学生自治会所召开的欢迎新旧师生大会，朗诵自著作品《一天》，并担任笑林。据与上则同期旬刊载《文理两学院欢迎大会志盛》云："老舍先生乃当代文坛滑稽之雄，其笔致之幽默，读者莫不交口称赞。今于此盛会下得见其幽默之态度，聆其幽默之谈吐，堪称双绝。"

3. 1930年暑假之后，齐鲁大学文学研究会恢复活动，其成员多系文学院学生，老舍应邀常去指导。现存有老舍与文学研究会同人的合影。

4. 1930~1932年间，老舍积极支持齐鲁大学学生们编辑和出版《齐大年刊》的活动，不仅向他们提供了数张工作和生活相片在该刊发表，而且应约为《齐大年刊》撰写了《发刊词》。

老舍在齐鲁大学期间还与宗教一直保持着密切的联系。例如，齐鲁大学神学院礼堂改建完毕举行献堂典礼时，老舍为该礼堂命名为"灵境"。此外，齐鲁大学神学院有一家《鲁铎》杂志，老舍一直与这家杂志保持着密切的联系，不仅为其题写了刊名，而且还在该刊上发表了译文《客》。

（七）离开齐鲁大学和重返齐鲁大学

老舍在齐鲁大学执教整整4年之后，于1934年6月29日毅然辞去了教职。据老舍自述："我在老早就想放弃教书匠的生活，到这一年我得到了辞职的机会。6月29日我下了决心，就不再管学校里的事。"又说："在我从国外回到北平的时候，我已经有了去作职业写家的心意；经好友们的谆谆劝告，我才就了齐鲁大学的教职。在齐大辞职后，我跑到上海去，主要的目的是在看看有没有作职业写家的可能。那时候，正是'一·二八'以后，书业不景气，文艺刊物很少，沪上的朋友告诉我不要冒险。于是，我就接了山东大学的聘书。"

据老舍自述，他是在1934年8月19日动身去上海的。但有趣的是，在次日（8月20日）出版的《国立山东大学周刊》第83期上所刊载的《本校续聘各系教员》一文中，就已经报道了老舍应聘青岛国立山东大学的消息，其中说：

> 本大学本学年所聘各系教授、讲师、助教等，业志前刊。兹又聘定童第周、王宗清为生物学系教授，萧津为土木工程学系教授，舒舍予为中国文学系讲师，水天同为外国文学系讲师，王文中为化学系讲师，均可于开学前到校云。

笔者所查阅到的这份资料充分证明，老舍在从济南动身赴上海之前，实际上就已经答应了青岛国立山东大学的聘请，不然的话，青岛国立山东大学的校刊也不会正式公布这个消息。

老舍赴青岛国立山东大学任教两年之后，又辞职在青岛专职写作一年。在抗日救亡的形势下，老舍于1937年8月13日又一次来到济南，应聘再度执教齐鲁大学，拟担任国文系的两门课。9月15日学校开学，可是学生到校者还不到一半。鉴于当时日益紧张的局势，学校很快也就无法再继续坚持上课了。不久，学生们逐渐离校，教师也走了一多半。

其间，老舍一方面给各家报刊写些短文，宣传抗战；另一方面阅读各种传记及小说，并摘录一些名人佳句来鞭策自己。同时，还以极大的爱国热情，参加了山东省和济南市中共地下党组织所发起和领导的一系列抗日救亡活动。最近，在一次偶然的机会中，笔者有幸查阅到了1937年11月1日济南《华北新闻》上刊登的一则消息，题为《文化界后援会昨开成立大会》，文中有关于老舍出席山东省文化界抗战后援会成立大会并致开会词的报道，其中说：

昨日下午1时，山东省文化界抗敌后援会假青年会小礼堂召开成立大会。出席文化界人士百余人。首推选主席团。由舒舍予氏致开会词。勉以鼓掌之后。不要算完。要真正工作起来。词毕讨论会章及大会宣言……3时许选出各部负责人，即行散会。

尽管这则消息很短，内容也欠详细具体，但它毕竟是报道抗战初期老舍在济南参加抗日救亡活动的原始材料，具有重要的史料价值。

综上所述，济南私立齐鲁大学在老舍的一生中占有极其重要的地位。从个人生活上来说，老舍是在齐鲁大学成的家，在齐鲁大学生儿育女，在齐鲁大学度过了他一生中最美好、最幸福的时光；从创作成果上来说，齐鲁大学时期是老舍一生中创作的黄金时代，他在齐鲁大学期间创作了一系列的作品；从思想发展上来说，老舍的爱国主义思想在齐鲁大学时期比过去表现得更突出、更强烈，他对中国的国民性问题曾经做过深刻的探讨和批判。老舍本人也曾经多次在文章中谈到济南对他的深刻影响。

【原载作者《老舍资料考释》一书，1998年出版。略有删节】

张西山谈老舍和《大明湖》

李耀曦

20世纪30年代老舍曾写过三部以济南为背景的长篇小说：《大明湖》《文博士》（初名《选民》）和《蜕》。其中《大明湖》是老舍到济南后开笔写的第一部长篇小说。可惜未曾面世，便焚于上海的"一·二八"战火。

据老舍本人自述和夫人胡絜青的回忆，读过这部小说原稿的仅有两个人：一是当年商务印书馆的编辑徐调孚，另一位便是老舍当时的好友兼邻居张西山。

张西山，即张维华（1902—1987），字西山，山东寿光人，时为齐鲁大学历史系讲师，曾任齐大文学院院长，齐大撤销后转入山东大学，任历史系教授。80年代初，一个偶然的机缘，笔者拜访了这位《大明湖》小说原稿的第一位读者，也是唯一健在的读者。此时的西山先生，已是八十老翁，退休家居，身体欠

山东医科大学校园内的老齐大办公楼（20世纪80年代）

佳，但忆及旧友往事，依然谈锋犹健，兴味盎然。

西山先生回忆说："民国十九年（1930）夏天，我从燕京大学哈佛研究所进修后，又回到齐鲁大学教书，恰巧这时老舍也应校长兼文理学院院长林济青的邀请来到齐大。从那时起，我们俩就毗邻而居，在齐大文理学院办公楼（当时洋名叫：马喀考米卡楼）第二层的西头，他住南间，我住北间。当时，我们都是单身汉，都还年轻，虽然他搞文学我弄历史，但由于年龄相仿（老舍长我三岁），又都出身贫寒，因而言谈投契，交往甚多，时有过从。"

西山先生所说"齐大文理学院办公楼"，即今山东医科大学老办公楼，楼为二层（还有一层半地下室）青灰色中西合璧式砖石结构。齐鲁大学是美、英、加三国基督教会创办的私立教会大学，这座楼为早年主持校政的美国教会所建。据当年的齐大学生回忆，该楼一层为校长室、院长室及各系办公室、会议室、招待处、宴会厅等；二层是单房间，主要是单身教员宿舍和招待来宾的客房。当时文学院住在这里的单身教师先后有：老舍、张西山、马彦祥、齐树平等几位先生。老舍住西头南边第一间。

老舍所居的这个房间实为全楼的西南角。从这里推窗南望，可以远眺梵宇点点的千佛山，近观红楼错落、教堂突兀、绿树若云的齐大校园；楼下，槐榆夹道，碧草如茵，环境幽雅，宛如世外桃源。然而，与这"世外桃源"一墙之隔的校外，却另是一番景象："五三"惨案刚过不久，济南老城西门和南门上还残立着被日本人炮火轰毁的城楼，城墙上"勿忘国耻"的白布标语尚未完全被风雨剥去，到处弹痕累累；而古城内，"市声隐隐，尘雾茫茫，一切都似笼罩在一片灰色的大梦中"（老舍语）。

老舍就是在这样一种环境和背景下来写他的长篇小说《大明湖》的。

老舍曾在《我怎样写〈大明湖〉》一文中做过如下自述："被约到济南去教书。到校后，忙着预备功课，也没功夫写什么。可是我每走在街上，看见西门与南门的炮眼，我便自然的想起"五三"惨案；我开始打听关于这件事的详情；不是那些报纸登载过的大事，而是实际上的屠杀与恐怖的情形。有好多人能供给我材料，有的人还保存着许多像片，也借给我看。半年以后，济南被走熟，而'五·三'的情形也知道了个大概，我就想写《大明湖》了。"

西山先生回忆说："老舍写得很苦。除了教书和兼编《齐大月刊》外，白天、晚上都在闭门埋头写作。别人一支毛笔能用大半年，他不到两个月就不能再用了，所以，一次就见他买十几支。老舍本来就喜欢吸烟，写起东西来，更是一支接一支。因此，像'三五''三炮台'等上等香烟是吸不起的，最多只能抽抽'前门''粉包'一类。"

有时，实在写得太累了，老舍便跑到对门好友张西山的房里去聊天儿，二人古今中外地闲扯一番，或与张一起下楼散步，到街上转转；间或阴天下雨，两人还会就着花生米干上几杯。济南的花生米很便宜，一毛钱一大堆。一边饮酒，一边闲谈，扯高兴了，有时老舍便把自己写的

张西山（张维华）先生晚年照

大明湖画舫上的女子

小说拿出来念上一段,听听"西山兄"的意见。

《大明湖》究竟写了一个怎样的故事呢?西山先生不无遗憾地说:"详细的情节已记不清了,只记得主要是写母女二人,以及与她们交结的几个男人之间的故事。母女俩都是大明湖畔的贫苦妇女,因生活所迫而沦为娼妓,最后跳了大明湖。"

不过,西山先生还是说出了小说的一个显著特点。他说,小说取名《大明湖》,写的是妓女,人物和情节自然是虚构的。但对熟悉济南和济南历史的人来说,一眼就可看出那环境与风情的描写却是很真实的。因为,自明、清乃至民国,大明湖畔鹊华桥一带确系烟花娼妓聚集之地。这在清人王晓堂的《历下偶谈》、刘鹗的《老残游记》以及吴趼人的《近十年之怪现状》中均有记叙,可作印证。当然,老舍所写既非旧式的青楼传奇,也不是30年代之初风行文坛的"革命+恋爱"一类故事,而是描绘了一幅国事日微、国破家亡威逼下济南社会底层妇女苦苦挣扎的众生相。正如老舍自己所说:"虽然故事的进展还是以爱情为联系"却是"故意的提出几个穷男女,说说他们的苦处与需求"。这恐怕正是《大明湖》区别于当时同类题材作品的独特而深刻之处吧。

另外在笔者看来,老舍写《大明湖》还另有隐情,不无借他人酒杯浇自家胸中块垒之意。老舍是北京旗人,辛亥革命之后,铁杆庄稼倒了,因无一技之长,北京下层旗人状况极惨。青壮男人靠拉洋车糊口,许多妇女则沦为暗娼。老舍穷旗人出身,对此情形了如指掌。

西山先生最后说:"老舍于1931年暑假前将《大明湖》写完,又请我看了一遍,便将它给当时在上海编《小说月报》的好友西谛

（郑振铎）先生寄去。据说，次年，稿子移交到商务印书馆印工手中。不想，'一·二八'日本军队进攻上海，日本人的一颗炸弹落在商务印书馆的房顶上，大火把它烧成了灰。老舍戏称这令人痛心的火劫为走了'红运'。"

20世纪30年代日本人彩绘明湖春游图

回忆往事，张老感慨良多。他说，齐大共事之后，抗战期间二人还在重庆晤过一面，解放后曾专门赴京一次，请老舍来山东讲学，但此事未果。

原来，抗战中齐鲁大学内迁成都华西坝，张维华与顾颉刚主持齐大国学研究，齐大校长刘世传曾想聘请老舍任文学院院长。两人在重庆晤过一面，当为此事。1958年前山大在青岛，华岗任校党委书记，张维华为历史系教授，赴京请老舍来山东讲学，当指此时。但老舍时任北京文联主席，正春风得意忙得很，已不可能应邀前来了。直至"文革"中老舍惨死，就再也未与这位当年写《大明湖》的好友兼邻居见过面。

【原载《阅尽人间》杂志，1992年第3期】

《大明湖》遭难

舒 乙

　　1930 年夏，老舍先生接受齐鲁大学的聘书，到济南去教书，他做了文学院的教授和国学研究所文学部主任。教课之余，开始写一部名为《大明湖》的长篇小说，这是他的第五部小说，如果不算《大概如此》的话。

　　《大明湖》写成之后，交给齐鲁大学的同事张西山先生看了一遍，还是寄给了郑振铎先生，准备在《小说月报》上连载，时间是在 1931 年暑假之后。此时，《小说月报》刚刚连载完《小坡的生日》（第二十二卷第一至第四期），西谛先生回信说，《大明湖》就留着过了年再登吧。

　　年底，《小说月报》发了预告，说要出一期第二十三卷的新年特大号，其中有《大明湖》。在"要目预告"里有下面的几句话：

　　《大明湖》（长篇创作）心理的刻画，

将要代替了行动表态的逼肖,为老舍先生创作之特点,全文约二十万字。

过了年,稿子交到印刷厂准备出刊。"一·二八"的火把"商务"印刷厂化成灰,《大明湖》也就跟着化成了灰。世界上,读过《大明湖》的人,大概只有张西山先生、郑振铎先生、徐调孚先生和几名"商务"的印刷工人了。

上海的郑逸梅先生在他的1981年出版的《书报话旧》中透露了一个很重要的消息,他听说《小说月报》第二十三卷的新年特大号在"一·二八"前夕刚好装订出一本清样,及时送给了徐调孚先生,并未葬身火海,真乃海内孤本!

得知这个消息之后,我立即写信给郑逸梅先生探听细节,同时开始打听徐调孚先生的后人的地址。姜德明

老舍写《大明湖》时所居住的齐大办公楼

同志告诉我:徐先生晚年随儿子迁到四川江油县居住。徐先生由江油写信给叶圣陶先生常常是由姜德明来转交的,故而知道徐先生后人的地址。

可惜,不论是从郑先生处还是从徐先生后人处,都没有找到更详细的线索。郑先生回信说:"所询之书未经寓目且当时所闻随手记之,过后付置遗忘,我与徐调孚亦不熟悉,无以奉告,歉疚之至。"那本海内孤本的下落至今是个谜。

在几位读过《大明湖》的人之中,只有张西山教授依然健在,他还能回忆起老舍先生写《大明湖》时的情景,以及他读《大明湖》时的感受。

老舍先生写东西,向来不留副稿。他的稿子总是清清楚楚,用不着再抄一遍,可以直接付印。有朋友劝他再写一遍《大明湖》,他打

商务印书馆毁于"一·二八"日军进攻上海闸北的炮火中，老舍《大明湖》手稿与之一同化为灰烬

不起精神来。利用《大明湖》中最精彩的片段，他后来倒是又创作了一篇中篇小说——《月牙儿》和一篇短篇小说——《黑白李》。《月牙儿》成了他的代表作之一。这总是一点《大明湖》的余音吧。

跟着《大明湖》一起遭难的还有《小坡的生日》的单行本，它的底版也殉了难。后来，过了许多日子，转让给生活书店承印，那已是1934年5月的事了。

"一·二八"一把火，烧毁了"商务"的印刷所，烧得《小说月报》停了刊，烧没了《大明湖》，烧光了《小坡的生日》的底版；老舍先生和"商务"的密切来往也暂告一段落，损失真大啊！

【原载《商务印书馆九十年》一书，此文为《老舍与"商务"》中的一节】

老舍的老师是济南两个说相声的

　　说到老舍学幽默小说的地方和老师，是很有趣的。在济南住过的人都知道济南的趵突泉旁边有个劝业商场（现在已经改成国货商场了！），那里边有两个说"相声"的，叫吴景春，吴景松，"相声"很有名，生意交关好！老舍是他们的好主顾，差不多是每天必到。老舍就从他们那里学得一些使听众喜乐的技巧，一些俏皮话，在上流社会里吴景春兄弟是没有什么艺术价值可说的，可是这些玩意儿到了大学教授老舍笔底下，群龙活跃，使读者笑一阵，可就有了她底艺术价值了。

　　老舍对待人真是蛮好的，同人在一起，他总是作东道。旗人的谦虚温温有礼，在他是处处表现出来的。在这里我说一件实在事情给读者听：谁都知道老舍在商务印书馆文学研究社出的《赵子曰》《老张的哲学》《二马》，销路是括括叫的，读者想那些书定价都很贵，老舍一定得利很多稿费吧？可是老舍在那些书

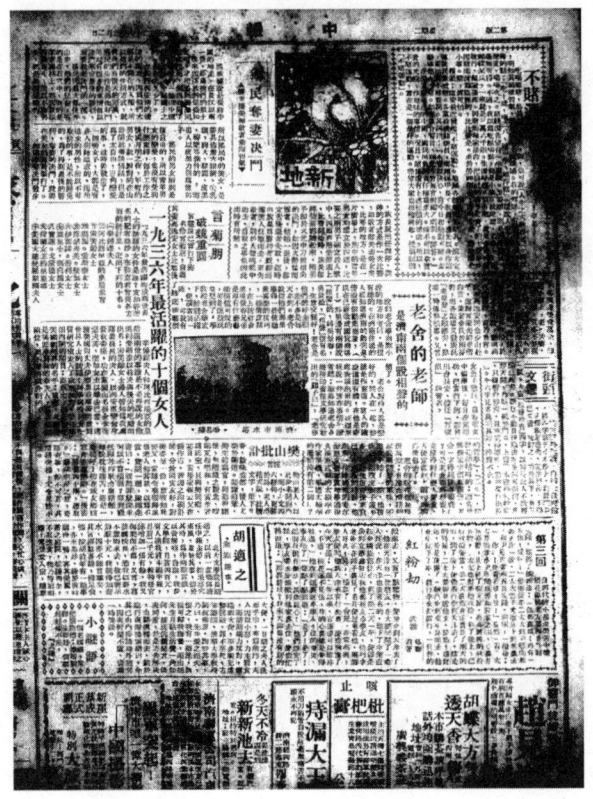

1937年3月2日《济南中报》第二版

上并没有得到什么大便宜,大便宜都到大编辑郑振铎荷包去了。

老舍的貌相也长得很幽默,有冷面滑稽明星裴斯开登的风味,不过身子矮了一点,他很瘦弱,跟瘦皮猴子差不多,不过他很会保重自己。在济南的时候,他跟着一位练国术的走江湖朋友很认真地学过很久摸鱼式似的太极拳。在作家里边,学过太极拳的恐怕没有第二个吧?

【原载济南《中报》1937年3月2日第2版】

老舍和他的武术老师马永魁

周长风

济南,被老舍视为第二故乡。19世纪30年代他在济南齐鲁大学教书期间娶妻生女,写下了长篇小说《大明湖》《猫城记》《离婚》《牛天赐传》等一大批文学作品。怀着对老舍和家乡济南的双重热爱,我与朋友李耀曦近年来广泛搜集资料,编撰《老舍与济南》一书。

编撰中我们注意到老舍夫人胡絜青1981年写的《重访老舍在山东的旧居》中的一句话:"他在齐大的时候,就跟着武术老师学过拳棒。"这位武术老师姓甚名谁?于是我们便多方打听,查询线索。

真是苍天不负有心人。1992年10月,我们结识了济南无线电六厂退休工人陈庆云,得知他的姥爷即是老舍在济南时的武术老师,名叫马永魁。

在陈庆云家里,我们见到了1934年老舍赠送马永魁的一把折扇,上用略带魏碑意味的小隶书写其随马永魁习武的经过。经仔细鉴定,确属老舍亲笔佚文,十分珍贵。现加以标点,照录如下:

去夏患背痛,动转甚艰。勤于为文,竟日伏案,寔为病根。十年前曾习太极与剑术,以就食四方,遂复弃忘。及病发,谋之至友陶君子谦,谓:"健身之术莫若勤于运动,而个人运动莫善于拳术。"遂荐马子元先生,鲁之名家也。初习太极,以活腰脚,继以练步,重义潭腿、查拳、洪拳、六路短拳等,藉广趣味,兼及枪剑与对击,多外间鲜见之技。一岁终,已得廿余套。每日晨起,自习半时许,体热汗下,食欲渐增,精神亦旺。子元先生教授有方,由浅入深,不求急效,亦弗吝所长,良可感也。端阳又近矣,书扇以赠。书法向非所长,久乏练习,全无是处,藉示激感耳。廿三年端节前三日书奉。

　　子元先生　正教

　　　　　　　　　　　　　　　　　舒舍予

折扇另一面为当时山东大名鼎鼎的山水画家关友声所绘泼墨山水,上题"空山新雨后,峭壁挂飞泉,子元先生正之"。老舍与关友声乃好朋友,想来是老舍请关友声画此,以赠马永魁的。

关于文中提到的陶子谦,查不到任何文字资料。据对济南掌故知之甚详的张稚庐先生讲,陶当时似在司法界供职,擅长拳术,并著有一本拳术方面的书,书前有曾任国民党行政院秘书长褚民谊的题词。我曾写信给老舍的公子、中国现代文学馆副馆长舒乙先生,请他询问令堂。他回信说:"关于陶先生也所知甚少。"又说,"母亲知道马师傅,但回忆不起更多的事。"

马永魁,字子元,回族,山东泰安人,生于1893年,自幼习武,20岁左右来济南拜认名师,后入山东冠县人杨鸿修门下,得杨氏查拳真传,其枪术绝伦逸群,尤善"五虎断门枪",有"山东一杆枪"之美誉。

马永魁的徒弟、济南市京剧团武生演员马文宽对笔者讲:其师用的枪竖起约两人高,枪杆有茶碗口粗细,使起来称得上神出鬼没,这杆枪至今仍为其后人珍藏。马永魁名重一时，所以外地来济南演出的京剧武生演员大都同他谋面以请教。据传，盖叫天曾与之就《武松打店》里的甩攮子进行过切磋。山东著名京剧武生袁金凯是他的入室弟子。

当时，马永魁任山东省国术馆济南第四分社（社址馆驿街佛照寺）社长，集中教授众多徒弟，而对老舍则破例，亲临其在南新街的寓所个别传授。1933年底，老舍在《一九三四年计划》一文中写道：

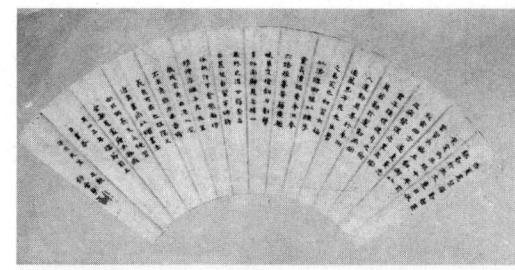

老舍赠马永魁先生书画折扇

提到身体，我在四月里忽患背痛，痛得翻不了身，许多日子也不能"鲤鱼打挺"。缺乏运动啊。篮球足球，我干不了，除非有意结束这一辈子。于是想起了练拳。原先我就会不少刀枪剑戟——自然只是摆样子，并不能去厮杀一阵。从五月十四开始又练拳，虽不免近似义和团，可是真能运动运动。因为打拳，所以起得很早；起得早，就要睡得早；这半年来，精神确是不坏，现在已能一气练下四五趟拳来。

上面一段可以与题扇文互相印证，互为补充。

赠折扇的这一年秋天，老舍离开济南去青岛山东大学任教，将沙发、方凳等家具留给马永魁（方凳今日尚存），并赠送一方端砚和一只大象形香炉。马永魁带徒弟前往火车站送行。

到青岛后，老舍仍坚持习武，书房里也设着兵器架。他每天差不多总是7点起床，漱洗过后便到院中去打拳，遇上雨或雪，就在屋里练练小拳。练上几趟，脸上微红，背上见汗，感到浑身舒坦，于是收起架势，又去浇花。

1935年2月3日,农历除夕,山东大学举行辞旧迎新晚宴,老舍登台主持,后表演舞剑,掌声雷动之中,他连连大作揖。

1937年夏,抗日战争爆发。日军陆战队随时可能攻占青岛,我方亦可能拆毁胶济铁路以阻敌进攻。为了避免陷于死地,8月份老舍重返齐鲁大学,行前将刀枪剑戟全都忍痛扔下。到11月份,日本军队逼近济南,老舍毅然离开妻小,只身奔赴武汉参加抗战。陈庆云讲,他曾见过老舍走后给马永魁的来信,上面说坐火车一路上没有座位,多亏了跟子元先生习武,得以身强体健,才支撑了下来,否则早累趴了。这段记忆与老舍《八方风雨》里的记述是相符的。陈庆云还讲,原先家中珍藏多封老舍信札,俱失散于"文革",已无处寻觅。

最近,我查到1937年3月2日济南《中报》上刊登的一篇关于老舍的文章,其中写道:"在济南的时候,他跟着一位练国术的走江湖朋友很认真地学习过很久摸鱼式似的太极拳。"马永魁解放前当过保镖闯荡江湖,那无疑是为有产阶级效力。所以解放后被政治包袱压得抬不起头来,先是街头缀鞋,后到铸字机厂当工人,空怀绝技却毫无用武之地。偶尔也义务向青年人传授几套招数,曾有人听到他不无自豪地说:"老舍还是我的徒弟呐!"在社会大变动时期,有人被推上浪峰,有人被抛入波谷,时势造就了英雄,也往往毁灭了英才。从历史的眼光看,这是令人叹息又无可奈何的事。马永魁于1982年去世。

随马永魁习武后,老舍心得颇多,遂萌生了创作欲望,想写一部十几万字的长篇小说。他写题扇文的这年春天,写信

马永魁先生晚年家庭照

将大体构思告诉了上海主编《良友文学丛书》的赵家璧，"内中的主角是两位镖客，行侠作义，替天行道，十八般武艺件件精通，可是到末了都死在手枪之下"。夏天，老舍赴上海。赵家璧与老舍相见甚欢，表示很愿意把这部小说放入丛书之中。从上海回来，老舍即开始写作。秋天到青岛，至寒假末写成了五六千字，并拟名为《二拳师》，后因开学而搁笔。

1935年春天，老舍在一本刊物上看到一个短篇小说，所写的事儿竟与《二拳师》的构思很相近，便不愿再写了。但是，老舍终究难以彻底放弃用小说反映济南习武见闻与感受的愿望，于1936年抽取素材中最好的一段，写成了短篇小说《断魂枪》。《断魂枪》中塑造的"神枪沙子龙"，明显有着马永魁的身影；而从沙子龙这名字，人们自然会联想到《三国演义》里横枪跃马、百战百胜的常山赵子龙。这里面无疑蕴含着老舍对马永魁的莫大尊敬。

老舍自己也很喜爱《断魂枪》，不但举《断魂枪》为例，向自己的学生教授小说作法，还曾经到青岛青年会礼堂作学术讲演，专题阐述《断魂枪》的时间、地点、人物及创作经验。对其中刻画的沙子龙、沙子龙的徒弟王三胜、查拳高手孙老者这三个人物，他曾说道："他们的一切都在我心中想过了许多回，所以他们都能立得住。"1947年，老舍于美国讲学期间，又根据这篇小说，用英文创作了三幕四场话剧《五虎断魂枪》，并演出过。

1940年老舍在重庆受回教救国协会的委托，与宋之的合作编写了四幕抗日话剧《国家至上》，主要塑造了一位"名驰冀鲁，识与不识咸师称之"的回族老拳师张老师（自称张二）的形象。这个戏由马彦祥执导，魏鹤龄、张瑞芳等主演，在渝上演多次，甚为成功。后又到香港、西安、兰州、昆明等地演出，均得到回族同胞热烈欢迎。老舍《三年写作自述》中明确地说道："剧中的张老师是我在济南交往四五年的一位回教拳师的化身。"

顺便说一句，《国家至上》中有个人物金四把，名字似乎很怪。清朝末年，济南有位名声赫赫的武术高手，也是回民，人称金三把式，民间流传许多他的传奇故事。老舍跟马永魁习武时肯定听说过。有人认为文学包括民间文学作品中，"金四把""常三把"之类名字中的"把",正字乃"爸","金四把"即"金四爸",回民口中"金四爷"的意思。其实在老济南话里,"金四把"是"金四把式"的省称,"把"字略略儿化,且与"爸"是不同的声调。或许老舍为"金四把"的起名即源于此。

胡絜青说:"老舍生前时常怀念山东,一直想去山东看望老朋友们,因为忙,可又一直未能如愿。"我想,1966年8月24日,当老舍带着遍体鳞伤投湖自沉前,他一定会忆起马永魁先生,但他却无法用老师传授的武艺回击罪恶势力,于是便以不屈的生命来做最后的抗争!

【原载1993年《春秋》第12期】

老舍先生二三事

牟 进 苏汉民

　　一个人活着时，受人们尊敬，逝去后，还被人们真挚地追念着。20世纪30年代，济南齐鲁大学来了一位老舍先生。一呆就是四年多。留下了《大明湖》《离婚》《猫城记》《牛天赐传》《赶集》等不朽名作和中国知识分子的优秀品格与精神。老舍有缘结识了济南，济南有幸容纳了老舍。半个多世纪的匆匆岁月仍没有中断人们对这位著名作家、人民艺术家的深情怀念。这里，谨向读者奉献几则老舍先生在济南齐大时期鲜为人知的逸事，以纪念老舍先生百年诞辰。

"'山水沟'的书确乎应该写写"

　　老济南人都知晓"山水沟"这地方。济南地势南高北低，南耸千佛山，北卧大明湖，降水奔流北去，日久天长便形成一天然水沟。它南起齐鲁大学校园东侧，北至趵突泉一带，水沟两侧是一个遐迩闻名的旧货集市，这里各种杂货摊鳞次栉比，店铺比比皆是，土产洋货、旧书古董应有尽有；还有打拳卖艺的，占卜算卦的……又是一个社会下层寒间陋舍、落魄庶民、三教九流的聚会地。1930年7月，老舍先生应聘赴任济南齐鲁大学国学研究所文学主任兼文学院文学教授。他工作室兼卧室最初在一幢建有地下室的二层楼上（后为山东医大办公楼，1997年因火灾焚毁），东望山水沟集市蒙蒙可见，货市喧杂声隐隐入耳。老舍先生当初去旧货市上走走看看，买回些便宜有用的旧书、旧货。因这里距离齐大校园近，来往便捷，则逐渐成为他了解济南风情与社会的一扇窗口。山水沟的北端正是1928年"济南五三惨案"的发生地。这里的城墙上依然残留着当年日本侵略者屠杀我国同胞的弹痕。他一度频繁往返奔走于山水沟，调查"五三惨案"经过，体察生活，了解民情，积累素材。他曾对齐鲁中学教员胡禧和先生感慨地说："山水沟是个包罗万象的地方，你想研究什么，这里就有什么。山水沟的书，我确乎应该写写。"这期间，老舍先生确实写出了一部书：长篇小说《大明湖》。"书中没有一句幽默的话"。脱稿后他送齐大张西山先生先睹为快。后该书稿在上海商务印书馆焚于1932年"一·二八"战火，未能面世。《大明湖》与老舍先生所言及的"山水沟"的书终究有什么内在关系，为此，1987年我曾到医院探望了张西山老先生，因他年高病重，答案未能如愿。据我揣测：一、老舍所述要写山水沟的书，即为《大明湖》，当然这有待老舍研究专家们考证；二、鉴于诸种原因，老舍虽没有直接写以山水沟为题目的书，但他对山水沟的感触及掌握的素材，已写进了他的这部或那部文学作品中。

发现了店铺的生意经

1933年9月前，老舍先生的主要任务有三：教书、写作、编辑《齐大月刊》。其后，老舍夫妇在济南添一女，自然又多一项父亲的任务。老舍先生做事认真，有呼必应。教学、创作、编辑工作尽心竭力，不辞辛劳，还担任《齐大年刊》文学社团顾问，被邀请到校外进行文学创作方面的演讲，他倡议恢复了瘫痪的齐大"文学研究会"，他还自撰教材《文学概论讲义》……虽然相当忙碌，但当父亲该做的事情自然是义不容辞的。夫人胡絜青在家服侍孩子，兼顾家务，而外出买东西等就主要成为老舍先生的任务了。孩子吃的、穿的、用的、玩的，孩子生病需买什么药，都免不了跑店铺，这样一来，按老舍的话说就是"全街上的铺子，除了金店、古玩铺，都有了我的足迹"。当时，在济南大街小巷没有专营儿童用品的店铺，几乎都是杂货铺，大人小孩子用品摆放在一起。但老舍先生发现店铺玻璃柜台里的商品摆杂而不乱，摆之有序，即总是儿童用品摆得低、成人用品摆得高。他曾高兴地向朋友们介绍这一发现，说："几乎每个店铺都少不了孩子的一席天地。有卖大人的东西，就有卖小孩的东西；老板也真会做买卖，你瞧那柜台的摆设，上面放着大人用的雪花膏、花露水，下面就放着小孩的玩具、糖果；上面摆着大人的鞋子、帽子，下面就摆放着小孩的鞋子、帽子。大人领着孩子一进店铺，大人还不知怎么回事，小孩先看见他要的东西，扯着大人的衣裳，嚷着要买这要买那。"老舍先生兴奋而风趣地把这一发现比作像发现新大陆一般。司空见惯中的洞察力、忙中寻乐的诙谐感和恪尽职守的慈父情，使人们从中对老舍先生的才智、气质与人格略见一斑。

"今天来的都是人"

老舍先生尊重人，尤其是普通的人民大众。胡絜青当时在济南齐鲁中学（现济南第五中学）任教。齐鲁大学在济南城南，齐鲁中学在城东，相距甚远，胡絜青须一日几次往返奔波。在她临产和哺乳期，便向学校请了假，由胡禧和等先生代课。老舍夫妇十分珍视朋友之间的友情，待孩子出了满月，他们便邀请了齐鲁中学七八位教师在济南有名的燕喜堂聚餐。老舍先生作为东道主——请客人们就座，他先与中学老师们扯家常，又以擅长的幽默逗乐的话题讲起了笑话。大家谈笑风生，丝毫没有与这位大学教授、知名作家的生疏感，气氛随便而热烈。菜一盘盘端上来摆在桌上，老舍先生非常认真地对老板说："今天来的都是人。"这个"人"字，语气特别加以强调。言外之意是，今天请来的座上客都是空着肚子、带着嘴巴来的活人，而不是"神"，上的菜不要像"上供"的摆设，好看不好吃，量少不够吃。

他接着又对老板说:"不要上供的菜,不要拼盘(意思是丁点儿、量少),少下手抓(不卫生、吃了跑厕所)。"并且做着手抓菜的手势。这一席话,逗得大家无不哈哈大笑起来。他又叮咛道:"不要样子,要干净的,要好吃的,哪样菜好吃再上,不好吃的也别硬凑。"据胡絜青老人解释,当时吃大筵有许多讲究,这道菜必须配那道菜,有些桌上菜是徒有形式,而没什么味道。

这其后,老舍先生又曾与齐鲁中学的教师们在燕喜堂聚过一次餐。当时正值初冬季节,老舍夫妇招待大家品尝了济南名菜"菊花锅",又一次给大家留下了美好难忘的回忆。

【原载 1996 年 6 月 20 日《山东医大报》,此次收入略有修改】

胡絜青谈老舍

王行之

我们结婚那年,他 33 岁

老舍回国以后,先是住在上海写小说,1930 年春夏之间回到北京。

那时候,我还在北京师范大学读书,差一年毕业。我们几个爱好文艺的同学组织了个小小的文学团体,叫"真社"。"真社"的稿子都登在《京报》副刊上,我发表新诗和散文用的笔名叫"燕岩"。这都是受"五四"新文学的影响。

听说老舍回到北京了,同学们想以"真社"的名义请他到师大来作一次演讲,公推我去和他联系。因为我课余在北京师范学校兼几点钟的语文课,知道老舍住在北师教务长白涤洲先生家里,所以让我去。在白先生家里,我第一次遇见了老舍,得机会我把"真社"同学请他去演讲的事说了。老舍没谈几句话，就答应了，并订下了去演讲的日期。白先生拉我到后院去看白夫人，谈了些话就告辞了。

回到家里，母亲问我见到老舍没有？怎么个人？我说，又瘦又弱，人倒是很老实。我很奇怪，母亲一向思想守旧，不乐意我去上大学，老嘱咐我不要和男同学来往，这一次怎么和往常不同了？后来才知道，我母亲是有意撮合我和他的婚姻。老太太早就为我的终身大事操上心了。她知道我老实腼腆，又不认识人，怕把姑娘"搁老了"，就托我二哥的朋友罗莘田（就是已故语言学家罗常培先生）给留意合适的人家。罗先生是老舍从小的同学，顶要好的知已，他当然第一个想到的是老舍。他看出我和老舍的性情、爱好很接近，又都是旗人，生活上也会合得来，跟我母亲一说，老太太就同意了，只瞒着我一个人。偏巧，"真社"推我去找老舍，这可真是无巧不成书。

他到师大讲演的时候，我和他都还蒙在鼓里，谁也不知道罗莘田背着我们忙的是这档子事。等到老舍去济南齐鲁大学文学系当教授去了，家里才把事情告诉我。老舍也觉得经济情况好转了，不至于因为他结婚而使老母亲的生活受到影响，才接受了他的老娘和朋友们的劝告，扔掉他的独身主义。

1930年的寒假，他回到北京。罗莘田请我和老舍在家里吃了一顿饭，接着，白涤洲先生和董鲁安先生也单请我和他去吃饭。这几顿饭当然都是主人有意安排的，我和他这两个客人心里也明白。吃过这几顿饭，他给我写了第一封信。他说，咱们不能老靠吃人家的饭来见面，你我都有笔，咱们在信上把心里的话都说出来吧。他先说了心里的话。回到济南以后，他每天起码给我一封信，有时两三封。

到1931年，我大学毕业了。暑假里，我回北京结婚。我们的婚礼是在西单聚仙堂饭庄举行的，两家的亲朋到了百多位，媒人是白涤洲和罗莘田两位先生。我们的婚姻可说是半新不老，既有"父母之命，媒妁之言"，可又都是我们自己同意的，没有半点儿强迫。这在那时候，就很不容易了。按照老舍的意思，我们到香山或者颐和园租上一间房，旅行结婚，免去一切俗礼，省的结婚那天像要猴似的被人捉弄着。可是我的老母不依，他就没有坚持自己的主见。在这些事情上，他从来不愿让老太太们伤心难过。那一年，他33岁，我26岁。

最近，白涤洲先生的儿子白川同志，送来一张我和老舍的合影照片，是结婚那天在饭庄里照的。我们自己保存的那张，几经战乱，它都平安地呆在我身边，等到"文化大革命"期间，不知怎么它也变成有罪的了，说是"黑材料"给抄走了。当年我们答谢媒人的这一张，居然在四十八年之后又回到我们家里，我很受感动。

从济南到青岛

颠沛流离，四处为家的生活，是老舍50岁以前的总情况。这中间，当然也有比较安定愉快的时候，他常常怀恋的是从婚后到抗战爆发，在山东度过的那几年。

我们先后在济南住了四年多，在青岛住了三年。他是济南齐鲁大学和青岛山东大学的教授，我在这两个城市的中学里当教员。我们两个都以吃粉笔末儿为职业。

按说，青岛是世界闻名的花园城市，避暑胜地；济南的"家家泉水，户户垂杨"，也别具一番风味，像大明湖，千佛山，趵突泉等名胜，单听这些漂亮的名字就非常迷人。多少人坐着飞机和火车，从各地跑到青岛和济南游览。我们这一家子可够奇怪的，就住在风景名胜的旁边，可是很少专门安排时间去游玩。我们在青岛住的金口二路，离第一海水浴场不到十分钟的路程，朋友们下海游泳都是在我们家里换衣服，不管怎么说怎么劝，老舍总是不肯离开书桌去跟阳光海水亲近亲近。他硬编出来的理由是："我们瘦，不到海滩上去'晾排骨'"。每年春天，青岛中山公园里樱花怒放，游人如织，老舍也很少去，他带着孩子在山大校

青岛金台路老舍旧居

园里那几棵樱花树下转一圈,就算是领略了一年一度的大好春光。

他把时间和精力都用在教书和写作上了。只要是学校开课的期间,他每天忙着看书,查资料,备课,编讲义,和接待来访的同学。他老是感到学识不丰富,唯恐贻误人家的子弟。他的写作计划,一概挤到寒暑假和平时的星期天里去完成。这样一来,一年三百六十天,他连一天的休息都没有。到了晚年,他才深悔壮年时期不懂得爱惜身体,只知道拼命地赶事情,结果落下了一身病痛,贫血,腰腿疼痛这些老毛病,从那时候起整整跟了他半辈子。

这样不顾疲劳的努力,创作上的收获当然不会白白辜负他。在山东七年,可以说是他小说创作的丰收期。长篇小说《离婚》《牛天赐传》《骆驼祥子》《文博士》《黑白李》《上任》《断魂枪》《柳屯的》《微神》《阳光》《月牙儿》《我这一辈子》等几十部中短篇小说,和为数更多的幽默诗文,都是这一时期写成的。青岛的风光之美,他既然没有去认真地领略,在他的作品里,也就很少出现以青岛为背景的人物和故事。不过,美丽的青岛风光,毕竟在他的文学创作中留下了痕迹,短篇小说集《樱海集》《蛤藻集》《东海巴山集》,就是以青岛的特点作了书的名字。

最使他难忘的,还是在山东认识的那许多终生不渝的知己好友。他和洪深、王统照、臧克家、吴伯箫、赵少侯、孟超、赵太侔、丁山、游国恩、王亚平、杨今甫、萧涤非等诸位先生的友谊,是从那时候开始的。此外,山东的一些拳师、艺人、人力车夫、小商小贩,也都是他当时的座上客,互相之间无话不谈。他自己也常常耍枪弄棒,练习拳术。

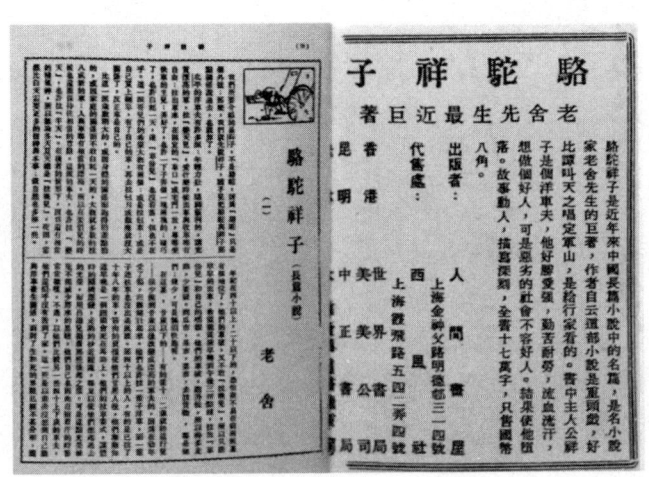

老舍在青岛创作的长篇小说《骆驼祥子》

那几年，老舍很忙，很累。总感到时间不够用的。偏偏赶上我接连生了三个孩子：大女儿舒济，儿子舒乙和二女儿舒雨。两个大孩子很淘气，姐姐能闹，弟弟蔫淘，对老舍的干扰不轻。爸爸刚刚坐下摊开了稿纸，小济过去了，大吵大闹地要去公园看猴。闹到爸爸答应找人带她去看猴了，那猴子一会儿又变成了"臭猴"，不去了。一眼瞅不见爸了，她拿过爸爸的稿子就乱涂一气，还美其名曰"小济会写字"。弟弟不像姐姐那样明闹，他爱仰着个小胖脸缠着爸爸"亲亲"，要么就让爸爸满屋子里"开步走"。小孩子们天天和他这么闹，急得他直叹气，可从来没有认真发脾气。赶到小济和小乙两个小醉鬼儿上了"疯"劲，联合起来向他进攻的时候，他干脆笑嘻嘻的放下笔，自己也变成了个小孩子，三个人闹成一团，全家人哈哈大笑。他一辈子都喜欢小孩儿，朋友们的孩子也都喜欢这个会说故事、爱讲笑话儿的"舒伯伯"。

含泪相誓，为国效劳

1937年8月中旬，二女舒雨出生才十几天，我们举家由青岛迁回济南。老舍应聘重回齐鲁大学任教。

这是"卢沟桥事变"一个多月以后的事情。整个济南城里，谣言时起，人心惶惶。齐大虽说开了学，可是很难正正经经地上课了。学生们一个接一个地来和老舍辞行，有的南下流亡，有的退学回家；学院预备南迁，教员们也日少一日，纷纷携家带眷去投奔乡下的亲朋。偌大的一座校园里，花木仍旧，却失去了往日的歌声笑语，空空荡荡，笼罩在一片国难当头的阴云下。

人在危难的时候，往往变得沉默寡言。我们家里，连孩子都受到大人的影响，不哭也不闹，呆呆地望着爸妈。那一阵子，老舍每天看报、打听消息，从早到晚抱着一部《剑南诗稿》反复吟哦。陆游的"楚虽三户能亡秦，岂有堂堂中国空无人！""夜视太白收光芒，报国欲死无战场"等诗句，使他叹气，来回地踱步，有时看着窗外的远天静静地流泪。我懂得他的心思。我明白，舍身报国的决心，他已下定了，只是还想不出家国能够两全的好办法。是带我们一起流亡呢，还是忍痛分开？

我倒在床上，瞅着身边像个小猫似的舒雨，感到万箭钻心，枕头上的泪水湿了干，干了又湿。我把他的为难之处，一一都设想到了：当然最好是一家大小一起出走，我们生为中国人，死作中国鬼，决不能落到侵略者的魔掌里等死；可是，我们的身体都这么瘦弱，三个孩子大的不过四岁，小的刚刚生下来，我们娘儿四个要是跟在他身边，不正像四根绳子一样捆得他什么事情也做不成吗？而且，他事母至孝，我们全家要是跑到江南，他那陷在北京的老母亲断了经济来源，让这位八十多了的老太太怎么办？思来想去，我也下了决心：成全他的报国壮志，把千斤的担子我一个人挑起来。尽管我是多么舍不得和他分开。

　　沧州沦陷的消息传到济南的那天晚上，我们再也不能不商议商议这些事情了。果然，使他犹豫不决的是老太太的生活问题和我们娘儿四个的安置问题。到现在我还清楚地记得他当时说话的情景：用手抚弄着小孩子的头发，半天没句话，低着头，为的是不让我看见他那湿润的眼睛。我说："你放心地走吧，只要济南沦陷的时候我不被炸死，我一定坚强活下去。我能教书，挣几个钱把孩子们带大，给老太太送终，还不致成为大问题。反正我还是教学生认咱们中国字，绝不能给你丢脸。万一我被炮火……"看着三个不懂事的孩子，我说不下去了。老舍只是连声地叫着："青，青……"

　　虽然这么说定了，我也给他准备好了行装，可是他还是不忍心一个人弃家出走。直到日本军队逼近了黄河北岸，11月15日傍晚，国民党军队炸毁了津浦路上的泺口铁桥（离济南只不过十几里路），三声巨响震得市内房屋摇动。市民们以为日本兵打来了，一片混乱。我连忙把小箱子递到他手里，催他快走。他把小济小乙一手一个抱在怀里，看着我和三个月的小雨，什么话也说不出来。他放下小孩，提起箱子扭头就走，到了门外，才又折回来说了句："要是车站没有车，我马上就回来！"

　　他极快地出了门，转眼消失了他的脚步声。那一夜，两个大孩子怎么也不肯去睡觉，要等爸回来再睡。我提心吊胆地整整坐了一宿。天亮了，他没有回来，不知道是平安地上车走了，还是路上出了事。生死不明，吉凶难卜，我的心堵在嗓子眼里。后来，一位朋友来送信,才知道由那位朋友陪他到了车站,恰巧赶上一列军车,他往一个当兵的手里塞了钱,挤上那趟车,经徐州到武汉去了。

从那天起,一别就是五年。他把一点点小积蓄都留给了我们,托我代他侍奉老娘,他自己只带走了五十块钱。

后来我听说,他到了武汉,投身到抗日战争的洪流中去。在武汉成立"中华全国文艺界抗敌协会"的时候,朋友们考虑到他无党无派的特殊身份,和热心公益的性情,便于广泛团结作家、艺术家,便选他当了常务理事兼总务部部长,实际上是"文协"总会的主要负责人。在周恩来同志的领导和帮助下,他做了一点团结全国文艺界坚持抗战的工作。关于抗战八年的事情,他自己在抗战胜利后曾写过一篇题名《八方风雨》的长篇记叙文章,言之颇详,这里就不想多讲了。

抗战期间,他一直挂记着我们。1938年他给陶亢德的一封信中说:"我想念我的妻与儿女,我觉得太对不起她们,可是在无可奈何之中,我感谢她,我必须拼命地去做事,好对得起她。由悬念而自励,一个有欠摩登的妇人,是怎样地能够帮助像我这样的人哪!严肃的生活,来自男女彼此间的彻底谅解,互相互成。国难期间,男女间的关系,是含泪相誓,各自珍重,为国效劳。"我们更是天天挂念着体弱多病的他。1942年,他的老母亲病故了,我料理完老太太的丧事,立即带着三个孩子历尽千辛万苦,偷越日军的封锁线,在路上走了五十天到了重庆,我们这一家人又团聚了。

【原载《人物》1980年第1期,收入本书仅选了有关济南的章节】

重游老舍故居

曾广灿

到济南，我特别挂记的是到曾经诞生过一系列有影响的新文学作品的那座平房小院去。它就是老舍先生偕新婚夫人胡絜青曾在这里居住过四年的南新街 54 号院（现为 58 号）。这一座约 40 年平方米左右的普通平房院落，正房四间，西头一间是老舍写作及备课的地方，东头一间是胡絜青带孩子的卧室，中间两间没隔断，是老舍的会客厅。院中东厢房是厨房及储藏间，西厢房靠大门一间是男佣人老田住，其余用作堆放杂物。院的西侧有一眼直径约 30 厘米，深约二三米的水井，井口是用一圆桶状石头凿眼做成的，当年老舍就用这口井里的水浇花、洗菜、洗衣服。

1981 年 3 月中旬，我随老舍夫人胡絜青及其长女舒济第一次找到这座小院。她自从 1934 年随老舍赴青岛山东大学任教告别这座温馨住所，一别就是48年。她滔滔不绝地讲述当年老舍怎样认真编讲义上课，假期怎样放弃休息，冒酷暑，臂弯下垫着吸湿纸赶写小说，间歇时如何摆弄花草和养猫，还特别讲到老舍养的那只黄花小猫，不慎掉到井里淹死了，家人没敢告诉他，怕他因难过而影响工作。

南开大学教授曾广灿

1982年3月下旬，由山东大学主办在济南召开全国第一届老舍学术研讨会，全国七十几位研究者和日本老舍爱好者访华团，在会间又专门组织参观了这座小院。房主人徐文升热情接待八方来客。这是他1950年从一位姓马的手中买下这座房院。原房子年久失修，1953年他对原来四间正房和东西配房照原样翻盖。这对于最愿意看到原来房院面貌的寻踪者来说自然是一个很大的安慰。

我曾在济南生活过10年，这小院也去过两趟，自然不能算陌生，但这一次走到山东医大对过的南新街后，却像迷失了方向似的怎么也找不见。原来这块处在泉城中心的地段几次被征用拆迁盖机关办公楼或改建新住宅了。我问到门牌66号的山东省民政厅大楼的门卫，他竟分不清58号的位置。我心中敲起了鼓，预感到这座院大概很难存在了。我穿过66号门继续寻觅，远处有一院门紧闭，在旁边的小小裁缝铺里，邂逅了58号院主人徐文升老人。难为他居然记得我，而我却认不清他的面目了。旧地重游，我又在小院里转了两圈，又在那眼淹死过老舍小猫的水井旁伫立片刻，在老舍当年接待客人的地方落座，老舍的写作间及东头胡絜青的卧室仍是10年前的老样，只在客厅的正中悬挂了幅5年前胡絜青画的国画《虾蟹图》，两边配一副对联是山东作家周坚夫手书，上联是"沧海六鳌瞻气象"，下联是"青天一鹤见精神"。我啜饮着主人泡的茶，问到主人的身体及生活，老人已71岁，当年做过小学教员，后来到制帽厂工作，退休后一直在

老舍济南南新街故居（1981年）

家闲居，没事也爱摆弄花草，所以一到夏天院中到处绿绿葱葱。老人说，自打1982年后，先后有日本的学者和法国学者巴迪先生专程来访过。我对老人说，老舍是有世界影响的大作家，保留了他的故居，您做了件很有益的事情。

临走时，我又在那小水井旁伫立良久，心潮翻滚：你这培育过文学巨匠的地方，你这产生过理论著作《文学概论讲义》和小说名著《猫城记》《离婚》《黑白李》《牛天赐传》《柳家大院》《微神》等并编辑出版了第一本短篇小说集《赶集》和《老舍幽默诗文集》等著作的地方，你这被读者向往的地方，能否也像老舍，像他的作品那样长久存在呢？

【原载1992年8月28日天津日报】

诞生过巨著的小院

任 远

　　这是一个普普通通的小院落。人们从门前路过，谁也不会格外多看一眼，或留心一下。那旧红砖墙，配两扇已经不太黑的黑门，是济南市居民区的街街巷巷最为常见的一种典型的住家，毫不显赫与特别。但是，就在这样一个普通大门内的寻常院落里，中国新文学史上的杰出作家、语言大师老舍先生，却在这里度过了他一生中最可珍贵的3年多的日子，并在这儿呕心沥血，为中外读者创造了大量宝贵的精神财富。

　　半个世纪以前的1931年，暑期，我国著名作家老舍先生从他执教的济南齐鲁大学返回北京，与刚从北师大毕业的胡絜青女士结婚。半月后，又来到济南，住进了这个坐落在城南关南新街路东的小院里。从此，直到1934年9月去青岛山东大学任教为止，他都一直住在

济南老作家任远(1928—2001)

这个小院里。用胡絜青的话说,这"是老舍生活比较安定的时期。他认认真真地教书,忙里偷闲地写作,作品的产量也比较多"。他在这里相继写出了《猫城记》《离婚》和《牛天赐传》等长篇小说,《月牙儿》《黑白李》《断魂枪》等优秀短篇,以及一些论文、译文和诗歌,还有《济南的冬天》《非正式的公园》《药集》等优美的散文佳作。同时,这儿也是他度过新婚后大半个蜜月,并生下第一个孩子舒济的地方。仅由舒济这个名字就不难想象,他们一家对济南这段生活的重视和珍惜。

老舍在《茶馆》一剧中,用常四爷的话说:"我爱咱们的国呀,可是谁爱我呢?"当巴金知道老舍在"文革"中惨遭侮辱与迫害,悲愤而死后,曾沉痛著文:《怀念老舍同志》。文中说:"我会紧紧握着他的手,对他说:'我们都爱你,没有人会忘记你,你要在中国人民心中永远活下去!'"这出自巴金的肺腑之言,不仅道出了中国人民的心声,也说出全世界广大老舍爱好者的心声。我作为一个十分崇拜和尊敬老舍先生才学、著作和人品的济南文学工作者,虽然对老舍的理解根本不能与巴老相比,却也是怀着巴老所概括的那种感情,早就产生了寻访老舍先生济南故居的念头。但是,还未及去访,就传来了那房子已被拆除的消息,使我深感惋惜,而且"相恨去晚"。尽管传消息者说得很确凿,可我心里总不踏实,希望拆房之说系"不实之词"。眼见为实,便决意去亲眼看看,好像只有这样才对得起老舍先生。今年夏末秋初的一天,放下纷乱的事务,我独自骑自行车前去寻访了。

骑车过杆石桥,沿文化西路东行,经山东剧院和省博物馆,到山东医科大学以西的邮局,向北一拐便是南新街。在这静静的小街上,我边走边注意门牌号码。没走多远,小街向西一拐,又向北去。我格外留神,甚至有点忐忑不安。走到路东门上挂有蓝底白字"58"小牌的门前时,真是既喜又惊,暗想:这就是老舍先生一住几年的故居吗?怎么还这样大体完好?正在迟疑不安、欲进未进的时候,门里走出一男青年。我

南新街老舍旧居门前

说:"请问,这是'58'号吗?"他回头看看门牌,再看看我,颇为奇怪地回答:"是呀,有什么事吗?"那神情好像是说,你不认识门牌吗?我没有解释,只说:"这里从前可是54号,还住过一位大文人吧?""是个大作家吗?""是呀,可以让我进去看看吗?"那青年点点头,"进去吧!"我随即停下车子,跟他走了进去。他在院子里喊了声:"姑父,有人看房子!"一位60多岁、头顶已略为脱发的老人,便应声走了出来,用疑问、甚至警惕的神情望着我。我说明情由,并拿出工作证请他看后,老人方礼貌而客气地说:"啊,任同志,请屋里坐!"

走进北上房,让座后,老人一边倒茶,一边说:"这就是当年老舍先生的住房,1953年我将原草房顶翻建为瓦房了,别的无大变化。"我环视房内:这是一座4小间的北屋。现在的房主就是这位徐文升先生。他是临邑人,现已67岁,在农村任过短期小学教师,20岁上来济南卖百货,解放后在制帽厂工作,早已退休。他于1950年从姓马的手中买下此房。据徐先生讲,老舍当年将这房的东头加一隔扇,西头和中间为写作间和会客室,东头为卧室。这与老舍当年在齐鲁大学的学生写的回忆是一致的。当年,老舍的长篇小说《牛天赐传》《猫城记》《离婚》都是暑假在这里完成的,其辛苦可想而知。天热,热到"小孩拒绝吃奶,专门哭;大人不肯吃饭,立志喝水"。老舍头捆毛巾,以防汗水下流。左手挥扇与打苍蝇,右手握笔

南新街老舍旧居院内（1997年夏天）

疾书。在那苦热难熬的日子里，老舍曾设想，若有电风扇、电冰箱也许好些，由于经济条件达不到，他一样也没有。如今，这一切徐先生家中有了。另外，室内最大的变化是将隔扇由东头移到了西头。不过，若细心一些，即便是今天，也不难发现这房子与老舍的密切关系。在房内迎门正中的北墙上，挂有老舍夫人胡絜青为当今房主人徐文升所画《虾蟹图》，格调既有其师白石老人的踪迹，又有着女画家自己的特色。配这幅画的对联为山东书法家周坚夫的作品。据说，他写这字时，并不知道是为老舍济南故居的当今主人所写，但其下联"青山一鹤见精神"，却生动地写出了老舍先生的高风亮节。

室内桌上的玻璃板下，摆有几张照片。其一是1981年3月15日，胡絜青和长女舒济应邀参加山东大学55周年校庆，来访故居时与现在房屋女主人的合影。其二是1982年春，日本"老舍爱好者"访问中国时，前来参观故居的合影。还有法国学者保乐·巴迪和日本女学者来访的照片。看过这些纪念物，我情不自禁地问起徐先生与老舍亲属的交往，以及关于这房子已被拆除的传闻。原来徐先生早已知道这是大作家老舍住过的地方。所以，他对这房子格外爱护，在此一住38年，没有轻易改变其原貌。但是，前年来了几个人，又是看，又是量，并限期让徐先生搬家。听说，附近一个大机关要用这地址建锅炉房。徐先生全家一再说明情况，与其交涉，也无济于事。出于无奈，徐先生写信向胡絜青求助，胡絜青又写信给山东省和济南市的领导同志，由领导出面说话，这所与中国新文学史有着密切关系的小小院落才得以保存。为此，徐先生亲自去了一次北京，向胡絜青致意。这样，他们就有来有往，成了朋友。听到这里，我既高兴，又感慨，心想：难怪我刚踏进这小院的一瞬间，徐先生脸上曾闪过一丝警觉的神情，大概怕我又是个想征用这房子的不速之客吧！当他知道我在文联工作，还是个老舍崇拜者之后，我们便亲切地交谈起来。他一再说很高兴结识我这样一个朋友。我们交换了电话号码。这时，我隐隐感到自己增加了一份保护这个小院的责任感。

在这个普通的院落里，不仅在北屋内可以看到与老舍的有关之物，整个小院，除南边原有的一个二门被拆除外，其他也都依然如故。东屋原来是厨房，现由徐先生的内弟居住。西屋为儿子所住。靠大门的一间，当年为姓田的所住，现朝街设门，徐家的儿子开了个小杂货店。院子西南角的那口井也还在，只是怕小孩出事，加了个水泥盖，随时可掀开取水。更为有趣的是，老舍在教书、写作和参加社会活动之余，喜欢养花。1938年，他在《作者略历》中以他早年特有的风趣和幽默感说："闲时喜养花，不得其法，每每有叶无花，亦不忍弃。"1953年在《养花》一文中，他又写道："爱花，所以也养花，把养花当作生活中的一种乐趣。"新婚后不久，他在这小院里与夫人照过一张合影。从那照片中可以看出，院内、窗下都种满了花。有盆栽的菊花，也有种在地上的其他花。无巧不成书。如今住在这里的徐先生也喜欢养花。我去访问时，鲜花满院。特别是一盆盆秋菊，婀娜多姿，美不胜收！

我告别了这亲切而普通的小院，一颗心好像还留在那小院中。一路之上，那小小的院落，那平凡的景物，同中国新文学史上这位伟人的贡献与业绩相比，在我心中形成明显的反差。这使我情不自禁地想到了日本著名作家水上勉在《蟋蟀葫芦》一文中写到老舍时说："他一点不像大作家，倒很像我的叔父——一位乡村校长。"可是，对这样一位平凡而又杰出的作家所长期住过的、极有意义的小院，竟有人难以容下，而为自己小单位的方便，就要将它拆除。这不禁使我不平：难道这是有文化的表现，是郑重和应该的吗？

【原载《山东文学》1989年第6期】

老舍与趵突泉

周长风

　　趵突泉年复一年地喷涌着。20世纪30年代初的某日，庄严的波涛声突然变得热烈而亲切。从一双圆圆的眼镜片后射出的动情的目光，使它超乎寻常地感受到，此刻站在身边的是一位远道而来的知己。

　　1930年夏至1934年秋初，老舍在济南齐鲁大学文学院教书，闲暇时写了许多文章描述济南的山水风景。在众多名胜中，他特别喜爱趵突泉。

　　他的散文《趵突泉的欣赏》，为人们津津乐道，但他另外的一大段描绘趵突泉的文字，却鲜为人知；同样，人们常提起老舍写于济南并以济南为背景的长篇小说《大明湖》，惋惜它未能流传下来，却很少有人知道老舍还有一部长篇小说《文博士》，虽然写于青岛，亦是以济南为背景的。那一段关于趵突泉的文字，即"藏"在《文博士》里。

《文博士》描绘了济南的院西大街、小巷民居、西餐馆等以及形形色色的市民。这里暂且不提，单说描写趵突泉的那一段儿，与《趵突泉的欣赏》就像双胞胎，同中有异，各有令人激赏之处。且让我分别摘录于下，以供比照：

泉太好了。泉池差不多见方，三个泉口偏西，北边便是条小溪流向西门去。看那三个大泉，一年四季，昼夜不停，老那么翻滚。你立定呆呆的看三分钟，你便觉出自然的伟大，使你不敢再正眼去看。永远那么纯洁，永远那么活泼，永远那么鲜明，冒，冒，冒，永不疲乏，永不退缩，只是自然有这样的力量！冬天更好，泉上起了一片热气，白而轻软，在深绿的长草藻上飘荡着，使你不由的想起一种似乎神秘的境界。

池边还有小泉呢：有的像大鱼吐水，极轻快的上来一串水泡；有的像一串明珠，走到中途又歪下去，真像一串珍珠在水里斜放着；有的半天才上来一个水泡，大，扁一点，慢慢的，有姿态的，摇动上来；碎了；看，又来了一个！有的好几串小碎珠一齐挤上来，像一朵攒整齐的珠花，雪白。有的……这比那大泉还更有味。

——《趵突泉的欣赏》

三绕两绕，他绕到了趵突泉，中国称得起地大物博，泉水太好了！他立在泉池上这样赞美。三个大泉，有海碗那么粗细，一停也不停的向上翻冒，激动得半池的清水都荡漾波动，水藻随着上下起伏，散碎的荡成一池绿影。池边还有多少多少小泉，静静的喷吐一串串的小珠，雪白，直挺，一直挺到水面；有的走到半路，倾斜下去，可也滚到水面，像斜放着一条水银柱；有的走到半路，徘徊了一下，等着旁边另一串较小的水珠，一同上来，一大一细，一先一后，都把水珠送至水面，散成无数小泡，寂寂的，委婉的，消散。耳听着大泉的喷吐震荡，目看着小泉的递送起灭，文博士暂时忘了一切，仿佛不知自己是在哪里了。

——《文博士》

后一段的趵突泉应是文博士眼中的趵突泉，但由于老舍对趵突泉过于喜爱，他似乎有些偏离主人公的视角，而按自己心目中的印象来描述。

于是乎，两段文字十分相似。上来先写见到趵突泉，根本顾不上找形容词儿，惊叹声冲口而出：泉太好了！接着写三个大泉，写水藻，最后写池边的小泉。在趵突泉面前，老舍惊呆了，恍惚进入超凡的境界，等他回过味来，感慨地说："设若没有这泉，济南定会丢失了一半的美。"（《趵突泉的欣赏》）

《趵突泉的欣赏》写于1932年，《文博士》写于1936年。或许有人要问，老舍写《文博士》这段时，是否参照《趵突泉的欣赏》呢？我想不会的。两段文字脉络相同，正说明老舍心中的趵突泉就是这个样子，如果他写《文博士》时曾翻检旧作，或许会换另一副笔墨。

20世纪30年代初趵突泉吕祖庙前的三股水

一位大作家，用相似的笔墨两次描写同一名胜，除了趵突泉，全国还有另一处吗？说不定这可以列入中国之最呢！

当时，趵突泉周围是一个自发的市场，卖吃的、卖唱的、卖货的、卖卜的，嘈杂纷扰。到了农历二、七日逢集时，更是人头攒动，几无隙地，吆声聒耳，浊气熏天。

老舍对此十分厌恶，他说："但是泉的所在地并不是我们理想中的一个美景。这又是个中国人的征服自然的办法，那就是说，凡是自然的恩赐交到中国人手里就会把它弄得丑陋不堪。"尤其货摊上大量摆放着"东洋布，东洋磁，东洋玩具，东洋……"，简直成了"日货销售场"，更令老舍难以容忍。他刚到济南那年冬天，一把火将趵突泉池南边的茶棚、货棚都烧了，老舍希望借此机会把趵突泉改造成公园，泉东边修建个游泳池。在军阀统治时期，这种希望不可能实现，席棚很快又搭好了，甚至渐次变成木板棚。

然而老舍的这一希望并没有泯灭。1937年夏他从青岛又回到齐鲁大学。初冬，日本军队逼临黄河北岸，他抛妇别雏，告别济南这第二故乡，只身奔赴武汉参加抗战。他于11月18日到达武汉，转过年1月份就在《大时代》杂志上发表了《吊济南》一文。文中他以必胜的信心想象将来获得新生的济南的模样，其中写道："我将看见趵突泉改为浴场，游泳着健壮的青年男女。"

古人即把"清泉濯足"列为煞风景的典型例子，清泉游泳岂不更甚于此？老舍在文中还说："我将看见马鞍山前后有千百烟囱"。细细想来，老舍是把游泳池和烟囱俱看作社会文明进步的标志。不是么，新中国成立后，有位国家领导人站在天安门城楼上，满怀豪情地说：我们要建许许多多的工厂，将来从这里望去，到处是喷云吐雾的烟囱……这从现在的眼光看来，显然不尽科学，实现现代化不能以破坏自然为代价。而在当时，历史的进程还未能要求人们普遍树立保护自然遗产、保护生态环境的意识。痛感于中国的愚昧落后，痛感于中国人的萎靡羸弱，老舍迫切希望自己的国家尽快沿着工业化的道路富强起来，迫切希望中国人特别是青年一代生活欢畅、身心俱健。这种心情不难理解，并且值得尊重。

还要提及的是，30年代初，人们在趵突泉三股水东面的来鹤桥两侧的水底，各下了三根铁管，人工造六泉，由于地下水充沛，波翻浪涌，较之趵突泉亦不甚逊色。老舍虽然仍是喜爱原来的三股水，却没有把人工泉划入"征服自然"的恶行，并且还希望在新建的公园里"各处安着喷水管"。其原因除了与建游泳池的想法相同外，恐怕与他旅居欧洲五年的见闻不无关系。

今天的趵突泉，真的如老舍希望的那样"造成一个公园"，然而他做梦也不会想到50年后，不要说安装喷水管让地下泉水更多地喷涌了，由于泉水补给区的硬化，源头植被的锐减，挖防空干道、打建筑基础对地下水系的破坏，和地下水的过量开采，连趵突泉每年也要干涸数月。

1990年，趵突泉池南边倒是安装过一组利用自来水的人工喷泉，它并不能使公园恢复美丽。就像胭脂，仅仅是为了掩饰公园因泉水干涸而失去血色的苍白的面容；就像绢花，全没有生命的活力。人们认识到这一点后，很快拆去。

假若老舍重生，再来济南，望着水波不兴甚至池底扬尘，枉名"趵突"、徒称"第一"的趵突泉，还会赞美"中国地大物博"吗？还会感叹"只是自然有这样的力量"吗？我们这样炫耀人类似乎比自然还伟大的力量，不怕遭到自然的报复吗？瞧瞧我们自己的所作所为，再责怪老舍的那个想法，实在叫人脸红。

济南的百余处泉水俱失往昔风采，许多已经因盖楼修路而被填埋。但愿一息尚存的，即便是常年枯竭的干眼子，今后也能得到珍惜，像保护大熊猫一样，努力地使它恢复生机，千万别让它们在我们这代人手里灭绝了。

这样，后人要欣赏趵突泉，还是到济南来，一时来不了，那么先看看老舍的《趵突泉的欣赏》，以作卧游。如果后人欣赏趵突泉，只能通过老舍的文章或电视纪录片之类，这就不仅是老舍先生的"丰功伟绩"，而是我们的"滔天罪行"了。

【原载1992年《山东旅游》第6期，收录本书略有修改】

寻访老舍故居

李耀曦

20世纪30年代的近半时光老舍住在济南。1930年夏至1934年秋初,他应聘执教于齐鲁大学,在这里住了整整四载,两年后——1937年秋,又由青岛重返齐大,是年冬日寇兵临城下,为抗战老舍撇妻舍子,只身出走武汉,从此离开济南。

在居住济南的四五年间,老舍写出4部长篇小说、一本短篇小说集,发表了大量的散文和幽默诗文,度过了他人生历程上的一段平静而又美好的时光,老舍称济南是自己的第二故乡,研究者也说这是他文学创作上的一个黄金时期。

时隔半个多世纪,当笔者沿着这座古城的老街小巷慢慢寻行,于历史的尘埋中去叩访先生当年住过的旧居时,那些阴沉的楼板、斑驳的墙壁,仿佛犹在默默叙述着往日的故事。

齐鲁大学办公楼上

走在当年的南关圩子门外,想象着老舍初到济南时的情景:一辆老而瘦的白马破车,车上坐着一位刚从海外归来瘦而文弱的幽默作家,在古城那最能体现国粹的慷慨不平的旧石板路上一颠一簸地行进着——老舍在《到了济南》一文中,正是这样描述的。

正琢磨着这究竟是写实还是幽默的时候,已来到当年的齐鲁大学旧址——山东医科大学门前。当年的圩子墙和"新建门"早已不复存在,但与新建门隔马路相对的齐大"校友门"至今犹存。就是眼前这座飞檐斗拱石牌楼式的山医大校门。

据老舍夫人胡絜青回忆:"1930年春天,老舍从新加坡归国,住在上海郑振铎先生家写完《小坡的生日》之后,回到他的故乡北京。在北京,他只住了三四个月,就应齐鲁大学文学院的聘请,在暑假结束前到了济南。那时他单身一人,住在齐鲁大学办公楼二楼的一个房间内。"

"齐鲁大学办公楼",即现今山医大老办公楼。楼在"校友门"内东侧,坐北朝南,是一座青灰色砖石结构中西合璧式的二层小楼(还有一层半地下室)。洋名:马咯考米卡楼。

扶着楼内漆成暗红色的雕花木栏拾级而上。二楼上,狭长的楼道内光线幽暗,脚步在木楼板上发出咚咚的声响,犹如历史的回音。

"请问,舒舍予——老舍先

原齐鲁大学办公楼和老舍住过的房间

生是在这里住过的么?"叩响楼道尽头那扇悬挂着"××处"白色木牌的房门,我满怀希望地探问:"舒什么?——哪个部门的?"房内,一位40开外的男子十分认真地回答。(令人恍然悟到那位曾在这里开过文学概论、小说作法与世界名著研究等课程的老舍先生确已久不居此了。)

据当年的齐大国文系学生回忆:当时该楼二层右侧是院长、校务主任办公室,左侧为教员单身宿舍。当时文学院住在这里的有:老舍、张西山、马彦祥、齐树平等几位先生,老舍就住在这西头南边第一间。

老舍所居的这个房间实为主楼的西南角。从这里推窗南望,可以远眺梵宇点点的千佛山,近观红楼错落、绿树若云的齐大校园;楼下,槐榆夹道,碧草如茵,环境分外幽静。据说,当时老舍很不喜欢这所教会大学那沉闷、乏味的教学空气,却十分欣赏校园的幽雅和宁静,曾在两篇文章里细加描述,赞之为"非正式的公园"。

但当时校外却是另一番景象:"五三"惨案刚过不久,济南老城西门和南门上残立着被日本人炮火轰毁的城楼,城墙上"勿忘国耻"的白色标语尚未完全被风雨剥去,到处弹痕累累;而古城内,市声隐隐,尘雾茫茫,一切都似笼罩在一片灰色的大梦之中(老舍语)。

于是,老舍在教课与兼编《齐大月刊》之余,开始悉心收集有关"五三"惨案的细节材料,深入了解济南的民俗风情。终于,一年之后,就在这间屋子里,写出了他来济南后的第一部长篇小说:《大明湖》。

很可惜,《大明湖》未曾面世,便焚于上海"一·二八"战火。读过这部小说原稿的只有两个人。一位是商务印书馆的编辑徐调孚,另一位就是老舍的邻居兼好友张西山。

张西山,即张维华,字西山。80年代初,笔者访问这位时任山东大学历史系教授的80老翁时,他陷入了深情的回忆:"民国十九年(1930)夏天,我从燕京大学哈佛研究所进修后又回到齐鲁大学教书,恰巧这时老舍也应校长兼文理学院院长林济青的邀请来齐大任教。从那时起,我俩就毗邻而居,他住南间,我住北间。"

西山先生接着说:"当时,我们都是单身汉,都还年轻,虽然他搞文学我弄历史,但由于年龄相仿(老舍长我3岁),又都出身贫寒,因而言谈投契,交往甚多,时有过从,常在一起散步聊天。有时,还会就着花生米干上几杯,一边饮酒,一边闲谈,扯高兴了,老舍便把他写的小说拿出来念上一段儿,让我提提意见……"遗憾的是,关于《大明湖》小说中的具体内容和情节,由于年代久远,西山先生已记不清了。

如今,不仅西山先生已去世多年,当年的齐大学生也已所剩无几。《大明湖》也许成了一个永久之谜了吧。

在楼内盘桓多时,怀着一种怅然若失的心情离去。目光再一次落在楼门飞檐上方,老舍文中提到的那面"大时辰钟"上。想不到60年风风雨雨,它依然安闲地端坐在那里——只是时针已懒得再动,将时间永远地留住。

南新街 54 号小院

一座红砖墙黑大门很不起眼的小院,藏在一条拐了三个弯儿的南北胡同里。当年的茅草屋已换作红瓦房,且在临街的墙上开凿出一间"新潮服装店"的小门面,门牌也由 54 号变为 58 号,其余似无多大变化。

叩开门时,院主人对笔者的来访似乎颇为不悦,劈头就是一句:"哪里来的,是不是想让我们搬家?"原来,附近某机关早就看好了这块地界儿,准备在这里建锅炉房,已"商量"过好几次了。

1931 年暑假,老舍回北平与北师大女才子胡絜青女士结婚。婚后,偕夫人回济,在校外南新街租屋而居,就是这所院子。关于当时的生活情景,胡絜青有过颇为详细的忆述,她说:"我们住的小院子,大门坐东朝西;二门内的西、北、东三面有房;紧靠大门洞的门房由老田夫妇住着,西屋两间是大家吃饭的地方,东屋是厨房,厕所在东南的角落里,我和老舍住北房。北房三间的东边一间半加了隔断作为卧室,西边一间半是老舍会客和写作的地方。"

关于在这一间半书斋里艰苦写作的情景,老舍曾在多篇文章中提及,做过颇幽默的状叙。如:"那年简直热得出奇,那就是我'避暑床下'那一回。早晨,一睁眼,屋里——是屋里——就九十多度!小

院主人徐文升向来访者介绍故居情形

孩子拒绝吃奶,专门哭号;大人不肯吃饭,立志喝水!可我得赶写文章,昏昏忽忽,半睡半醒,左手挥扇与打苍蝇,右手握笔疾写,汗顺着指背流到纸上。"

就这样,老舍继《大明湖》后又写出了三部长篇小说:《猫城记》《离婚》《牛天赐传》。《赶集》中的绝大部分短篇和当时发表在《论语》等刊物上的多篇幽默诗文,也皆写于这一间半小屋内。

与当年相比,如今院内的格局变化不大,只是二门拆除了,北房和西房也在原房基上翻盖过。有趣的是,当年老舍用来打水浇花的那口水井竟然还在!老舍爱花。当时,小院天井内种满了各种花草,还有两株紫丁香和一大缸荷花。一早一晚,老舍就用这口井亲手打水浇花,施肥捉虫。每年春暖花开,姹紫嫣红,都要吸引不少朋友前来赏花。

省立一中教员、画家桑子中先生,是当年老舍的朋友,曾在《我记忆中的朋友老舍》一文中,详述过昔日涉足这所小院赏花时的情景。

老舍夫妇在这所小院里住了三年,生下女儿舒济。老舍曾在一张

"全家福"照片上题诗一首,记下当年的欢快情景:"爸笑妈随女扯书,一家三口乐安居。济南山水充名士,篮里猫球盆里鱼。"

现在小院的主人姓徐,也喜欢养花。徐先生正房内北墙上挂着一幅《虾蟹图》,为老舍夫人胡絜青所画。方桌的玻璃板下压着几幅照片,有1981年胡絜青与女儿舒济重访故居时与房屋女主人的合影。还有1982年日本"老舍爱好者访问团"参观故居的合影以及法国学者保乐·巴迪与日本女学者来访的留影等。

去年,舒乙先生、南开大学曾广灿、济南老作家任远等先生也曾来小院。任远先生还写了《诞生文学巨著的小院》访问记。

据此看来,近几年常有热爱老舍的国内外人士来此参观访问。但不知这所小院究竟还能存在多久。

长柏路2号教授楼

循着昔日的老舍足迹,笔者又回到当年的齐鲁大学校园。

1937年8月,老舍应邀由青岛重返齐大,先住校园内"老东村"平房,不到一个月便迁入长柏路2号教授楼。

楼在现今山医大校园内南边,四周花木环绕,绿树掩映,是一幢红柱灰砖方形尖顶的小洋楼。当年的齐大校园内这样的小洋楼共有24幢,系与文理学院办公楼、教学楼、礼拜堂等同时所建,住的多是外籍教授。

这是一幢内部结构颇为别致的"姊妹楼":楼内正中并列着两个式样一致的楼门和平行上升的两个楼梯,把小楼一分为二,东西各半。当时,老舍一家住东半楼,楼下的两大开间作为客厅和书房,楼上三间是卧室,厨房在楼下。楼前、楼后花木扶疏,环境幽雅。站在卧室窗前,可于晴空下远眺四里山和马鞍山的秀色。

但老舍只在这幢楼内住了两个来月,而且也已无心观赏山景。因为,日寇已逼近黄河,时有敌机空袭,到处兵荒马乱,济南危在旦夕!虽说学校已经开学,实际上已无法上课。每天都有教师和学生来与老舍辞行,有的往南边走,有的回家乡去。老舍在小楼里整日忧心如焚,从早到晚抱着一部陆游《剑南诗稿》,反复吟哦。

这期间,诗人臧克家曾来探望。四十年后,老诗人在文章中重述当年情形:"我到了济南。正碰上警报,敌机一批又一批轮番而来,轰炸泺口黄河大铁桥。在仓皇中,在警报的空隙里,我去看望老舍。这时他在'齐鲁大学'任教,离乱中更觉到友情可贵。一进大门,树木把一片秋色送到眼里,一座一座高楼隔得远远的,把一片空地留给了花草。我向着门房工人指给的一座小洋楼走去,老远看见一位绛衣人立在草地上,身后一位妇人带着两个孩子在树下玩,正欲上前问询,抢过几步之后,才发现这就是我要访的友人的全家。打过招呼之后,便随着到了他们的新居。谈一回战局,谈一回文艺,最后谈到今后个人的去路。这时期卖文章已成死路,所以他来'齐大'教书,上课不久,济南的空气又把学校紧张散了。校长是外国人,早走了。学生也走了。他叹息着自己走不动,守着这个'世外桃源'。他的话里有无限酸辛。"

此时,老舍正在构思一部新的长篇小说,但已无心下笔,最关心的已是看报纸和听广播了。其间,他曾走出书斋,参加过两次秘密的抗日集会,还在热心抗战宣传的青年陪同下,走访了当时在济南的大鼓名艺人白云鹏、张小轩,请教大鼓词的写法。他正在暗下决心,默默盘算着什么。

11月15日傍晚,随着"轰轰轰!"三声巨响,黄河大铁桥被炸毁——韩复榘的军队已准备弃城而走。沉思中的老舍猛地站起身来,和夫人说了几句话,挨个看了看三个极幼小的孩子,便提起早就收拾好的行李箱子。一步一步下楼,奔火车站而去。

走出长柏路2号,老舍踏上八年如一日艰苦抗战的

今山大西校区长柏路11号楼原为长柏路2号老舍旧居

"八方风雨"。从此,便再未回到济南。

济南著名画家关友声先生是老舍的朋友,据说老舍走后,关友声曾接胡絜青和孩子们去家暂住。1938年秋,胡絜青和孩子们携带几件最简单的随身之物返回北平。老舍的全部书籍、讲义、日记、文稿,均装在一个大木箱内,留在长柏路2号楼上。1941年太平洋战争爆发,日本军队进占齐大,这些东西全部散失。

在如今的长柏路2号楼上,笔者见到了现在的女主人栾汝珠女士,栾女士是老舍昔日的齐大同事兼好友栾调甫的小女儿。原来,1937年老舍夫妇走后,1939年栾调甫先生搬进了这幢小楼,栾先生去世后,他的女儿仍在这里居住。

栾调甫是一位研究先秦诸子的国学大师,其对墨子的研究,被梁启超誉为:"不是绝后也是空前",曾主持齐大国学研究所多年。据说当年,正是在栾先生的倡议下,林济青才将老舍等人请来齐大的。

栾女士告诉我:记得当年刚搬来时,老舍先生的一些东西还在楼上锁着,太平洋战争爆发他们举家避难出走,日军占领了齐大,后来重返齐大时,这些东西就都不见了。

老舍在齐大时栾女士尚很年幼,只记得老舍常去老东村家中,与先父二人谈笑风生,其他一切已无从记忆。

笔者只能在这幢现已改建、住着四家山医大教授的楼内,感受那流荡在空中的历史足音了。

【原载1992年5月9日《济南日报·周末增刊》第10期】

京城访谈录：老舍不能没有济南

李耀曦

北京地坛附近有一个青年湖公园，园内湖心岛上有座雅致的"胜蓝轩"茶苑。

1998年8月3日下午，我们就"老舍与济南"这个话题在此采访了中国老舍研究会的几位著名专家：王行之、吴小美、关纪新。

王行之（中国社科院研究员、中国老舍研究会副会长，著有《老舍语言艺术观》等）：

《老舍与济南》这个题目很好。

1989年6月之前，我发表过一篇文章叫：《我论老舍》，在其后引起一点小波澜。文中的一个重要论点就是：老舍20世纪30年代在济南和青岛的创作是他文学创作上最好的时期之一，是老舍文学生涯的黄金时代。老舍那时是一个独立不倚的社会批判者，在中华人民共和国成立后的"狂喜"中走向了艺术的大滑坡。

……

采访中国老舍研究会学者,左起:王行之、关纪新、吴小美、舒济(1997年在北京地坛青年湖公园)

关纪新(满族,中国社科院《民族文学研究》杂志副主编、中国老舍研究会秘书长,著有《老舍评传》等):

老舍不能没有济南,济南也不能没有老舍。

老舍说:"济南是我的第二故乡"。老舍用"故乡"这个词不是随便说的,是动了真感情的,因为,老舍是一个一辈子都很真诚的人。

老舍在北京养成了他的文化性格,去英国之前他主要是生活在旗人的文化圈里,对中原文化了解得不多。老舍自英国回来后对济南有一种天然的亲切感,济南这座文化古城与老舍自幼在北京的生活是直接接轨的,老舍在这里深入地接触了中原文化、儒家文化,济南开阔了老舍的文化视野。

老舍在去济南之前已经开始把自己打造成一种文化感知型、文化批判型的作家,老舍到了济南,感受到自己又生活在了一块丰厚的中国文化的土壤之上,很容易找到自己生命的契合点。济南这块厚土更有利于老舍思索中国传统文化,思索中华民族这个古老民族的文化心态,老舍是把济南看作中国文化的一个征象的。所以,老舍到济南后很快就融入了济南的文化环境中间,济南成了老舍文学创作的一块"福地"。

济南之于老舍还有以下三个方面的意义:

一、从济南开始,老舍真正形成他一辈子文学创作中两个鲜明的主题:社会批判和文化批判,或曰关注下层劳苦大众的生活与精神状态及重新深刻认识中华民族的精神负荷。

二、建立了自己一整套的文艺思想和创作观念。

三、济南是老舍抛弃前半辈子纯粹洁身自好、远离政治的生活方式，开始融入民族救亡运动的转折点。

吴小美（女，兰州大学中文系教授、中国老舍研究会会长，著有《老舍的小说世界与东西方文化》等）：

老舍先生是一位具有特异创作风格的世界级作家，20世纪的中国文学史无论从哪个角度、如何改写都改变不了这一点。

济南是老舍先生形成这种特异风格的成熟期。在济南，老舍把十八般武艺都使出来了，全面试验、找寻自己的风格。当他离开济南时，带走的就是这种最适合自己的最成熟的东西了。

长篇小说《离婚》是老舍先生在济南创作的传世之作，也是老舍自己最喜欢的作品。

说一个小插曲。抗战期间，老舍先生应西南联大罗常培的邀请从重庆去昆明讲学，罗的几个研究生马训良、吴晓铃等问老舍："您认为你的哪部作品最好？"老舍说："你们投票选吧。"结果，有的投《骆驼祥子》，有的投《月牙儿》，等等。最后，老舍说："你们选的都不对！我最好的作品是《离婚》。"吴晓铃问老舍："怎么能是《离婚》呢？"老舍说："你们现在还太年轻，不懂！你们将来就懂啦。"后来，吴晓铃先生80多岁时回忆起这件事，说："我现在懂了。"

《离婚》堪称20世纪中国文学创作上的一座丰碑。我写过一篇文章，题目就叫：《从〈离婚〉到〈懒得离婚〉》，《离婚》的文化内含非常丰厚，当代作家谌容的作品并没有超越老舍。

老舍先生的另一经典之作《骆驼祥子》

在安外大街东河沿采访老舍夫人胡絜青

济南电视台《老舍与济南》摄制组与中国老舍研究会专家在北京青年湖之合影

虽写于青岛,但也离不开在济南的写作与思索。

这就是老舍与济南在文化上和文学创作上的深层关系。

1998 年 8 月 12 日

访孔范今：老舍——半个世纪的误读

李耀曦

听说山东大学文学院院长孔范今教授撰有3万字的长篇论文：《解读老舍》，对老舍的分析研究独具慧眼。近日，笔者曾前往孔府就教，亲耳聆听了先生的"解读"。

孔教授说：近半个世纪以来，老舍在被社会接受甚至赞美的同时，也遭到了种种严重的误读和误解。在很长时间里，人们习惯于使用政治性价值尺度和历史性意义模式解读老舍，勉强地向当时的文学主流话语硬性贴近，结果是直接影响了对老舍本体意义的认识和对其独特贡献的理解。

孔教授总括中华人民共和国成立后数十年来对老舍的分析研究说，这可称得上是现代文学研究中的一种特异现象。对老舍的评价方式既不同于鲁迅，也不同于茅盾，还不同于巴金。

山东大学文学院孔范今教授

鲁迅被称之为"现代圣人";茅盾被推为左翼文学的巨匠和"社会分析"派小说的代表;巴金因其作品与权力中心话语的某种疏离,虽然也被人们在文学史既定框架中极为推崇,但也可以无所顾忌地对其方方面面进行检视;老舍幸运地获得了"人民艺术家"的荣誉称号,而这一非政治性的但又带有政治权威的定论,已经固定了他的高度,人们只能围绕它做文章,而不能背离这一遵循。

孔教授认为,老舍是一个具有独特文化个性的作家,不能用既定的一种理解、一种模式做划一的律定。

老舍特异的文化个性主要表现在以下三个方面:其一,本世纪以来,特别是"新文化运动"和"文学革命"时期,文化启蒙主义者的价值立场实际上表现为一种西方文化中心主义,向西方的文化价值判断倾斜;而老舍超越了对中西方文化进行比较的既定模式,是以"人"和"民族"或者说是"国家"的特殊视角,进行综合性的批判考察的,因此,在老舍的作品中,没有哪一个民族和国家的文化是最理想的。

其二,在对待批评对象所取的态度上,老舍也与文学主潮派有所不同,老舍的角色定位是"平民"而不是文化启蒙主义的"战士"。对世人的平等对待和沟通理解,使得老舍采取了"一半恨一半笑的去看世界"的态度,这便是他之所以幽默的基础。

其三,在对待民间文化、通俗文艺的态度上,老舍对"五四"以来新文学"反通俗""反民间"的文化倾向进行了清醒的反思,老舍的作品不避世俗趣味,没有不食人间烟火的姿态。在中国现代文学史上似乎还没有谁比老舍对民间文化和通俗文艺表现出如此高的热情,并对"十八般武艺"进行过全面操练。

1998年10月16日

发现与解读

泉城风光依旧，世上几度沧桑。齐鲁大学康穆堂悠扬的钟声已经远逝，新文学教授舒舍予腋下夹着讲义的背影已经走入历史的深处。然而历史是一条连绵不断的长河，从昨天流淌到今天。济南这座城市的文化血脉里，仍流淌着那辈文化人的血液。老舍与济南的故事并没有完结，今日济南人对这个老故事的解读或许才刚刚开始。

济南人喜欢热爱老舍，并不仅仅在于那些描写济南山水名胜的美文佳作，让人重温田园风光的老济南，给人以无限遐想。还在于他那平民作家的亲和风度，那种特立独行，自由创作的精神。老舍不能没有济南，济南不能没有老舍。老舍是一个时代的缩影，在他背后站着民国济南一代文化人，还有那个略带神秘色彩的齐鲁大学。

时代风云变幻无常，老舍走得太匆忙，给后人留下许多值得重新探究一番的故事。每个人心目中都有一个老舍。历史的真实图景是由一张张拼图粘连而成的。从不同角度走近老舍都会有新的发现。

老舍是永远的。

济南是永远的。

这个现代作家与文化古城的故事也必将是永远的。

老舍在齐鲁大学说相声

李耀曦

老舍在齐鲁大学教书,课堂教学十分精彩,时常引得学生们哄堂大笑。老舍还曾在晚会上表演单口相声,更是轰动齐大校园。当时济南《中报》上刊登过一篇文章《老舍的老师是济南两个说相声的》。此说未免夸大其词,但却也揭出背后许多故事。

提起20世纪30年代老舍曾在济南齐鲁大学教书,如今已广为人知,不算什么新鲜事了。不过若说到当年老舍还曾在齐大师生联欢会上,表演过武林功夫,打过一趟山东查拳,并曾担任笑林登台表演单口相声。却恐怕是很多人闻所未闻,非亲历者莫可道焉。

笔者虽非亲历者但却是亲闻者,曾亲耳聆听过齐大国文系毕业生张昆河先生的亲口讲述。那是30年前在济南卫巷张公寓所临街小

老舍在齐鲁大学及当时上课的讲义

书房内。一个是白发老翁漫忆民国往事,一个则是晚辈后生如闻海外奇谈。张老先生可谓老舍的"及门弟子"。他是1933年秋天考入齐鲁大学文学院国文系的。当年齐鲁大学学生人数很少。1933年是齐鲁大学立案后招生人数最多的一年,但当时齐大国文系33级也就只招了一个班,男女生总共不过十来个人。这也就和私塾弟子差不多了。而他们大一的《文学概论》课和大二的《文艺批评》课,业课教授并非别人,正是幽默作家舒舍予——老舍先生。

张昆河先生回忆说:舒舍予先生当时不过三十四五岁,在文学院几位正教授中大概是最年轻的。大家久闻老舍的大名,不少同学上中学时就读过《老张的哲学》和《赵子曰》,知道他是位幽默大师,并被林语堂封为"《论语》八仙"之一。但出现在我们面前的舒舍予先生,无论相貌衣着还是举止风度,却是如同常人,一点也不幽默,毫无"论语八仙"的仙家逸气。舒先生上课也与其他教授别无二致。上课钟声一响,他就迈步跨进教室,照例拿起点名册来点名,板书也写得很规矩整齐。

舒先生在课堂上始终板着面孔,不苟言笑。不过偶尔也有妙语脱口而出,冷丁袭来,引得哄堂大笑。记得他讲到文艺作品要写人物的典型性格时,说:"要把人物性格描绘得一看就像谁,至少也得像他二哥。"同学们都禁不住笑了。但舒先生可不笑,他继续冷着脸说:"写典型嘛,就要多加材料。假如你要写一个爱穿马褂的,你无妨写他穿着两个马褂,三个马褂,四个马褂。"满堂轰然大笑。可他仍是板着脸,等大家笑完了再继续讲。大家逐渐体会到,老舍先生的幽默是一种不动声色的冷幽默。

　　课堂时间毕竟有限。大家总想与老舍先生多有接触。除课余时间去南新街舒宅拜访攀谈之外，还有一个近距离接触老舍的机会，便是系会。所谓"系会"，就是全系师生联欢会。这是个例会，规定每学期举行两次，一首一尾。系会上，最受学生们欢迎的节目，便是老舍先生的京剧清唱和讲笑话。记得有一次，老舍兴致勃发，还登场说了一段单口相声，相声名为《票友》。记得老舍说道：

　　我在北平有一位朋友，是个票友。此人这京戏呀，迷得厉害，一心想"下海"，成名角儿。可他是个"左嗓子"，唱得太差，谁听了谁捂耳朵，花钱请也请不来，硬拉也拉不住。没办法，只好自个儿找了一个清静的地界儿——跑到西山去唱。上了装，提把青龙偃月刀，连作带打，唱《单刀赴会》。

　　正唱着、唱着，打山上下来一个老头儿，打柴的樵夫。一看这位，吓懵了：不知是关老爷显圣，还是土匪劫道；赶忙跪下磕头："好汉爷饶命！好汉爷饶命！"票友一看，心中暗喜，大喝一声："老头儿休怕！饶尔性命不难，只须——听我一段西皮——便可免你不死。"便又野唱起来。

　　但唱着、唱着，樵夫"扑咚"一声又跪下了："好汉爷，您甭唱了，还是杀、杀了我吧！"票友惊问："为何？"老头哭道："我觉得，还是杀了我——更好受。"

　　人们哄堂大笑。老舍话锋一转，说，写文章也是这样，光自个儿感觉好不成，还得有读者。我有一个二哥，他就爱读张恨水的小说，而决不看我写的。杀头也不看。

　　笔者曾细查老舍在齐大参与的校园活动。发现1933年9月25日《齐大旬刊》上记载了两条：一是9月15日，齐大文学院国文系在物理楼435号大教室，召开师生联欢会。会上老舍被推举京剧清唱，学生李瑞生胡琴伴奏，老舍演唱西皮两段。二是9月16日，老舍出席齐鲁大学文理两学院学生自治会所召开的欢迎新旧师生大会，朗读自著作品《一天》，并担任笑林。文中介绍云："老舍先生乃当代文坛滑稽之雄，其笔致之幽默，读者莫不交口称赞。今于此盛会下得见其幽默之态度，聆其幽默之谈吐，堪称双绝。"

除此之外，齐大校刊再无关于老舍参加师生晚会的记载。可见张昆河先生这段回忆，绝对是独家新闻。尽管如今已成为旧闻。

《票友》这段单口相声，很可能是个传统老段子，但老舍有自己的发挥。1934年秋天老舍到青岛山大教书后，又将《票友》这个段子，做了进一步发挥。1935年秋天老舍在《论语》半月刊第70期上发表了一篇小品文《青岛与我》。文章如下：

唱戏，打牌，安无线广播机等等都是青岛时行的玩艺。以唱戏说，不但早晨在家中吊嗓子的很多，此地还有许多剧社，锣鼓俱全，角色齐备，倒怪有个意思。我应当加入剧社，我小时候还听过谭鑫培呢，当然有唱戏的资格。找了介绍人，交了会费，头一天我就露了一出《武家坡》。我觉得唱得不错，第二天早早就去了，再想露一出拿手的。等了足有两点钟吧。一个人也没来，社员们太不热心呀，我想。第三天我又去了，还是没人，这未免有点奇怪。坐了十来分钟我就出去了，在门口遇见了个小孩。"小孩，"我很和气的说，"这儿怎样老没人？"小孩原来是看守票房李六的儿子，知道不少事儿。"这两天没人来，因为呀，"小孩笑着看了我一眼，"前天有一位先生唱得像鸭子叫唤，所以他们都不来啦；前天您来了吗？"我摇了摇头，一声没出就回了家。回到家里，我一哑摸滋味，心里可真有点不得劲儿。可是继而一想呢，票友们多半是有习气的，也许我唱得本来很好，而他们"欺生"。这么一想，我就决定在家里独唱，不必再出去沤闲气。唱，我一个人可就唱开了，"文武代打，"好不过瘾！唱到第三天，房东来了，很客气的请我搬家，房东临走，向敝太太低声说了句："假若先生不唱呢，那就不必移动了，大家都是朋友！"太太自然怕搬家，先生自然怕太太，我首先声明我很讨厌唱戏。

当时青岛芝罘路上有座三江会馆，距离山东大学校园不远。青岛京剧票友组织了一个和声票友社，经常在三江会馆演出。山大教授洪深、老舍等人都是和声票友社会员。

今观老舍单口相声《票友》与小品文《青岛与我》，不禁令人联想到2006年央视春晚上侯耀华与郭达合演的小品《戏迷》。两者在构思及"包袱"上何其相似乃尔！纯属巧合抑或有所借鉴，恐怕是不言自明的。

老舍无论在青岛山大还是在济南齐大，都经常应邀去各机关社会团体做演讲。老舍的演讲精彩不俗，幽默诙谐，每每爆笑全场。一来二去，老舍幽默大师的名声在社会上迅速传开，成为家喻户晓的公众人物。因而也就成为当地各家大小媒体竞相报道炒作的对象。

30年代济南有报章杂志30余家。影响较大的报纸有《山东日报》《华北新闻》《晨光报》《大晚报》《济南晨报》《市民晚报》《东鲁日报》《诚报》《中报》等十多家。诸家报章都开辟有文艺副刊，刊登文学作品，炒作名人逸事，借以吸引读者，扩大销量。其中《中报》是一份颇受小市民青睐的民营报纸。《中报》由济南中报社出版发行，社址位于商埠经三路纬二路58号。该报为四开四版，除在第一版刊载社会要闻之外，其余三版均为文娱新闻、梨园春秋、名人探访等栏目及内容，以供民众茶余饭后之谈资。

1937年2月3日，济南《中报》上刊登了一篇小文章，这篇类似"花边新闻"式的文章虽小，标题却颇为耸人听闻，其曰：《老舍的老师是两个济南说相声的》。文章如下：

说到老舍学幽默小说的地方和老师，是很有趣的。在济南住过的人都知道济南的趵突泉边有个劝业商场，那里边有两个"说相声"的，叫吴景春，吴景松，"相声"很有名，生意交关好！老舍是他们的好主顾，差不多每天必到。老舍就从他们那里学得一些使听众喜

趵突泉畔唱梨花大鼓的观澜亭茶社

乐的技巧，一些俏皮话，在上流社会里吴景春兄弟是没有什么艺术价值可说的，可是这些玩意儿到了大学教授老舍笔底下，群龙活跃，使读者笑一阵，可就有了她底艺术价值了。

老舍对待人真是蛮好的，同人在一起，他总是做东。旗人的谦虚温温有礼，在他处处是表现出来的。在这里我说一件实在事情给读者听：谁都知道老舍在商务印书馆文学研究社出的《老张的哲学》，《赵子曰》，《二马》，销路是呱呱叫的，读者想那些书定价都很贵，老舍一定得利很多稿费吧？可是老舍在那些书上并没有得到什么大便宜，大便宜都到大编辑郑振铎荷包里去了。

老舍的相貌也长得很幽默，有冷面滑稽明星裴斯开登的风味，不过身子矮了点，他很瘦弱，跟瘦皮猴子差不多。不过他很会保重自己，在济南的时候，他跟着一位练国术的江湖朋友很认真地学过很久摸鱼式似的太极拳。在作家里边，学过太极拳的恐怕没有第二个吧？

这篇文章登在《中报》第二版上。第二版整个版面下面约四分之一为商业广告，上面四分之三为文娱专栏《新地》。《新地》栏目中，写老舍的这篇文章占据中心位置，在其上下左右，还有《言菊朋破镜重圆》《胡适之幽默趣事》《一九三六年最活跃的十个女人》以及现代章回小说《红粉劫》等篇章。此文没有作者署名，但从内容来看，作者似乎对老舍十分熟悉。当年《中报》社长为何冰如、总编为韩笑鹏，由社长或总编亲自操刀也不无可能。何韩二氏皆为济南新闻界老江湖。认识老舍并侦知其行踪当在情理之中。故而文章虽不免有夸大其词爆炒名人之嫌，但却并非捕风捉影空穴来风。

此文中所说"他跟着一位练国术的江湖朋友很认真地学过很久摸鱼式似的太极拳"。这位"练国术的江湖朋友"名马永魁，字子元，是位回民拳师，著名武术家。老舍在师生联欢会上打的那套"山东查拳"就是跟着这位马子元先生学的。关于老舍学拳脚的事儿，另文详述，这里不多谈。在此单说老舍这两位"说相声的老师"。

那么，吴景春、吴景松为何许人也？

两人为同胞兄弟，都是济南相声界知名老艺人。吴景春早年拜师京城"相声八德"之首的裕德隆，其技艺全面，尤善说"文哏"相

吴景松（后）吴景春（左）与友人之合影

声，平时文质彬彬，状如教书先生。吴景松又名吴焕文，是吴景春之弟，师承济南相声名家崔金霖，他上过几年私塾，既能写文章，也能自己编创段子。吴焕文还有一手绝活儿——"撒字"。就是撂地卖艺时以地为纸徒手为笔，用手指捻土白粉子，在地上撒字。一边撒写一边口中念念有词，借以招徕观众。据说这手绝活是从京城第一代相声艺人"穷不怕"朱绍文那里传下来的。吴焕文撒字功夫甚是了得，无论大字小字，无不神采飞扬，赛过当今若干书法家。

1948年吴氏收了一位女弟子吴苹，取艺名"小苹果"。1958年毛泽东视察山东到济南。小苹果吴苹与李洁尘女弟子秦玉华曾应招去省府交际处为毛主席表演对口相声《十大吉祥》。此为后话。

原来，当年老舍寓居南新街中段茅舍小院，趵突泉与劝业场即在南新街北口不远处。故而老舍常于教书写作之余来此逛逛，去趵突泉畔听大鼓书，去劝业场里听相声。早年在北京，作家老舍还是小学生舒庆春的时候，就经常与同学罗常培一起，钻茶馆听评书，逛天桥看杂耍和说相声的。

当时趵突泉南院是个小市场，杂货摊儿遍地，吆喝声不断。而吕祖庙洣源堂前泉池畔东西南三面，则有"观澜亭""望鹤亭""四海春"等几家书场茶社。女鼓书艺人在那里演唱梨花大鼓。趵突泉畔夜夜唱梨花、名角荟萃由来已久。先后在此登台献艺者，有黑姑娘、白姑娘、"盖山东"董莲芝、"四大玉"之谢大玉、李大玉，"鼓界皇后"鹿巧玲,以及姬家姊妹花等。茶社内玻璃窗下摆几张方桌藤椅,桌上放置细瓷盖碗茶杯,以供茶客饮茶听说唱。窗外泉水喷涌,飞珠溅玉;窗内鼓板叮当,琴声悠扬。茶客悠然自得地仰靠在藤椅,品茗、听曲、观景一举三得,确乎是闲适雅致得很。不过雅致归雅致,茶资也颇为不菲,不是一般民众所消费得起。原来当时进茶社听书,流行"捧角"与"点活"(点曲),茶资两角已是不菲,茶客"点活"则至少需一块大洋!

有趣的是,老舍除在1932年所发表散文《趵突泉的欣赏》中提到趵突泉畔女鼓书艺人演唱梨花大鼓之外,还曾于1935年创作了一个短篇小说,写到茶客"点活"捧角,题目就叫《末一块钱》。小说是写一个穷大学生"林乃久"手攥着仅剩的一块大洋进"翠云楼"茶社去捧坤角。两个年轻女鼓书艺人"金翠"与"史莲霞"是姊妹俩,穷大学生林乃久喜欢上了其中更为清纯的妹妹史莲霞。可见老舍对此间情景十分熟悉,观察体味已非一日。

早年趵突泉畔的闹市场

劝业场内也有曲艺场所。其西南角上有"泰祥书场"等几家书棚,但棚内不是评书便是西河大鼓。当年说相声常带"荤口",行话称为"臭春"。"臭说相声的"是不登大雅之堂的。相声艺人则是在劝业场中间空地上撂地卖艺。用白土粉子在地上画个大圆圈,周遭摆上一圈破旧长板凳,艺人站在中间表演,此谓之"平地扣饼"。当时吴氏兄弟就与崔金霖、刘剑秋、田茂堂等五六名相声艺人在劝业场露天地上撂地卖艺,说"济南口"的相声。他们是流动作艺,南岗子(新市场)、大观园、劝业场(国货商场),三地轮流转。1934年高元钧从河南流浪到济南,一早一晚"抢板凳头"在泰祥书场"说武老二",下午便与吴氏兄弟、崔金霖等人"合穴"在劝业场空地撂地说相声。

由此可见,劝业场的"玩意"与趵突泉不同,是供一般平民百姓"穷乐合"的地界儿。进书棚听段书,不过二分钱;而在露天地上听说相声或看"说武老二",很多人则是蹭听蹭看。待艺人要捡钱时,"轰"的一声站在圈外的人便散了一大半。

不过趵突泉也好劝业场也罢,这种三教九流混杂之处,当年自觉有些社会身份的人物,是不会来此凑热闹的,以免遭人非议。

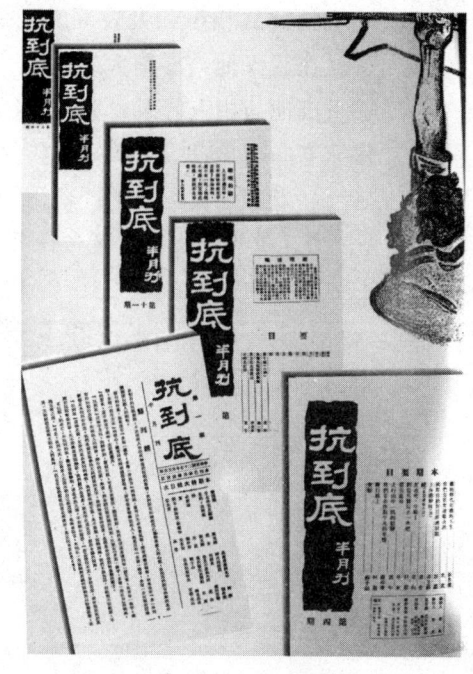

老舍在武汉主办的《抗到底》杂志

然而令齐大学生们瞠目结舌的是,竟然在这两处斯文君子不屑一顾之地,都不断发现大名鼎鼎的舒先生的身影。更稀奇的是,还有人曾亲见:在大冬天的劝业场,穿棉袍的舒先生袖手坐在一条破板凳上,听撂地艺人斜披衣衫光一只膀子,连唱带打说武老二!而天太冷,周围没几个人,唯老舍是最忠实之听众也。

当年老舍与吴氏兄弟等民间艺人都有哪些交往?如今已无从查考其详情。不过老舍离开济南之后曾在《八方风雨》中明确说:"当我还在济南的时候,因时局的紧张,与宣传的重要,我已经想利用民间的文艺形式。我曾随着热心宣传抗战的青年们去看白云鹏与张小轩两先生,讨论鼓词的写法。"今知当时白云鹏和张小轩曾先后在大观园"共和厅"和韩复榘的"进德舍"献艺。

或许就是凭着在济南趵突泉和劝业场等处学得的这些民间功夫,在抗战的大武汉,老舍与老谈(何容)和老向(王向宸)"三老"一起办起《抗到底》杂志,编写发表了不少鼓舞军民士气,供艺人演唱的抗战相声和大鼓词。老舍还曾多次自告奋勇登台表演一试身手。在武汉他与滑稽大鼓艺人"山药蛋"富少舫携手登台表演双簧；在重庆他与相声艺人"小地梨"欧少久说过对口相声；在北碚他还与作家老向与学者梁实秋一起登台说相声。

而老舍在美国写了四幕话剧《五虎断魂枪》和长篇小说《鼓书艺人》。那里面也都有老舍在济南与民间艺人交往的影子。

【原载 2015 年 1 月 29 日齐鲁晚报"人文齐鲁"副刊，文字有增补改动】

老舍与济南书画家的翰墨情缘

李耀曦

昔日南新街老舍旧居书房里悬挂了不少字画。其中一幅油画名《大明湖之秋》,尤为老舍百看不厌。此为省立一中美术教员桑子中送给老舍夫妇的新婚贺礼。此外还有关氏兄弟所赠松小梦国画山水。当年老舍与这些济南书画家们多有交往,并结下了深情厚谊。

济南山水乐安居

爸笑妈随女扯书,一家三口乐安居。
济南山水充名士,篮里猫球盆里鱼。

这是老舍居济期间题在一张"全家福"照片上的打油诗。

打油诗的语调是欢快的,充满了温馨和惬意,足见其小日子过得不错。老舍戏言"济南山水充名士",乃因其为当时的社会名流济南

老舍南新街书房写作照

闻人,常有报刊记者闻名前来造访。所谓"篮里猫球盆里鱼",是指当时舒宅小院里姹紫嫣红一片,草木虫鱼无所不备,而且老舍还养了一只小胖猫,为之取名"猫球"。猫球是只小母猫,十分活泼可爱,老舍写作之余常逗它玩。他那部备受左翼人士抨击的寓言式小说《猫城记》,其灵感即由这位猫球小姐引发而来。猫城猫人的故事创作于1932年夏天,那时老舍刚刚将这只黄白花的小猫抱回家不久。此诗并照刊登于1934年9月16日上海林语堂所办《论语》半月刊第49期。

老舍曾在南新街旧门牌54号这座茅舍小院里四度写家春秋。

当年花木葱茏的舒宅小院除"蓝里猫球盆里鱼"之外,其堂屋西则书房内的墙壁上还悬挂了不少字画。观赏师友所赠书画,是他写作之余休憩的另一妙法。老舍书房内的写字台是靠南窗贴西墙摆放的。其藤椅右侧的西墙上有一字一画。画是一副《牧豕图》,为老舍当年北京师范同班同学颜伯龙所绘。字是一幅对联,写的是"四世传经是谓通德,一门训善惟以永年",此为当年北京师范老校长方还先生所书。

方还(1866—1932)字唯一,江苏昆山人,为名重京城的古文家与书法家。老舍在书法和诗词上曾深受其熏陶。那时的舒庆春,常与同班同学关实之、颜伯龙等人跑到校长室内观看方唯一先生挥毫作书,为人书写对联挽联之类。而老舍求得此字不久方还便去世了。因而这副对联也就成了方老先生的绝笔。

老舍在书房内面向南窗而坐,东西北三面墙上皆悬有字画。书房北墙上则悬挂了一幅油画。油画名《大明湖之秋》,此画尤为老舍百看不厌。1930年老舍初到济南曾创作过一部长篇小说《大明湖》,

其中也有一段大明湖秋景的描写。只可惜《大明湖》手稿毁于上海"一·二八"战火之中了("抬头见喜"老舍语)。老舍在后来的《大明湖之春》一文中说："桑子中先生给我画过一张油画，也画的是大明湖之秋，现在还在我的屋中挂着。我写的，他画的，都是大明湖，而且都是大明湖之秋，这里大概有点意思。"大明湖的秋景最美。画家与老舍可谓英雄所见略同。岂能不令他备感欣慰？

不过此非其珍爱有加的全部原因。

原来老舍是1931年夏天与胡絜青结婚后在齐大校园外赁屋而居的。当年老舍夫妇喜迁南新街新居，首先前来登门拜访祝贺者，是济南省

桑子中所绘油画《大明湖之秋》

立一中的两位男女青年教师：英文教员赵同芳和美术教员桑子中。油画《大明湖之秋》即为桑子中送给他们的新婚贺礼。

五十多年后桑子中在《我记忆中的朋友老舍先生》一文中，详述了当时到南新街拜访老舍夫妇的情形。其在文中说：

一九二九年秋，山东省立剧院院长赵太侔兼任省立一中校长，约我任图画教员。三一年秋，赵同芳（济南人，小矮个红圆脸尖下颏，爱穿高跟鞋，说话较快。抗日战争以后，杳无音信，不知所终）来一中任英文教员，她与北平师大同学胡絜青过从甚密，因此我也认识了胡絜青。

记忆中的胡絜青是北京人，瘦高挑椭圆脸，穿一领素色旗袍，梳着当时知识妇女流行的齐耳短发，操一口地道的北京土语，待人彬彬有礼，热情中见几分腼腆，颇有大家闺秀遗风。当时她似乎在齐鲁中学任国文教员。

三一年夏，老舍和胡絜青在北平结婚后一起来到济南。为了祝贺他们的新婚，我做了一幅画送给他们，画名为"大明湖"。那时老舍是齐鲁大学中文系教授，住在南新街。某一天的下午我访问了他。一见面就给我以淳朴热情，诚恳直爽，平易近人的印象。他言谈时，表情生动，词汇丰富，一口非常流利的北京话，语言悦耳，乐与交谈。

他住的小独院里，有几株小树，亭亭如盖，花台上下摆满了不计其数的花盆，疏密相间地满载着各种不同的花草。有的正开得鲜艳夺目，有的含苞待放，都是老舍精心培植，耐心浇灌的成果。身临其境，有幽静、舒适、安定的感觉。令人流连忘返，久久不肯离去。

经夫人密友赵同芳引荐之后，老舍也与桑子中成了好朋友。

桑子中（1906—1992），山东蒙阴县大黄庄人，1929年毕业于国立北平艺专，在校时曾跑遍京城各处名胜古迹，画了大量的油画水彩写生。1932年桑子中利用课余之暇，在大明湖畔铁公祠内的"湖山一览楼"创办了个海岱美术馆，并在山东民国日报主编《海岱画刊》。画刊作为该报副刊，每周出版一张，随报发送，不另取资。山东民国日报为当时济南第一大报，海岱画刊亦为副刊第一份画刊，两相配合，相得益彰。老舍应桑子中之请，为之写了《〈海岱画刊〉发刊词》。

1929年至1934年之间，每逢假期桑子中都外出旅行写生，北起长城南至杭州以及南京、济南、青岛等地，共得大小水彩画百余幅。1934年5月，桑子中把几年间所积画稿筛选出二十二幅来准备出版一本《桑子中画集》，将所选画稿拿给老舍过目。老舍又慨然应允为之撰写了《〈桑子中画集〉序》。

老舍在这篇序言中，称赞桑子中的绘画富于诗意和浪漫气息，透露出画家对世间万物的爱恋之心。文中说道："他老使人看到觉到他不完全是写实，也不全是印象，可是他的诗心使他得到真实以外的一点什么。""他自己说，他非常的爱菊爱柏爱莲叶。'爱'会使人浪漫。中国画的梅兰竹菊，据我看，差不多都是浪漫的。一枝梅，几竿竹，画家表现了另一个宇宙。子中虽然是西画，所表现的精神还是这个。他决不是画菊，荷，与柏呢；他是给出心的爱恋。"

齐中朋友胡春浦

提起当年老舍的中学教员朋友,说到省立一中桑子中,不可不提齐鲁中学胡春浦。胡春浦(1905—1990),名熹和,字春浦,又作纯朴,祖籍江苏武进(今常州)。其父与瞿秋白之父瞿圆初(本名世玮,道号圆初,民初流寓济南)为同乡好友。幼年学画师从瞿圆初。1928年上海美专毕业后重回济南,被私立齐鲁中学聘为图画教员。

余生也晚,没见过20世纪30年代初的桑子中,却见过60年代初的胡春浦。因为我在济南一中读初一时,教我们班美术劳作课的教师,正是这位胡春浦——胡熹和老师。约在1990夏天,笔者还曾到济南一中校园后院教工宿舍拜望采访过胡熹和老师。

时年85岁的胡熹和老人正在作画。此前只知胡师素描速写甚是了得,聊聊几笔,便可勾出个小猫、小狗、小人,无不栩栩如生。看到墙上钉着的画稿,才知胡师亦工国画山水。我问胡师:"听说当年您与老舍先生是朋友,曾替老舍夫人代过课?"老人微微一笑说:"那都是误传,不是我代课,而是老舍来校代课,替夫人代过几堂,否则我怎么会认识老舍这位大教授呢?"

1981年胡熹和(春浦)与老舍夫人胡絜青之合影(右二济南一中图书馆长庞德治、右一老舍长女舒济)

原来，当年齐鲁中学为男女生分班上课，胡絜青教初中女生班国文课，胡春浦则教初中男生班劳作课，所以是不可能替其代课的。但到了1933年初夏，身怀六甲的胡絜青，行动已很不方便，而学期尚未终了。当时齐鲁中学位于新东门外华美街，距离老舍夫妇居所南关南新街有十余里之遥。于是老舍便亲自出马，替夫人代课来了。

胡师回忆说：那时中学并没有什么教研室，就是上课前有个课前准备室，叫"预备室"，上课前大家都到这里来。第一次见面我就是在预备室见到老舍的。大教授名人老舍亲自出马来齐鲁中学替夫人上课，这可是件少有罕见的新鲜事。当时就在学校教师间哄传开了。常有不速之客借故造访预备室，希冀一睹这位济南闻人的仪表音容。虽说齐大教授偶尔来齐中代堂课也并非绝无仅有。不过所来者架子都很大，鼻孔朝天，独往独来，极少与这些初中教书匠们过话。但老舍先生并不端教授架子，到预备室来和谁都打招呼，都能聊上几句，为人平易随和，一口京腔，言辞诙谐，毫无架子，很快大家就熟了。

记得一次，是上作文课，老舍有急事实在来不了，便电话打到学校，拜托我代为上课，他说，把作文题写在黑板上，课后收齐学生作文簿，放到预备室即可。这样我与老舍也就成了朋友。

当时我不到三十岁，老舍比我大个五六岁，我以师友视之。我是学画的，老舍亦喜书法、绘画；老舍爱逛书铺、地摊，我也爱逛；老舍爱喝几杯，我也有此好。因此，有时课后相遇又正好有些余暇，老舍便邀我做"导游"，到街上转转，转过不少地方，遇到饭时就在附近找家小馆，对饮几杯，闲聊一番。当时齐鲁中学距大明湖不远，记得我曾陪老舍逛过大明湖。

这年九月老舍喜添千金（舒济），闻讯后，我们几位齐鲁中学同仁便备了份礼物携带着，去南新街舒宅登门贺喜。记得舒济满月，老舍还以济南习俗，在芙蓉街金菊巷内燕喜堂饭庄请了一桌，招待齐鲁中学的同事们，作为答谢。席间，老舍妙语连珠，大家开怀畅饮，宾主尽欢。

关氏嘤园座上客

返回头来再说南新街老舍旧居。当年老舍书房墙上所悬书画之中，除了桑子中所绘油画《大明湖之秋》外，还有一幅晚清齐鲁名家松小梦所绘国画山水，是好友关松坪装好镜框送他的。

松小梦，名松年，字小梦，号颐园，蒙古镶蓝旗人，曾在山东多处任知县，辞官后流寓济南创办"枕流画社"，自任盟主，一时从学者甚众。枕流画社为山东近代第一个民间美术团体。关松坪即为松小梦再传弟子。

济南关氏兄弟，关松坪是兄，本名关际泰，字松坪；关友声是弟，本名关际颐，字友声。两人都是齐鲁书画界知名画家。关家为晚清济南三大盐商之一。因此关氏兄弟家境非常富有，家中藏有大量古代名家字画，结识了海内众多著名画家。当年张大千经常往返于京沪两地，途中经过济南，常于关家小住，目的之一便是观赏临摹关家所藏八大山人朱耷与苦瓜和尚石涛的画作。

关友声14岁时方才跟随其长兄关松坪学画，从临摹古人书画入手，初师元四家，而在16岁时已小有名声。及稍长从王吉甫学英语，从王湘苏学文史，与丁佛言、宝佩之等人成忘年交。1928年山东大学毕业后，又赴京向吴秋辉学习诗词歌赋。并结识了著名画家黄宾虹、齐白石、张大千、于非闇等人。

1931年夏天关氏兄弟在济南创办国画研究社。社址位于大明湖南岸芙蓉巷东首路南42号院，社长关松坪，社务主任关友声，教务主任黄固源。国画研究社挂牌开张那天，老舍应邀出席到场祝贺。不久老舍便在《明湖画报》上撰写文章，向社会推介关氏兄弟。其中说道："我对绘画本是外行，近来略懂得一二，还是从他们兄弟得来的。"（老舍逸文《介绍两位画家》）

老舍也因此结识了当时济南一大批书画家。

1931年关友声被齐鲁大学聘为讲师，在齐大国学研究所从事古籍整理工作。此时关友声已与其兄关松坪分家单过，在上新街"道院"北邻路西（时为饮虎池前街12号），修建了一座颇为华美的关氏公馆名为"道村嘤园"。因此关友声便与老舍成了齐大同仁兼新街

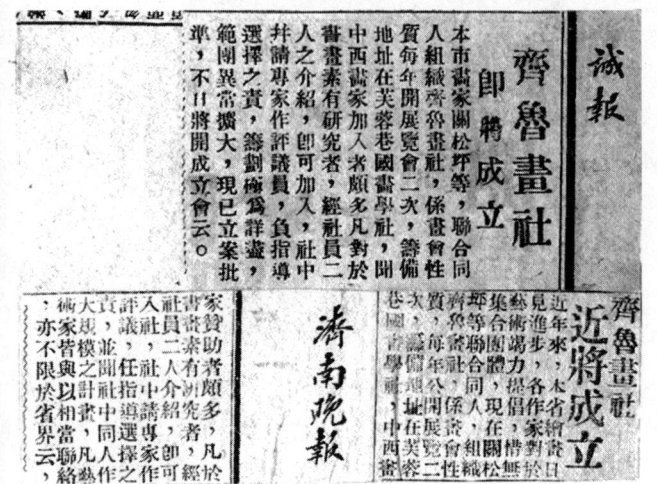

民国《诚报》《济南晚报》刊登齐鲁画社成立消息

邻居。关氏嘤园时为济南书画家聚会之文化沙龙。当年老舍亦时常应邀而为嘤园座上客。其在《关友声画集》序中写道:"友声是个可爱的人。他很有趣:乍一看,他是少年老成,胖胖的,和和气气的,非常的温厚。哪知道,他心中却有许多玩艺儿。他会唱,善弈,能写,精于绘画。有这几种本事的人,往往留着长头发,眼睛望着天,自居天才。友声可不这样,他一点不露";"他背地里下功夫,一声不发,你非和他很熟识了,总不会知道他有才分。和他摆盘棋就晓得他的厉害了。"那时老舍大概常与之下棋,所以深有体会。

1933年夏关氏兄弟赠老舍书画折扇一把。一面为关松坪所书行草唐人孙过庭《书谱》语录,一面为关友声所绘国画山水。老舍则为关友声画室作《题谭思斋》七律一首,以作答谢。其诗云:

谭思画境秀入秋,敛尽锋芒绘浅愁。
墨未到时神远瞩,笔留余意树微羞。
山从心里生云气,露在毫端生石头。
俱是空灵诗韵味,无边语响落轻舟。

一把画扇三友情

1933年7月16日,老舍在《论语》半月刊第21期上发表《病中》打油诗一首。其诗云:

五月害背痛，六月患拉稀。腹背皆受攻，抵抗誓长期。
国膏号虎骨，高贴与肩齐。更服虎骨酒，眼赤汗淋漓。
俨然矮脚虎，虽瘦如柴鸡。汗流膏欲走，油渍满袖衣。
……

原来是年春夏之交，老舍得了严重的腰背痛病，痛得夜里不敢翻身，白天走路得拄手杖。虎骨追风膏虽好但一时收效甚微。此时有位会武术的朋友陶子谦先生向老舍建议不妨打打太极拳试试，气脉畅通，疼痛自然解除，并推荐了一位回民武术家马永魁先生。

马永魁，字子元，回族，济南人，原籍泰安，生于1893年，自幼习武，后拜杨鸿修门下，得杨氏查拳真传，其枪术尤为超群，有"山东一杆枪"之美誉。杨鸿修为冠县人，1915年应马良之聘来济南，协助其创办"山东武术传习所"。1919年杨氏被聘到上海中华武术会任总教习。

当时马永魁任山东国术馆济南第四分社社长，社址在馆驿街普照寺，但其家住西青龙街陈家胡同，距老舍所居南新街不远。故而马永魁便破例登门授教。于是老舍跟着马先生练习太极拳与查拳。摸鱼式的太极拳大约打了近半年时间，不想其腰背痛病竟不治自愈，渐渐好了。老舍自谓"这半年来，精神确是不坏，现在能一气练下四五趟拳来"。

1934年秋后老舍接了赵太侔的聘书要到青岛国立山大教书去了。临行前与马永魁饮酒话别。为表谢意，除将家中桌椅等器物赠送马先生之外，并赠竹折画扇一把作为信物。折画扇正面是老舍请好友关友声画的水墨山水，背面是老舍的亲笔题记。在这篇题记中，老舍用带

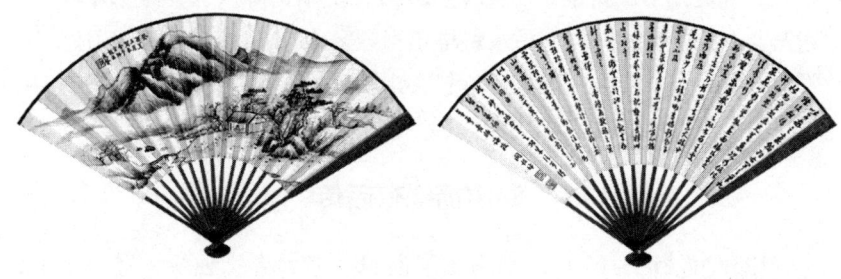

关氏兄弟赠老舍书画扇

老舍四幕话剧《国家至上》剧本

有汉隶魏碑意味的恭笔楷书,细述了他跟随马子元先生学习拳术的前后过程。

老舍跟马永魁学拳一年多,不仅治好了腰腿痛病,两人也成了无话不谈的好朋友。听这位早年曾走镖闯荡江湖的老拳师讲了不少济南武林界的传奇故事。当时老舍就想以此为素材创作一部长篇剑侠小说。1934年春天还在济南的时候就答应《良友画报》编辑赵家璧,要写部长篇《二拳师》给他。大约因去青岛教书,《二拳师》没再继续写下去,但到青岛后却发表了短篇小说《断魂枪》。《断魂枪》中老镖客"神枪沙子龙"的形象,无论从名字到绝活儿,都明显带有马子元的身影。1940年在重庆老舍与宋之的合作,创作四幕抗战话剧《国家至上》。对剧中那位"驰名冀鲁,识与不识咸师称之"的回民老拳师"张老师",老舍则明确说:"剧中的张老师是我在济南交往四五年的一位回民拳师的化身。"

1946年老舍到美国后,又把两个江湖拳师的故事加以演绎和扩充,写出了英文四幕话剧《五虎断魂枪》。"不传!不传!"《断魂枪》中拳师"沙子龙"这句话,成为老舍剑侠小说的神来之笔。

老舍这把书画折扇于1992年10月在上新街陈庆云先生家中发现。陈先生为马永魁的外甥。马永魁早年当镖客走江湖的经历解放后成为其严重历史问题,始终压得他抬不起头来,先是在街头缀鞋,后到铸字机厂当工人,空怀绝技而无用武之地,也确乎是"不传!不传!"了。

湖山情缘有后传

1937年11月15日,济南沦陷前夕,老舍弃家独行,登车南下,奔赴武汉,投身文人抗战行列。得知老舍离开济南后,关松坪曾多次由城里鞭指巷关宅,前往南关圩子外齐大校园长柏路老舍家中看望,嘘寒问暖,照顾其家人。老舍抵达郑州与汉口后,也曾多次给关松坪写信,报告行程及平安,嘱托关氏兄弟,关照其在济家人。如11月17日,老舍到达郑州后,即刻给关松坪写信。其信曰:

弟以情形不妥,匆匆南来,未克走辞,极歉!自济至徐,车上极苦,无座位,无食水者一昼夜。幸天阴无空袭,当堪告慰。抵徐即换车来郑,今日再搭车南去,明晨可到汉口;如无工作,或即去长沙。舍下一切尚希分神照料,至告激感!匆匆,祝

吉!

弟舍予躬
十七

关松坪手札日记册页——1934年及1937年残卷,近年被何洪源先生在逛德州文化市场淘旧书时发现。内中对老舍与关氏兄弟及济南书画家的交往多有记载。并附录关松坪手抄老舍离济后逸信多封。

日本侵占济南后,关松坪闭门谢客,郁郁寡欢,于1938年因病英年早逝。老舍得讯后至为悲痛。曾在《"四大皆空"》一文悼念。说道:"关先生在抗战的第二年去了世,这张画也是由他配好了镜框送我的!松小梦的字画,在山东很容易得到;我伤心的倒是关先生的死去,我未能去吊祭,而他给我的纪念品又是这么马里马虎的丢掉实在是太对不起朋友了。"

1939年,老舍夫人胡絜青携子女由济南返回北平。

1950年,老舍由美国回到故乡北京,出任北京市文联主席。

当年其麾下有名白袍小将邓友梅为山东平原人。1953年任《说说唱唱》杂志编辑的邓友梅结婚,老舍让另一名小将林斤澜来到家中精心挑选了一幅松小梦的山水画送与小邓作为其新婚贺礼。老舍并亲笔写道:"松年字小梦,蒙古旗人为宦山东,以书画名。老舍。一九五三年三月。"1957年,邓友梅被打成"右派"发配到东北劳改,但此画他却一直带在身边,不时拿出来观看一番。

20世纪50年代初,昔日济南好友关友声在山东艺专任美术系国画教授,仍与老舍保持书信联系。1966年,老舍遭红卫兵批斗,不久投太平湖自杀,被关进牛棚的关友声也因此而受牵连。1970年,

关友声郁郁而终。其所藏古今名家字画尽失。

"文革"后的1981年，山东大学主办了"首届中国老舍研究会"。老舍夫人胡絜青及长女舒济应邀重访山东。胡絜青老人到济南后遍访昔日故旧。在山东医学院校园原齐大长柏路2号楼旧居前，见到了闻讯前来会面的原齐鲁中学同仁老舍旧友胡春浦——现济南一中退休美术教师胡熹和老人。在长柏路2号楼上见到了老舍齐大国文系同仁栾调甫的小女儿栾汝珠女士及女婿曹献庭大夫。

抗战中流亡四川，桑子中曾与老舍在重庆意外重逢。闺中密友赵同芳也与从北平千里寻夫至北碚的胡絜青共度过一段患难时光。风雨沧桑劫后余生，时隔半个世纪，两位老朋友尚健在否？胡絜青老人急切要见到他们。可惜未能如愿。桑子中抗战胜利后没有重返山东济南，而是留在了四川重庆。赵同芳则已从济南三中退休多年，山大校方不知其址未及联系上。

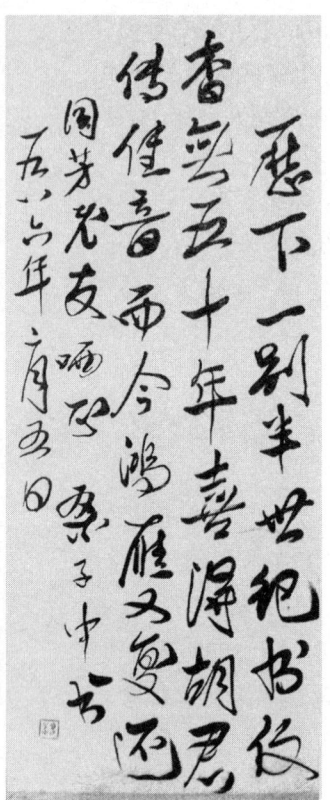

1986年桑子中赠赵同芳诗手迹

胡絜老返京后几经周折终于与老同学赵同芳取得联系，并让子女设法告诉了远在四川重庆的桑子中。此时桑子中已卧病在床半身不遂，但在稍愈后的1986年便赠诗一首给昔日同仁赵同芳，遥寄当年一段翰墨情缘。诗云：

历下一别半世纪，书信杳然五十年。

喜得胡君传佳音，而今鸿雁又复还。

【原载2012年3月8日齐鲁晚报"人文齐鲁"副刊，文字有增补改动】

老舍与济南一中的故事

李耀曦

1933年老舍应新任校长宋还吾之请,再次到一中校园发表演讲。据当时高中学生刘国俊回忆,老舍未讲正题之前先幽了一默,他说:"我一进学校大门,看到二门左右各悬一块招牌,上联是'读书不忘革命',下联是'革命不忘读书'。我不知道,你们是上午读书下午革命呢,还是白天读书晚上革命呢?"一句话引得全场哄堂大笑。

众所周知,老舍在济南教书期间,曾结交过许多民间朋友,如车夫茶房、江湖艺人等。但与当时学界人士有何交往?却是鲜为人知。论及这个话题,齐鲁大学同仁自不必说,济南一中师生亦不可不提。

济南一中时称省立一中,直属教育厅管辖,当时山东教育厅长为何思源。一中前后几

20世纪30年代杆石桥外的省立高级中学校门

任校长无不是何厅长"六中、北大、哥伦比亚"班底中的嫡系人物。作为新文学教授兼幽默大师,老舍曾多次应时任校长之请前往一中校园发表演讲。故而不仅与一中不少师生相熟,与赵太侔、孙东生、宋还吾等人也都不陌生,乃至还有些交情。

离开济南后,由于种种原因,老舍在回忆文章中极少谈及他与昔日学界友人的交往。今日重温这些被历史淹没的老故事,对于了解当时的文化氛围与深入解读老舍,都不无助益。

老舍到一中演讲开场白爆笑全场

20世纪30年代济南一中校园位于永绥门外杆石桥西首路北。当时是"一宅两院"东为"省立初中"西为"省立高中",两者之间仅为一道矮墙之隔,拆了墙就是一家。为简便起见这里统称济南一中。

老舍到济南一中发表演讲,当年齐大校刊中有两次记载。

第一次演讲为1930年10月28日。11月10日《齐大月刊》第1卷第2期上以《余博士、舒先生演讲忙》为题刊载演讲消息。其曰:

"本校社会学系主任余天麻博士,暨国学研究所文学系主任舒舍予先生,于近中连应各方面之约请,担任演讲,甚形忙碌。计余博士于近10日中在齐鲁大学国际友谊会暨医学院各演讲一次。舒先生于24日在青年会演讲一次,题为《文学的创造》;28日在第一中学演讲一次,题为《幽默》,闻二君之演讲,俱受听众欢迎云。"

《余博士、舒先生演讲忙》这个标题起得甚妙。当时老舍是个大忙人,济南各社会团体争相邀请其前往发表演讲。于是老舍一周内接连赶场两次。先是到了济南基督教青年会,三天后又赶往一中校园。两者之间还是青年会与齐大关系更近。当时济南青年会的总干事长为张达忱,其人是齐大校董事会董事。

文中所说余博士是个值得一提的人物。余名余浩,字天庥,广东人,留美社会及国际关系学博士,归国后任北京大学教授,并在北师大、辅仁、法政、朝阳等多所大学任教,时年34岁,比老舍大三岁。此人为中国社会学开先河代表人物,1922年,发起中国社会学学会并任会长,创办会刊《社会学杂志》担任主编。1923年,创办私立东方大学任校长。来齐大前任冯玉祥所办西安中山大学校长。1949年,余氏移居美国。70年代曾任美国总统卡特的政治顾问。

老舍此番前来一中演讲,正值一中校长更迭交接时期。前任校长赵太侔已经辞职,大概尚未离校,准备前往国立青岛大学任教,接任者为学弟孙东生。孙东生(1900—1960),名维岳,字东生,山东曹州府成武县人,1919年曹州省立六中毕业后考入北大国文系,与北大校友宋还吾、杨展云并称为山东教育界"成武三杰",都是教育厅长何思源"六中、北大、哥伦比亚"班底中的嫡系人物。

孙东生时年30岁,身材高大,器宇轩昂。其接掌校柄后,一中很快成为全省最好的中学。当时为开阔学生眼界,孙东生经常邀请学者名流到校演讲。除作家

1931年省立一中国文与史地教员在校园内之留影

1931年省立一中校长孙东生

老舍之外,还有戏剧家熊佛西,水利专家张含英,社会学家陶希圣,北大教授梁漱溟等人。自1930年上任至抗战中流亡四川,省立一中(时名"国立六中四分校")校长一直是孙东生。1958年成为"右派分子"的孙东生还在济南一中当过语文教员。直到1959年又以"历史反革命"判刑入狱,后病死狱中。

老舍再次应孙东生之请到一中演讲是1932年5月23日。

1932年6月1日出版的《齐大旬刊》第2卷第25期上曾刊登演讲消息,题为《舒舍予教授去第一中学演讲》。其云:

"5月23日本校中国文学系教授舒舍予先生应省立第一中学之约前去演讲,题为《中国国民性之几种缺点》,历时四十分钟,洋洋数千言,说理透辟,引证确凿,所举各种缺点极能发人猛醒,故一般听众自始至终均能全神贯注,侧耳细听云。"

其实,齐大校刊的记载多有遗漏。当年老舍到济南基督教青年会演讲,并非仅此一回;到济南一中演讲也不止就这两次,很可能有多次。据当时高中学生刘国俊回忆,1933年老舍还曾应宋还吾之请去一中高中演讲过一次。刘国俊,又名刘子怡,1929年冬季考入济南省立高中,1933年夏天毕业,抗战中流亡川鄂,曾任湖北师范及宜昌师范教员,抗战胜利后返回山东济宁老家,先后任济宁一中、济宁二中教师,1975年退休。

1996年退休乡居的85岁的刘国俊老人,曾撰文回忆说:"抗战前老舍先生在济南齐鲁大学任教,1933年济南高中校长宋还吾请老舍来校演讲,他讲的内容是有关文艺创作的问题。他在未讲正题以前,先说了几句幽默的话,他说:'我一进学校大门,看到二门左右各悬一块招牌,上联是'读书不忘革命',下联是'革命不忘读书'。我不知道,你们是上午读书下午革命呢,还是白天革命晚上革命呢?'一句话说得同学们哄堂大笑。"(文见济南一中校友回忆录《悠悠母校情》第二辑中刘国俊《济南高中琐忆》)

老舍这句开场白属于相声中的"现挂",随手拈来妙不可言。但老舍并非为幽默而幽默,而是暗含讽喻意有所指的。

其所指即为近来济南一中频繁上演的罢课学潮。1932年一年之内一中接连爆发两次学潮。春天4月间那次学潮中,学生们暴打了前来视察训导的省教育厅督学马汝敏。当时同被堵在校长室内的孙东生也差点被暴打,多亏孙校长身手矫健,纵身跳窗而出,而后又翻越隔墙跳到西院高中,被相熟的高中学生藏了起来才逃过一劫。是年初冬12月间,又因反对毕业会考再起学潮,初中高中都罢了课,学潮闹了一个多月,直到1933年1月尚未平息。此次学潮直接导致学校关门,提前放寒假。韩复榘下令解散济南省立高中。再开学后校方当局改组,高中校长隋耀西辞职,暑假后宋还吾走马上任。

由此可知,老舍1932年5月23日那次到一中初中演讲,当为学潮刚刚平息不久。1933年这次应宋还吾之请再到一中高中演讲,应为1933年春季,因为是年夏天刘国俊就毕业离校了。

耐人寻味的是,老舍此次来一中演讲之前,还曾于1月16日上海《论语》半月刊第九期上发表了一篇杂文《昼寝的风潮》。文章发表之日正是一中罢课学潮闹得满城风雨之时。文中对学生以无理要求闹学潮进行了辛辣的讽刺。如罢课学生对校方提出的要求有:"(一)增招女学生;(二)以后再不准考试;(三)昼寝定为必修课程;(四)在书面上道歉。"此文意向所指及态度立场不言自明。

老舍在长篇小说《赵子曰》中对学潮有一段议论:

在新社会里有两大势力:军阀与学生。军阀是除了不打外国人,见着谁也值三皮带。学生是除了不打军阀,见着谁也值一手杖。于是这两大势力并进齐驱,叫老百姓们见识一些'新武化主义'。不打外国人的军阀要是不欺侮平民,他根本不够当军阀的资格。不打军阀的学生要不打校长教员,也算不了有志气的青年。

1932年学潮中有多名活跃分子被校方挂牌除名。这些学生后来

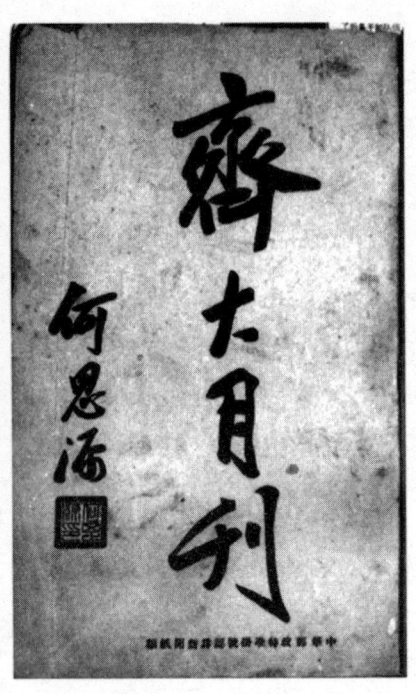

何思源所题《齐大月刊》墨迹

大都走上职业革命道路。其中初二学生张孝统离校后改名张承先,曾为新中国第一任中央教育部副部长。然而吊诡的是,这位搞学运起家的张副部长,返回头来自己也遭遇了新社会学生的暴打。那是"文革"之初作为北大工作组组长,在 8 月 4 日北大革命师生万人大会上,据云被北大附中女学生彭某抡起铜头皮带劈头盖脸暴打。

此情此景,真令人有历史轮回之感。

何思源为《齐大月刊》题名之由来

老舍在齐鲁大学教书,除于国文系开课之外,还兼任《齐大月刊》编辑部主任。《齐大月刊》共出版两卷 18 期(每卷 8 期),1932 年 6 月,暑假前出版最后一期之后改为《齐大季刊》,老舍也不再担任编辑部主任。1930 年 10 月 10 日《齐大月刊》出版第 1 卷第 1 期,当时创刊号刊名为教育厅长何思源所题写,此何氏题名墨迹一直沿用到《齐大月刊》改为《齐大季刊》而告终。齐鲁大学为私立教会大学,校方与山东教育厅何某素无瓜葛,这又是怎么回事呢?

原来,老舍初到齐鲁大学时,齐大尚未立案。齐大不在教育部立案,毕业生学历得不到承认,就业即大成问题。而齐大向南京教育部申请立案,需由山东教育厅批转呈送。种种迹象表明:齐大立案之事久拖不决迟迟未获教育部批准,幕后阻挠刁难者正是教育厅长何思源。齐大因立案未果引发学生罢课、工友罢工风潮,背后也有省党部与教育厅人员暗中操纵的影子。何某不仅暗中煽动齐大学潮,还到处煽风点火,煽动反教会风潮,掀起"收回教育权运动"。

当时山东各地有近百所教会中小学均未立案。其中青州有所"益都守善中学"因此爆发学潮。何厅长便跑到青州秘密接见学生代表,向这些闹学潮的学生说:"你们就可劲闹,闹得越大越好,闹得他们关了门最好，大家不用害怕、不必担心，如果守善关了门，你们就到济南府找我，我推荐你们报考省立一中，上全山东最好的中学！"果然守善中学未能获准在教育厅立案，被迫关门大吉。后来的省立一中音乐教员瞿亚先即为当时益都守善中学闹学潮者之一。这段何氏逸事其子瞿雷曾多次听父亲向他讲述过。

齐大代理校长林济青很快就明白了这一点，请何厅长为即将创刊的《齐大月刊》题写刊名，便是一种化干戈为玉帛的恭敬示好之举。但老舍初来乍到，与何思源并不相识，如何求其墨宝呢？说来凑巧，一中有位国文教员此时正在齐大国文系兼课，此人不仅与老舍是好友，而且与何思源相当熟悉。这个人就是一中国文主任许炳离。许炳离（1898—1985），名星箕，字炳离，山东曹州府定陶县人，1919年曹州省立六中毕业后考入北京大学国文系，虽未曾留学"哥伦比亚"，更上一层楼，却与何厅长为"六中、北大"校友并兼曹州府乡党。老舍转托许炳离出面，何思源不好推脱，也就欣然命笔了。

其实当时一中师资阵容甚为强大，北大派、师大派、留美派、留英派、留法派、留日派，无所不包。国文教员皆为一时之选，在齐大文学院国文系兼课者也不乏其人。除许炳离之外，还有李云林、张默生等人也都曾在此兼课。李云林，名继璋，字云林，山东济宁人，前清举人，留学日本，参加同盟会，日本法政大学毕业。张默生，名敦呐，字默生，号默僧，山东临淄人，北京高等师范学堂（北师大前身）毕业。张默生1924年曾受聘于齐鲁大学神科，1931年辞去省立高中校长后，又在齐大文学院兼课。当时在国文系，李云林讲《经学》，张默生讲《庄子》，许炳离讲《中国文学史》。

老舍主编《齐大月刊》，诸位一中朋友都很捧场，李云林在创刊号上发表了《理学感言》，张默生在第1卷第3期发表了数万言的《态学》，其中许炳离最为卖力，仅在第1卷第5期上就发表了两篇文章和一篇诗作。三人中许炳离与老舍年龄相仿，年长一岁。据其留美大女儿许圣南晚年撰文回忆，父亲发表过小说，在北平时就与老舍认识，到齐鲁大学教书，还是老舍推荐的呢。大约1933年之后，许炳离离开一中也不再在齐大兼课，被何思源调到教育厅任职。

上世纪五六十年代，山东师范学院中文系有位许并力教授，此人就是当年的老舍好友许炳熙。许炳熙时任汉语教研室主任，是名满山师校园的硕儒。据聆听过其课的学生刘增人讲：许师博学多闻，讲课十分精彩，是诸生最喜听课程之一。但许师上课从不规行矩步，按教材照本宣科，经常跑野马是出了名的。记得有一课，先生上得堂来，首先开题曰：今天讲《陈涉世家》，开头是"陈涉者，阳城人也"，立马便从"阳城"生发开去，洋洋洒洒，越说越远，与要讲的篇目关系越来越稀疏，但内容却越来越精彩，诸生听得自然也越来越起劲。不知不觉，两节课讲完，下课电铃吱吱怪叫，讲课的和听课的才从知识海洋中遨游的忘我境界中惊醒过来。先生一愣，说："噢，打铃了。"今天讲："陈涉者，阳城人也。"两节课里，唯有这两句，算是符合"教学大纲"的规定要求吧。

一中英语教员赵同芳是位桥梁人物

1931年夏天老舍回北平与北师大毕业生胡絜青结婚，婚后不久老舍偕夫人回到济南，在校外南新街赁屋而居。老舍夫妇喜迁南新街新居，济南一中英文教员赵同芳首先前来舒宅登门祝贺，一中美术教员桑子中随同前往拜访。50多年后四川美院教授桑子中撰文回忆说：

"一九二九年秋，山东省立剧院院长赵太侔兼任省立一中校长，约我任图画教员。一九三一年秋，赵同芳来一中任英文教员，她与北平师大同学胡絜青过从甚密，因此我也认识了胡絜青。"

"三一年夏，老舍和胡絜青在北平结婚后一起来到济南。为了祝贺他们的新婚，我做了一幅画送给他们，画名为'大明湖'。那时老舍是齐鲁大学中文系教授，住在南新街。某一天的下午我访问了他。一见面就给我以淳朴热情，诚恳直爽，平易近人的印象。"

赵同芳（1903—1997），山东济南人，出身教育世家，其二哥赵同源（字星南）为济南一中首任校长。其之所以"与北平师大同学胡絜青过从甚密"，乃因当年北师大这一届学生之中，仅有赵同芳、胡玉贞（胡絜青）、陈玖敬等四名女生。1931年毕业后赵同芳回到济南，被一中聘为英文教员兼女生辅导员。时为全校唯一女教师。

夫人闺中密友赵同芳结婚，老舍曾出席并发表幽默致辞。1947年6月26日青岛《民言报晚刊》第三版"笑闻录"四十一《老舍幽默》中披露了这段逸闻。其云：

"齐大王泽普的大少爷，十八年夏在三友斋结婚。老舍演说，大意是说新娘子学问怎么好，性情怎么好，人缘怎么好。又说：'我所以知道她，因为我太太是女师大学生，新娘子也是女师大学生，从我太太的一方面推断，新娘子一定也和我太太一样有那么一些好处。'说得满堂笑成一团。"

文中"王泽普"，即王锡恩，山东益都人，名锡恩，字泽普，出身天文世家，登州文会馆早期毕业生，曾任山东大学堂教习，时任齐大天文算学系主任，被誉为当时"世界六大数学家"之一。王锡恩长子名王长禄，毕业于唐山交通大学（今西南交大前身），抗战中流亡云南参与滇缅公路修建。也就是说，赵同芳既为老舍夫人胡絜青之闺中密友，又是老舍齐大同仁王锡恩之长媳。

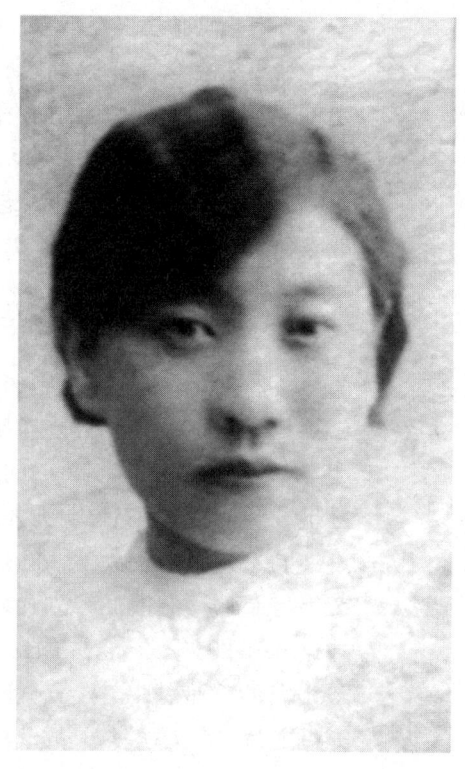

省立一中英语教员赵同芳（1931年）

经赵同芳引荐之后，老舍也与桑子中成了好朋友。

1932年，桑子中在大明湖畔铁公祠内的"湖山一览楼"创办了个海岱美术馆，并在山东民国日报主编《海岱画刊》。老舍应桑子中之请写了《〈海岱画刊〉发刊词》。1934年春天，桑子中准备出版画集，拿筛选画稿给老舍过目。老舍又为之撰写了《〈桑子中画集〉序》。

抗战中离开济南流亡四川，桑子中与老舍还曾晤过一面。

那是1943年的一天，时任绵阳"国立六中"教员的桑子中，前往重庆郊区北碚，拜访时任复旦大学教授的老学长张默生后，归途中在嘉陵江边等船时与老舍意外相逢。老舍邀请桑子中第二天到他所在"中华全国文艺界抗敌协会"驻地吃饺子，流亡中的两位老友饺子就酒，开怀倾谈竟日，直至深夜方才依依惜别。

济南一别师生风流云散,桑子中从此不知赵同芳的下落。

其实赵同芳后来也辗转到了四川。她先是随丈夫王长禄去了云南楚雄,滇缅公路工程因缅甸沦陷而搁浅,夫妇两人又辗转去了战时陪都重庆。在北碚赵同芳恰与从北平逃出携幼子千里寻夫而来的胡絜青难中重逢,此后两位北师大老同学共度过一段患难时光。1945年抗战胜利后赵女士重返济南,仍当她的中学英语教员。

李长之家宴老舍,发小季羡林作陪

老舍在济南一中师生中朋友之多,还包括刚考入清华不久的毕业生李长之和季羡林。李长之与季羡林是在济南一起长大的"发小",小学中学大学"三连贯"的同学。不过李长之在文学上成名要比季羡林早。季羡林曾说自己少无大志,李长之则是天才少年,上初中时即有文名,到了清华大学,已是青年评论家,身兼北平《文学季刊》编委与天津《益世报》副刊编辑。二十郎当岁的文学评论家李长之,才高八斗目空天下士,粪土当时许多文学家。哪个大家他都敢评,最出名的就是其书评专著《鲁迅批判》,"大先生"鲁迅在日记中亦称之为"李天才"。是故李长之接触老舍也比季羡林要早。

1932年至1934年,老舍连续有《猫城记》《离婚》和《牛天赐传》三部长篇小说问世。而最先评论这几部作品的并非别人,即是青年评论家李长之。李长之评《猫城记》的文章发表于1934年11月《国闻周报》第11卷第二期上。当时老舍给他回信说:"你批评一个人演关公,就只问他演关公怎么样,不必责备他演张飞。只是一些琐屑之处,可以去掉。"李长之回忆说:"这既是肯定也是反批评。可见,这件事在双方心里都有很深的印象。"李长之还说:"我看过

清华学子李长之与季羡林合影

《牛天赐传》（原稿），在济南。"那时李长之正在写文章痛击王云五（上海商务印书馆老板），老舍给他回信鼓励说："与王老板大战，真如赵子龙，浑身是胆。"

由于李长之与季羡林家都在济南，每年夏天两人都要由北平回济南过暑假。有一年暑假，李长之要在家里请老舍吃饭，遂拉来发小季羡林作陪。当时李长之家住司里街，季羡林家住佛山街，同在南门外相距不远。季羡林晚年撰文回忆说："有一年暑假，他告诉我，他要在家里请老舍先生吃饭，要我作陪。在旧社会，大学教授架子一般都非常大，他们与大学生之间宛然是两个阶级。要我陪大学教授吃饭，我真有点受宠若惊。及至见到老舍先生，他却全然不是我心目中的那种大学教授。他谈吐自然，蔼然可亲，一点架子也没有，特别是他那一口地道的京腔，铿锵有致，听他说话，简直就像是听音乐，是一种享受。从那以后，我们就算是认识了。"（《我记忆中的老舍先生》）

抗战中老舍到了重庆之后，曾在《抗战文艺》上发表《怀友》一文。其中提到"在济南，认识了马彦祥与顾绶昌先生"。1934年秋天马彦祥由天津《益世报》来济南接替老舍在齐大国文系执教。顾绶昌时为济南省立高中英文教员，抗战中曾在四川大学任教。当年在济南老舍与顾绶昌有何交往，如今尚未发现有关史料。

【原载 2015 年 12 月 3 日齐鲁晚报"人文齐鲁"副刊，收入文字有增改】

当年是谁把老舍送上南下火车

李耀曦

1937年初冬,老舍出走泉城济南,投入抗战的八方风雨。当时济南火车站被逃难人群挤得水泄不通,不仅车厢内人满为患,就连车顶也扒满了人。在此兵荒马乱之际,老舍是如何登上南下列车的呢?始终是个未解之谜。岂料,无巧不成书,数十年后笔者在走访南新街时,意外遇到了帮助老舍挤上火车的当事人。

"老舍先生到武汉,提只提箱赴国难。妻子儿女全不顾,赴汤蹈火为抗战!"这是冯玉祥书赠老舍的"丘八诗"。

1937年11月中旬,日本人兵临城下,济南沦陷在即,老舍毅然弃家独行,出走泉城,登车南下,奔赴武汉参加抗战。老舍在后来文章中自述,那天是在朋友的帮助之下,才终于得以挤上火车的。而据云这是最后一趟装满军人的南下专列。倘若那天老舍不能走脱，其后人生必将改写。

那么，在当年那个兵荒马乱的夜晚，究竟是谁护送他登上火车的呢？可惜文中语焉不详，致使这始终是个谜。岂料数十年之后笔者走访南新街时，竟于无意之中发现了当事人。时年92岁的黑太吉老人说："当年是我把老舍从车窗外托上了火车！"

老舍自述逃离济南过程

1937年七七事变后，青岛危在旦夕，有报社记者告诉老舍，他已经上了敌特黑名单。此前老舍已接到齐鲁大学发来的聘书，于是决定重返齐大执教。8月13日，老舍到达济南。8月14日，日军陆战队在

1937年把老舍送上南下火车的黑太吉老人

青岛登陆。老舍急电至友送眷来济，8月15日晨，夫人携子女在大雨滂沱中抵达济南。9月15日，齐大开学，学生到校仅及半数。9月30日，德州告危，济南市民开始逃亡。10月15日，济南中小学全部停课，齐大随即也宣布停课，师生相继迁逃。经8月初及10月初两次逃亡，济南几乎已成空城。齐大校园内寂无人影，唯有被弃猫狗乱窜觅食。此时老舍仍按兵未动，还在写文章。

11月15日黄昏，韩复榘下令山东守军炸毁黄河大桥，城北传来天崩地裂的爆炸声，不明真相的市民以为是日军的大炮。这时老舍不再犹豫，匆匆告别妻子儿女，提起那只早已准备好的小提箱，迈步走出楼门，奔赴火车站而去。是夜在朋友的帮助下，挤上最后一趟南下军列。

关于出走泉城奔赴国难，这生离死别刻骨铭心的一幕，老舍在《三个月来的济南》《轰炸》《八方风雨》《"四大皆空"》《南来之前》《这一年的笔》等多篇文章中都有追忆。在《三个月来的

济南》一文中描述了他何以要离开济南及奔赴车站的情景。

文中说道：

"能走的已于八月初与十月初走净，剩下的本是些要支持到底的。可是，十一月十五日午后五点钟，忽然城北震天地裂地响了三声，连城南住家的玻璃窗都震得哗哗的乱响，树上的秋叶也随着落如花雨。三响过去，街上铺户一律上了门，人和疯狂了似的往车站跑。大家以为这是敌人的重炮，其实只是炸毁了黄河铁桥。铁桥一炸，济南才真成了空城。

经友人的劝告，我也卷了铺盖卷：我原想始终不动，安心的写文章，我的抗战武器只有一管笔。可这也是友人们劝我走的理由：济南战期的报纸与刊物时常有我的文字，学生与文化界的集聚我时常出席，且有时候说些话；这样，日本人虽未见得认识我，可是汉奸或者不会失掉这个表功买好的机会。济南是我第二老家，我曾在那里一气住过四年。我没法不走了，可是！

铺户都上了门，一路上除去扛着东西疾走的，便是呆立路旁不知如何是好的；都不出声。天上有些薄云，路灯冷清地照着这无声的城市。我到了车站。从车窗爬进车去，一天一夜才走到徐州。路上只吃了几个花生。"

今日南新街西胡同

老舍在《八方风雨》中详述了其登车过程。文中说：

"在路上，我找到一位朋友，请他陪我到车站去，假若我能走，好托他照应家中。车站上居然还卖票。路上很静，车站上却人山人海。挤到票房，我买了一张到徐州的车票。八点，车到了站，连车顶上都已坐满了人。我有票，而上不去车。

生平不善争夺抢挤。不管是名，利，减价的货物，还是车位，船位，还有电影票，我都不会把别人推开而伸出自己的手去。看看车子看看手中的票，我对友人说：'算了吧，明天再说吧！'

友人主张等一等，等来等去，已经快十一点了，车子还不开，我也上不去。我又要回家。友人代我打定了主意：'假若能走，你还是走了好！'他去敲了敲一间车的窗。窗子打开，一个茶役问了声：'干什么？'友人递过去两块钱，只说了一句话：'一个人，一个小箱。'茶役点了头，先接过去箱子，然后拉我的肩。友人托了我一把，我钻入车中，我的脚还没落稳，车里的人——都是士兵——便连喊：'出去！出去！没有地方。'好容易站稳了脚跟，我说了声：我已买了票。大家看着我，也不怎么没再说什么。我告诉窗外的友人：'请回吧！明天早晨请告诉家里一声，我已上了车！'友人向我招了招手。"

寻访南新街意外遇故人

2008年新春伊始，在推土机的隆隆声中，济南又一条历史文化

南新街51号大院东面洋楼

老街——南新街片区拆迁改造。闻讯后笔者再次故地重游,陪伴记者四处查看探访,在断壁残墙之间寻寻觅觅,搜寻那些即将随风飘逝的老故事。南新街是一棵百年风景树。济南自晚清开埠以来社会风云变幻尽显于此。早年此街上深宅大院与花园洋房处处可见,既有清末官宦府邸,也有盐商富贾故宅,亦不乏民初买办新贵旧居。南新街又是一条文化名人街。昔日齐鲁大学教授、晚近政界要人、社会文化名流多居于此。

　　南新街片区位于济南府城外西南关,原是一片荒地与坟地,大约兴建于清光绪年间,故建成后名为"新街"。早先此地有东新街、西新街、南新街等街名之称,后统称为"南新街"。早年南新街北通趵突泉前街,南抵外城圩子墙根,过圩子墙"新建门",对面就是齐鲁大学"校友门"。南新街由北往南至街中段后,岔分为三条胡同,昔日老舍旧居——南新街58号,就恰位于这个"三岔口"的中胡同路东。老舍旧居原为茅舍小院,其北邻56号则是深宅大院花园洋房。昔日内有一栋小洋楼,为老舍齐大国学研究所同仁,甲骨文洋学者明义士所居。不过大院现为省卫生厅老干部宿舍,小洋楼早已不存。如今南新街三条胡同,唯有西胡同尚有旧迹可寻。由老舍旧居出门西拐,进入南新街西胡同。路北一座大院,内有东西两栋洋楼。东面洋楼即为早年齐鲁大学公寓,齐大第一任校长英国人布鲁斯旧居(今为省政府行政管理局办公处);西面小洋楼则为昔日"江公馆",抗战前齐大医学院院长江境如旧居(今为省政协《羲之书画报社》社址)。

　　沿西胡同南行至街口。路西靠近文化西路一个大院已是人去楼空,院

南新街51号大院西面洋楼

内一片瓦砾狼藉。但其北邻小四合院尚且完好,此为"齐鲁画坛四大家"之一的黑伯龙先生故居。黑伯龙为回民,本名黑元吉,其弟黑太吉仍住在这座院内。早年笔者岳父也是这条街上的老住户,黑太吉老人之子黑国华曾是我三合街小学时的同班同学,于是便与老人攀谈起来。黑太吉老人在这条街上住了七十多年,谈起街上的故人往事如数家珍。当聊到南新街中胡同,说起老舍旧居时,黑太吉老人忽然脱口而出:"老舍我认识,当年还是我把老舍送上火车的呢!"

闻听此言如同发现新大陆,众皆惊讶不已。

耄耋老人黑太吉口述历史

黑太吉老人说,我们家原住商埠经二路,是1936年搬到南新街来的。1937年秋天老舍由青岛重返济南,老舍一家最初住在齐大校园内"老东村"平房四合院内,后搬迁到长柏路2号小洋楼上。那时我曾几次骑自行车去老东村,给老舍送从青岛邮寄来的东西。进老东村舒家院后,看到老舍之子小舒乙正在院子里跑着玩。

那么,黑太吉又是怎么认识老舍先生的呢?原来当年在商埠经二路纬三路有个"中华储蓄会"(中华民国储蓄互助会)济南分会。储蓄互助会发行有奖储蓄券,从一元起直至五十元不等,存款者每月都购买到年终可抽号中大奖。这个储蓄会的主管会计名金跃先,手下有两名"练习生"(学徒),其中之一即为黑太吉。黑太吉年方19岁,只知道金跃先是北京旗人,曾留学日本,与老舍关系密切,不过两人究竟是什么关系,当时并不清楚。但他记得那时老舍经常到储蓄会来找金跃先,两人一聊就是大半天,金先生常留老舍吃饭。黑太吉说:"舒先生信奉基督教,每次吃饭之前都要先祈祷一番,念一些感恩词,我们就坐在那里等着他,等他念完了再开饭。"

时间到了11月15日,老舍出走济南那一天。

那天黄昏老舍去车站途中,是先到储蓄会找好友金跃先。此即老舍文中说"在路上,我找到一位朋友,请他陪我到车站去"。原来储蓄会距离火车站很近,当年从前门出去,对面不远处就是津浦铁路济南站。黑太吉说:"老舍先在我们这里待了好大一会儿才去的火车站。当时是金跃先先生和我,还有一个叫孙锡光的练习生,我们三个人一起送老舍去的火车站。那时已经是晚上八九点钟了，我用自行车给老舍驮着行李箱。到了火车站后，车站和站台上十分拥挤，车厢门前你争我抢，根本挤不上去。最后是我们三人从车厢外托着老舍，把他从车窗里塞进去的！"

济南津浦路火车站，老舍由此登车南下告别济南

老舍在前文《八方风雨》中说："车里的人——都是士兵——便连喊：'出去！出去！没有地方'"原来，老舍挤上的这列火车，是津浦线最后一趟南下军人专列。当时吴组缃恰恰也在济南，就是坐这趟专列撤离南下的。冯玉祥隐居泰山，吴组缃被聘为家庭教师与随身秘书。他在后来文章中描述了当时济南火车站的仓皇混乱情形。吴说："我们在冯处工作的人刚从那里撤退出来，亲眼看到车站挤得水泄不通，车顶上也扒满了人，哭声枪声一片沸腾，沿途的兵荒马乱更难尽述。"（吴组缃《老舍的为人》）。

黑太吉先生92岁。这位耄耋老人说起往事，记忆清晰、思路敏捷，每提到一个人的名字还主动告诉我们是哪一个字。说不清楚时就在纸上写出来。字写得很好。老人还喜爱京戏，是票友，唱老生，年轻时曾正式拜师学艺。与我们聊天的间隙，还不时哼上几句。在南新街他曾与刘逸民、车迈平、陈鹤巢等票友为邻，还曾与后辈大家方荣翔切磋过京戏。老式平房角落的橱子上摆着两张已经发黄、身着全套行头的武生照片。他指着其中一张说："看，知道这身行头是谁的吗？当年王泊生的！"老人接着说："我见过江青——本名李云鹤，当年叫蓝苹，那时穿着一件阴丹士林布的旗袍，她正跟着王泊生演戏呢！"老人所说当为1936年夏天的事情，那时的"蓝苹"在上海与唐纳闹婚变后，再次跑回济南，跟着王泊生演过几场戏。

王泊生何许人也？赵太侔任"山东省立实验剧院"院长时的教务主任。这位王泊生首倡中国京剧改革，实验用西洋乐器伴奏，并引昆曲入皮黄。王氏称之为创造"中国现代新歌剧"。江青"文革"中搞出八个现代京剧"革命样板戏"，其招数实际上就是从祖师爷王泊生那里贩卖来的。自然这是题外话，但也离题并不太远。需知老舍是1930年夏天到济南的，1931年蓝萍（李云鹤）还在跟着王泊生演戏，1934年秋老舍辞别济南齐大去青岛山大执教，发聘书邀请者正是当年的山东省立实验剧院院长赵太侔。

我将这一新发现告之老舍子女舒济、舒乙。两人皆不知金跃先其人。但不久舒济先生就给我打来电话。她说整理旧物时找到一个笔记本。上面记载了一些母亲生前回忆的故人往事。其中有金跃先的名字，金先生与老舍是北京师范学校校友，两人关系很好。

黑太吉老人这段回忆遂被证实此言不虚。

【原载2015年4月2日齐鲁晚报"人文齐鲁"副刊，标题文字略有改动】

关松坪手札册页中的老舍

何洪源

退休之后,可能是出于职业的习惯,每逢周日或因事到外地,总喜欢去文化古玩市场逛逛。

2013年11月,笔者应邀到德州市参加了一个小会。事毕,遵友之嘱留宿一晚,次日东方欲晓,便兴致勃勃地逛起当地颇有名气的文化市场。在一旧书摊上,随意翻看一堆旧字画和书籍,见一本没有封面并已断为两半的册页。轻轻打开观之,其上仅是剪贴的20余张用毛笔书写的诗稿及日期前后不甚连贯的日记等。但详审其内容,却有不少熟悉的人名与地名映入眼帘。例如,友声、松坪、俞剑华、胡耳山、固源、舒老师、舍予先生等;再如,南关、东关、芙蓉巷、青年会、齐大医院、齐鲁食堂,等等。笔者边阅边思,深喜遇合之巧,断不容交臂失之。于是,经与卖主较长时间地讨价还价后，乃欣然购归。

返回济南后，经考证，所淘得的册页是山东现代著名书画家——关松坪先生的手札。深感偶获名家手泽已属不易，而其内容又与济南现代史，特别是与文化名人舒舍予（老舍）颇有关联，似亦不应无文。乃录原稿，记购藏，查资料，核日期，边研读边考证，而成此小文，以广其乐。

关松坪（1895—1938），原名关际泰，字松坪，一作颂平，济南泺口镇人。家世富有而谦和诚谨，工书善画，书法东坡，画宗四王，以山水名世。20世纪30年代初，他与其弟关友声共创"济南国画学社"，课徒讲艺长达3年，有学生50余人。嗣后又创办"齐鲁画社"，主编《艺术周刊》。关氏兄弟均为山东画坛20世纪上半叶知名且影响较大的书画家。关松坪轻财好义，广交朋友。日本侵占济南后，闭门谢客，郁郁寡欢，于1938年因病英年早逝。

册页每面长30厘米、宽35.5厘米。现将已断裂分开的册页称为上、下册，简介如下：

关松坪日记中记载与老舍交往

册页（上）共7面，主要内容：一是作者剪贴其毛笔行书诗稿5页，计有题为《小雨》《癸西七月二十七夜梦游华岳庙》《梅花绝句》《古筑城曲》《湖山》等诗词20余首；二是作者剪贴其毛笔行书日记5页（单面书写）。该日记仅书月日，没有署年，起止时间为11月20日至12月3日，计14天。

册页（下）共9面，主要内容：一是作者剪贴当时《诚报》《济南晚报》所刊发的有关齐鲁画社即将成立的报道及竹漪（靳怀英，字竹漪，靳云鹗之女）的多篇诗作；二是作者剪贴其毛笔行草日记8页（两面书写）。该日记亦仅书月日，没有署年，起止时间为10月30日至12月18日，计47天。

据笔者考证，该册页（上）的日记署年应为民国二十二年（1933），其依据主要是关松坪在日记中所记载的有关与老舍交往情况。

1930年7月，时年31岁的老舍应聘来到济南，执教于齐鲁大学。1934年9月离济赴青，执教于青岛山东大学。1937年8月，又由青岛重返济南齐鲁大学。前后在济南居住达四年有半。

老舍在济南任教期间，与关松坪、关友声兄弟关系密切。当时老舍与关友声在齐鲁大学国学研究所共事，而且关友声住在饮虎池前街12号，老舍则居住在南新街54号（该院2006年由山东省人民政府公布为省级文物保护单位，2014年辟为"济南老舍纪念馆"并向公众开放），两家相距很近，互访非常方便。老舍有时去关家，有时去芙蓉巷国画学社，或者看其兄弟作画，或者请教书法绘画方面的知识，或者与其对弈、赋诗、小酌。关氏兄弟则时常到老舍住处探望问候，请教一些有关文艺理论的问题。

关松坪手札中抄录老舍发自郑州的信

老舍曾经这样说过："我对绘画本是外行，近来略懂得一二，还是从他们兄弟得来的。"老舍专门撰文《介绍两位画家》，赞扬关氏兄弟的真才实学，还为《关友声画集》撰写序言并为其画斋题诗。

在册页（上）所剪贴的仅有14天的日记中，关松坪就用较多的笔墨记录了与老舍的交往及对老舍的赞誉。例如：

十一月廿日晴：早晨舒老师把介绍文华登录稿子的文，亲自送来。作的实在好，面面俱到，笔下异常生动。真是老师得意杰作。老师走了，我给友声送去。

……

胡耳山也在那里，谈起舒老师在青年会演讲，中外人士热烈欢迎。演词异常精彩，人人感动，他也是鼓掌中的一员健将呢？我说等着吧？过天我给你们介绍一下子。

日记中间说关松坪到南关请郑伯川誊写文稿，"那里"即指郑伯川处。"介绍文华登录稿子的文"应指老舍写的《介绍两位画家》，刊载于1934年2月《文华》第45期。以前研究者所确知的老舍在济南青年会的演讲，仅老舍初到济南时的1930年10月24日那一次，题为《文学的创造》。日记所提的演讲，据文意应是此前不久的事。胡耳山亦是济南著名书画篆刻家，现已鲜为人知。胡耳山，名涛，字耳山，号耳山外史，祖籍浙江绍兴，1886年生人，20世纪60年代初尚在世。文中两个问号原件如此。

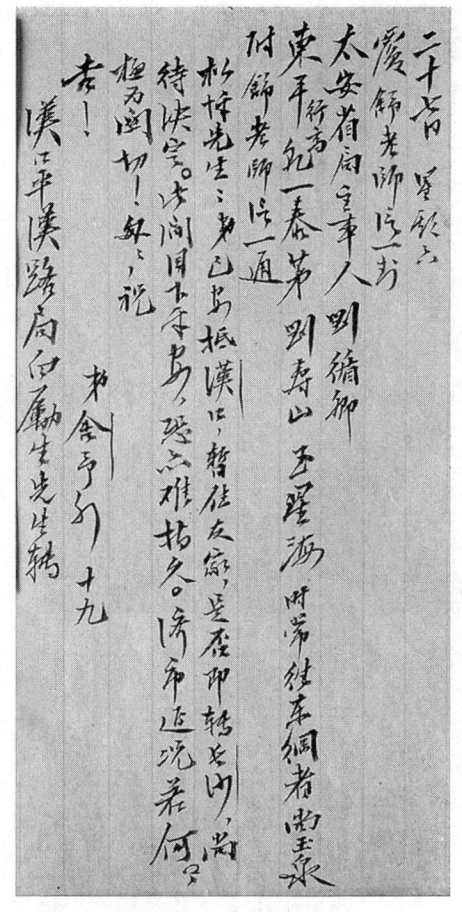

关松坪手札中抄录老舍发自汉口的信

又如：

廿三日，阴。

早晨画了几张兰草。

……到了社里，把友声和我作的论文，叫孙长茂拿去，请舒老师标点。

再如：

廿五日，半晴阴。

……晚间上社，锦章胡耳山都在哪里，谈了一会，他们去看电

关松坪之弟关友声中年照

影。友声上班。舒老师来了,把他著的《离婚》送给胡耳山一本。

"哪"字系原件如此。老舍的长篇小说《离婚》是在1933年8月由上海良友图书印刷公司出版单行本。老舍于1934年初秋便移家青岛。上述日记只能系于1933年。

该册页(下)的日记署年应为民国二十六年(1937),因为其内容一目了然。关松坪记述了"七七事变"后,侵华日军进犯山东及大好河山相继沦陷的情形,尤以记述的老舍离济出走前之情形和南下徐州、郑州与汉口后的来信,真实可靠,弥足珍贵。

"七七事变"的炮声打断了老舍《病夫》等两部长篇小说的创作,1937年8月由青岛重返济南,再次执教齐鲁大学。但此时人心惶惶,不少人开始流亡,学校已经无法正常上课。不久,侵华日军进攻山东并逼近济南,兵临城下。韩复榘命军队炸毁津浦黄河大桥,准备弃城逃跑。11月15日夜,经过激烈的思想斗争,老舍毅然忍痛别妻抛雏,乘火车辗转南下,投身于抗日救国的洪流中,从此开始了一个为民族解放而热情献身的卓越文化战士的生活。

老舍临行前曾多次与关松坪见面,并托付关氏兄弟帮助照料困留在济南的妻小。关松坪在11月1日、6日、13日的日记中均记载"舒老师来"。

11月1日写到:

舒舍予老师来。……过午与舒老师同饭,由齐鲁食堂叫一元钱菜,菜多,米不能吃,有臭味故也。

特别在11月20日日记中写到:

自过午起大雪缤纷。

……

余往舒舍予先生处,唯其夫人子女在,舍予先生已往汉口矣。

寥寥数语,足见两人交情信任之深。以上两则日记原件均无标点。

老舍离开济南后,在南下奔波的非常时期,与关松坪保持着频繁的书信联系。关松坪11月21日日记全文如下:

晚间接到舒先生自郑州来信一封。

弟以情形不安,匆匆南来,未克走辞,极歉!自济至徐,车上极苦,无座位,无食水者一昼夜。幸天阴无空袭,尚堪告慰。抵徐即换车来郑,今日再搭车南去,明晨可到汉口;如无工作,或即去长沙。舍下一切尚希分神照料,至为激感!

匆匆,祝吉!

弟舍予躬
十七

梦笔先生祈代候

11月27日星期六又写到:

覆舒老师信一封。

……

附舒老师信一通。

松坪先生:弟已安抵汉口,暂住友家,是否即转长沙,尚待决定。此间目下平安,恐亦难持久。济市近况若何?极为关切!匆匆,祝吉!

弟舍予躬
十九

汉口平汉路局白励生先生转

12月9日写到："接到舒老师信一封"，惜未抄录。12月12日又写到："覆舒老师信一封。"

众所周知，书信、日记往往能够记录下书者当时最真实的想法和心理感受，还有日常起居、天气状况等生活细节，以及最真实的，甚至某些不为人知或未为史所录的历史情况。由于书写并非给别人看的，主要是供个人欣赏、查阅和备忘。因此，本册页充满了个性和随意性，内容庞杂不一，有的还含有隐语代号。

历史无言，逝者如斯，拂去时光的风尘鉴赏此册，令人别有一番感怀。过去所看到的一些著作文章，对老舍乘火车离济南去徐州的描述，往往是"火车居然走了一天一夜，因为时有飞机不断骚扰或轰炸，火车不得不时走时停"等等。而日记抄录的老舍来信却云："幸天阴无空袭，尚堪告慰"，由此可以还原当时之真实情况。

关松坪早逝后，老舍1943年在《四大皆空》一文中予以悼念："济南有位关松坪先生，是我的好友，也是松小梦的再传弟子。关先生在抗战的第二年去了世，这张画是由他配好了镜框赠给我的！松小梦的画，在山东很容易得到；我伤心的倒是关先生的死去，我未能去吊祭，而他给我的纪念品又是这么马里马虎地丢掉，实在太对不起朋友了。"心情之沉痛，怀念之深切，溢于言表。这亦应了老舍在《吊济南》一文中所言的四个字——"时短情长"。

中国人讲，文以载道。而书法是文的载体，道亦深藏其中。纵观关松坪手札册页，尤其上册，书写洒脱奔放，功力深厚，体现了行书流畅的真髓，展现了书者的翰墨风采，渗透出文人的修养与气质。当然，字如其人，文如心声。展读册页（下）就能感觉到书写潦草，

今日鞭指巷70号，关松坪故居老宅

缺少章法，甚至一天一个样。究其原因，想必是因为书者其时面对日寇侵华、国难当头、山河破碎、亲友逃亡的现势，故他的喜怒哀乐、悲欢离合及心烦意乱跃然纸上。这亦是我们了解那个年代文人的难得文本。

关松坪不仅是位著名的文人画家，同时也是一位修养全面的艺术家，诗书画弈曲无一不精。其诗词多是即兴而发，无宿构日思之累，平稳冲淡，情真意远。庆幸的是，现在可从该册页（上）他剪贴的5页诗稿中，窥见一斑。

这件近现代文物负载着沉重的沧桑，传递来80多年前的信息，唤起了我们许多复杂的感情和长久而难以忘怀的思考，而且随着时间的推移，它的史料、文学、书法艺术等价值亦将愈显珍贵。

【原载 2015 年《济南文史》第 3 期】

老舍缘何到了济南齐鲁大学

李耀曦

老舍与济南结下深厚情缘,始于他应邀执教齐鲁大学。但齐鲁大学何以会聘请只有师范学历的老舍为齐大教授,老舍又何以要舍近求远应聘齐大奔赴山东济南教书?却始终是个未解之谜。而且当时正值中原大战,津浦铁路中断,老舍又是如何到达济南的呢?新近发现老舍1930年复林济青逸信一封,有助于我们揭开上述谜团。

林济青敦请老舍速来济南

近年发现老舍1930年6月20日复林济青逸信一封。这封逸信现存山东省档案馆。此信背后隐藏着许多故事,通过对此信的解读,我们可以大致了解,当时林济青如何赴京聘请老舍,老舍又是如何到达济南,以及其前其后的一些情况。现将逸信全文抄录于下。

林兄：

今日齐专使来，示我尊电，真是不敢当呀！

我是七月战事稍定便去，请放心！

如路费不能由校出，请从将来我的薪水中抽寄一部分来，因为走海是要多花几个钱的。

董子如先生还是迟疑不定，等我到济南再谈吧。

敬祝，笔安！

弟舒舍予躬
北平机织卫淹通胡同六号
（1930年6月20日）

（林济青在信上标记收到时间为）：十九年六（月）廿八（日）收

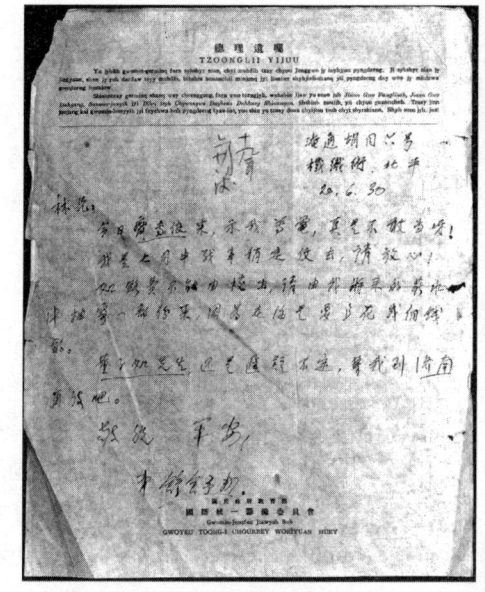

老舍复林济青逸信

这封逸信，抬头即以"林兄"相称，口气亲切，毫不见外，从其笔调语气来看，绝非素昧平生，从无交往。由此可以断定，此前老舍已与林济青见过面。想必两人一见如故，相谈甚欢。去齐鲁大学教书之事，老舍也答应得很痛快。但事关重大，非同儿戏，林济青回到济南后仍不放心，为催促老舍尽快离京启程南下，又特意给在京齐大人士拍了封电报，由此人登门拜访面呈老舍。电文中林济青还有拜托老舍做说客，从同学好友中多拉几位到齐大来执教之意。老舍见到来人及电文后，当日即给林氏复信，并再次做了坚定不移的答复。表示决不会辜负这位"林兄"三顾茅庐的一番苦心。

下面对逸信涉及内容略做必要注释与解读。

先看发信地址"北平机织卫淹通胡同六号"。此为老舍发小兼好友白涤洲家的门牌号。两人为早年北京师范学校同学，老舍（舒庆春）比白涤洲高一年级。"机织卫"位于北京西城阜成门内，"淹通胡同"本为烟筒胡同,后为雅训而改之。老舍从英国归来回到北平后,当时就借住在好友白涤洲家中。老舍所住为白家内宅南厢房。

白涤洲(1900—1934)名镇瀛,以字行,蒙古族。北大国文系毕业,音韵学专家,钱玄同的弟子。时为北平师范学校教务长,并为国民政府教育部"国语统一筹备委员会"七常委之一。由此可见,老舍复林济青这封逸信所用信纸,也是用的白涤洲的。

老舍由海外归来,约在4月上旬由上海回到北平。借住白家期间,北平《学生画报》记者陈逸飞曾多次前来淹通胡同造访。

有一次,他跨入白家院门进内宅后,隔着南厢房玻璃窗,看到老舍正在屋中练拳学燕飞,进屋落座后,陈问老舍:"练的是什么拳?"回曰:"昆仑六合拳"。晚年陈逸飞曾写过一篇《老舍的昆仑拳》以追忆此事。(文见1998年2月25日民革中央所办《团结报》。)

当时两人谈得很投机,并常有书信往还。据陈逸飞文章讲,6月初他给老舍找了个学法文的朋友,条件是老舍教这位朋友英文,等价交换,互不欠账。但过了两天,陈逸飞便收到老舍来信。信中说:"我或于月底出京,学法文事似不便进行,以免忽止;如月底仍无离京之望,当即进行交换教授事项。"(见陈逸飞《老舍早年在文坛上的活动》)由此可推知,老舍与林济青会面,接受齐鲁大学聘书,即当在6月上旬。随后老舍便做了月底出京的打算。但能否成行尚不可知。

究竟是谁向齐大推荐了老舍

那么老舍为何不留在北平而舍近求远选择齐鲁大学呢?

自然是在北平教职难觅。此前已有研究者指出:北平国立大学门槛高,北大、清华、北师大等,老舍都进不去,因其学历不够。但齐鲁大学虽为私立,门槛也不会低到哪里去,为何会聘请老舍呢?这就需要做番具体分析了。一是,老舍新文学创作在中国文坛上已有名声,齐鲁大学便是看中老舍这一新文学作家的身份,以新文学教授聘请他的。当时北大、清华、北师大等国立大学中文系尚未在课堂上开讲新文学。在齐大开讲新文学,老舍是第一人,几乎与此同时,杨振声也在国立青岛大学开讲新文学。齐鲁大学继老舍之后,还有马彦祥、徐霞村等人在国文系开讲新文学。

二是，老舍本人是基督教徒，与教会关系密切，得到有关方面权威人物的强力推荐。研究者吴永平在《老舍缘何执教山东齐鲁大学》一文中曾推断，老舍可能是得到布鲁斯教授的强力推荐。在伦敦大学东方学院老舍作为布鲁斯的助手曾与其共事五年。很可

1930年6月，老舍（左二）与白涤洲（左四）等同学好友合影于北平中南海

能是布鲁斯向齐鲁大学提供了老舍资质证明和推荐材料。此说言之成理，布鲁斯汉名"卜道诚"，此人就是齐大1917年初创时的校长。只可惜这仅是个推测而已，并无史料证明。再者说，果有布鲁斯的强力推荐，或许老舍就不会在北平闲居数月了。

言及此事，陈逸飞文章中还提及一点便颇值得留意。

此即陈文说他第一次去淹通胡同拜访老舍是在5月25日中午，当时老舍刚从天津回来，正在睡午觉，被在大门外的白老爷子挡了驾，没能见到。老舍去天津干什么？无外乎会师访友。其中有一种可能是去拜访南开大学校长张伯苓。老舍与张伯苓有旧交。1922年老舍曾被张伯苓聘为南开中学国文教员，1928年张伯苓周游欧洲列国，老舍与张伯苓在英国伦敦会过面。需知张伯苓是中华基督教教育界的领袖人物，并曾于1925年被齐鲁大学董事会聘为董事长。因此两年后老舍由海外归来去天津拜会张伯苓，由其向齐鲁大学推荐和介绍老舍，是很有可能的。当然这也仅是推断而已，尚无信史可资证明。

"今日齐专使来，示我尊电，真是愧不敢当呀！"

这里的"齐专使"，并不是齐大之"齐"的意思，而是指林所派使者姓齐。此人名齐树平，北平人，毕业于北京农科大学，曾任故宫博物院古物研究科科长。时为齐大国学研究所研究员，在齐大国文系

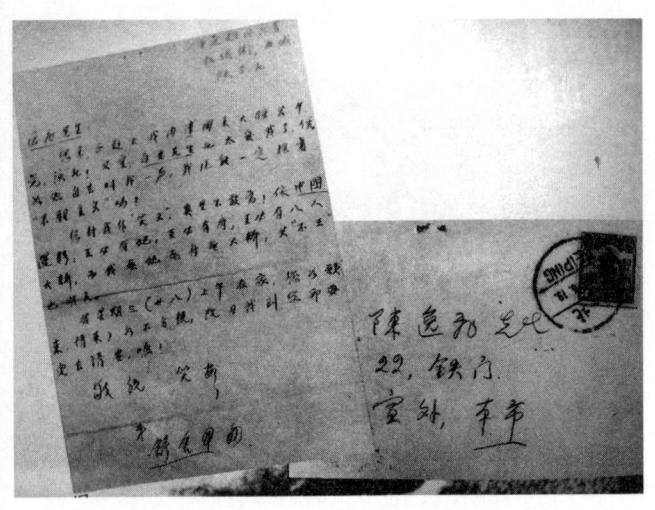

1930年5月26日，老舍致陈逸飞信

开设《金石研究》《国学大纲》《中国美术史》等课程。

"董子如先生还是迟疑不定，等我到济南再谈吧。"

董子如，名董威，字子如，天津人，1917年考入北大国文门，与老舍发小罗常培为同班同学。这批人属于亲历了"五四运动"的北大"老三届"（1916级至1918级）。老三届俞平伯曾有诗云："同学少年多好事，一班刊物竟成三。"意思是说，当时同班学生创办了三个校园刊物《新潮》《国民》《国故》，分别代表左、中、右。其中《国故》即为罗常培等人创办。董子如亦当属"国故派"。

董子如与老舍还有更深一层的关系。1922年秋天，老舍、罗常培、董子如、赵水澄同在天津南开中学任初中国文教员。四人情同手足，于是结拜为把兄弟。这在当时文人中已属罕见。按年龄排序，老大董子如，老二赵水澄，老三舒舍予，老四罗常培。看来林济青的意思，是想让老舍将他这位拜把兄弟董老大也拉到齐鲁大学来。董子如先生不是擅长整理国故嘛，正好可任齐大国学研究所研究员呢。

然而董子如那里未见回话，老舍也迟迟未有动身。眼看已是6月下旬，于是林济青又赶紧拍电报，派齐树平手持电文登门催行。老舍则复信说："七月战事稍定即去，请放心！"

此处"战事"有何所指？这又是怎么回事呢？

中原大战中老舍冒险南下

原来，老舍之所以迟迟未能成行，是因当时正值中原大战。蒋冯阎中原大战，数十万大军陈兵津浦线，济南府成为必争之地。4月1日大战爆发，4月3日陈调元下令拆毁济南黄河铁桥，随时准备将省府迁至兖州。6月5日晋军攻下禹城后偷渡黄河成功，韩复榘再命毁坏泺口黄河铁桥，陈调元征用15节车皮将军需物资运往徐州，韩复榘率军沿胶济线东撤。6月25日晋军傅作义部攻占济南。战至8月初局势逆转，蒋军蒋光鼐部发起反攻，又于8月25日夺回济南，晋军狼狈渡河北撤。大战至9月初方告结束。9月5日韩复榘被南京国民政府任命为山东省政府主席，陈调元调任安徽省政府主席。

由此可知，中原大战期间津浦铁路中断，黄河两岸战火纷飞，由北平经天津南下此路不通。老舍在《吊济南》中自述，他是1930年7月就到了济南。此时齐大仍在暑假之中，是林济青雇了辆马车，前往济南火车站迎接。那么，当时老舍是如何由北平抵达济南的呢？大概即为舟车并举水路兼行，即：由北平乘车至天津，由天津港坐船，到烟台或青岛，再由胶济铁路坐火车到济南。这就是老舍复林济青佚信中所说"因为走海是要多花几个钱的"道理之所在。

中原大战拉锯战期间，济南曾多次戒严。又据史志载："7月27日济南大风雨，马路水流成河，房屋倒塌上千间，居民登城避水。"不难想见，仲夏七月的济南府，正处于水深火热之中。枪炮声不绝于耳，又加狂风暴雨大作。老舍此时抵达济南，可谓不避千难万险，在战火硝烟与大雨滂沱中，赴汤蹈火而来。

风雨飘摇中的齐鲁大学

林济青三顾茅庐多次敦请老舍尽快动身南下，不仅是礼贤下士、求贤若渴，也实在是到了刻不容缓的地步。原来，齐鲁大学因向教育部申请立案未果，从而引发学生罢课、工友罢工风潮，至今已停课长达大半年之久，眼看就要关门大吉了。

齐大立案之事久拖不决，种种迹象表明，阻挠与刁难者，并非别人，正是教育厅长何思源。学潮中齐大学生发起组织"收回教育权运动大同盟"，文理学院学生发表敬告各界书。这些东西都登上了教育厅的《山东教育月刊》。何思源本人也借视察之机到处煽风点火。多次公开声言要"依次收回教育权"。

1929年5月至1930年2月，齐大处于岌岌可危之中。

齐大国人校长李天禄在学潮中被迫辞职。校务委员会主席衣振青因在工潮中被绑缚受辱，也宣布不干了。另外两名国人校务委员亦不愿接任，英人副校长施而德只好下令齐大暂时关门歇业，并同时辞去副校长职务。由原教务长美国人老德位思代行副校长之职。

林济青正是在这生死存亡之秋，被校董事会推上前台的。

林济青，山东莱阳人，1891年生于济南，1906年广文学堂毕业，两度赴美留学，先后获哥伦比亚大学文学士及里海大学工程学硕士。曾任山东矿业学校与私立青岛大学教务长，在山东教育界有一定声望，并且是山东省政府委员，便于与同为省府委员的何思源打交道。

林济青果不负众望，刚上台不久，即令齐大立见起色。

齐鲁大学与燕京大学有良好的合作关系。挽大厦于将倾，林济青想到了燕大校长司徒雷登。1930年春天林济青跑了一趟北平。不知他如何说服了司徒雷登，从"哈佛——燕京学社"为齐大拿到一笔霍尔基金资助巨款。这笔巨款高达35万美元。齐大医学院分得15万美元，齐大文理学院分得20万美元。20万美元近乎文理学院年预算经费的两倍。林济青用这笔巨款办了两件大事。一是用之购书，扩充齐大图书馆藏书。二是成立了个齐大国学研究所，以此名义聘请学界名流来齐大，以提高文理学院师资水平。

齐大图书馆原有中外图书不过两万四千册。1930年，林济青为齐大购得中国古籍图书，2810余种，计32400多卷，其中不少为珍本、善本。使馆藏图书增至六万册，1931年达到十万册。林济青在北平为齐大采购中国古籍图书时，故宫博物院古物科朋友齐树平帮了大忙。因此齐树平也被林济青聘到齐大教书来了。

聘请知名学者来齐大教书，林济青并非仅恭请到老舍一人来济南，而是一口气聘请了六七位学界名流到齐大。1930年至1931年先后应聘而来者，计有：王长平、郝立权、陈祖炳、谢惠、余天庥、陈新国、慈丙如等人。这些人均为国内各大学知名教授，其中除郝立权毕业于北大国文系为刘师培弟子之外，余则皆为欧美留学博士。

林济青以此大手笔将齐大从危局中解救出来。

老舍与林济青的蜜月期

1930年秋天,已关门大半年之久的齐大文理学院重新开学。新学年新气象,人们不无惊讶地发现,院务会议上系主任的宝座,大半都由洋人换为中国人。郝立权出任国文系主任,王长平任教育系主任,陈祖炳任物理系主任,谢惠任化学系主任,老舍则任齐大国学研究所文学主任,并兼《齐大月刊》编辑部主任。由此可见林氏对老舍之格外器重。

齐大文理学院原有十个系,系主任中西之比为3∶7,绝对是"西风压倒东风"。此举虽未能扭转乾坤,实

国民党山东省政府委员兼教育厅长何思源

现"东风压倒西风",却也打破了由传教士一统天下的局面,变为5∶5双方平分秋色。此外林济青还顶住压力,解除了几个传教士夫人的教职。这些举措固然使得文理学院实力大增,却令齐大洋人十分不爽,大有从天堂跌落尘埃的感觉。为林济青后来离开齐大埋下伏笔。

革命尚未成功,同志仍需努力。林济青挽救齐大危局的努力,至此还只能说是初见成效。齐大申请立案之事,仍被教育厅长何思源阻挠刁难,置若罔闻,拖着不办。1929年5月3日,齐大第一次向山东教育厅递交立案申请文件。拖了五个多月后,于11月17日将文件驳回,批为"多与教育部令不和",要求改正后另行呈报。因此,林济青接下来的重头戏,就是研究如何对付教育厅长何思源,向其示好,化解其敌意,以达到齐大申请立案成功之目的。

为此林济青使出了浑身解数。诸如恭请何思源为即将出版的《齐大月刊》题写刊名,请教育厅派员来校视察,邀请何厅长到校发表演讲,参加齐大毕业生典礼等等。千方百计以示恭敬与尊重。1930年9月29日上午,齐大师生在广智院举行"总理纪念周"。林济青邀请何厅长大驾光临发表讲话。何思源发表了题为《革命的思想与

齐鲁大学代理校长林济青

革命的道德》的演讲。1930年11月9日，林济青陪同中央研究院史语所所长傅斯年、国立青岛大学校长杨振声，参观齐鲁大学。傅斯年、杨振声与何思源为北大同班同学，对洋教会也是颇为敌视的。1931年1月21日，林济青再次陪同何思源参观齐大校园。

老舍初到齐大主持《齐大月刊》编辑部工作，林济青这些校内外事活动，当时也极可能是参与者。陪同在侧的老舍由此见识了何思源、傅斯年、杨振声三位国立"北大派"咄咄逼人的风采。老舍在齐大教书期间与林济青关系十分密切。林济青因事外出公干，老舍还曾遵嘱代理文理学院院务。

在外界看来，林济青是齐大代理校长，其实董事会并未任命，林氏就是个救火队员，危机关头被校方推到前台。实际名分仍为文理学院院长。1930年10月，留美博士王长平（王鸿猷）被齐大聘为教育系主任，聘书大印为"私立齐鲁大学副校长德位思"。1931年夏天齐大毕业生证书，校长大印则为"私立齐鲁大校长孔祥熙"。

林济青为齐大立下了汗马功劳，为何就当不上校长呢？

大约有如下原因。其一，衣振青，林济青，本为同胞兄弟，一个从父姓，一个从母姓。衣振青曾为齐大董事会副董事长，齐大校方担心两人联手，势力过大。而且两人外祖父林青山与美籍副校长德位思有非同一般的交情。这也是齐大校方其他洋人所不愿看到的。（林青山，栖霞人，山东最早的基督教徒之一。1876年惹上官司家境破败，离家出走来济南谋生。立住脚后又招女婿衣德风一家同来济南。翁婿二人在济南新东门外开垦闲荒地，以种植莲藕并放养奶牛为业。当时北美长老会传教士戴维斯，在新东门外华美街创办华美教会医院。林青山个性强悍，其间因组织抗税遭官府缉捕，曾躲到戴维斯家里住过一年多。戴维斯汉名"德位思",其华美医院后来与山东医道学堂合并,成为齐鲁大学医学院前身,德位思出任齐大教务长,专门负责齐大与国外托事部的联系,权高位重。参见衣复恩《我的回忆》。)

其二,林济青无法解决齐大立案问题,其虽为省政府委员,也颇受韩复榘器重,但何思源仍可以不买他的账。

1930年齐鲁大学给王长平的聘书

齐大1931年12月在教育部立案成功,还是因为南京高官孔祥熙亲自出马,担任齐鲁大学董事长,其后又请来教育部次长朱经农任齐大校长才告成功。齐大女生部主任麦美德为孔祥熙的早年恩师。老德位思知其详情。当时董事会派衣振青与张达忱手持麦美德的亲笔信赴南京找到实业部长孔祥熙。

齐大完成立案后不久朱经农就走了,此后校长之职仍为空缺,齐大因而又起学潮,但董事会并没有让林氏接任的意思。1934年又派人赴北平请校友刘世传来济南当齐大校长。林济青也终于明白了这一点。1932年《齐大月刊》改为《齐大季刊》,老舍由编辑部主任改任一般编委。其实此时林济青已辞去文学院长职务,由教育系主任谭天凯兼任文学院院长。到1935年刘世传上任时林济青已离开齐大。

1936年林济青赴青岛接任辞职的赵太侔为山大代理校长,当时也曾三顾茅庐而老舍未接其聘书。有人曾推断是因两人关系破裂。其实非也,老舍是因学潮而辞职的,并已登报声明。1937年老舍重回济南齐大执教,说不定也有林济青的推荐之功。

老舍与齐大之未了情

抗战中齐鲁大学内迁成都华西坝,华西坝教会五大学联合办学。老舍离开济南之后,也辗转由武汉到了陪都重庆。在华西坝的齐大没有忘记老舍,而在重庆的老舍也没有忘记齐大。

1939年12月5日,齐大召开年终全体教职员联欢会,老舍作为齐大国文系前教授应邀出席,并在联欢会上发表演讲。1940年《齐大校刊》第2期以《纪念周刘校长报告校务》为题刊载消息,其中说到本校下学期将继续增聘教授,现

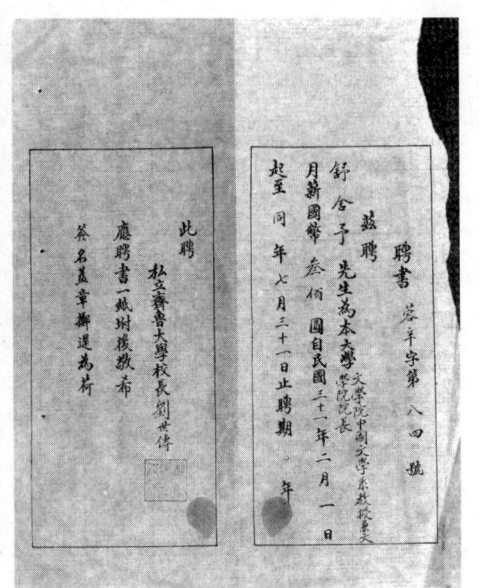

1942年齐鲁大学校长刘世传给老舍的聘书

已确定者,文学院有舒舍予(老舍)先生,胡福林(胡厚宣)先生。而在其后的校刊公告中即发布:舒舍予先生将出任本校文学院院长。显然当时双方多有接触。老舍已接到校长刘世传寄发的齐大聘书并已做了肯定答复。

只可惜老舍与齐大的三重缘终于未能再续。

【原载2015年8月6日齐鲁晚报副刊"人文齐鲁"版】

老舍散文中的济南

李耀曦

老舍生在古都北京,他把一个平民的北京,活脱脱地写进他的小说里。老舍的"第二故乡"是古城济南,他把一个山水秀丽的济南,活脱脱地写进他的散文里了。

老舍活了67年,他先后在北京度过了42年,剩下的25年是:英国5年,新加坡1年,山东7年——济南4年半、青岛2年半,汉口半年、重庆7年半,美国4年。

然而,在老舍一生的散文里,他几乎完全没有写纽约,也几乎没有写过伦敦(写了一点留英回忆)、新加坡,写汉口、重庆、成都的极少,写青岛的有两三篇,就是北京——也写的并不多;唯独济南,他不但写了,而且一写就是一个长长的系列,而且,都写得那么典雅,那么精致,那么动人,那么富有诗意!

这实在是文学史上一个奇特而又奇妙的现

象。甭说与老舍自己比，就是与任何一位客居济南，甚或山东籍、济南籍的现代作家相比，恐怕也是堪称举世并无第二人的。

如何解释这种现象呢？恐怕只能说：济南与老舍天生有缘，老舍对济南情有独钟。

这是一段一位现代著名作家与历史文化名城的奇情奇缘。——泉城济南成为写家老舍的一块创作福地，老舍这些写泉城山水的文章则成为向世人推介济南的绝妙佳作。

一

老舍写济南，首先推出的一组散文，共七篇，总题叫：《一些印象》。

《齐大月刊》封面

在《一些印象》里，老舍用了一种近乎诗的语言，把一个遥远的如梦如幻的中古老城，整个地由远而近地推到读者面前：

"设若你的幻想中有个中古的老城，有睡着了的大城楼，有狭窄的古石路，有宽厚的石城墙，环城流着一道清溪，倒映着山影，岸上蹲着红袍绿裤的小妞儿。你的幻想中要是有这么个境界，那便是济南。"

"请你在秋天来。那城、那河、那古路、那山影，是终年给你预备着的。可是，加上济南的秋色，济南便由古朴的画境转入静美的诗境中了。这个诗意的秋光秋色是济南独有的。上帝把夏天的艺术赐给瑞士，把春天的赐给西湖，秋和冬的全赐给了济南。"

"那中古的老城，带着这片秋色秋声，是济南，是诗。"

这个济南"印象"，不仅酷似一幅写意的宋人水墨山水，而且也颇像一幅印象派的现代油画。

老舍不仅写了济南的秋天、济南的冬天、济南的夏天,还在《春风》中写了济南的春天,春夏秋冬,四季更迭,光影驳离,色彩斑斓。

为了凸现济南独有的魅力,扩展读者想象的空间,老舍不仅信手拈来瑞士、西湖与济南作对比,还不断请出伦敦、芙劳那思(意大利)、南京、北平、青岛等城市与济南相映衬、相参照,使画面的意境更加幽远。

"四面荷花三面柳,一城山色半城湖。"

写济南,不能不写济南的山和水。

老舍似乎天生对山有一种由衷的亲近,对水有一种深切的景仰。他的散文中对济南山水的描写,与其说是写,不如说是在"读",是相看两不厌的"对话",就难怪是那么鲜活,那么灵动,那么传神,那么富有人情味了。

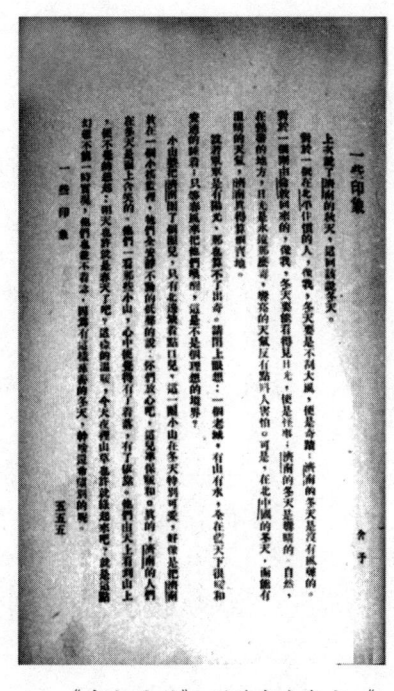

《齐大月刊》刊登老舍散文《一些印象(续四)》之《济南的冬天》

请看看老舍是如何写济南的山的吧:

"济南是抱在小山里的,到了秋天,小山上那黄绿的草丛,苍翠的松树,褐色的石层,仿佛给小山穿上了一件色彩斑斓的衣衫,再配上那光暖的蓝空,我觉到一种舒适和安全,只想在山坡上似睡非睡地躺着,躺到永远。"(《春风》)

——这是秋天济南的山。

"小山整把济南围了个圈儿,只有北边缺着点口儿。这一圈小山在冬天特别可爱,好像是把济南放在一个小摇篮里,它们安静不动地低声地说:'你们放心吧,这儿准保暖和。'"真的,济南的人们在冬

天是面上含笑的。他们一看那些小山，心中便觉得有了着落，有了依靠。"（《一些印象（续六）》）

——这是冬天济南的山。

"绿树的尖上浮着一两个山峰，因为绿树太密了，所以看不见树后的房子与山腰，使你猜不到绿荫后边还有什么；深密伟大，你不由的深吸一口气。""拐过礼堂，你看见南面的群山，绿的。山前的田，绿的。一个绿海，山是那些高的绿浪。"（《非正式的公园》）

——这是夏天济南的山。
再请看老舍是如何写济南的水的：

"哪儿的水能比济南？有泉——到处是泉——有河，有湖，这是由形式分。不管是泉是河是湖，全是那么清，全是那么甜，哎呀，济南是'自然'的 Sweet heart 吧"？"先不说别的，只说水中的绿藻吧，那份儿绿色，除了上帝心中的绿色，恐怕没有别的东西能比拟的。"（《一些印象（续四）》）

——这是济南的秋水。

"那水呢，不但不结冰，倒反在绿萍上冒着点热气，水藻真绿，把终年贮蓄的绿色全拿出来了，天儿越明，水藻越绿，就凭这些绿的精神，水也不忍得冻上，况且那些长枝的垂柳还要在水里照个影儿呢！看吧，由澄清的河水慢慢往上看吧，空中，半空中，天上，自上而下全是那么清亮，那么蓝汪汪的，整个的是块空灵的蓝水晶。"（《一些印象（续五）》）

——这是济南的冬日之水。
试问，从古至今有哪一位文人雅士，能像老舍这样对济南的山水如此相熟、相亲、相知，而又写得这么富有诗意、这么触手可及呢？

如果济南的山水有知，仅凭这些不朽的文字，它们就完全可以认定是遇到一位千古知音了！

然而，我们的老舍并未就此止笔。

千佛山、趵突泉和大明湖，是济南的三大名胜。老舍对当时的这三大名胜似乎颇有微词，称大明湖："既不大，又不明，也不湖"。

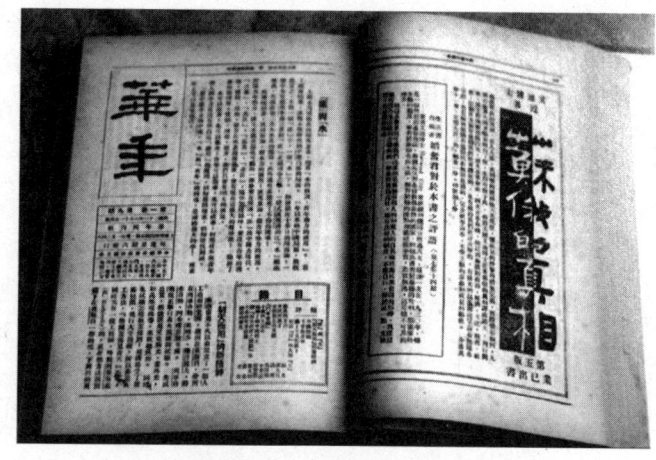

《华年》杂志刊登老舍"济南通讯"

但，他还是忍不住有专门的文字描写了它们。

除了在多篇文章中都为千佛山写上几笔外，老舍还有专篇写趵突泉，专篇写大明湖的。

在《趵突泉的欣赏》里，他写下了那段脍炙人口、可传千古的文字：

"泉太好了。泉池差不多见方，三个泉口偏西，北边便是条小溪流向西门去。看那三个大泉，一年四季，昼夜不停，老是那么翻滚。你立定呆呆的看三分钟，你便觉出自然的伟大，使你不敢再正眼去看。永远那么纯洁，永远那么活泼，永远那么鲜明，冒，冒，冒，永不疲乏，永不退缩，只是自然有这样的力量！"

写了济南的山水之胜，老舍并没忘济南的物产之美。

那鲜、白、伟丽、晶亮、细润、甜津津的济南章丘大葱，那大明湖的水产"三美"——蒲菜、茭白、白花藕，甚至还有那亭亭玉立，既可观赏又可佐酒炸吃的白莲花（见《吃莲花的》）等等，无不见诸于文字。

这样，那城，那河，那古路，那山影，那大城楼、石城墙，那千佛山、大明湖、趵突泉，以及历山、鹊山、华山、历下亭、铁公祠、北极阁、开元寺古石塔，夏日的荷花，春天的杨柳，蒲菜、茭白、白花藕，甚至大明湖游船上漂亮的对联等等——济南的山山水水、风风物物，就尽入老舍笔下了。

二

然而，如果老舍散文中的济南仅仅限于这些山水之胜，那他就不是具有深刻文化批判意识的老舍，而仅是一个浪漫派的田园诗人或散文家了。

无论是出于对济南真挚的热爱，还是对当时灰色现状的强烈不满，对中华民族这个古老民族精神和文化心态的深刻思考，老舍都不会不关注这自然美景之下的"人"，都不会不正视那些自然之美中被"人工"造就的不美之处。

或许是与旅居欧洲的经历有关吧，老舍一到济南，即痛感到济南道路的狭窄、失修和交通工具的落后。

他在《到了济南（之一）》、《到了济南（之二）》和稍后的《路与车》中，即以幽默辛辣的文字描写了济南的瘦马破车，慷慨不平的旧石路，狭窄得车上的人稍微一歪头便有撞到墙上之危险的小巷，在幽默、夸张中，饱含针砭。

在《趵突泉的欣赏》中，老舍描写了名泉周围的壅塞破烂，嘈杂纷扰，浊气熏天，痛心地说："这又是个中国人的征服自然的办法，那就是说，凡是自然的恩赐交到中国人手里就会把它弄得丑陋不堪。"

在《大明湖之春》和《更大一些的想象》里，老舍写到当时的大明湖已经不湖："本来这湖是个'湖'，而是被人工作成了许多'水沟'"，"湖中现在已不是一片清水，而是用坝划开的多少块'地'。'地'外留着几条沟，游艇沿沟而行，即是逛湖。"

在《广智院》中，老舍写了济南没有开启民智的社会教育，民众缺乏起码的科学常识，在这一点上，我们没有理由轻慢"洋鬼子"办的广智院。

在《药集》中，老舍写了那成捆成捆的用作治病的中药材——

橘皮上一层黑泥，柴胡上沾着马粪，人们毫无卫生观念。

在《耍猴》中，老舍写了没有文化的市民不知体育为何物，视现代体育为"耍猴"。

在《估衣》中，老舍写了无知的乡民在商埠争相购买东洋破烂——日本估衣，并不知抵制仇货是怎么回事儿。

在《国庆与重阳的追记》中，老舍写了民众缺乏起码的启蒙和爱国教育，国难当头照样热热闹闹地登千佛山，并没有多少人把"九一八""五三"这些国耻日记在心上。

在《三个月来的济南》和《吊济南》中，老舍痛陈济南的亡城之危，写了面对外侮民众的麻木、散漫和缺乏组织，写了士兵的英勇抵抗，写了官员的敷衍和军阀的昏聩。

在这些文章中，老舍很留意济南的市政建设，关心社会下层民众的疾苦，更关注他们精神上的贫瘠和缺乏启蒙。

由此不难看出，在这一系列散文中，老舍是用了两套笔墨、两种色调，"一半恨一半笑的"来写济南的。他用充满诗意的，十分欣赏、赞美的亲切语调来写济南独一无二的山水之胜，而惋惜由于当局的马虎、敷衍、无规划以及民众的贫困、因循、愚昧使这天然之美大为减色；他用幽默、冷峻的笔调来写社会的灰暗、落后和民众的愚昧、麻木，而予以善意的针砭和调侃。

这些或幽默或庄重、或愤世或嫉俗的文字，无一不透露着一种含泪的微笑，一种急欲疗救而导致的焦灼，以及因爱之深而产生的恨之切。

三

老舍作为济南一位并世无二的知音与知己，不仅表现在他为济南写了一系列无人可以企及的优秀散文。，勾画出一个20世纪30年代相当完整的济南，那些描写济南山水的不朽文字脍炙人口，可传千古；更体现为他对济南，有一种深刻的文化上的感知与认同。

由老舍来济南之前的经历看，古都北京旗人文化圈里的生活养成了他早年的文化性格，出国前他对中原文化了解得并不多。1930年初老舍乘海轮由新加坡回国，不久即应邀来到济南。济南以它质朴的情怀接纳了这位在海外漂泊了六年的游子,氤氲着浓郁中原文化气息的古城开阔了老舍的文化视野。

在这块厚土上很容易找到自己新生命的契合点的老舍,很快就融入到济南的文化环境中。在这里,他愉快地生活了四年,勤奋地创作了四年,深阔地吸纳、思索了四年。济南四载,成为他整个人生历程中一段最为自由、温馨、安定而难忘的美好时光。

这一切不能不深深地影响到老舍对济南的感情和认识。

应该说,对城市和城市的生活方式,老舍自有自己的文化价值判断和城市审美观。对一些城市,他是不喜欢甚或排拒的,而对济南,则是认同的。

在《吊济南》一文中,他这样写道:"它似乎真是稳立在中国的文化上,城墙并不足拦阻住城与乡的交往;以善作洋奴自夸的人物与神情,在这里是不易找到的。这使人心里觉得舒服一些。一个不以跳舞开香槟为理想的生活的人,到了这里自自然然会感到一些平淡而可爱的滋味。"他充满深情地说:这里"每一个角落,似乎都存在着一些生命的痕迹;每一小小的变迁,都引起一些感触;就是一风一雨也仿佛含着无限的情意似的"。

这种文化和感情上的认同,使老舍不由自主地把自己也当成了大半个济南人,他称济南是"我的第二故乡"。

既是"第二故乡",他就常常忍不住要为济南"献计献策"——

在《大明湖之春》中,老舍出主意说:"假若能把'地'都收回,拆开土坝,挖深了湖身,它当然可以马上既大且明起来:湖面原本不小,而济南又有的是清凉的泉水呀。"

在《趵突泉的欣赏》中,他进言道:"前年冬天一把大火把泉池南边的棚子都烧了。有机会改造了!造成一个公园,各处安着喷水管!东边作个游泳池!有许多人这样的盼望。"

在《更大一些想象》中,老舍设想:"城在山下湖在城中。这是不是一个美女似的城市?你再看,或者说再想,那城墙假如都拆去,而在城河的岸边,杨柳荫中修上平坦的马路,这是不是个仙境?""河岸上,柳荫下假如有些美于济南妇女(这自然是指当时济南劳动妇女笨拙的穿戴——笔者注)的浣纱女儿,穿着白衫或红袄,像些团大花似的,看看自己的倒影,一边洗一边唱?"……

这是何等的拳拳之心和忧我济南之怀!

当然,现在看来,由于时代的局限,老舍的这些设想未必全部妥当,但在总体意识上,却不失为一种现代城市治理观。

不仅如此。

离开济南之后,对一个新生的、更清醒更合理的济南的憧憬,对济南无比的怀念,更在老舍的心中凝聚、幻化成一个美好的"济南梦"——

"我将看到那城河更多一些绿柳,柳荫下有白石的小凳,任人休息。我将看见破旧的城墙变为宽坦的马路,把乡郊与城市打成一家;在城里可望见南山的果林,在乡间可以知道城内的消息。我将看到大明湖还田为湖,有十顷白莲。我将看见趵突泉改为浴场,游泳着健壮的青年男女。我将看见马鞍山前后有千百烟囱,用着博山的煤,把胶东的烟叶制成金丝,鲁北的棉花织成细布,泰山的樱桃,莱阳的梨,肥城的蜜桃,制成精美的罐头;烟台的葡萄与苹果酿成美酒,供全国的同胞享用。还有那已具雏型的制钟制钢,玻璃瓷器,棉绸花边等等工业,都能合理地改进发展,富国裕民。我希望济南成为全省真正的脑府,用多少条公路,几条河流,和火车电话,把它的智慧热诚的清醒的串送到东海之滨与泰山之麓。"(《吊济南》)

老舍在《三个月来的济南》中,坚定地说:"从一上车,我便默默的决定好:我必须回济南,必能回济南!济南将比我所认识的更美更尊严,当我回来的时候。"

然而,遗憾的是,此一去,老舍终于没有能再回到济南。

但,他毕竟把一个山水秀丽的济南,活脱脱地写进他的散文里,留给后人了。使后来我们每一个想了解济南,喜欢济南的人,都不能不读读这些优美的文字。

【1994年8月15日,写于济南老城南关】

老舍小说中的济南

李耀曦

至今,似乎还没有听说哪一位老舍小说的研究者,发现或指出这一点,即:老舍的小说中不仅有个古都北京,也有一个古城济南——老舍三四十年代的一些小说与他当年在济南的经历有关,那里面或多或少、或明显或暗隐地闪动着济南的影子。

小说中的人物和环境与作家的个人经历、见闻究竟是一种什么关系?这是一个十分微妙而又实难说清的问题。

鲁迅先生好像说过,他小说中的人物并没有确定的原型,往往是博采众人集于一身,可能眼睛在河北,而耳朵在山西(大意)。但我们读读他的《故乡》《祝福》《在酒楼上》等小说,就会觉得作者的这一说法也并不确切,这些小说里显然有鲁迅个人经历的影子,人物似乎也是有原型的。

而老舍的小说则有一个显著的特点，即小说中的人物往往是有原型可循的，小说中对地理环境的描写一般都相当真实，有案可籍。这个特点，已为许多老舍小说的研究者所指出。

我们就依照应这一特点，探索一下老舍小说中的济南。

一

先说老舍长篇小说中的济南。

20世纪30年代，老舍写过三部以济南为背景的长篇小说：《大明湖》《文博士》和《蜕》。其中《大明湖》1930年写于济南，原拟在上海《小说月报》刊出；《文博士》1936年写于青岛，初名《选民》，发表于上海《论语》半月

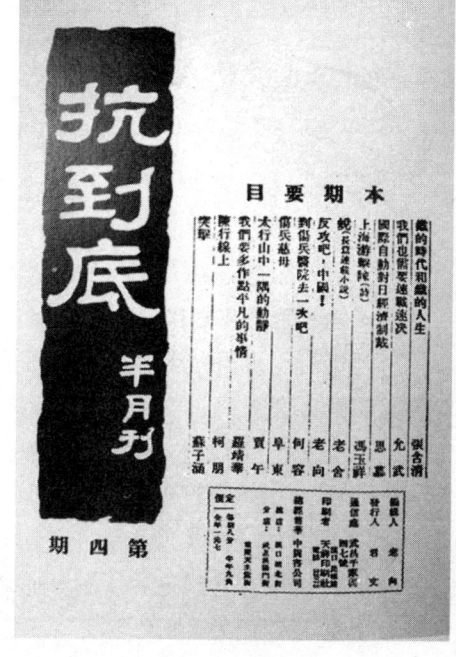

《抗到底》杂志第四期目录（老舍长篇小说《蜕》从本期开始连载）

刊；《蜕》1938年写于武汉，发表于《抗到底》杂志。只可惜，这三部小说都命运欠佳。《大明湖》毁于战火，而《文博士》和《蜕》则都是半途搁笔未完稿。

（一）《大明湖》中的济南。

《大明湖》为老舍到济南后开笔写的第一部长篇小说。因其手稿毁于上海"一·二八"战火，未能出版面世，其中究竟写了哪些济南的人和事？已无法具体查考。不过，我们从老舍后来发表的创作自述《我怎样写〈大明湖〉》以及小说《月牙儿》等作品中，还是可以寻到一些线索。不难做出如下推断：

1. 顾名思义，写了大明湖，有对其景象的描写；
2. 写了大明湖畔的烟花柳巷和妓女暗娼的生活；
3. 作为故事展开的高潮，写了济南的"五三"惨案；
4. "五三"惨案平民百姓伤亡最多之处为府城西门外顺城街

（后更名"五三街"），因而也会有对这一带街巷的描写。

关于第一点，老舍在散文《大明湖之春》里有交代，他说："我写过一本小说——《大明湖》——在'一·二八'与商务印书馆一同被火烧掉了。记得我描写过一段大明湖的秋景，词句全想不起来了，只记得是什么什么秋。"关于第二、第三点，老舍在《我怎样写〈大明湖〉》中说得很清楚。

需略作补充阐释的是：小说取名《大明湖》，写的是妓女，人物和情节自然是虚构的，但对熟悉济南和济南掌故的人来说，一眼就可看出那环境和风情的设置却是很真实的。因为，自明、清乃至民国，大明湖鹊华桥一带确系烟花娼妓的聚集之地。这在清人王晓堂的《历下偶谈》、刘鹗的《老残游记》以及吴趼人的《近十年之怪现状》中均有记叙，可作印证。

为写《大明湖》这部小说，老舍曾对大明湖一带的花街柳巷做过一些实地调查和了解。而老舍之所以将小说取名《大明湖》而不是《西门外》（"五三"惨案主要发生地），恐怕其寓意也就在于此。

关于第四点，我们也可在老舍的散文《吊济南》中窥见一斑，他是这样说的："在我写《大明湖》的时候，就写过一段：在千佛山上北望济南全城，城河带柳，远水生烟，鹊华对立，夹卫大河，是何等气象。可是市声隐隐，尘雾微茫，房贴着房，巷联着巷，全城笼罩在一片灰色之中。"

（二）《蜕》中的济南。

老舍长篇小说《文博士》

长篇小说《蜕》在《抗到底》第4期开始连载，至第23期止，共连载18期，发表十六章和一个"解题"，约有十多万字。《抗到底》杂志为老舍到了武汉后，与老谈（何容）、老向

（王向宸）"三老"在冯玉祥支持资助下所办。《蜕》为什么没有在《抗到底》继续连载下去呢？原来，《抗到底》出第24期时，老舍已经离开武汉，带领慰劳总会北路慰问团去西北地区慰劳抗敌将士，此行历时5个多月。待老舍12月回到武汉时，《抗到底》业已停刊。

这部小说写了一个平津流亡学生参加抗战的故事。平津沦陷之后，以励树人为首的五名男女青年学生流亡到济南。五位热血青年想在济南组织抗日救亡活动，但却受到种种阻挠，先后被抓进警察局和投进监狱。反映出时政当局对抗日苟且敷衍而惧怕民众组织。

英文版《鼓书艺人》

小说中将济南称之为"阴城"。并说阴城距天津只有七百里之遥。按阴阳地理方位说，河之北为阳，河之南为阴，阴城显然就是指韩复榘统治下的济南。小说写到大明湖而将其称为"死湖"。说湖北立着古老残剥的城墙，湖东有一两座破庙，殿顶的黄琉璃瓦已破碎不全。这里自然是指大明湖北岸的济南府北城墙，以及大明湖东南岸的张公祠阎公祠等湖畔祠堂。而平津来济南的流亡学生就住在其中一座破庙里。由此推断小说中写的阴城火车站，大约不是津浦路济南站，而是济南北关火车站。小说中还写到"湖上街九号"。这里的"湖上街"当为大明湖南岸的"临湖街"。

由此可见，小说前十六章写流亡学生的活动，是在济南北关火车站及大明湖南岸一带。至于其后故事深入展开后，还会写到济南府哪些地方，就不得而知了。

（三）《文博士》中的济南。

1936年老舍在青岛，同时开笔写两部长篇小说。一部是《骆驼祥子》，另一部即为《文博士》，一土一洋，分别连载于《宇宙风》半月刊与《论语》半月刊。

长篇小说《文博士》写了这样一个故事：小说主人公文志强，在美国留学五年，获哲学博士学位，是个很唬人的"洋博士"。但这位洋博士不善于学问而巧于钻营，他回国来到济南后，为了"在社会上层"找到立脚点，多方活动，到处拉关系，不惜借联姻攀附权贵，终于入赘济南富商杨家，与丑陋而不正经的六姑娘成婚，借杨家的势力腾达起来，当上了"明导会"的专员。

应该说，老舍写这么个人物，是很有生活基础的。首先，文博士为什么是留美博士，而不是留英、留法或留德博士呢？原来，当年老舍齐大文学院同仁之中，最多的就是留美博士。比如，当时齐大文学院教育系有六名中国教员，其中五人为留美博士。

小说按照文博士的活动路线，写了大明湖畔的"齐鲁文化研究会"、院西大街、西餐馆、小巷民居、深宅大院、济南的名门世家、商会会长家，以及形形色色的市民。小说写文博士在文化研究会院子里转了一圈，看到有间屋子门外挂着"西洋画社"的牌子。从所描绘来看，这个齐鲁文化研究会，就很像当时的山东省民众教育馆。

其中还有一段文博士站在西门桥上望风景、想心事和逛趵突泉的描写。文博士观赏趵突泉的那段文字与老舍散文《趵突泉的欣赏》中的描写十分相似，相映成趣。

熟悉济南和老舍在济南的人，不难看出这里面明显地带有老舍个人见闻的影子！其中，胖商会会长唐某这个人物的外形，就很有点像当时老舍的好朋友济南著名画家关友声，富商杨家的大门、院落，也很像关家（当然，他是小说中的"商会会长"，而不是好友关友声）。

而那个"明导会"，也很像是当时官办的"进德会"。

二

再说老舍短篇小说中的济南。

1935年9月，老舍在青岛发表了短篇小说《断魂枪》。老舍对这篇唯一的"武侠小说"很满意，他在多篇文章中说过，这篇小说是从未完成的长篇小说《二拳师》中抽出一节，浓缩而成的，因而比较成功。后来，1940年老舍在重庆写了三幕话剧《国家至上》，1947年在美国写了英文三幕话剧《五虎断魂枪》。这一篇小说、两个话剧中，都有一个相似的人物：武艺高强、善使一杆"断魂枪"的拳师。

而这个人物的原型却是来自济南，来自老舍在济南学习武术健身的经历，这个原型就是当时的济南回民武术师马永魁（字子元）先生。

请看近年在济南发现的，老舍1934年在赠与马子元先生一把折扇上的题扇文：

去夏患背痛，动转甚艰。勤于为文，竟日伏案，寔为病根。十年前曾习太极与剑术，以就食四方，遂复弃忘。及病发，谋之至友陶君子谦，谓："健身之术莫若勤于运动，而个人运动莫善于拳术"。遂荐马子元先生，鲁之名家也。初习太极，以活腰脚，继以练步，重义潭腿，查拳、洪拳、六路短拳等籍广趣味，兼及枪剑与对击，多外间鲜见之技。一岁终，已得廿余套。每日晨起，自习半时许，体热汗下，食欲渐增，精神亦旺。子元先生教授有方，由浅入深，不求急效，亦弗吝所长，良可感也。端阳又近矣，书扇以赠。书法向非所长，久乏练习，全无是处，藉示激感耳。廿三年端节前三日书奉。

子元先生正教

舒舍予（印）

原来，由于整日伏案写作，1933年老舍患了腰背痛病，经人介绍，向济南回民武术师马子元先生学了一年武术，这把折扇是老舍在次年秋准备离济赴青岛时，题赠马先生以表谢意，留作纪念的。

《断魂枪》及《五虎断魂枪》中主人公"神枪沙子龙"，以及《国家至上》中回民老拳师的形象，显然都是取材于马子元先生和马先生向他讲述的一些故事。

三

1949年，老舍在美国写了反映曲艺艺人生活的著名长篇小说《鼓书艺人》。

这篇小说的背景是抗战时的重庆，小说中的人物与情节主要取材于老舍与当时的名鼓书艺人富少舫（艺名"山药蛋"）和其女富贵花父女二人交往的经历。

但你若熟悉老舍在济南的经历，再拿出他1935年发表的短篇小说《末一块钱》来看看，就不难发现《鼓书艺人》的写成与老舍在济南时与曲艺艺人的接触也不无关系。如果说《鼓书艺人》是取材于重庆而萌芽于济南，并不为过。

当时，老舍常在济南的茶馆、书场里听大鼓书、听相声等，与曲艺艺人多有接触。那时，济南一家名叫《中报》的小报上，就发表过一篇文章，题目叫《老舍的老师是济南两个说相声的》，说的就是老师与曲艺艺人交朋友的故事。1937年，老舍还曾专门拜访过当时在济南跑码头作艺的鼓书名家白云鹏、张小轩，向他们请教大鼓词的写法。

短篇小说《末一块钱》里写的那个书场叫"萃云楼"，就很有点像当时济南的"青莲阁"。

《末一块钱》里写了一正一反两个女鼓书艺人，姊妹俩，大的、反的，叫"金翠"，小的、正的叫"史莲霞"；而在长篇小说《鼓书艺人》里，也恰恰是设置了一正一反两位姊妹鼓书艺人，大的、反的叫"唐琴珠"，小的、正的，叫"方翠莲"，结构十分相似。

不仅结构相似，而且老舍在这两篇小说中描写"莲霞"和"秀莲"登台亮相的文字也十分相近，而且，让她们开口唱的，也都是同一段京韵大鼓《大西厢》（白云鹏最擅长者）。

所以说，《末一块钱》无疑是未来长篇小说《鼓书艺人》的萌芽。

四

除以上几部长篇小说和著名短篇外，老舍还在短篇小说《歪毛儿》中写了济南的山水沟集，在《爱的小鬼》中写到济南的万紫巷，在《老字号》中写到济南的"祥"字号绸布庄，在《上任》中写了千佛山的土匪，而《牺牲》中的"毛博士"显然也是取材于齐鲁大学中的人物。

在短篇小说《柳家大院》《黑白李》《眼镜》中，写了济南的洋车夫。其实，老舍1936年写于青岛的传世之作长篇小说《骆驼祥子》，亦可看作根植于北京，孕育于济南，触发于青岛。

综上所述，我们不难看出，老舍抗战前在济南的四年生活经历，四年对社会下层民众生存状态和文化心态的关注、观察和思考，不仅开阔了他的文化视野，也深刻地影响了他的思想，深刻地影响了他的创作，为他的小说创作提供了鲜活的素材（当然，这可能是不经意的，并非有意为之），这种作家与城市的文化关系是互融、互动、互补的。

一句话，老舍的小说中也有一个济南，那种以为老舍的全部小说就是写北京的看法，不仅是不准确、不符合事实的，也无疑是看轻了老舍小说的极大包容性和丰富性。

【写于1997年10月15日，此次收入略有修改补充】

老舍济南年表

张桂兴　周长风

1930年　31岁

7月　应聘来到济南齐鲁大学执教，在济南火车站受到齐鲁大学文理学院院长林济青的迎接。

到校后　住在齐鲁大学办公楼二层西南角的第一个房间里，与邻居张西山（张维华）来往密切。

本时期　开始调查济南1928年"五三惨案"的经过，为创作长篇小说《大明湖》积累素材。

同期，被聘为齐鲁大学国学研究所文学主任兼文学院文学教授。

同期，齐鲁大学综合刊物《齐大月刊》编辑部成立，老舍任编辑部委员、编辑部主任，具体主持编辑部工作；后来的一些《编后记》出自他的手笔。

同期，与《齐大月刊》编辑委员会成员合影（据相片，载《齐大年刊》(1931—1932)，齐大年刊社 1932 年 11 月印行）。

9 月 1 日　被齐鲁大学文学院 1934 级学生（1930 年入学，1934 年毕业）聘请为顾问。

10 月 10 日　主持编辑的《齐大月刊》第 1 卷第 1 期出版。刊名由老舍托好友许炳离，请山东省教育厅长何思源题写。许为山东省立第一中学国文主任，时在齐鲁大学国文系兼课。

同日，为《齐大月刊》撰写的《发刊词》在该刊同期发表。

同日，论文《论创作》在该刊同期发表。署名舒舍予。

同日，散文《一些印象》在该刊同期开始连载。署名舍予。写初到济南的见闻：马的瘦弱、马车的破旧以及车价的昂贵。

同日，编后语《编辑部的一两句》（之一）在该刊同期发表。

10 月 24 日　应邀在济南青年会讲演，题为《文学的创造》。

10 月 28 日　应邀在山东省立第一中学讲演，题为《幽默》。

11 月 4 日　应邀在齐鲁大学医学院讲演，题为《中国小说》。

11 月 10 日　译文《出毛病的大幺》在《齐大月刊》第 1 卷第 2 期发表。署名 C.Hedley Barker 著，舍予译。

同日，散文《一些印象（续）》在该刊同期连载。署名舍予。写济南道路的失修与洋车的难行。

同日，编后语《编辑部的一两句》（之二）在该刊同期发表。

12 月 10 日　编后语《编辑部的一两句》（之三）在《齐大月刊》第 1 卷第 3 期发表。

12 月 12 日　下午，应邀在山东省立第一乡村师范学校讲演，题为《师范生与国民性之改造》。

本年　齐鲁大学文学研究会恢复活动，其成员多系文学院学生，老舍应邀常去指导。与该会同人合影（据相片，载《齐大年刊（1931—1932）》）。

同年，开始在齐鲁大学文学院授课，主要担任《文学概论》《文艺批评》《文艺思潮》《小说及作法》和《世界文艺名著》等课程。

本时期　撰写《文学概论讲义》，齐鲁大学文学院印行，署名舒舍予。

同期，自编讲义。其中一章由后人以《滑稽小说》为题，收入《老舍文集》和《老舍全集》。

1931年　32岁

1月10日　长篇小说《小坡的生日》在《小说月报》第22卷第1号开始连载，至本年4月10日第4号续完。

寒假　回北平探亲。在罗常培、白涤洲、董鲁安等好友的安排下，与北平师范大学国文系四年级学生胡絜青进一步交往。假期结束返济后，两人常有书信往返。信中申明自己是基督徒。

1月31日　赠胡絜青相片，并题字"絜青爱存"。署名舍予。

2月10日　论文《论文学的形式》在《齐大月刊》第1卷第4期发表。署名舍予。

同日，译文《隐者》在该刊同期发表。署名 F.D.Beresford 著，舍予译。

同日，散文《一些印象（续二）》在该刊同期连载。署名舍予。写济南的大葱之美。

同日，编后语《编辑部的一两句》（之四）在该刊同期发表。

3月10日　散文《一些印象（续三）》在《齐大月刊》第1卷第5期连载。署名舍予。写济南秋天的美丽。

3月22日　齐鲁大学神学院礼堂改建完毕，举行献堂典礼。老舍将其命名为"灵境"。

4月4日　回到北平与胡絜青订婚。

4月10日　散文《一些印象（续四）》在《齐大月刊》第1卷第6期连载。署名舍予。写济南冬天的可爱。

5月10日　散文《一些印象（续五）》在《齐大月刊》第1卷第7期连载。署名舍予。写齐鲁大学校园之美。

本月　齐鲁大学神学院杂志《鲁铎》第3卷第2号出版，刊名为老舍所题。

同月，译文《客》在该刊同号发表。署名 Algernon Black Wood

著，舍予译。

6月10日　散文《一些印象（续六）》在《齐大月刊》第1卷第8期连载结束。署名舍予。文中录旧体诗三首。

同日，编后语《编辑部的一两句》（之五）在该刊同期发表。

7月28日　在北平与胡絜青举行结婚礼。

半月后　夫妇一起返回济南，在南新街租房居住，门牌54号（现为58号）。

本时期　山东省立第一中学英文教员赵同芳陪美术教员桑子中登门造访。赵是胡絜青北平师范大学的同学，两人在校时即是好友。桑子中赠油画《大明湖》，祝贺老舍夫妇新婚之喜。

暑假后　将长篇小说《大明湖》写完，交给好友张西山看了一遍后，便邮寄给了《小说月报》。《小说月报》于第22卷刊出要目，预告将从第23卷新年特大号开始连载。

10月10日　论文《小说里的景物》在《齐大月刊》第2卷第1期发表。署名舍予。

同日，译文《学者》在该刊同期发表。署名Schopenhauer著，絜青译。

同日，短篇小说《五九》在该刊同期发表。署名鸿来。

11月10日　短篇小说《讨论》在《齐大月刊》第2卷第2期发表。署名舍予。

12月10日　译文《但丁》在《齐大月刊》第2卷第3期开始连载，至1932年3月10日第2卷第6期续完。署名B.W.Church著，舍予译。

同日，新诗《日本撤兵了》在该刊同期发表。署名舍予。

1932年　33岁

1月1日　英文讲稿《唐代的爱情小说》由华北协和华语学校与美国加州大学中国分院联合出版。

1月10日　新诗《音乐的生活》在《齐大月刊》第2卷第4期发表。署名舍予。

同日，译诗《我发明的死》在该刊同期发表。署名Humbert

Wolfe 著,絮青译。

同日,译诗《爱》在该刊同期发表。署名 Humber Wolfe 著,絮青译。

1月28日　日本侵略军进攻上海,"一·二八"事件发生。商务印书馆受到日军炮火的攻击,已付排的《大明湖》原稿及纸型被烧毁。

2、3月　在北京,于华北协和华语学校作英语演讲《唐代的爱情小说》(T'ang love stories)。

3月10日　新诗《国葬》在《齐大月刊》第2卷第6期发表。署名舍予。

本月　应邀赴山东省德县博文中学讲演,二日之内讲演三次。

4月10日　译文《维廉·韦子唯慈》在《齐大月刊》第2卷第7期开始连载,至本年6月10日第2卷第8期续完。署名 R.W. Church 著,舍予译。

同日,译文《几封信》(选自《阵亡英人的战函》,该书由侯宝璋借给老舍)在该刊同期开始连载,至本年6月10日第2卷第8期续完。署名絮青译。

同日,译著《文学批评》的第1章以《批评与批评者》为题在该刊同期开始连载,至本年6月10日第2卷第8期续完。署名 Elizabeth Nitchie 著,舍予译。

5月7日　散文《更大一些的想象》(济南通信之一)在《华年》第1卷第4期发表。

5月23日　应邀在山东省立第一中学讲演,讲题为《中国国民性之几种缺点》,历时40分钟。

6月11日　散文《济南的药集》(济南通信之二)在《华年》第1卷第9期发表。

本月　新诗《微笑》在《齐大月刊》第2卷第8期发表。署名絮予。

7月1日　致《现代》杂志编辑的信,在《现代》第1卷第3期"编辑座谈"专栏摘要发表。信中告之所写长篇小说《猫城记》内容。

7月2日 散文《非正式的公园》（济南通信之三）在《华年》第1卷第12期发表。

暑假 老舍与夫人胡絜青回北平省亲，与北京师范大学的同学及家人共游西陵、故宫等名胜古迹，并一起合影留念。

8月1日 长篇小说《猫城记》在《现代》第1卷第4期开始连载，至1933年4月1日第2卷第6期续完。

8月6日 散文《趵突泉的欣赏》（济南通信之四）在《华年》第1卷第17期发表。

9月1日 散文《夏之一周间》在《现代》第1卷第5期"夏之一周间"特辑发表。

9月18日 作新诗《红叶》。载本年12月5日《微音》第2卷第7、8期合刊。

9月27日 《齐大月刊》改名为《齐大季刊》，编辑委员会也进行了改组，老舍任编辑委员会委员。

10月29日 散文《耍猴》（济南通信之五）在《华年》第1卷第29期发表。

11月1日 《现代》第2卷第1期"现代文艺画报"专栏，登载老舍所寄照片，题为"幽默家老舍近影"。

同日 杂文《祭子路之岳母文》在《论语》第4期发表。

11月12日 《国庆与重阳的追记》（济南通信之六）在《华年》第1卷第31期发表。该作前半部分为散文，后半部分为诗歌。

11月16日 老舍作为被约的"长期撰稿员"，列入名单载于《论语》第5期。

本月 为《齐大年刊》出版而撰写的《发刊词》在《齐大年刊》（1931~1932）发表。

同月，数张工作和生活照在该刊发表。

12月1日 新诗《救国难歌》在《论语》第6期发表。诗前附有致《论语》编辑部的信。

12月16日 新诗《恋歌》在《论语》第7期发表。

同日，杂文《济南专电（慢电代邮）》在该刊同期发表。署名舍。

12月28日 致黎烈文信。以《老舍来信说》为题载1933年1

月 1 日上海《申报》副刊"自由谈"。信中谈小品文问题。

12 月 31 日　散文《广智院》（济南通信之七）在《华年》第 1 卷第 38 期发表。

本月　译著《文学批评》的第 2 章以《文学与作家》为题在《齐大季刊》第 1 期连载。署名 Elizabeth Nitchie 著，舍予译。

本年　收到北京师范学校老校长方还（方唯一）为其书写的条幅，内容为："四世传经是谓通德，一门训善惟以永年。"

同年，冯玉祥寓居泰山，曾委托余心清代邀老舍赴泰山，未去。

1933 年　34 岁

1 月 1 日　散文《一天》在《论语》第 8 期发表。

同日，短篇小说《爱的小鬼》在《文艺月刊》第 3 卷第 7 期发表。

同日，杂文《新年的梦想》在《东方杂志》第 30 卷第 1 号"新年的梦想——梦想的中国、梦想的个人生活"专栏发表。

同日，新诗《慈母》在《东方杂志》同期发表。

同日，短篇小说《热包子》在天津《益世报》副刊"语林"第 78 期开始连载，至本月 4 日第 81 期续完。

1 月 14 日　散文《估衣》（济南通信之八）在《华年》第 2 卷第 2 期发表。

1 月 16 日　杂文《昼寝的风潮》在《论语》第 9 期发表。

1 月 23 日　杂文《为被拒迁入使馆区八百余人上外交总长文》在天津《益世报》副刊"语林"第 97 期发表。据老舍自注："报载北平使馆区拒绝华人迁入避难，故代鸣不平。"

1 月 24 日　短篇小说《狗之晨》在天津《益世报》副刊"语林"第 98 期开始连载，至本年 2 月 2 日第 103 期续完。

1 月 25 日　新诗《教授》在上海《申报》副刊"自由谈"发表。

本月　收到白涤洲于 1 月 10 日自北平西山寄来的信。从信中得知白涤洲家两个星期中死去五口人，于是专程回北平，安慰白涤洲。

2 月 1 日　杂文《慢电代邮》在《论语》第 10 期发表。署名舍。

2 月 6 日　致赵家璧信。署名舍予。信中谈及《小坡的生日》的出版问题和长篇小说《离婚》的写作情况。

2月16日 杂文《当幽默变成油抹》在《论语》第11期发表。

2月17日 旧体诗《勉"舍"弟"舍"妹》在天津《益世报》副刊"语林"第118期发表。

2月20日 新诗《长期抵抗》在上海《申报》副刊"自由谈"发表。

3月1日 短篇小说《同盟》在《文艺月刊》第3卷第9期发表。

3月6日 杂文《不食无劳》在天津《益世报》副刊"语林"第135期发表。

3月13日 新诗《空城记》在上海《申报》副刊"自由谈"发表。

3月15日 短篇小说《记懒人》在天津《益世报》副刊"语林"第144期开始连载,至本月17日第146期续完。

3月25日 杂文《真正的学校日刊》在上海《申报》副刊"自由谈"发表。

4月1日 杂文《天下太平》在《论语》第14期发表。

4月8日 散文《路与车》(济南通信之九)在《华年》第2卷第14期发表。

4月11日 杂文《慰劳》在天津《益世报》副刊"语林"第170期发表。

本月 致赵景深信。署名舍予。随寄短篇小说《马裤先生》。后以《给赵景深先生的一封信》为题,载1946年3月15日《文艺春秋》第2卷第4期。

同月,患背痛病。

5月1日 散文《不远千里而来》在《论语》第16期发表。

同日,新诗《致富神咒》在该刊同期发表。

同日,新诗《谜》在《文艺月刊》第3卷第11期发表。

同日,新诗《打刀曲》在该刊同期发表。

5月5日 短篇小说《马裤先生》在《青年界》第3卷第3号发表。

5月14日 为锻炼身体,经至友陶子谦介绍,请回民武术家马永魁任教,开始练拳。

本月　新诗《青年》在《良友》画报第 76 期发表。

6 月　译著《文学批评》的第 3 章以《文艺中理智的价值》为题在《齐大季刊》第 2 期连载。署名 Elizabeth Nitchie 著，舍予译。

本时期　致赵家璧信。协商将《猫城记》作为"良友文学丛书"出版事宜。未果，开始创作长篇小说《离婚》。

7 月 1 日　短篇小说《大悲寺外》在《文艺月刊》第 4 卷第 1 期发表。

7 月 12 日　致赵家璧信。署名舍予。信中介绍了长篇小说《离婚》的创作情况。

7 月 15 日　长篇小说《离婚》完稿。

7 月 16 日　旧体诗《病中》在《论语》第 21 期发表。

8 月 9 日　新诗《希望》在上海《申报》副刊"自由谈"发表。

8 月 16 日　散文《吃莲花的》在《论语》第 23 期发表。

8 月 20 日　长篇小说《猫城记》由现代书局出版。书有自序。

8 月 24 日　短篇小说《辞工》在上海《申报》副刊"自由谈"发表。

8 月 28 日　致赵家璧信。署名舍予。信中就出版自己的短篇小说集表明意见。

本月　长篇小说《离婚》单行本由良友图书印刷公司出版。

9 月 1 日　杂文《买彩票》在《论语》第 24 期发表。

9 月 2 日　致友人信。署名舍。以《励友人书》为题载本月 15 日上海《申报》副刊"自由谈"。信中表示了对"东北四省丢去"的愤怒之情。

9 月 5 日　长女出生，因生于济南，故取名"舒济"。

9 月 15 日　出席齐鲁大学文学院国学系师生联欢会。因素善清唱之名，被同学推荐唱西皮两段。

9 月 16 日　旧体诗《贺〈论语〉周岁》在《论语》第 25 期发表。

同日，出席齐鲁大学文理两学院学生自治会召开的欢迎新旧师生大会，担任笑林并朗诵自著作品《一天》。

10 月 1 日　短篇小说《微神》在《文学》第 1 卷第 4 号发表。

10月2日　在《离婚》的前环衬页毛笔题写："语帅　著者敬献　一九三三，十，二"，寄赠林语堂。

同日，短篇小说《歪毛儿》在《文艺月刊》第4卷第4期发表。

10月10日　短篇小说《开市大吉》在《矛盾》第2卷第2期发表。

10月13日　杂文《写信》在上海《申报》副刊"自由谈"发表。

10月16日　新诗《痰迷新格》在《论语》第27期发表。

11月1日　书评《臧克家的〈烙印〉》在《文学》第1卷第5号发表。

11月16日　短篇小说《有声电影》在《论语》第29期发表。

11月20日　将拟交《文华》发表的文章《介绍两位画家》，送关松坪看。

11月23日　关松坪将其与关友声作的论文，叫孙长茂拿去，请老舍标点。

11月25日　到位于芙蓉巷的济南国画学社，见关松坪，送胡耳山《离婚》一册。

11月30日　杂文《打倒近视》在上海《申报》副刊"自由谈"发表。

本月　短篇小说《柳家大院》在《大众画报》第1期发表。

同月　在济南青年会演讲，受到中外人士热烈欢迎。

12月1日　短篇小说《抱孙》在《东方杂志》第30卷第23号发表。

同日　杂文《科学救命》在《论语》第30期发表。

12月10日至15日　齐鲁大学文理学院院长林济青因公赴北平，期间代理院务。

12月19日　致赵景深信。署名舍予。信中说希望离开学校不再教书。今年年假与明年暑假决定休息，不写长篇。

12月23日至25日　画家王绍洛在济南举办画展，前去参观。

本月　向齐鲁大学文理学院社会经济系服务部捐款2元。

同月，致赵景深信。署名舍予。随寄短篇小说《眼镜》手稿和相片。信中谈及版权问题、相片使用问题等。

本年　为济南著名画家关友声题诗。

同年，在北平城西北角的观音庵6号为母亲购买了10间大北房。

同年，接待宁恩承来访。

同年，托许地山向齐白石求购画作，得其精品《雏鸡图》。

同年，结识李长之、季羡林。暑假，李长之在家请老舍吃饭，邀同学季羡林作陪。

同年农历五月，得关松坪、关友声所赠折扇。一面为关松坪书唐代孙过庭《书谱》片段，一面为关友声绘水墨山水。

本时期　《〈海岱画刊〉发刊词》在济南《山东民国日报》副刊发表。

1934年　35岁

1月1日　短篇小说《黑白李》在《文学季刊》创刊号发表。

同日，短篇小说《铁牛和病鸭》在《文学》第2卷第1号发表。

同日，短篇小说《也是三角》在《文艺月刊》第5卷第1期发表。

同日，杂文《特大的新年》在《论语》第32期发表。

同日，杂文《新年醉话》在《矛盾》第2卷第5期发表。

同日，杂文《新年的二重性格》在上海《申报》副刊"自由谈"发表。

同日，杂文《个人计划》在《东方杂志》第31卷第1号发表。

本时期　与齐鲁大学文理学院国文系郝立权教授一起招待来齐大参观的旧交——"国立中央大学"历史系沈刚伯教授。

本月　短篇小说《眼镜》在《青年界》5卷第1号发表。

同月，杂文《自传难写》在《大众画报》第3期发表。

同月，散文《抬头见喜》在《良友》画报第84号发表。

寒假　回北京探亲。应邀去燕园郑振铎家吃饭，结识吴组缃。

2月1日　为自己的第一本短篇小说集《赶集》作序。

2月16日　杂文《大发议论》在《论语》第35期发表。

2月24日　应齐鲁大学国文学会及文艺社之邀，在齐鲁大学化学楼 333 号讲演,题为《我的创作经验》。

本月 散文《观画记》在《青年界》第 5 卷第 2 号发表。文章记述了参观王绍洛画展后的感想,并对其中的若干幅展品一一做了评价。

同月 散文《介绍两位画家》在《文华》第 45 期发表。

3 月 23 日 开始动笔写长篇小说《牛天赐传》。

4 月 1 日 短篇小说《牺牲》在《文学》第 2 卷第 4 号发表。

同日,《〈老舍幽默诗文集〉序》在《论语》第 38 期发表。

4 月 5 日 《人间世》创刊号出版,老舍为所列"特约撰稿人"之一。

4 月 28 日 致赵景深信。署名舍予。信中协商《小坡的生日》的出版问题。

本月 《老舍幽默诗文集》在陶亢德、林语堂的帮助下作为"论语丛书"之一由时代图书公司出版。

5 月 1 日 短篇小说《抓药》在《现代》第 5 卷第 1 期发表。

5 月 16 日 短篇小说《柳屯的》在《东方杂志》第 31 卷第 10 号发表。

本月 为《桑子中画集》作序。以《舒序》为题载济南永记华洋印书局本月出版的《桑子中画集》。

6 月 13 日 为夏历端午节前三日,赠拳师马永魁折扇一把。一面为济南著名画家关友声所绘水墨山水画;一面为老舍书其随马永魁习武之经过。署名舒舍予。

6 月 29 日 下决心不再管学校里的事。拟辞去齐鲁大学教职,做职业写家。

本月 译著《文学批评》的第 4 章以《文学中道德的价值》为题在《齐大季刊》第 4 期连载。署名 Elizabeth Nitchie 著,舍予译。

7 月 1 日 杂文《考而不死是为神》在《论语》第 44 期发表。

同日,致《小说》半月刊主编梁得所信。署名舍。以《来函照登——致梁得所》为题载本月 15 日《小说》第 4 期。信中说,南游之议须待秋后决定。

7 月 4 日 长篇小说《牛天赐传》已写成 2 万余字。

7月5日　杂文《小病》在《人间世》第7期发表。

7月14日　散文《神的游戏》在天津《大公报》"文艺副刊"第84期发表。

7月15日　应邀为《小说》杂志题辞手迹在《小说》第4期发表。署名舍予。

7月16日　杂文《〈牛天赐传〉广告》在《论语》第45期发表。

7月19日　长篇小说《牛天赐传》已写成5万多字。

7月中旬　辞去齐鲁大学教职。

本月　长篇小说《小坡的生日》单行本由生活书店出版。

8月1日　短篇小说《生灭》在《文学》第3卷第2号发表。

同日，杂文《避暑》在《论语》第46期发表。

8月10日　长篇小说《牛天赐传》完稿。

8月15日　散文《头一天》在《良友》画报第92号发表。

8月19日　从济南动身，去南京、上海考察做职业写家的可能性。

8月20日　《国立山东大学周刊》第83期所载《本校续聘各系教员》写道："本大学本学年所聘各系教授，讲师，助教等，业志前刊。兹又聘定……舒舍予为中国文学系讲师……，均可于开学前到校云。"

8月底　在南京与北京师范学校时的同学白涤洲、在南京工作的北平人齐铁恨相会。

9月1日　新诗《鬼曲》在《现代》第5卷第5期发表。

同日，杂文《暑中杂谈二则》在《论语》第48期发表。文章包括两段短文：（一）《檐滴》；（二）《留声机》。

9月5日　杂文《习惯》在《人间世》第11期发表。

八月下旬至九月上旬　在上海住十几天。

本时期　与茅盾在上海首次会面。本来也约鲁迅一起聚餐，因邀请信转递延误，未能如愿。

同期　在上海访问《良友》画报编辑部，与赵家璧、郑伯奇、马国亮首次会面交谈，之后一同去北四川路的一家广东餐厅就餐。

同期　林语堂、陶亢德代表《论语》杂志社宴请，《论语》

撰稿人徐訏作陪。两天后，林语堂又在亿定盘路家中宴请，陶、徐作陪。

同期 多次应陶亢德约请，与徐三人一起看电影。

9月上旬 离开上海，返回济南。开始酝酿创作一部"主角是两位镖客"的长篇小说。

暑假期间 与前来齐鲁大学任教的马彦祥相见。

9月11日 在青岛。中午由国立山东大学中文系主任张煦陪同，往见该校文理学院院长黄际遇。

9月15日 应聘在青岛国立山东大学中国文学系任教的消息《山大添聘各系教授》，见于《青岛民报》。

9月16日 长篇小说《牛天赐传》在《论语》第49期开始连载，至1935年10月16日第74期续完。

同日，旧体诗《〈论语〉两岁》（2首）手迹在《论语》第49期发表。系为祝贺该刊创刊两周年所作。

同日，本年夏所作旧体诗《题"全家福"》在该刊同期发表。署名舍予。

9月20日 短篇小说集《赶集》作为"良友文学丛书"（赵家璧编辑）第11种由良友图书印刷公司出版。

本月 听朋友劝告，取消原计划做职业写家的打算，接青岛国立山东大学聘书就任中国文学系讲师。全家移居青岛。

本年 为《关友声画集》作序。载北平京城印书局1934年出版的《关友声画集》。

同年，应山东省立高级中学校长宋还吾邀请到校演讲，内容是有关文艺创作的问题。

1937年　38岁

8月13日 赴青岛任教及写作3年之后，再次应邀来到济南，拟担任齐鲁大学国文系的两门课程。

8月14日 急电至友青岛市立一小校长朱印堂，请其帮助夫人胡絜青及三子女火速来济。

8月15日 家人乘火车早晨到济。下车后，大雨。胡絜青疲极，急送入医院。复冒雨送儿女至敬环处暂住。

本时期 住学校。女儿舒济亦受凉生病住院。每日赴医院分看妻女，而后到友宅看望儿子。买置居家应用物品。

8月16日 第47期《宇宙风》刊载广告，说：从第49期开始将陆续登载老舍先生的新作——长篇小说《病夫》。

8月20日左右 致陶亢德信。署名舍。以《乱离通信（一）》为题载本年9月10日《宇宙风·逸经·西风联合旬刊》第2期。信中介绍了自己近来的行踪。

8月28日 夫人及女儿出院，暂时寄住在齐鲁大学校内老东村4号的平房里。

本时期 复电在青岛至友，托送器物。看访故人。

9月1日 杂文《〈西风〉周年纪念》在《西风》第13期发表。

9月15日 齐鲁大学暑假后开学，但学生仅到及半数。

本月 参加一些抗日救亡活动。北平《小实报》在济复刊，约写稿。

同月，中共地下组织和中华民族解放先锋队山东省队部、平津流亡同学会，拟发起成立山东文化界抗敌后援会。在齐鲁大学家中接待平津流亡同学会代表方殷来访，受请同意列名后援会发起人。

同月，参加在山东民众教育馆召开的后援会筹备会第一次会议，并签名。

本时期 许多教师和学生来与老舍辞行，或南行，或返乡。

同期 搬家至齐鲁大学校内长柏路2号的一座二层楼房里。

10月初 友人中流亡者日增，时来贷金求衣，量力购助。写文之外，多读传记及小说，并录佳句于册。

10月中旬 经常应约出席青年学子组织的抗日救亡会议，讨论工作计划。

10月15日 杂文《善心》在上海《辛报》发表。本年11月10日《抗战文摘》第3期转载。

10月16日 杂文《半汉奸》在《宇宙风》第49期"战鼓"专栏发表。

10月下半月　尽管战局失利，写作仍未中断。

10月31日　下午1时，出席山东文化界抗敌后援会借青年会小礼堂举行的成立大会，并致开会词。勉以鼓掌之后，不要算完，要真正工作起来。

11月1日　杂文《友来话北平》在《宇宙风》第50期发表。

同日　到关松坪宅，中午同饭。

11月11日　杂文《停薪留职》在《宇宙风》第51期发表。

本时期　接待臧克家来访，并一起吃午饭。在谈话中说，有一个长篇材料，却无心下笔，脑子老发胀，只给些小报写点短文。

11月15日　晚，国民党军队炸毁了济南泺口黄河铁桥。痛别妻子儿女，先去中华储蓄互助会济南分会，找到该会主管会计、北京师范学校校友金跃先。由金与其手下两名练习生黑太吉、孙锡光送至津浦铁路济南站，帮助登上南去的最后一班火车，奔向当时的抗战中心——武汉。

本时期　开始探讨如何利用通俗文艺——鼓词等文艺形式来宣传抗战的问题。曾和几位热心宣传工作的青年去见时在济南献艺的京韵大鼓名手白云鹏与张小轩，讨教鼓词的写法。

离济前　将两部长篇小说《小人物自述》（已写成3万字，8月1日出版的《方舟》第39期发表了前4章）、《病夫》（《宇宙风》特约长篇，已写成7万字）未完成稿，与其他文稿、书籍、字画暂存在齐鲁大学图书馆。日本侵略军占领齐鲁大学后丢失。

【该年表乃本书编者依据张桂兴编撰的《老舍年谱》上海文艺出版社2005年5月第2版，并参阅其他资料，酌取编者研究成果，辑录编纂】

再版后记

说来话长,此书初版于1998年,已绝迹于书肆久矣。没想到时隔十八年之后的今天,还有机会修订再版,重现世人面前。对编著者我与长风来说,自然是喜出望外。十八年弹指一挥间,蓦然回首,物是人非,感慨良多。增订本付印在即,聊缀数语,以志感怀。

语云:老舍不能没有济南,济南也不能没有老舍。

如今世人皆知,上世纪30年代初,老舍应山东齐鲁大学之聘,到泉城济南教书。老舍在济南四度"写家"春秋,饱览泉城湖山风光,遍察街巷市井风情,广交社会各界朋友,与济南结下深厚的文缘与情缘,成为其知音与知己,演绎了一段一位现代作家与一座文化古城之间的传奇故事。

老舍与济南间的这段奇情奇缘,也注定成为其人生的转折点。

老舍来济南之前虽已有文名,但还只是个

初登文坛的边缘写手，尚不入鲁迅、胡适等名家的法眼。离开济南之时老舍已成为创作等身，风格独具，驰名海内文坛的著名作家了。究其原因，不可不说，是与当时的泉城济南与齐鲁大学，曾给老舍提供了一个收入丰厚，心情舒畅，可以独立其思想，自由其创作的良好环境是大有关系的。而告别济南投入文人救亡运动之后，老舍遂也抛弃了他在济南时远离政治，独善其身的自由知识分子立场，为其以后起落沉浮的人生遭际埋下了伏笔。

遥想老舍在济南的日子，令人不胜神往。只可惜余生也晚，未能躬逢其盛。不过若提起老舍在济南的旧居遗踪，却是曾近在咫尺之间。如果时光能够倒流，说不定就会低头不见抬头见。或许这就是佛家所说的前世因缘吧。老舍曾执教的齐鲁大学，1952年被注销后，原址改为山东医学院。早年笔者家住南关永胜街，距当时的山东医学院校园与校门对面的南新街都不算远，步行不足十分钟。同学亲友之中家住山医校园与南新街者皆不乏其人。因而这两处地界都曾是我的常来常往之地。

走进彼时的山医校园，洋楼参差，绿树若云，旧貌依然。一阵风从楼尖与树梢间吹过，仿佛又听到康穆教堂上悠扬的钟声。漫步在彼时的南新街上，老舍时代的深宅大院与花园洋房仍在，只是已成机关宿舍或大杂院而已。老舍旧居茅舍小院，自然早已换了主人，但昔日格局则多年未变。然而说来惭愧，直到80年代之前，我对此还几乎一无所知。既不知这个山医校园即为老齐大校园，更不知南新街上还有处老舍旧居。那时的教科书里对此事是只字不提的。

知道老舍其人，是60年代在济南一中读书时。记得当时语文课本里有篇课文名叫《在烈日暴雨中》，是节选老舍《骆驼祥子》中的一段。整个中学时代对老舍所知也就仅限于此。1966年5月"文革"爆发，"红八月"老舍投太平湖自杀。我时在济南一中读高二，也曾进京大串联。不过当时并不知道"人民艺术家"老舍已死，只是在王府井街头看到有人散发批判"反动文人老舍"的小报而已。

80年代改革开放，老舍重新浮出水面，被颠倒的历史，又颠倒回来。也就是在这个时候，我认识了老齐大毕业生张昆河先生。这才如茅塞顿开，方知老济南除了旧军阀韩复榘之外，还有个私立齐鲁大学。曾有老舍等诸多京津学界名流在这所教会大学执教。张昆河

1933年考入齐大国文系,其业课教授正是舒舍予老舍先生。张昆河爱好文学,久闻老舍的大名,不仅在课堂上亲聆其教,在课外也与老舍多有接触,堪称其及门弟子。

当时张昆河先生已七十多岁,已退休在家。我曾多次前往南城根富官街卫巷张公寓所登门拜访。遥想当年在张公那间临街小书房里:一厢是白发老翁漫忆民国往事,一厢则是晚辈后生如闻海外奇谈。此情此景,至今历历在目。张公记忆力甚好,谈锋犹健。谈老济南,谈老齐大,谈业师老舍,桩桩件件娓娓道来,如数家常。其间种种历史细节,非当事人莫可道焉。洗耳恭听之下,老舍于我就不再是个遥远模糊的身影,而成为一个活灵活现触手可及的人物。

与张先生结识时笔者正当盛年,不过才三十多岁。张公见我年纪轻轻却是个好古之士,心中十分欣喜,便又自告奋勇,引荐我认识了严薇青、王昭建、秦在简等几位老先生。诸位先生皆为济南名宿,每位先生都是一部年轻人欲了解老济南的活字典。

当时与张昆河先生交往从来不言私事,只知他退休前为济南铁路一中历史教师,对其以往身世经历一概不知。后来才听说,先生为将门之后,张钺之子。张钺为韩复榘三路军总参谋长,省政府委员,陆军中将。张昆河1937年秋季齐大毕业时逢抗战军兴,遂投笔从戎参加国军走上抗日战场。有此番身世经历,改朝换代后,能以中学教员为业,挺过"文革",安度晚年,亦不可不谓人生之大幸也。

我对先生始终心怀感念之情,故而借此机会写下上述文字。但毕竟交往时间短暂,恐怕仅是以管窥豹,略述其皮毛而已。

萌生编撰此书之念后,我将想法商之于文友周长风,两人一拍即合。我们俩皆为学术圈外人,都不靠这个吃饭,不靠它评职称,全凭爱好兴趣做事,故无急功近利之念,能耐得住性子,下得水磨功夫。以老舍与济南之关系为框架结构此书,我们对高深玄妙的文学理论并无多少兴趣,而是注重于文学本源的探索和文学事件的钩沉。简言之,我们属于史料派,而非义理派,我们的目的,不过是尽其可能,给喜欢老舍与老济南的读者提供一个较为完备的文本而已。至于人们将会从这些文本中读出些什么或悟出些什么,那是读者自己的事情。自然也很可能是,智者见智,仁者见仁。

在广泛收集资料、汇集文章篇目的过程中,得到老舍子女舒济、

再版后记

舒乙先生及中国老舍研究专家们的大力支持。其中尤其要感谢老朋友张桂兴教授，为本书提供了内容翔实的老舍在齐鲁大学的考据文章和老舍在济南年表。书稿完成即将付印之际，舒乙先生与孔范今教授又先后应请为本书作序，写了热情洋溢的序言，给予肯定与褒奖。

1998年《老舍与济南》初版本面世后，曾颇得一般读者与专家学者的广泛好评，并先后荣获山东省社会科学优秀成果奖和济南市文化精品工程奖。

需要指出的是，即将面世的这本《老舍与济南》增订本，并非由初版本勘误修订而成，而是积近二十年钩沉考据之大成。它较初版本有三大不同之处。一是在原有基础上增添了近十万字的新篇章，史料多为首次披露。其中还包括多封老舍逸信被意外发现。二是对所收入的老舍文章，俱根据原始出处和新近权威版本逐一重校，并有所订正与增补，保留了作品原版本的一些字词用法。三是贴近文章内容配了近百幅民国老照片。不仅使之图文并茂，读来更加兴味盎然，也有令人有重回老舍笔下的民国济南之感。

当然即便如此，也难说尽善尽美，虽已将所有相关文章囊括其中。譬如老舍1932年发表在山东民国日报上的《〈海岱画刊〉发刊词》至今尚未发现，又如老舍与当时山东教育界及政界要人有何交往，也知之甚少，而这些对于多角度地深入解读老舍都不无助益，皆非可有可无。由此观之，老舍与济南这个话题，是永远也说不完的，将会常说常新。

最后要说的是，此书虽由我与长风编撰而成，实则融汇了诸多济南老舍爱好者朋友们的心血。1998年初版本如此，如今增订本亦是如此。除上述师友外，在此需感谢者，还有王盛元、谷来威、尹艺茂、赵晓林、徐国卫、郭秀海、郭旭光等新老朋友。

1998年初版本出版，时逢老舍先生诞生一百周年。1966年"文革"之初老舍跳了太平湖，屈指算来今年恰是先生逝世五十周年。今日增订本的出版，也算奉献给老舍先生在天之灵的一份纪念礼物吧。

李耀曦

2016年1月28日于半湖居